凰图霸业

HUANG TU BA YE

芳华无息 作品

光明日报出版社

凰图霸业

HUANG TU BA YE

目录

CONTENTS

凰图霸业

HUANG TU BA YE

目录

CONTENTS

引子

“凤不栖梧，凰不出图，君临天下，据何以安。”她唇边漾开一抹笑，带着说不出的嘲讽之意。可这一抹笑还未来得及延展，就生生冻住了。

“既然让我风华不安，我就要这天下难安！”一身白衣的女子一拂袖，案上杯盏尽碎于地。女子伏于案上，脸被遮去了大半，只瞧见那一双眼睛含着滔天怒意，直视着万里苍穹。

她身旁，一幅制作精良的大魏地图平铺在木地板上。北风多情地将梅花吹落其上，却让人徒添了一丝凄凉——这地图上的河山，早已破碎。

潇水以东，有着大魏朝最繁华的城市晋城，而现在那里叫做晋国。叶荣平原本是大魏朝的粮仓，现在却成了陈国的土地。东陵的山水孕育了大魏朝无数的灵秀，如今越国的国主却将它占据。

那个传承百年的大魏朝，已经不复存在了……

风华永远也忘不了那一天——

隆泰二十七年六月初九，那是她父皇的生日。那天风华很高兴，因为父皇要带她去城楼上与万民同乐，她从早上就开始挑衣服，直到黄昏才挑到一件满意的。其实，当时她已经有些眼花了，因为她的衣服装满了整整三间屋子。当她盛装来到城楼，底下的百姓欢呼了起来。风华含笑抬手，正准备挥手致意，却见一群黑衣人突然冒了出来。风华看见一支长箭笔直地飞向父皇，她要跑过去，可是不小心跌倒了。不，父皇！风华大张着嘴，这不是真的。她看见父皇倒了下来，那个高高在上，似乎永远不会倒下的、神一样的男人，倒了下来。暗红色的血浸透了龙袍，那些张牙舞爪的龙似乎染了血得了灵气，都撕扯着想要飞出来。城楼上一阵大乱，尖叫声此起彼伏，但是风华什么也听不到。她只是努力地想要靠近她的父皇。往日养尊处优不曾沾过阳春水的双手被人践踏，往日风姿绰约让人羡慕不已的身躯被无情地撞击。但是，这些都不重要了……

忽然，一个人拦住了风华的去路，那是个面容清俊的少年，他抓住风华的肩膀，把她护在自己怀里。风华挣扎着要靠近景帝。

"风华，你听我说，跟我走。他们会杀了你的。"

风华什么也听不见，只是想去到父皇身边。

"风华！你清醒一点儿，他已经死了。"

"你胡说！"风华歇斯底里地叫道，"你胡说！"

那少年见周围情势逼人，不能再逗留，便对风华说了一声对不起，然后将她击昏。

风华醒过来的时候，发现自己在一个清雅的院子里，似乎做了一个很长的梦。

"姑娘，你醒了。"一个丫头走了进来，想要扶她起来。

"姑娘？"风华反手给了那丫头一巴掌，"本宫是大魏朝金枝公主，你也配碰我！"

"风华……"少年听到声音后赶了过来，挥手让那丫头退下。他正想回身对风华说什么，一个响亮的巴掌声又在屋里响起。

"百里逸，你好大的胆子，竟敢挟持本宫。还不快送本宫回去！"

百里逸站在那里没动，只是伸手擦了擦嘴角的血迹。

"公主……恐怕你不能回去了。"不待风华追问，百里逸便接道，"魏国亡了。"

"你胡说，我大魏如日中天，你等贼子……"百里逸抓住风华的手，认真地看着她，"风华，不要自欺欺人了。你好好在这里休息，我会保护你的。"

"你凭什么保护我？"

"我是晋国的世子，是以后的晋王。"

"晋国？"

后来，史书记载——

隆泰二十七年，大魏天子风旭睿万寿节至，四海同贺，万邦来朝。帝都邺城张灯结彩，解三日宵禁，许民点灯祈福。

魏国物产丰富国力强盛，传至风旭睿已过百载，近代天子不免有骄躁之风，及至风旭睿更兼好大喜功、骄奢淫逸。风旭睿在位二十七载，前后征讨西北蛮夷八次，更耗费大量人力物力修筑宫殿、陵寝。民间苛捐杂税日重，渐有反意。

北堂、百里、万俟、司徒四大家乃国中大族，恩荫广庇，实力雄厚。四家早在暗中筹谋，闻此三日解禁之期皆欣喜不已，遂派人潜入郷城，期风旭睿上城楼与民同乐之时，动手弑君，而后登高一呼成就千秋功业。

当日城楼之上锦衣华服珠环翠绕，风旭睿携金枝公主登楼与万民同乐。刺客潜于人群，奋起发难。风旭睿猝不及防中箭身死，城中一片大乱。

风旭睿一朝身死，大魏朝分崩离析。然四家各有心思，列土封疆据地称王，却再无一人能千秋一统。是以无人再称天子，只以王相称。四家割据混战，北堂家渐渐败落，最终再无人提起。后世只言三家分魏。

自三家分魏后，世间广为流传四句谶言："凤不栖梧，凰不出图，君临天下，据何以安。"

世人言说，须请凤鸟栖梧，凰图现世，才得一统天下长治久安。

如今，二十余年过去了，就在这四句话即将被人们遗忘的时候，凤鸟却真的出现了……

第一章　遥将凤鸣寄云梦

山道两旁的枫叶已经红透，连一旁的小溪也被映成了绯色，只有天空还那么蓝，不带一丝杂质。一辆马车从东面疾驰而来，打破了这山中的静谧。

百里扶苏揉了揉额角，抬眼看了一眼窗外，他的脸色有些苍白，棱角分明的脸上是一双微微有些浮肿的眼睛。他已经三天没有合眼了，但他还是吩咐人连夜赶回定安城。这几天没有收到她的消息，这让他有些不安。

突然，马车剧烈摇晃了一下，健马嘶鸣，被迫急速停了下来。

“殿下，有山贼设伏。”车辕上坐着一个劲装侍卫，此刻正警惕地看着围堵在山道上的人。

百里扶苏掀开帘子探出身来，只扫了一眼就看清了局势。这里是一处弯道，对方有十几个人，手里都拿着兵器。说是兵器，其实不过是些钝了、锈了的刀剑，而那些人的衣衫都很破烂，神情更是茫然。只有为首的一个站在前面喊道：“把钱都交出来。”

那侍卫皱了皱眉，遇险之后也不见慌张。然而，百里扶苏的举动却把他吓了个半死。只见百里扶苏从容地走下了马车，只身向那些人走去。

“殿下——”

百里扶苏回身制止了想要赶过去的侍卫。

“严浪，留在那里。”

严浪急得眼睛都红了，可他还是服从了命令，站在那里没有过去。他相信百里扶苏的决定，多年前他决定追随百里扶苏，从那时起他就已经完全信任了他。百里扶苏继续向那些人走去。

“别过……过来，过来我就杀了你。”

百里扶苏停了下来，目光柔和得就像是一道清泉，轻轻地抚过每个人的心头。

“听你的口音不是京畿人士，你们是从哪里来的？我并无恶意，这里有些银票，是大通钱庄的，三国可以通用。”百里扶苏将银票放在地上，然后又缓缓退了回来。

“殿下，何必给他们钱，咱们冲过去就是了。看他们也不过是些小角色，根本挡不住我。”

“你也知道他们并不是什么大恶人，我想他们只是被迫的。”

“被迫？”

“被生活所迫。严浪，在郦城这样的人还少吗？我只是想不到居然在京畿之地还会有这样的人。”

银票放在地上，被山风吹开了几张，但是没人去动。所有人都在看着百里扶苏。不知过了多久，突然有一个人叫道：“是二殿下！”人群立马起了骚动，严浪挡在百里扶苏身前看着那些人，却见那些人都跪了下来，不住地磕头。

“是二殿下，咱们有救了。”

“二殿下，真的是他，我在郦城见过他。”

“咱们有救了，天可怜见……”

百里扶苏拍了拍严浪的肩膀，让他不用这么紧张。

“你们是什么人？”

见百里扶苏开口问话，众人都抢着回答，这样反而听不清了。最后，还是那个为首的汉子让众人安静了下来，然后对百里扶苏道：“二殿下，我们都是从柳城来的。”

“柳城？”百里扶苏皱了皱眉，“我刚才听见有人认出了我，似乎是郦城的人？”

为首那人指着人群中的一个青年说道：“是他，他叫孟喜，是我表弟。郦城发了大水才来柳城投奔我的。他在郦城见过您，要不是您，他也没命来柳城了。只是想不到来了柳城也没个安生。”

“到底怎么回事，你慢慢讲来。”

“唉……二殿下，您也看见了，我们都是些庄稼汉子，要不是实在没活路了，也不会做这个。柳城县令实在是逼得我们活不下去了，每年地里的收成有七成被收进了衙门。今年赶上天旱，收成本来就没有多少，可那胡县令还是要收往年那么多。我们实在交不出来啊。胡县令就让官差来村子里拿了人，现在大牢里还关着不少人呢。我听孟喜说您在郦城救苦救难，想着朝廷里还是有好人的，就带着这些乡亲们想进京告御状，可……可我们没有盘缠，连吃的也没有了……”

“七成……朝廷什么时候有过这么重的税！简直是无法无天！”百里扶苏沉声道，“你们先拿着这些钱回去，这件事我来处理。我一定会给你们一个公道的。”

“多谢二殿下，有您这句话，我们就放心了。”

百里扶苏想了想，又拿出一块玉佩给了严浪，对他道：“这是御德坊出的东西，想来那位胡县令不会不认识。你拿着这个带乡亲们回去，先把人都放出来。至于以后的事，我回定安城后会派人处理。”

“可是殿下，这一路你说速度要快，我们就已经轻车简从了。现在你连我都派了出去，你身边就没人了！”

“这里离定安城已经很近了，我不会有事的。”

“可是殿下……”

“好了，不要再说了。”百里扶苏拍了拍严浪的肩膀，“乡亲们都还等着呢，让他们这么回去我也不放心。”

严浪还想说什么，却听到空中传来一声长鸣，只见蔚蓝的天空中一个白点由远及近，快速移动着。

“白雪……呵，你看是白雪。”百里扶苏指着那个白点，说道，“这下你该放心了吧。”

“……既然端华公主就在附近，那严浪这就带他们回柳城。殿下保重。”严浪深施一礼，他本不善言辞，此刻见了端华公主的白鹰，知道二殿下应当无碍，便不再说什么。他并不是一个喜欢违背命令的人，当下就带着那些满怀感激的人向南而去，却见到一抹白影足踏红叶翩然而至。

百里风兮轻灵地落在了百里扶苏身侧，看着严浪带着那些人离开的背影，问道：“出了什么事？”

“没什么，不过是些受苦的百姓。”百里扶苏收回目光，看向身侧的女子，“风兮，我才要问你出什么事了，为什么这几天都没有信来？”

百里风兮笑了笑，眉眼极为纤长，那明眸滟滟似秋水一泓，实在是占尽了这人间的风流。

“到底出什么事了？我在郦城很担心，你知不知道？”看着百里扶苏着急的样子，百里风兮笑得越发开心了，连秋日的阳光也没有她这般灿烂。

“没出什么事，我只是来看我师父。告诉你个好消息，师父把玄息阁交给我了。”

百里扶苏听她说没出什么事，这才放下心来。可一听到玄息阁，他又皱起了眉头。

“这样可真不好看。”百里风兮伸手抚平了百里扶苏的眉。这举止虽有些逾礼，却给人很自然的感觉，并无半点儿突兀。她嬉笑着，就像是这山间的风偶尔掀起你的衣角玩耍，让人根本不能起心责怪。

“风兮，玄息阁是我大晋的谍报机构，虽是你师父创立的，可你一个女儿家……”

“谁告诉你我师父是男人了?”百里风兮偏头看着百里扶苏，眼睛在阳光的照射下闪了闪，“好了，我们回去吧。”

“你师父……是女人?”

百里风兮似乎没有听见百里扶苏的问话，向天空打了一个呼哨，那只白鹰俯冲下来。百里风兮忙退开一步，叫道：“啊，又想把我撞倒，真是越来越淘气了。”

那只白鹰见百里风兮退开，便在半空中张开了翅膀，最后平缓地落在了她肩头。百里风兮挠了挠它的脖子，侧头对百里扶苏道：“二哥，咱们回定安城吧。”

百里扶苏笑了笑，没有再多问什么。百里风兮的师父一向都很神秘，外界只知道她一手创立了玄息阁，能自由出入晋王宫，其他就再无所知。可越是不为人知，人就越是想要探寻。这些年，外界对于她的猜测有很多，可谁也说不清是对是错。而她唯一的徒弟也一直守口如瓶，除了偶尔会在百里扶苏面前提起以外……

百里扶苏指着马车，道：“上车吧。”

“哦，我可不会赶车。”

“谁敢劳烦端华公主呢，去车厢里休息吧，我来赶车。”百里扶苏说着就坐到了车辕上。

“二哥会赶车？我怎么不知道？都说晋国扶苏公子多才多艺，我总算是见识了。”

“丫头，再说我就自己走了。”

“才不要。”百里风兮笑着一个箭步跃上了马车，却不去车厢，只是在车辕上坐着。有百里风兮在身旁，百里扶苏似乎已经忘记了自己三天没有好好休息过了。二人说笑着一路向定安城而去。

缠绵了四五天的小雨终于停了，阳光照耀着晋国的王宫。百里扶苏抬眼看了看那明晃晃的太阳，微微笑了起来，似乎上苍一点一滴的恩赐都让他觉得幸福和满足。

“你是什么东西，也敢拦我的路！”长庆殿外，一个衣着华丽的女子正踩着一名宫女大声呵斥着。

百里扶苏皱了皱眉，走了过去，问道：“三妹，什么事发这么大脾气？”

“这不长眼的奴才竟然敢拦我的路。二哥，你说她该不该死？”百里倾央扬着下颌转头看向百里扶苏。

“公主饶命，二殿下救救奴才吧……”

“你倒是会求人。”百里倾央脚下又加了两分力。那宫女疼得受不住，又不敢大声叫嚷，整个身子都抖作了一团。

“好了，放了她吧。她不过是听命行事。”百里扶苏拉了拉百里倾央的袖子。百里倾央扭了扭身子，没松脚。百里扶苏叹了一口气，俯下身亲自去扶那宫女。

百里倾央哼了一声，踹开那宫女，道：“算你走运。”

“多谢公主，多谢二殿下。”那宫女感激地看了百里扶苏一眼，不敢多留，佝偻着身子退了下去。

百里扶苏看着那宫女的背影，不由叹道：“你这又是何苦，她又没做错什么。”

“那我做错什么了？我百里倾央是大晋的公主，杀几个奴才又算得了什么？何况我只是打了她几下罢了。二哥，你这人什么都好，只是心肠太软了。”

百里扶苏笑了笑，并不去反驳她的话，他抬头看了看长庆殿，问道：“谁在里面？”

“谁？哈，除了那个贱人还能有谁！”

“你是说风兮？”

“自然是她。我一早来给父王请安都被拦在了外面，也不知谁是父王的亲生女儿。”

“你好像很少这么早来请安。”百里扶苏看向百里倾央，伸手扶了扶她头上一支有些歪了的簪子，“你瞧，连簪子都没有扶正，这可不像咱们的寿安公主。”

百里倾央也不掩饰，更无丝毫羞愧，顺手理了理发髻，说道：“晨起我正梳妆呢，就听见父王传她来了长庆殿。她是什么人，一个不知爹娘的野种罢了，父王好心收养了她，还封她做公主，她不仅不知恩图报，倒是越发没有规矩了。”

“倾央，你不能这么说。她是我们的妹妹。”

“呸，什么妹妹，我哪个姨娘生了这么个狐媚子女儿？二哥，你也别被她迷惑了才是。父王已经把她宠上了天。我们这些亲生的儿女都要让到一边去了。”

百里扶苏显然并不认同，但还是没有反驳，只是温和地笑了笑。

“你啊，就知道笑。别人说什么你也不反驳。咱们是一母同胞，也不知道你哪来这么好的脾气。”

“有什么好驳的，不过是一时之气。世事又岂是你几句话就能改变的！”百里扶苏摇着头止了话，若有所思地看着长庆殿。

长庆殿内很安静，淞枫香从镂空镏金的香炉里散了出来，充盈了整个房间。秋阳从窗户里挤进来，爬上碧罗望仙裙，堪堪照见了倚着柱子的女子那一截杨柳腰身。那女子低垂着头，抚弄着手臂上站着的一只白鹰——正是晋王百里逸的养女，百里风兮。

“风兮，这件事你怎么看？”百里逸放下手里的密报，眉宇间有着深深的忧虑。他昔日的意气风发早已被岁月磨平，如今敛尽了锋芒，只余一派从容。

“一切但凭父王做主。”

“你现在是玄息阁主了，孤想要问问你的意思。”

百里风兮闻言，便走到近前，正色道：“那就让风兮亲自去一趟云梦山庄吧。”

“不可，云梦山庄远在陈国境内，此去危险重重。就算要查探，派人去即可。”

“父王，若云梦山庄那位表小姐真有凤鸟胎记，只怕天下又要大乱。这些年虽然三国战事未息，但都波及不大。可是那四句谶言流传已广，若凤鸟已然栖梧，自然要寻凰图现世。这一次陈国已经占了地利，父王，就让我去吧，也许会有其他的线索。”

百里逸忧虑地看着这个自己最为宠爱的女儿，他不是不知道这其中的厉害。

云梦山庄日前传出表小姐水翩跹身有凤鸟胎记，天下震动。云梦山庄庄主流云公子更是要以城池为聘，才肯将水翩跹嫁给陈国国主司徒昊。司徒昊犹豫着没有马上答应，云梦山庄这才将消息放了出来，其不乏要挟之意。然而，谁都知道“凤不栖梧，凰不出图，君临天下，据何以安”，如今凤鸟出现，谁又愿意放过？就算明知道流云公子的用意，晋国还是必须派人前去打探。

“如今三国并立，群雄争霸。云梦山庄虽在陈国境内，但那流云公子周游天下素有雅望，想必去云梦山庄做客的人，陈国国主也不会为难。况且他若答应了流云公子的要求，晋国和越国自然也找不到理由多嘴。”

“越国……呵，是啊。想必越国也会派人去吧，虽然听闻如今越国国主万俟哲珈一心都用在了书法上，但这件事想必越国也不会坐视不理。那个流云公子也不是个简单的人物，竟然敢要城池为聘。”

百里风兮点了点头，笑道：“久闻流云公子风流儒雅国士无双，却又做出这等事来。风兮倒是对他越来越好奇了。父王，就让我去吧。”

百里逸思忖了良久，最终还是点头答应了。百里风兮跪拜应答，脸上堆满了笑意，掩去了眼底那深深的忧虑。她的手抓紧了袖口，仿佛这样可以稳定她那颗惶恐的心。

第二章　枫送红叶又一秋

百里风兮从长庆殿出来时，外面早已是静悄悄的了，但这并不表示她没有听见那些难听的话。在很小的时候，她就知道，她和别的公主是不同的，她只是养女，并不是真正的金枝玉叶。也许是上天可怜她，让她遇见了师父。

那年她六岁，正躲在假山里面休息，父王赐给她的裙子已经被那些傲慢的孩子弄得不成样子了，她想，等天黑了再回去吧，这样就不会被人看笑话了。她不敢去告诉父王，虽然父王会帮她出头，可是一旦离开了父王的视线，那些孩子就会加倍的报复她，而父王又是那么的忙……小小的风兮不得不学会自己来应付这些。

“你是什么人，鬼鬼祟祟的躲在这里做什么？”百里风兮吓了一跳，这里已经很隐蔽了，没人会找来的。可是，眼前的人好像很轻易就发现了自己，她全身上下都罩着一层白纱，看上去遥不可及。

百里风兮咬着下唇，没敢说话，只是好奇地看着这个奇怪的人。就在这时，本来应该在朝上召见大臣的父王也出现了。

“风华，你……”百里逸顺着风华的目光看到了百里风兮，“怎么会这样，风兮。快，快出来。”

“风兮……”风华一愣，冷笑道，“百里逸，这就是风兮？”

百里逸忙解释道：“风华，你听我解释，我真的……”

“不用解释了。”风华一把拉过风兮，“我带她回去。玄息阁的事，你自己看着办吧。”

不知道为什么，百里风兮被那个陌生而奇怪的女人拉着的时候一点儿也不害怕，反而觉得她身上有一种莫名的亲切感。

“百里逸，你最好想清楚，我能帮你建玄息阁，也能帮越国、陈国。当初是我一时糊涂才会有她。”风华说“她”的时候，看了一眼百里风兮。可百里风兮并没有察觉，她只是很吃惊，居然有人用这种语气和父王说话。“我虽不喜，却也由不得别人作践。”

“跟我走。”百里风兮被拽着离开了王宫，那个怪女人让自己叫她师父。从那以后，就没人敢再欺负百里风兮了——因为听说当天所有的王子和公主都被罚跪了一整天。然而，没人当面再欺负她，并不代表那些人服软了，冷漠、嘲讽、各种各样的挤对……

“公主，这是二殿下让人交给你的。”宫人送上一个锦盒，打断了百里风兮的回忆。

百里风兮摇了摇头，自言自语道：“干吗还去想那些呢？”说罢，接过锦盒打开一看，不由笑道，“这也算是千里迢迢了。”锦盒里是一碟子上下三层的桂花糖蒸栗粉糕，用心垒成了塔。百里风兮取了一块送入口中，入口即化，甜香软糯。

这栗粉糕是郦城的特产，百里扶苏因为担心百里风兮的缘故，所以只身赶了回来。这糕点是今天才由随从从郦城带回来的。

“二哥呢？”

“二殿下随寿安公主去了未央宫。”

“是吗？”百里风兮收好锦盒，随手取下身上的玉饰递给那宫人，也不容那宫人推辞就大步走了开去。其他人都不好，至少二哥是好的……

未央宫里，百里倾央正小心翼翼地将一幅画挂上墙。百里扶苏含笑看着她，手里的茶已饮了一半，碧绿的茶叶正安静地伏在杯底。

画卷展开，百里扶苏不由放下杯子走了过去。宣纸上着墨不多，却气势彰显——沧漓江畔，一人白衣独立俯仰天地，远处云山隐现，飞鸟难渡。

“至今未见流云公子，实乃扶苏一大憾事，如今得见此画，也算是有所弥补了。”

“二哥怎知这是流云公子？”

“世人皆言：‘云山苍苍，江水泱泱，公子之风，山高水长。’这画中人若非流云公子，还能是谁？”百里扶苏又走近了些，“只是不知道此画出自何人之手，妙笔天成，把流云公子的风姿展现得淋漓尽致。”

百里倾央面有得色地说道：“此画正是流云公子所画。”

百里扶苏有些惊奇地回头看了百里倾央一眼，又看向那画，笑道：“流云公子实是这世上第一等风流人物，连如此自负之举，也让人佩服之至。不过，他确有自负之资。”

“可不是，这一幅《临江仙》各国王公莫不觅寻，我也花了好些力气才得了。如今听二哥说得这么好，我虽辛苦，也是值得的。”

百里扶苏笑道：“就算旁人不赞一字，你只怕也是要费尽心思去寻的。”

“二哥……人家请你看画，你怎么反而来取笑人家。”百里倾央偏过头去，少见地红了脸。

“怎是取笑？流云公子之风姿，天下倾慕。你去寻来，又有何不可？”不等百里倾央反驳，百里扶苏又问道，“天下之人莫不追寻此画，你是怎么得到的？”

“本公主自有妙法。”百里倾央转过身，为自己倒了一杯茶。

“是不是玄息阁的人……”

“是又如何，不是又如何？难道玄息阁的人就不是我大晋的子民了？”

“难道玄息阁的人就不是我大晋的子民了……”百里扶苏喃喃地重复道，似陷入了沉思。

半晌，他方才笑道：“可不是，都是大晋子民！”

百里倾央早转头去看那画了，也未理会百里扶苏为何半晌才没头没脑地冒出这么一句来。

“对了，二哥，你去见过母后了吗？”

“已经去给母后请过安了。只是母后的病还是没有什么起色，如今天天在屋里待着……我这些年都在外面忙，三妹，你有空就多去陪陪母后。”

“我可不是天天去昭阳宫请安吗？只是每次去都说不了几句话，母后就说她乏了。这么多年了，那些太医也不知是做什么吃的。我看啊，非要杀几个人，他们才知道厉害！”

“你啊，别一天到晚就打啊杀的。看以后谁还敢娶你。”

“哼，我乃天家帝王女，想娶我的人从定安城都排到潇水了。我才不担心。倒是二哥你，听说父王也给你提过几次，可是你都没答应。那些女的虽不是特别好，可你又不是娶她们，不过是娶她们的家世罢了。李太傅的女儿我见过，也是个不错的。她家老爷子门生故旧遍布朝野，你又何必那么较真儿？如今，几个兄弟里就你还是一个人，老五上一个月都娶了侧王妃了。”

“我又不去争什么位子，何必委屈自己娶一个自己不爱的女人。更何况，还要白白耽误了那些小姐的幸福。”

“啧啧，以后也不知谁有福气嫁给你。哎，我看啊，越国的荣平公主文武双全，是天下难得一见的人物，可配得上你？”

“荣平公主曾带兵出征保家卫国，才名更是少时即有，确实是天下数得着的人物。可也不算难得一见吧。远的不说，你我近前不就有这么一位人物吗？”

“谁，我怎么不知道？”

“风兮。她的文章，就是庄老先生也是赞不绝口的，如今她又接手了玄息阁……”

“二哥！”百里倾央拍案而起，“你休在我面前提她。”

“倾央，风兮究竟有什么不好？你和她之间到底有什么解不开的结？非要这样对她？”

“二哥，你走吧。”百里倾央一甩袖，背过身去，“我不想再听见那个贱人的名字。”

百里扶苏还想说什么，可是看到百里倾央这样坚决，也就只能叹道：“好吧，那我先走了，回头有空再来看你。”

“不送。”

百里扶苏实在不明白百里倾央为何要这么对风兮。他和她们是一块儿长大的，彼此之间有什么大事不会不知道。可究竟是什么让倾央这么恨风兮呢？难道只是因为父王的宠爱吗？女人心，真是海底针。猜不透，猜不透啊……

出了王宫不远，百里扶苏就看见百里风兮抱着锦盒站在那里等自己。

“怎么没回去？”

百里风兮拍了拍锦盒，笑道：“多谢你的糕点。”

“没什么，只是记得你喜欢吃甜食，就让人顺路带回来了。”

“我们一起走走吧。”

“好。”

二人顺着城墙慢慢走着，因邻近王宫，所以周围并没有什么人。阳光照在人身上暖洋洋的，连心也被晒得像是天上的云朵，蓬松而柔软。

“这次去郦城赈灾怎么样？”还是百里风兮打破了沉默。

秋风戏耍着落叶，落叶一会儿吹起一会儿落下。百里风兮低着头去踩那些落叶，似乎觉得很好玩，一刻也不抬头，方才的话好像也不是她问的。

“一切顺利。”

“我……我要离开一阵子。”

百里扶苏没有说话，只是停下了步子。百里风兮依旧向前走着，但步子明显慢了下来。

“今天等你，就是想要和你告别。”

“就只是告别？”

“嗯。”百里风兮忽然打了个转儿，对百里扶苏一笑，“只是告别，因为我还要回来呀。”

百里扶苏终于跟了上来，轻轻地开口，甚至带着一丝小心翼翼。

“你要去哪儿？”

“云梦山庄。”

“云梦山庄？你要去见流云公子？”

“不不不。”百里风兮抬头看着百里扶苏，有些急切地想要撇清关系，“我是去查凤鸟的事。”

百里扶苏没有追问，只是看着百里风兮，眼中充满了关切。

“好吧，都告诉你。‘凤不栖梧，凰不出图，君临天下，据何以安。’这四句话你总该知道吧？如今云梦山庄的表小姐水翩跹身负凤鸟胎记。此事一出，无论真假天下都将大乱。我必须去查个究竟。”

“太危险了，还是让我去吧。”

百里风兮摇了摇头，抱紧了锦盒，说道：“正是因为危险，所以你就更不能去了。君子不立危墙之下。何况，你是晋国的王子，也许会是以后的世子。”

“风兮，王子也罢，世子也罢，我根本无心去争什么。我只愿百姓安康。”

“你怎么不明白呢？”百里风兮着急地抓住百里扶苏的手，“若手中无权，又怎能做你想做的事？况且，这些事不是你说不争就能不争的。扶苏，不要把别人想得太善良。再说了，父王这些年一直都很倚重你，你做了这么多事，大家都看在眼里，照这样下去……”

“风兮。”百里扶苏拍了拍她的手，看着她温柔多情的眼睛，微笑着道，“为什么只说父王，你不是也一直在帮我吗？这些年父王虽然给了我很多机会，但我知道，这里面很多是你为我争取的。可是我不想让你这么累。父王虽然宠你，可这些都是家国大事，哪一件不是你绞尽脑汁费尽心思去说服父王的？风兮，我真的不想让你这么累。一切就顺其自然吧。”

“我……我其实也没做什么。”

百里扶苏笑了笑，别人或许不知道她对父王的影响，可他深受其益，又怎会不知？

“好了，我该回去准备准备了。”百里风兮抽回手，“不然绿娆又该说我了。”

“你和玄息阁那些人的关系还真好。”

“当然了，他们就像是我的亲人一样。好了，我真的该走了。”

“一路小心，记得早些回来。”

“我会的，你也要记得帮我准备好吃的糕点。”

百里扶苏笑着点了点头，看着那个白衣飘飘的女子在阳光下大力地挥着手，然后步伐轻盈地消失在了转角。

风兮，我会为你准备一份特别的甜点的……

第三章　风萧萧兮易水寒

玄息阁，芷兰小榭。

日已暮，半池红霞映水，半池残荷临风。有青衫隐隐伴美，只可惜相谈太过煞风景。

“这半年的所有进账，都送去师父那里了吗？”百里风兮低头看着账册，面上的神情看不出喜怒。

“都已经送去了。”叶沉一袭青衫坐在百里风兮对面，端着茶拨了拨水沫。

“这么说，玄息阁又空了？”

这一次，叶沉懒怠回答，只点了点头。

百里风兮把账册摊在石桌上，看着叶沉，道：“这些年你是怎么经营玄息阁的？我记得每次我找你支钱，你都拿得出来。”

叶沉抬起眼皮子看了百里风兮一眼，又专心地喝起茶来。他比百里风兮大两岁，却显得老成很多。风华自建立起玄息阁后只给出了一些大致的方向，琐事一概不管。这些年，玄息阁的日常事务都是由叶沉在处理。百里风兮在玄息阁也并没有管理这些，只是出去执行过几次任务，所以，如今正式接手玄息阁，很多事都要找叶沉商量。其实，以百里风兮的性子，她也是懒怠管的，今天要不是叶沉非要她看一看账目，她才不会坐在这里呢。

“叶大哥，告诉我吧。”百里风兮一脸坏笑地凑近了叶沉，“你是不是瞒着师父存了私房钱?”

叶沉皱了皱眉，但并没有退开。他放下茶盏看着近在咫尺的百里风兮，看着她的眉、她的眼，看着她天真而无忧的神情，忽然笑了。

百里风兮呆了呆，她不知道原来叶沉笑起来这么好看。就在百里风兮愣神的片刻，叶沉却看似不经意地问道：“自从你去见了老阁主回来，我觉得你好像有些心神不宁。出什么事了吗?”

“我有吗？可能是要接手玄息阁，有些紧张吧。”百里风兮摸了摸鼻子，岔开了话，“这次去云梦山庄想来不会有什么大事。我想就用不着带那么多人去了。”

“怎会?”叶沉收敛了笑意，又是那张平淡无奇，甚至有些呆板的脸。

百里风兮眨了眨眼睛，觉得自己刚才一定是眼花了。

“事关凤鸟、凰图，谁肯善罢甘休?”

“那些东西都和我没关系。”

“但是玄息阁是要为晋国做事的。”

“……所以我会去看。但是叶大哥，你要相信我，这件事不值得玄息阁动手。”

叶沉深深地看了百里风兮一眼，不知她哪来的自信。至于对于接手玄息阁紧张一说，他显然是不信的。

“叶大哥，你要相信我。”

叶沉低头看着地面，淡淡道：“你是阁主，我会服从你的命令。”

“叶大哥!”百里风兮站了起来，欲言又止。她甩了甩袖子，背过身去，说道：“我们从小一起长大，你这么对我说话，我可真的要生气了!”

叶沉看着她的背影，眼神略有痴望，转瞬复又清明，仿佛只是那泠泠波光一时错映进了他的眼中。

“我说的只是事实。如今你是玄息阁主，你想要如何，就如何。”末了，叶沉一叹，带着几分无奈，又带着几分纵容。

“这么说你答应了?”百里风兮听叶沉的语气软了下来，立马回过身来。那脸上明明挂着笑意，哪有半分生气的样子，“叶大哥，你放心吧，这回去云梦山庄绝对不会出事的。我不会和他们去争什么的。”

“不争？我只记得有人说过，要争然于世。”

“那不过是小时候不懂事说的话，叶大哥也真是的，记这么清楚做什么。”百里风兮歪了歪头，“叶大哥，我才坐上玄息阁阁主的位置，我可舍不得就这么死了。你相信我，去云梦山庄真的不会有事的。”

叶沉看着百里风兮，始终不减忧虑。但是，他也知道，百里风兮和她的师父一样，她们的决定没人能改变。

“你们就留下来帮扶苏吧，我带绿娆、绿筠去就好了。你不是说最近朝廷有些异动吗？扶苏一个人在定安城势单力薄……”

叶沉皱了皱眉，别开眼去看着亭外的景色，可是什么又能入他的眼呢！

“百里扶苏这个人并不可靠。”

“叶大哥，你怎么能这么说。他哪里得罪你了？他有什么不好的？”

“他没有得罪我，他也没有什么不好。”叶沉站了起来，青衫隐隐随风动，“就是因为他太完美了，所以我觉得他并不可靠……至善，则近伪。”说完，他头也不回地走了。只留下百里风兮嘟着嘴，为百里扶苏不平。

林间略有薄雾，远处朝阳正缓缓升起，一溪碧水绕行，十里秋枫相伴。这一路行来可以说非常惬意，但百里逸却并不这么觉得。他扶着一棵枫树，佝偻着身子细细喘着气。每次来这里，他都清楚地感觉到自己的衰老，这种感觉很不好。

忽然，一阵琴声响起。是在那溪水之后，秋枫之后，有人起了兴致懒懒挑起的一缕情丝。只是，渐渐听来，却有股子美人迟暮、英雄末路之感。

“这是你弹的吗？可真不像你的性子。”百里逸寻着琴音望向远处，嘴角带着一丝颇堪琢磨的微笑。

一曲毕了，只见一个白衣婢子走了过来，向百里逸行了一礼，道：“请随我来。”

百里逸笑了笑，没有多问什么，只是随着那婢子前行。走了大约一盏茶的工夫，看见一道瀑布从天而降，其侧有亭，亭中有琴，可弹琴的人早已不在。百里逸看着那兀自微微颤动却已经发不出声音的琴弦，心里忽然有些慨叹。那婢子又向前走了一段，带着百里逸转过一个弯，眼前就是另外一番景象了。只见山壁环抱之下，满地红枫之上，有锦席铺地，有美酒置案。风华一袭白衣，斜卧在天地间。这里静悄悄的，那不远处的瀑布声竟是一点儿也听不到。天公造化，真正神奇。

“我知道你会来的。”风华看着百里逸笑了笑，没有一丝温度。

“请我喝杯茶吧。”

“我这里只有酒。”

百里逸叹了一口气，自己走到一旁倒了一杯酒，却不急着喝。

“这是越国的清酿吧？连我宫里都没有多少……你总是这样，景帝太奢侈，把你也宠坏了。”不待风华说什么，百里逸接道，“不过也只有集天下之珍，才能养出你这样的女子吧。我不知道你是怎样建立起玄息阁的。你不说，我也就不问。这些年，玄息阁确实为大晋提供了许多情报，但更多的，是为你提供了这奢华的生活吧？我虽不太了解玄息阁，但总觉得它应该发挥更大的作用。”

“你是想来指责我？”

“不，我从来没有这个意思。它是你的，你愿意它如何，就如何。我无权过问。这是当年就说好的，你让玄息阁为晋国提供情报，而我，容忍玄息阁的存在。可是，为什么突然把玄息阁交给风兮？”

风华理了理袖口，没有看百里逸，似乎懒怠答理他。

“为什么？”

“不为什么，我高兴让谁做玄息阁的阁主就让谁做。不关你的事。”

“若是别人，我自然不会来问你。可风兮是我女儿，她的事，我总有权利过问吧？”

“我没记错的话，她只是你的养女吧！”

“风华！你……”

“难道我有说错？”

“你以为我愿意这样做吗？我是晋王，而你是大魏朝的金枝公主……”

风华大笑着打断了百里逸的话，“早知今日何必当初！百里逸，是你自作聪明。本宫从来就没有喜欢过你！”

百里逸眼神复杂地看着风华，心微微有些疼。可这疼却是无止无息的，只怕到了盖棺那一天才会停止吧。

“怎么，没话说了？”

“当初的事我不想再说了。我来只是想问你，为什么突然把玄息阁交给风兮？”

“我已经告诉你了。我说过的话不会重复第二遍。”

“刚才听你弹琴，和往常不一样了……风华，我们都已经老了……为什么你还不肯清醒一点儿，改朝换代是历史的必经之路，谁都无法阻挡。”

风华突然起身，指着百里逸道：“百里逸，你滚！我迟早会重整大魏河山的，我告诉你，玄息阁就是第一步，谁也无法阻挡。你们根本就不知道，根本就不知道……”似乎有什么话即将出口，却又被理智压了下来。

风华怒视着百里逸，眼中的痛苦不知是百里逸带给她的，还是她自己强加的。只是，一切的一切，她都不愿去想，她从来不愿去想……

“我是什么都不知道。”看着眼前有些疯狂的人，百里逸也站了起来，“可我知道，照你这样奢侈，绝不会成大事。景帝就是败在了这上面。所有的一切都只供他享受，全然不顾天下安危！如今二十年过去了，你还不是一样一事无成！”

风华怔住了，看着百里逸。这个从来不敢对她大声说话的男人，今天居然敢这样说她。然而他说的话，自己却又无从反驳……因为没有人比自己更清楚玄息阁，也没有人比自己更清楚……

风华的视线缓缓垂落，最终落在了那酒杯之上。她像是渴极了的人，不顾一切地端起那杯酒，却因双手颤抖，始终送不到嘴边。

啪的一声，酒杯摔在了地上。风华又挥掉了案上的其他东西。百里逸正想上前，却见她甩袖旋身，已避了开去。那一袭白衣带起火红的枫叶，一路跌跌撞撞，最终消失不见。

那些婢女拦住了百里逸。百里逸无奈地退了回来。每次来这里，不仅会让他察觉身体的衰老，这些敢挡住他去路的人，更让他有一种无力感。

“风华，你究竟是个什么样的人……二十年了，我越来越看不懂你了。”

百里逸下山的时候走得很慢，似乎想借此机会理清一些关于风华的事情，比如风兮，比如自己……

让风兮跟在你身边，不知是对是错。你是大魏朝的公主，熟悉一切礼仪规范，可是你却不屑于此。你将她放逐四海，甚至还让她去参与那些危险的行动。难道你真的那么讨厌她吗？还是真的如你所说——百里逸皱了皱眉，似乎想起了风华说那些话时不屑的眼神。

“你们还真是有自知之明，王？皇？哈哈，一统天下，海纳百川。你们这些人是不可能知道那是怎样一种境界的。怎么教育风兮是我的事，本宫站在皇宫俯视天下的时候，你们都不知道在什么地方呢！”

百里逸叹了口气，直了直身子。

“或许你是对的吧，我，确实不曾俯视天下。不过，风华啊，你也只是看到表象而已。你没有参与过朝政，没有经历过那些阴谋诡计，你一直都被保护得很好……所以，你并没有资格说这些话。景帝太骄纵你了。我，也太骄纵你了……”

下山的路要容易得多，当百里逸走到山下时，发现已经有人等在了那里——那是他的心腹，但也只能等在山下。

“大王，不好了，二殿下突然病倒了。”

“怎么会这样，昨天他不是还好好的吗？瑞成，到底怎么回事儿？”

连瑞成压低了声音，回道：“只怕是有人下毒……”

百里逸闻言一惊，“随我回去，此事不可张扬。”

“是。”

就在百里扶苏被人毒害的消息让人压下来时，一辆华丽的马车已经离开了定安城，向陈国的方向驶去。

陈国在北，一路行来寒意渐甚。百里风兮趴在车窗上，懒懒地看着外面的景致，盘算着接下来的事。

绿筠小心地沏了一盏茶，道：“另一辆马车已经从东华门走了，这一路倒还清净，想必都跟着那辆车去了。”

百里风兮回身接过茶，笑了笑，“咱们挑了这么一辆打眼的马车，那些人反倒不跟来，可见都是疑心太重的缘故。只是咱们出来得匆忙，待闲了我也要好好查查，什么人敢跟踪我。”

“只怕是陈国那边的人。”

“陈国……”

“小姐。”绿筠、绿娆等人跟在百里风兮身边日久，并不以公主称呼她，而是称其为小姐，一则百里风兮是在玄息阁长大的，二则出门在外也好掩饰身份，“这次去陈国山高路远，为何不多带些人？”

“不会有事的。”百里风兮把茶放在小几上，“这次就当是出来散散心好了。我们只要多注意云梦山庄的动静就好，至于陈国国主那边……”百里风兮笑了笑，“他难道会不答应吗？不过是时间的问题。”

“既然是散心，小姐为何愁眉不展？”

百里风兮眨了眨眼，故意扬起一个大大的笑脸，“难道要我每天都笑成这个样子吗？很累的啊。”

绿筠无奈地摇了摇头，掀开车帘子，对绿娆道：“你进来陪小姐吧，我来驾车。”

百里风兮吐了吐舌头，对绿娆道：“得了，车里你也坐得住？我歇一会儿，你还是找绿筠聊天的好。”说着，也不管她二人如何，自己歪向一旁闭目装睡去了。

马车摇摇晃晃，不多时百里风兮还真的睡着了，只是睡得并不踏实，眼前影影绰绰的是那一道道线条，一个个圈点，一列列名单……究竟是什么，再想看时却被一只手扰乱了。那是一只保养得很好的手，很熟悉……是师父的手……

百里风兮猛然坐起，额头一片冰凉。

“师父……”

车帘被掀开，一股冷风吹了进来。零星的雪花里，赤城的城墙正安安静静地守护着它的领地。绿娆早已跳下了马车，正在那儿蹦蹦跳跳地接雪玩。绿筠进来一看百里风兮的脸色，不由担心地问道：“小姐怎么了？”

“没什么，做了一个噩梦……”百里风兮扶着绿筠的手也下了马车，“已经到赤城了。”她回头望了望，“我们已经出了晋国……”

“风兮姐，你快来。”绿娆不知发现了什么好玩的事儿，正起劲地招手让百里风兮过去。

“那丫头不知道看到什么了。”百里风兮笑了笑，回头对绿筠道，“我们去看看。”说着，也不等绿筠答应，她就跑了过去。

月华如水，灯火如昼。长街上人来人往好不热闹。赤城一年一度的花灯会，青年男女都戴着面具提着花灯，在今夜寻觅着自己的良缘……

一棵枝叶繁茂的梧桐树上垂下几缕白绸，再往上看，只见一个戴着苍鹰面具的女子坐在树上，那面具做得精良，在眼睛处还特地粘上了羽毛，显得极为灵动。她坐在树上，看着街上的男男女女，双脚有一搭没一搭地晃荡着。在她身旁，是一只真的鹰，通体雪白，世间罕见。

“凤凰。”声音从对面的屋顶上传来，待仔细去看，才看见一个衣衫破烂的男子躺在屋顶上。这时，他已经坐起来了，正看着树上那个白衣女子。

“你在叫谁？”

“凤栖梧，你在梧桐树上，难道不该叫你凤凰？”

“大魏朝时因淑敏皇后喜欢梧桐，故而天下广植。爬过梧桐树的人不知几许，哪能人人都是凤凰啊。若说凤凰嘛，如今那武林第一美人水翩跹才是。”白衣女子偏头看着那男子，“你是谁，你戴的是什么面具，我怎么没在街上看到。”

那男子面上也戴着一个面具，通体俱黑，隐约看见上面的彩绘，看上去张牙舞爪的，也不知是什么。唯有那露在外面的眸子却是平和而明亮的，就像是这九天星辉都入了他的眸中，让人移不开眼。

“市面上没有卖，这是我自己画的。我这里有酒，你要吗？”

白衣女子没有说话，而是直接伸出了手。

“接好了。”那男子也不知从哪里变出一坛酒，就这么抛了过来。白衣女子伸手接住，往下沉了沉才抱到胸前，一闻，笑道："好酒。"说着就喝了一口。可还没咽下去，她就噗的一声全吐了出来，因为那男子漫不经心地叫了一声"百里风兮"。

"你怎么知道是我？"嘴角的酒还来不及擦，百里风兮抱着酒坛望向他。可那人却只是笑了笑。

"你是谁？"百里风兮站了起来，可她发现就算是这样，那个依旧坐着的男子，仍给了她一种无形的压力。她说不清这是一种怎样的感觉，明明是自己俯视着他，可他那般随意从容，并没有输半分气势。

"来帮你的人。"

"帮我？"百里风兮把酒坛又送了回去，"我看不出有什么需要你帮忙的。"

那男子耸了耸肩，接过酒坛又躺了下去，直把天当棉被地做床。

"既然你这么说，那就当我多管闲事吧。"

百里风兮皱了皱眉，这里已经不是晋国的地界了，她凡事都需小心。

"你究竟是何人？"

那人却像是连话也懒得说了，挥了挥手，示意百里风兮不要再打扰他了。百里风兮一滞，这算哪门子事儿？

"疯子。"百里风兮瞪了那人一眼，便不再多做停留，翩然飘下树去，瞬间就隐没在了人群里。这时，那男子却又翻身而起，看着百里风兮消失在人群里，笑了笑，道："怎么这么没耐心，好歹也该多问问我吧……"

百里风兮挤在人群里，换了几条街才回到客栈。她可以肯定没有人跟踪她。可是一回到客栈，她就发觉气氛有些不对。安静，太安静了。就算今天是花灯会，可是客栈里不会不留人，但是，这明晃晃的大堂却空无一人。

"绿筠？"百里风兮抬头看着楼上，今天她心情不佳，所以独自出去走走。绿娆性子活泼一定出去玩了，可绿筠向来持重，一定会在客栈里等自己的。

"绿筠？"

连唤两声，只有冷风飕飕。外面开始放烟花了，屋里却显得更加静谧诡异。百里风兮手心里微微有了汗意，一错身踏在扶梯上，连连五步已经跃至三楼天字号门前。

大门敞开，绿筠人事不省地倒在地上。

"绿筠！"百里风兮也不顾这是否是陷阱，忙跑到绿筠身边扶起她，让她靠在自己怀里。伸手试了试绿筠的鼻息，见她还有气息，百里风兮这才略微放下心来。可旋即她就发现绿筠脸色发青，那是一种由内而外透出的青色，极为不祥。

"碧螺……"

"百里风兮看来还有两下子，居然识得碧螺。"

百里风兮一回头，就看见一个戴着面具的人，他身后还跟着一人，正是绿娆。百里风兮很少见到绿娆这么安静听话，一时疑心重重。

"早告诉你了，你还偏不要人帮。现在我帮你把这丫头带回来了，不过我看你的样子似乎是想杀了我，而不是感谢我。"

百里风兮回过神来，眼前这个戴面具的人就是方才在屋顶上的那人。只是此刻，他换了一个纯白的没有脸谱的面具，自己一时惊慌才没认出他来。

"风兮姐。"绿娆蜷着身子来到了百里风兮身后，这才松了一口气。跟在那人身边实在太不好受了，虽然他救了自己……

"绿娆，发生什么事了？"

"我也不知道。"绿娆看了那戴面具的人一眼，回头对百里风兮道，"我当时正在街上闲逛，这个花灯会很热闹……后来一个小孩子抢了我的钱袋，我就追了过去。想不到……想不到被人伏击了，幸亏他救了我。"

百里风兮听完，又看了那人一眼。此时，绿筠身中"碧螺"，若无解药难以保命。而那个人……

"你……你既然能救绿娆，想必也能救绿筠。"

那人一抖长袍，坐了下来。他那身衣服虽然破旧，可他的动作却很潇洒，给人的感觉极为古怪。

"先前我要帮你，你自己说不必。至于现在……你若求我，也许我能想想办法。"

此言一出，绿娆先叫了起来。

"你怎么可以这样！我还以为你是好人！"

百里风兮低头看着绿筠，此刻敌我未明，是自己大意了。以为这一次自己不招惹别人，别人也不会招惹自己。可是叶沉说得对，事关凤鸟凰图，谁人肯善罢甘休……可眼前这个人就真的可以信任吗？

"你是不是真的可以救绿筠？"百里风兮抬头直视着那人。

那人点了点头，道："只要你跪下求我，我就救她。"

"风兮姐，不可以。"绿娆拉住百里风兮的手，回头看向那人。

百里风兮把绿筠交给绿娆照顾，走到那人面前，正色道："若能救人，一跪何妨。"说着就直直跪了下去，却不想被人托住了。

“你……”

“我不过是随口说笑，想不到公主却当真了。我不过是无名之辈，怎当得起公主一跪？”

百里风兮看着近在咫尺的那双眼睛，实在想不出这世上还有谁能有这样一双仿若深渊一般的眼睛，好像能把人吸进去。此刻，那眼睛里满是和善的笑意，不由得让百里风兮松了一口气。

“不过，我身上并无解药。”

“你戏弄我？还是，你和那些人是一伙的？”

“若是一伙的，我何必提前警告你。行走江湖，我不过是看不过眼罢了。你信也好，不信也罢，随你。不过，看在你这么重情重义的分上，我还是得告诉你，碧螺毒性凶猛，除了配毒的人以外，这天下只有一人可解。”

“你是说解无忧？”

那人点了点头，“我刚巧认识他，如果你信任我的话，可以马上跟我走。如果对我有所怀疑，那咱们大路朝天各走半边。”

百里风兮咬着下唇有些犹豫，这一切都发生得太突然，而这个人又出现得太巧了。可是……百里风兮回头看了一眼绿筠和绿娆，若他真有害人之心，又何必救绿娆？罢了，就跟他走一趟。

“我跟你走。”

“你信任我？”

“……信。”

“记住你说的话。跟我来吧。”说罢，那人就领着百里风兮等人下了楼。四人出了客栈，外面锣鼓喧天。谁能想到在客栈里却又是那样一番景象。所谓一墙之隔便是天上人间……

那人领着百里风兮等人左转右转兜了半天圈子，才寻了一辆马车来，让她们上车。

“我们连夜出城，她应该能撑到解无忧那里。”

百里风兮点了点头，虽然是情势逼人才答应了要跟他走，可百里风兮自问，放在平时，只怕自己也会答应。那人身上似乎有一种魔力，让人信任他。

“我……我该怎么称呼你？”

“叫我萧然吧。风萧萧兮易水寒的萧，天道自然的然。”

雪已经停了，成片的衰草伏倒在地，远处的小溪已经干涸，露出很多椭圆的石子。解无忧见到萧然的时候就像是见了鬼，还好在逃走之前留下了解药。那个萧然是什么人，越发让人好奇了。绿筠此刻交由绿娆在照顾，看气色已经大有好转。百里风兮负手走在荒野里，风很冷，将她的衣衫吹得猎猎作响。

叶沉说得没错，自从见了师父后，她就有些心神不宁。而现在，她必须让自己冷静下来，不然……恐怕真的没命回去了。

随意找了一处盘腿坐下，百里风兮长长地叹了一口气。

“师父，从小你就告诉我大魏朝如何如何，而父王又告诉我朝代更迭如何如何。你们说得似乎都有道理，原以为我可以轻松地游走其间，讨你们两人欢心。可是师父啊，你总是那么让人不得安心……”百里风兮苦涩地笑了笑，双手环抱住手臂。风有些大，但是她并不想回去。就让这冷风把自己吹醒吧，鱼和熊掌，自己是不可能同时得到的。

师父，父王，扶苏……

百里风兮忽然觉得身上一暖，略抬眼，只见一件破旧的衣服已经披在了自己身上。萧然不请自来地坐到了百里风兮身边。他戴着面具，不知是何神色，只是眸子里透着笑意。

“百里风兮……你是个很奇怪的人。”

“或许，这句话对你同样适用。”

萧然没有反驳，看着远处的大山，缓缓说道：“晋国端华、越国荣平都是当世奇女子，天下闻名。荣平公主辅助朝政，近年来不曾踏出雍城一步。而端华公主入主玄息，却是将天下走遍。所以，这天下对端华公主的传闻颇多，然而，今日一见却实在出乎意料。”

“让你失望了？”百里风兮笑了笑，“原来我已经天下闻名……不知道他们是怎么说我的？”

“他们说你是仙女，总是足踏红叶，白衣飘飘，好像不食人间烟火一样。而我所见的不过是一个人，一个活生生的人……”萧然转头看着百里风兮，“没有失望，只是对你更有兴趣了。初见你时白衣白羽，确实恍若仙子，然而你却接过了我的酒。本想帮你你却当我是疯子断然离去，这和玄息阁的人似乎相去甚远。再见你时我不过随口许诺，你竟然会为了一个丫鬟而下跪……百里风兮，你是越来越有趣了。”

“有趣吗？我不觉得。”看着那没有任何表情的面具，听着那丝丝入扣的分析，百里风兮却觉得从未有过的轻松——不用再去察言观色，也不用再去揣度人心。就这么直来直去，又有何不可？

“别人把我说成什么样，那是别人的事，与我无关，至少我不会刻意去迎合那些传说。我是喜欢穿白衣服，自问轻功也不错，但我绝不是仙女。我要吃饭也要喝酒，更要交朋友。绿筠和绿娆在你看来只不过是我的丫鬟，可是她们对我来说是朋友。我不知道该怎么对你说，但是，她们对我来说真的很重要。你别忘了，我从来就不是什么真正的金枝玉叶，所以，为了她们，我什么都肯做。至于下跪……呵，我又不是男儿，膝下没有黄金。你也说了，我是玄息阁的人，所以我很清楚，有些东西其实很无谓……不过，我这几天确实和在玄息阁的时候相去甚远，连我自己都快认不出我自己了。”

“是出了什么事吗？”

“是，是出了事。”百里风兮深吸了一口气，第一次承认，出事了。

萧然笑了笑，隔着面具，声音听起来闷闷的。

“你笑什么？”

“没什么，只是觉得你的样子很……很好看。”

“无聊。”

“好吧，为了不无聊，那说说到底出了什么事吧，也许我还能帮你。”

“这件事你帮不了我。”

“你不说怎么知道？”

“因为这件事不能说，你，自然也就不能帮。”百里风兮把衣服取下还给萧然，“谢谢你的衣服。我现在好了很多。”

萧然耸了耸肩，随意接过衣服穿了起来。百里风兮的眼里闪过一丝光。她刚才看到了萧然的手，那是一双修长有力的手，指甲剪得很短，比正常人还要短。萧然看上去穿得破破烂烂，手也并不干净整洁，但是他的指甲却修剪得很短很整齐。百里风兮知道有一种人会这样对待自己的手，而能一直保持这样的人却很少见。

“我最近虽然有些乱，但我毕竟是玄息阁出来的人。”百里风兮缓缓站了起来，“你用剑，是个难得的剑客。”

萧然抬头看着百里风兮，有些不解，但并没有反驳。

“你为什么要帮我？”刚才的观察所得，让她寻回了一些自信。她是在玄息阁长大的，学会了很多东西。她不会那么没用的。

“哈哈……我还以为你要说什么，原来又绕回去了。你们这些人啊，好像总是对别人不放心。我早说过了，不过是路见不平拔刀相助。”

“江湖确有热血，江湖确有儿郎。既如此……”百里风兮一笑，抱拳道，“大家萍水相逢，多蒙仗义出手，此后山高水长，后会有期!”

“等等，你要走?”萧然一下子跳了起来，“我才救了你啊。”

“大恩不言谢。”百里风兮摆出一副理所当然的样子，嘴角带着一丝阴谋得逞的笑意，“我还有事在身，不如你留下地址，待我办完事后，再亲自登门拜访?”

“……你要去办什么事?也许我可以帮你?”

“我要去云梦山庄拜会流云公子。”

“你不是说不能说的吗?怎么又肯告诉我了?”

“这不过是寻常小事，告诉你又何妨。不过，你好像还没有告诉我你家在何处?”

萧然看着百里风兮，眼里笑意愈深，只是那面具还是一片惨白。

“云梦山庄有凤鸟出世，原来在百里风兮眼里，这不过是小事。你果然有趣……至于我，呵，漂泊江湖，四海为家。”

百里风兮点了点头，“好，四海为家。既然如此，想必你也不会要求回报。若你愿意同行呢，我可以带你去云梦山庄，听说水翩跹是武林第一美人，不知道你有没有兴趣去看看?若你……”

“我没兴趣。在我看来，你比水翩跹要好得多。”萧然打断了百里风兮的话，走近两步，大力拍了拍她的肩，“不要让我失望。”说完，还没等百里风兮反应过来，就大笑着逃离了。

待百里风兮回过神来，骂了一句“疯子”，这才听得一句“山高水长，后会有期”随风传来。

“果然是疯子……”百里风兮转过身往回走，不同于来时，此刻她的脚步已坚定了许多。“这世上哪来的凤鸟，庸人自扰而已。而聪明人……看来是要扰天下了。百里风兮，你不该让任何人失望的。事已至此，多想无益。”

第四章 想来是浮华渐远

三家分魏后，天下不安，而江湖中人却异常活跃了起来。这与各国国主求贤之举不无关系。江湖中藏龙卧虎，如今乱世争雄，都希望能一较长短。而云梦山庄无疑是江湖中的一个异数。它建立的时间并不长，但如今，若论江湖上地位之高，却是无人能及。这一切的一切都只因为一个人，一个让天下倾慕的人——流云公子。

没有人知道流云公子的真名叫什么，也没人知道云梦山庄的真正来历。只是忽然有那么一天，江湖上各门各派都收到了一张英雄帖，英雄帖上写明以武会友，至于落款处那流云公子是何人却无人识得。各路英雄虽有疑虑，但还是依约前来，原以为是何等狂徒，不想来到云梦山庄却见一个风光霁月的浊世佳公子。

据那次前去的人回忆，当时见到流云公子只觉得自惭形秽。后来以武会友，更是对流云公子刮目相看。当晚，云梦山庄大摆筵席，那流云公子似千杯不醉。这下，众人算是心服口服了。次日，众人纷纷拜别，流云公子的美名也随之传遍天下。当然，那些传言也许有夸大之处，但世人确实为流云公子倾倒。一年后，流云公子与越王之弟万俟微澜在沧漓江边饮酒，时值九月，天高云淡，和风习习。他二人都是风流名士，其间相互和诗多首，然而，却无一首流传于世，甚为可惜。二人聚罢即离，万俟微澜乘车回国，当时他已醉了，一路上，只听他念道："云山苍苍，江水泱泱。公子之风，山高水长。"从此，人们就以这四句话来形容流云公子。

百里风兮理了理关于流云公子的信息，然后苦着脸看向绿筠。

绿筠服过解药后已无大碍，但百里风兮还是让她在车内休息。这几天，她和绿娆换着赶车，这让绿筠很是过意不去。

“小姐，怎么了？”

百里风兮拿起水喝了一大口，这才说道：“以前未在意流云公子，想不到关于他的情报这么少。看来，云梦山庄不简单。”

绿筠苦笑道：“原以为小姐说此行并无大事，还以为小姐已经知己知彼有了对策。原来……”

“我哪里知道这个天下皆知的流云公子会这么神秘啊。不过，关于凤鸟的事真的没什么。”

绿筠想了想，道：“我记得小姐说过，陈国国主答应这件事只是时间的问题，小姐出来只是想要散心。可是，小姐，我跟了你这么久，怎会不知道，扶苏公子在晋国，你若没事怎么舍得往外跑？”

“绿筠，你……你取笑我。看我挠你痒痒。”百里风兮说着就要动手，绿筠却不紧不慢地说道，“我才中了毒，小姐就不让我消停。”

百里风兮气鼓鼓地瞪了她一眼，“好好好，我不动你，你好好消停消停。”

绿筠掩口而笑，顿了顿，问道：“好了，小姐，说正事儿吧。这次来到底是要做什么？你只带了我和绿娆，就要到云梦山庄了，你总该对我说清楚才好。”

百里风兮呼出一口气，想了想，道：“其实，我也不知道要来做什么。凤鸟的事本来完全不用去管，可是后来我发现……这件事已经变成了无力去管。无论陈国国主答不答应，这个消息已经出来了，天下必定会大乱。我对父王说是来看看会不会有凰图的线索……可是绿筠，”百里风兮握住绿筠的手，有些颤抖地说道，“我那是在骗父王……不会有凰图的线索的。我们能查的，只有流云公子，他放出这个消息，居心何在？而这一切，其实可以让玄息阁其他人来做的，但是我来了。”

绿筠没有说话，只是看着百里风兮，目光平和，鼓励着百里风兮继续说下去。

“我来……其实只是想要逃避一下。你也知道前些日子师父找了我，她告诉了我一件重要的事。我一时不知该如何是好。”百里风兮略平复了情绪，“我知道此行无论陈国还是越国都不会对我动手，所以我借此逃避。可是我没想到，还没出晋国我们就被跟踪了。虽然我安排了另一辆马车，可你还是中毒了，看来我们并没有甩掉那些人。我想不明白，谁会在这个时候对我动手？”

“不是越国，也不是陈国，那就只能是……”

“绿筠，你说……对了，好像晋国朝堂上有些异动，我还特地让叶沉留意了的……”百里风兮抓住绿筠的手又紧了紧，“扶苏不会有事吧？我们，我们……”

“小姐，你别那么紧张。”绿筠回握住百里风兮的手，“我不知道你为什么把凤鸟的事情看得那么轻，要知道在世人眼里，这件事已经是惊天大事了。陈国国主也许会答应流云公子，但是若有晋、越两国参与，总是对他不利。来杀我们的人，也许是陈国的。越国也并非完全没有可能。小姐，你的心确实乱了。这些天我看你刚好些，可一遇到扶苏公子的事儿，你啊，又全乱了。”

百里风兮叹了口气，颓然坐了回去。看来那件事对自己的影响真的很大。明明已经那么努力想要平复自己的心境了，可潜意识里还是被它左右了。再加上扶苏……

“绿筠，既然我说这次出来是散心的，那么我就不想无功而返。”

绿筠含笑看着百里风兮，看着她虽然彷徨却依然记得自己的初衷，看着她虽然慌乱却还能保持最后一丝清明。

“还是那句话，凤鸟的事不用去管了。现在要好好看看那个流云公子。父王不是说时间是最好的良药吗？我听闻云梦山庄景致不错，我们就多住些日子吧。回去以后我要面对很多事。我一定要平心静气。”

最后一句话，不知是对绿筠说的还是对自己说的，百里风兮抿了抿唇，对于未知的未来，下了一个未知的决心。

龙潜月，天大寒。忌动土、婚嫁，宜祭祀、求财、订盟。大利北方。

一个披着狐裘的人正缓缓向北走着，陈国在北，云梦山庄在北，流云公子在北。此刻，他已经踏上了云梦山庄的第一级石阶，他停下来抬头看了一眼。从这里，还看不到云梦山庄的山门，这个山庄正如它的名字一样，隐在云雾之中，乃是凡人梦境之所。他低下头呵出一口气暖了暖手，然后又开始向云梦山庄走去。他走得并不快，时而停下脚步抬头观看身旁的景致，显得悠闲从容。当他踏上第九十九级台阶的时候，一阵急促的马蹄声从下面传来。他收回了步子，转身看着下面，似乎是在等下面的人。

天上的云有些重，似快受不住要往下落雪了。风已经停了，天地间静悄悄的。

没有脚步声传来，以至于那样一张精致的脸庞出现在自己面前的时候，自己会那样失态。

“这就是流云公子的待客之道？”百里风兮依旧一袭白衣胜雪，只是今日她特地上了妆，艳得如同雪地里的红梅，让人越发移不开眼了。

“咳……在下并非流云公子。”

百里风兮略皱了皱眉。眼前这人优雅从容气度不凡，自己方才自下而上，见他于此，恍有仙人遗世独立之感。这样的人不是流云公子，却又是谁？不过，听闻流云公子武功了得，再看眼前这人却显得有些羸弱……

“越国万俟微澜见过端华公主。”万俟微澜深施一礼，这倒让百里风兮退了一步。

“原来是微澜公子，风兮有礼了。”越国微澜，晋国扶苏，陈国流云，这三人并称为当世三公子。眼前之人能有如此气度，也并不奇怪。只是听闻越国国主醉心于书法，不爱打理朝政，而王弟万俟微澜也身放五湖寄情山水不问世事。算来算去，这次越国来人都该是荣平公主，怎么会是他呢？

百里风兮压下疑虑，上前一步问道：“公子在这里等人吗？风兮方才在来的路上并未见有其他人。下雪了，不如公子与我先去云梦山庄如何？”

万俟微澜缓缓一笑，拂去肩头一片落雪，“我听见马车响动，所以停下来看看是否有人能一起走走。想不到有幸遇见端华公主。”

“原来是这样……对了，还未请教，公子如何知道我的身份？”

万俟微澜已转过了身，闻言回头对百里风兮道：“公主美名，天下远扬。微澜早已如雷贯耳。不过方才微澜也并非完全确定。”

百里风兮微微挑眉，笑道：“那公子就不怕拜错了人？”

“若是微澜认错了人，就凭红梅艳压群芳，那也是值得微澜一拜的，断不会拜错的。”

“公子这么说，风兮倒是惭愧得很。下雪了……我们快上去吧。”

万俟微澜点了点头，略往边上挪了挪。二人并肩而行，但都没有“快”的意思。这石阶两旁景色优美，再加上此刻雪花纷飞，走在其上，倒真是有些要步入仙境之感。

“风兮原以为会在这里见到荣平公主，想不到来的却是微澜公子。公子一向不问世事，怎么今日会与风兮一道前来拜会呢？”百里风兮理了理袖口，漫不经心地问道。

万俟微澜笑了笑，缓缓说道：“让公主失望了。微澜亦想，若当世两位传奇公主相遇于此，该是何等景象……只可惜荣平近来身子不大好，陈国在北，不便前来。”

“陈国在北……”百里风兮笑了笑，伸手接住一片雪花，“是啊，陈国在北。我离开晋国的时候还看见枫叶红透了整座山，可到了这里就只看见白茫茫一片了……”

“白茫茫一片也是好，这世上难得如此干净。”

百里风兮侧头看着万俟微澜有些苍白却异常清俊的面容，“公子这样干净的人，本不该沾染这些俗事的。”百里风兮脱口而出，说完后才觉得有些冒失，低头自嘲一笑，却也懒怠解释。

“你我都不该……却都来了。”

“闻公子与流云公子有旧，不知道可猜得出流云公子此番是何……居心？”

“微澜不知。”万俟微澜停下步子看着眼前“云梦山庄”四个大字，“公主既然已经到了这里，何妨亲自去问问他呢？”

百里风兮一笑，道：“好。”

“回头记得告诉我答案。”

“……好。”

一青衣小童从山门内出来领着二人进了大厅，一时又有婢女分别引二人去房内更换干净的衣衫，却还不见流云公子的影子。百里风兮对婢女交代道：“我还有侍婢在下面打点行装，一会儿她们上来，还请姑娘引路。”

那婢子听了，回道：“公主不必担心，奴婢这就让人去打点。”

待百里风兮收拾妥当出来，万俟微澜已经坐在拥雪阁内与人说着话了。雕花屏风上嵌着八宝玉石，其后细软软一个声音传来。

“公主来了。”四个字，再平凡不过，但那人说来却让人觉得无比舒服。似乎是久别的朋友，虽然心里有无数的话，但却无从开口。只是那千般心思，早已各自体会。

万俟微澜闻言，便起身相让。百里风兮向他点了点头，问道：“那屏风后的可是水翩跹水姑娘？”

不待万俟微澜回答，那屏风后的人便已开口，“屏风后正是水翩跹。敢请公主入内一叙。”

“昔闻姑娘乃武林第一美人，心向往之。有此佳期，莫敢辜负。”

“托赖表哥庇佑，贱妾不过是沧海一粟，实在当不起这一称呼。”

“二位姑娘既已拥雪，我当去扶梅。”

“倒是怠慢公子了。”水翩跹在屏风后站了起来，“表哥说申时三刻回来，劳公子稍待。”

“不妨事。我与流云公子乃是旧交，水姑娘照顾好公主就是。”万俟微澜说罢微微行了一礼，而后拥狐裘，踏素雪去往扶梅观。

万俟微澜一走，水翩跹便命人撤了屏风，迎出来与百里风兮见礼。她穿着一身淡青色毛绒袄，下配百褶素裙，十分家常。若说百里风兮是红梅吐艳，那这水翩跹便如水仙凌波，柔弱中自带了一股风流，惹人怜惜。

"原来流云公子出去了？我等冒昧来访，看来是不巧得很。"

"表哥本是要亲自恭候两位的，无奈国主宣召……"

百里风兮瞥见水翩跹眉间那一丝清愁，心下大抵了然，看来这位水姑娘也是不大愿意承担凤鸟在身的重责的。

婢子上了茶，百里风兮端起一盏，小心地暖着手。

"或许等流云公子回来，我们也就该走了。"

看来司徒昊已经察觉到了压力，所以才会急着召流云公子进宫去吧。是要答应他的条件吗？这么快，未免让人有些失望……

"……表哥曾多次向翩跹提起公主，如今公主远道而来，无论如何也请在云梦山庄多留些日子，让翩跹一尽地主之谊。"

"流云公子提我做什么？"

"表哥说公主乃是当世奇女子，贵为公主却在江湖颇具侠名，轻功精妙，当世无双。"

"传言，不可俱信。"百里风兮转身正对着水翩跹，"你瞧，我不也就是这样而已吗？人外有人天外有天。若说奇女子，水姑娘才是当之无愧的奇女子。"百里风兮低头饮了一口茶，"我等不过是小打小闹，而姑娘一出，则是天下震动。"

水翩跹张了张口，却没有说出什么来。末了，她只是一笑，带着些许无奈。

"其实，人的命都是自己选的。"百里风兮低头看着茶，"女子虽然柔弱，但也并非任人摆布。水姑娘好自为之，有些事一旦不慎，只怕牵连的就不只是姑娘一人的幸福了。"她放下茶，又笑了笑，"好了，我得去看看我那两个婢女怎么还没上来。或许是云梦山庄的景色太美，让她们迷路了。"

百里风兮没头没脑地说了这许多，水翩跹却立在那里没有反驳，反而有些感怀。待细想过后，她脸上又现出一丝惊讶。她看着百里风兮的背影，喃喃道："不是每个女子都能如你一般的……"

百里风兮向山门处走去。此刻，绿筠、绿娆二人已被云梦山庄的婢女引着去了厢房休息。百里风兮要等的并不是她们。

"申时三刻……流云公子真的这么准时吗……"

雪越来越大，视线变得模糊，人在天地间只觉得孤零零的。百里风兮紧了紧领口，不紧不慢地走着，脚步声很有规律。忽然，她停了下来。但是脚步声还在继续，因为前方正有一个人走来。百里风兮很仔细地看着迎面而来的那个人，生怕错过了什么。

待那模糊的身影变得清晰，百里风兮心里忽然长长地叹了一口气。“云山苍苍，江水泱泱，公子之风，山高水长。”除了这四句话，百里风兮真的不知道该怎么形容他。就这么看着他一步步靠近，便生出了想要膜拜的感觉。他仿佛是一尊神，让人从心底拜服。

“在公主面前，看来天地皆为客。”流云公子含笑说道。他从外而归，但看到百里风兮站在这里，却觉得她是这里的主人，而自己只是一个过客。

“似乎所有人都能一眼认出我是谁？”

“只因公主这样的女子，世间本就无双。”

“……扶梅观那里有人在等你。”

“公主在此又是在等谁？”

“既然天地皆为客，那我等谁就不重要了。”

“可是公主的心不安。”

百里风兮眼神一凛。

流云公子依旧含笑，“公主何必这么紧张……如今，谁的心会安稳呢？”

“有人让我问你一句话。”百里风兮抬头看着远处灰蒙蒙的一片，风雪确实有些大了，她觉得有些冷。忽然，百里风兮便不想再和流云公子说话了，她收了收袖口，毫无征兆地转身离去。

流云公子看着百里风兮突然离去，却并没有阻止，也没有再多问什么，仿佛一切都是理所当然。

“她真是个奇怪的人。”过了半晌，流云公子忽然开口。他并不是自言自语，因为有人已经来到了他身后。

“表哥好像很关注端华公主。”水翩跹披着一个斗篷，看上去弱不胜衣，“荣平公主似乎更值得表哥关心。”

“可惜荣平公主没有来。”

“……表哥，国主找你做什么？”

流云公子转过头对水翩跹笑了笑，这世上再也没有比这更俘获人心的笑容了。水翩跹低下头没有再问，虽然心里忍不住一声叹息，可她终究低下了头。

第五章　怎叫天下为倾心

轻缓的脚步声是故意让人听见的，那是自认有礼的君子不愿悄声而入。在拥雪阁内赏雪实在是一件很惬意的事，可是百里风兮却显得有些心不在焉，当她听见脚步声回过神来的时候，万俟微澜已经走到了她身边。

“公主在想什么想得如此入神?”

百里风兮摇了摇头，顿了顿，笑道：“没什么，我只是在想，流云公子究竟是个怎样的人。”

万俟微澜了然而又无奈地笑了笑，坐到了百里风兮对面，“我亦不知。”

“你和他是旧交。”

“有些人不是认识的时间长就能看得清的。”

百里风兮偏了偏头，算是认同了这个说法。

“我没有问他为什么。因为站在他面前的时候，我忽然觉得问不出口。对他那样的人问话，就像是往白雪上撒灰一样。”

万俟微澜叹道：“那你我来此岂非白跑一趟……我，也问不出口。”

“呵呵……”百里风兮笑了起来，“世上怎么会有我们这样的人？好奇怪。”

“或许并不是我们奇怪，而是这世道太怪。”万俟微澜转头看着百里风兮，看着她艳丽而纯净的面庞，心里忽然觉得很温暖，“我本应该是载酒而来，与他痛饮三百杯，然后大醉而归于山水间。你……”

“我本应该是慕他之名，不顾千山万水前来见他一面，然后心满意足飘然而去。”

“可我是越国王弟，你是晋国公主，如今前来的并不是简单的你和我。”

“所以……真的很可惜……现在唯一值得庆幸的是能遇见你，这也算对得起自己了。”百里风兮对万俟微澜道，“不知道能不能和公子交个朋友？”

“我们还不是朋友吗？”

百里风兮仰头无声地笑了笑。她发觉和万俟微澜在一起真的很轻松，很开心。或许，他们有太多相似的无奈，所以能够彼此理解，彼此包容。

“眼看着天下就要大乱了，你说，到时候我们该怎么办？”

“其实，选择有很多，但是我想最后留给自己的只有一条路。一条并不是自己喜欢，但却是必须选择的路。战。为国而战。”

“希望我们永远不要在战场上相见。”

“希望如此。”

百里风兮回到房间的时候，白雪正好落在了窗棂上，她一扫郁结，欢喜地跑了过去。

“好白雪，辛苦了。”百里风兮摸了摸白雪的脖子，从它脚上取下信筒。白雪显然还想在主人身上再蹭蹭，可惜百里风兮的注意力已经不在它身上了。它只好无趣地飞到绿筠肩膀上。

“一切安好，勿念。年节将至，早归。”

十二个字，百里风兮翻来覆去看了好几遍，这才小心翼翼地把纸条收好，然后满心计划着如何回去。似乎，一切问题都已经解决了。

“扶苏公子说什么了？”

“没什么。”百里风兮笑着道，“只是让咱们早些回去。绿筠，你说得对，看来是我过于紧张了，晋国并没有出什么事。”

“没出事就好。”

“我们回去吧。”百里风兮忽然抓住绿筠的手，眼里闪着光，就像是一个孩子，“就这样回去，什么也不知道。这里没有我留恋的东西。我们回去吧。”

绿筠笑了笑，知道她又在说疯话了。

“回去？看你怎么向大王交代！”

“父王那里好说……”百里风兮的眼神一下子暗淡了下来，低声自语道，“只是师父那里不好交代……”

“嗯？”

“没什么，回头我去找流云公子谈谈就好了。”百里风兮正说着，那边厢便有婢女来请。

“我家公子请公主到梦泽一叙。”

“云梦山庄里处处都那么雅致，我倒是越发觉得自己俗气了。前面带路吧，我也正好找你家公子有事儿。”百里风兮回头看了绿筠一眼，收敛了神色。来云梦山庄已有几日了，也该是有所决断的时候了。

梦泽是一处荷塘，若是夏日，有碧叶连天，红花接日。至于晨晚有雾气迷蒙，泛舟之上，真正是梦境一般。然而此时，便是留得残荷听雨声也不成了，池子里光秃秃的一片，岸上积着雪，就衬得那水黑糊糊的。

流云公子站在岸边看着远处，似乎与大地融为了一体。百里风兮自他身后而来，看不见他的神色，只得问道：“听闻云梦山庄景致美妙，春夏秋冬各有看点。如今大雪纷纷，公子何以约我来此？”

流云公子转头向百里风兮笑了笑，然后伸手道：“曲径通幽，公主怎知此处就是尽处？”

“我不想和公子猜谜语了。有些话，万俟公子是一辈子说不出来的，但是风兮和他不一样。风兮不是公子旧交，也不必去比君子，所以……有些话想要问问公子。”

“公主请随我来……不要辜负了美景……不然恐怕真的白来云梦山庄一趟了。”流云公子说着便自顾转身向前而去。

“这般自在从容，看来贵国国主已经答应了公子的要求了？”

“陈国国主确实已经答应了。”

陈国国主……

这个词从流云公子嘴里说出来让人觉得有些别扭，但百里风兮此刻却也顾不得细究了。她上前两步，站在流云公子面前，道：“公子请答我一问，问完我就走。”

“公主就这么讨厌流云吗？”

“公子风姿天下倾慕，若非今日相见，风兮当与公子把酒共欢。”

“既有此意，今日又如何，明日又何如。来来来，公主请随我来。”说着，流云公子竟拉住了百里风兮的手，执意带她向前。过竹林，转楼阁，手松脱。

那一刻，流云公子似乎愣住了，旋即就笑道：“看来这世上果然没人能抓得住百里风兮。”

“素闻公子达雅，当不至令风兮失望。”百里风兮收回手，垂下眼眸，语气里却没有半分退让。

流云公子依旧笑着，只是眼睛里多了些看不清的伤感。他忽然站直了身子，向百里风兮一拜。

百里风兮站着没动，只是心里忽然有一种说不清的感觉。她一直觉得自己和万俟微澜相似，都向往自由，但背负的身份都不允许自己自由，所以无奈。虽然自己平常会做些出格的事，但始终不敢挣脱束缚着自己的那根线。就像是风筝一样，飞得再高，只要有人一拽，还是会回到地上。

而流云公子……

良久，百里风兮方才开口问道：“公子何故拜我？”

“因要欺骗公主，故而当先道歉。”

百里风兮不由得仰头无声一笑，“先道歉……流云公子，好生有趣。”

“流云本来无趣，也许是遇上了有趣的人，所以变得有趣吧。”

“……说一说你的谎话吧。”

“谎话公主也要听吗？”

“我总需要一个解释。而且我知道，谎话往往比真话好听，所以，听听又何妨！”

“容我想想……谎话也不是那么好说的。”

百里风兮看着流云公子一本正经地想着如何说一个谎话给自己一个交代，而自己也一本正经地等着这个谎话好回去给师父一个交代。好生荒诞的场面，却真真正正地在发生着。只因为这件事本就无从解释，只因为——

“这世上根本就没有凤鸟。”百里风兮走近了一步，“流云公子身在武林，为何要编造这么一个弥天大谎，让天下动荡？”

“弥天大谎？本无凤鸟？”流云公子笑了笑，“谁说的？”

百里风兮一滞，面色一变，道：“难道公子竟相信这些鬼神乱力之说？公子不是也说是要编造一个谎话回答我吗？”

“非我信，乃天下信。有此，足矣。”

“公子口气真大，天下尚不及公子。”

流云公子笑了笑，没有反驳，只是说道：“我并没有说凤鸟之事是谎话，我只是说，编造一个谎话，好让公主有所交代。”

“这难道不是一回事？”

“不是。凤鸟凰图天下皆知，怎会有假？而且公主是聪明人，应当知道，无论真假……都已成定局。其实，公主和微澜前来，不过是想知道流云为何要这么做。”

百里风兮深吸了一口气，略平复了心绪，“不错，已成定局。如今天下就要大乱。久闻流云公子雅名，何故置天下苍生于水火？”

“自魏朝灭亡，天下三分，征战不断，百姓何时不在水火之中？”

“大魏朝……大魏朝末代君主昏庸，百姓亦是在水火之中，三王也是想为百姓谋福。”

“可是现在如何？天下散乱，战火不息。若真是为了百姓好，就一定要统一天下。当然，统一以后又会分裂，这是人力所不能阻止的。但至少可以带给百姓一段安乐的日子吧？天下分久必合，合久必分……这是天命。”

“天命？”

“有人处必有纷争。非我等能改变。便是三皇五帝，又有谁能改变？”

百里风兮皱了皱眉，似有所感。

“所以，不是流云要怎么做，而是上天要怎么做。天下皆猜测我居心何在，可有人问过，天心何在？”流云公子一手指天，自嘲而笑，“天降凤鸟于我云梦，我也不过是顺应天命罢了。凤鸟总该栖梧，所以，流云只好嫁妹。至于城池为聘……呵，与天下相比，区区一座城池又算得了什么？流云不过是想找个安身立命之所罢了。”

流云公子出尘远世，游走列国，风流不羁，结交天下。可是他也要照顾云梦山庄这大大小小百十来口人，他也要在乱世找一个安身立命之所，每个人都有自己的无奈……如今眼见流云公子，也许，他也是一只风筝。

“好。好一个顺应天命。风兮无话可问了。”

“那流云有一问，不知是否能向公主请教？”

“公子请讲。”

“公主为什么不信这世上有凤鸟？”

冷风飕飕地吹过，似乎带走了人们的声音，只留下静悄悄一个天地。百里风兮看着流云公子依旧含笑的面庞，只觉得后背一阵发凉，竟是冷汗浸湿了衣衫。

“鬼神乱力之说，风兮向来不信。”

“流云也无话可问了。”

“那风兮就此告辞。”

"我送公主。"

"不必。"百里风兮回身，有些匆忙地离去了。她握着自己的手，待走出去很远才猛然扶着一棵树停住。

万俟微澜在拥雪阁内温了一壶酒，桌子上有两个杯子，他在等一个人。他知道百里风兮终究是会去问的，她和自己不一样。有时候，女人真的是很勇敢的，更何况是那样一个女人。

雪停的时候，天已经近晚，百里风兮还没有来。但是万俟微澜看上去并不怎么着急，他也许并没有她那么勇敢，但他比世上大多数人都更有耐心。

"你没有和流云公子喝酒，反倒温了一壶酒在等我。"百里风兮抖落了衣上落雪，有些疲惫地坐了下来。

万俟微澜为她倒了一杯酒，笑道："对微澜来说，都一样。"

百里风兮端起酒杯看了看，一笑饮尽。

"我去问了。"

"我知道。"

"你不想问问结果吗？"

"……忽然不想知道结果。"

"怕失望？"

万俟微澜笑了笑，没有否认。他虽不问世事，可到底出身王室。他很清楚权力对人的诱惑究竟有多大。

"是啊……其实，现在想想，我也觉得有些怕。当时……当时怎么就去问了呢？"百里风兮低头把玩着酒杯，嘴角浮起一丝笑意，那是对南方某人的思念。

"他没有让你失望。"不是问句。

万俟微澜给为自己倒了一杯酒，"他都说了些什么？"

百里风兮想了想，道："他说他也不过是顺应天命罢了。其实，我发觉我们一开始好像就错了。"百里风兮抬头看向万俟微澜，"为什么我们都只看到了云梦山庄，都只想来问流云公子，而没有注意司徒昊？为什么你们都相信凤鸟是真的？"

万俟微澜一笑，旋即明白了百里风兮的意思。那四句谶言虽然流传已广，如今二十余年过去了，难保没有人等不及会假造凤鸟降世以欺天下。若是要编造这样一个弥天大谎，自然需要找一个好的幌子。而流云公子无疑是一个很好的人选，他说的话，没人会怀疑。

“所谓怀璧其罪，流云光芒太盛，才会有此一劫。其实想想，若真的有凤鸟降世，为何不直接降到陈国王宫，反而经历周折先到云梦山庄？难道流云公子才是天命所授？”万俟微澜摇着头，自嘲道，“我们都被流云的光芒所吸引，一开始就把所有问题都放在了他身上，反而忽略了最终的得益者……这是流云之幸，还是不幸？”

“这世上真的会有凤鸟吗？”

“也许会有吧……”

“水翩跹那样的人就要被送到陈国王宫去了……我再去见她一面。”

“代我问候她。”

“好。”百里风兮站了起来，举杯道，“我也要回去了。此来于国无功，于风兮却是大大的有益。能结交微澜公子，面见流云公子，是风兮之幸。今日别过，不知他日相见是何时何地。万望公子保重。”

万俟微澜也站了起来，看着百里风兮，缓缓点了点头，没有多说什么，只是举酒饮尽。待放下酒杯，看着百里风兮渐行渐远，万俟微澜才长长地叹了一声。天，完全黑了。

百里风兮连夜离开了云梦山庄，送她的不只是风雪，还有流云。流云公子站在山崖边看着马车上的灯笼散发出柔和的光芒一路向南，急急切切不肯有一丝停留。那如星子一般的光芒终究不见，天地间漆黑一片。此刻，听到靴子踩雪的咯吱声，让人觉得很不舒服。

“我还以为你不来送她，可惜这会儿已经看不见了。”流云公子嘴角含笑，并不在乎此刻别人是否能看到。有些东西已经成了习惯，连自己都不会察觉。

万俟微澜轻轻咳了两声，才开口道：“我只是来送送她，至于她知不知道，又有什么关系。”

“这里风大，你身体不好，还是不要久站。我们回去吧。”

万俟微澜没有理会，反而问道：“这件事也许真的是我们一开始就选错了方向。可是你为什么不解释？凭你如今的身份和地位，也会被司徒昊挟持做这种事吗？流云，我真的是越来越看不清你了。相识越久，越觉得你深不可测。”

“流云变化本就无穷。”

“所以你才会叫流云公子？”

“不知道，只是个名字罢了。”

“名字……你，究竟叫什么名字？”

“总有一天你会知道的。回去吧。”流云公子当先择路而去。万俟微澜略顿了顿，还是跟了上去。

第六章　原本是岁末天寒

百里风兮窝在马车里，舒服地蹭了蹭毛领子。她连夜回国，因为她的心已经安定，已经找到了出口，所以迫不及待地想要回去。

"这般着急，真是一天也等不了。早知道何必跑出来。"绿筠小心地将手炉里的炭火换了，又包上皮子递给百里风兮。

百里风兮笑了笑，道："若不出来，只怕此刻我也被父王和师父逼疯了。"

绿筠好奇道："流云公子究竟说了什么，竟能解小姐之忧？"

"天下分久必合，合久必分。"百里风兮抱着手炉，渐渐收敛了笑意，正色道，"这是天道，非人力所能改。如今天下即将大乱……总该有人要站出来的。"

绿筠皱了皱眉，看向百里风兮。她却没有再说下去的意思。

"我去换绿娆进来让她暖暖身子。"

"嗯。"百里风兮点了点头，车帘掀起的那一刻，冷风吹来，让她眯了眯眼。

师父，你说得对，天下就该一统。父王说得也没错，朝代是会更迭。而如今不就是朝代更迭一统天下的时候吗？你们说的看似矛盾，但现在已经是一回事了。至于大魏朝……师父，风氏一族早已被屠杀殆尽，又要如何恢复呢？只要能天下一统，其实，谁做皇帝又有什么区别呢……大不了，大不了我让扶苏沿用大魏朝的国号……这也算是偿了你的心愿吧。

百里风兮在心里已经打定了主意，她要帮助百里扶苏一统天下。她相信自己能帮助他。

“扶苏……等我。凤鸟不过是个幌子，而我，会送你一张凰图。”

回去的路上，一切顺利，没有人跟踪，也没有人暗杀。而来时……那些从晋国一路尾随的人究竟是谁派来的？这是百里风兮百思不得其解的。现在看来，最大的可能就是司徒昊，但他急着杀自己又是为了什么？

这个问题虽然难解，但百里风兮一路上的心情并没有受太大的影响。因为她就要回到百里扶苏身边了，没什么比这更重要了。

回到定安城的时候，已经入夜了，这座在大魏朝时被称为晋城的繁华之都，在夜里也是灯火不熄的。加之年关将近，时不时还能听见几声爆竹响。百里风兮坐在马车里，忍不住探出头看着这座养育了自己的城池。她的嘴角带着满满的笑意，如同一个孩子。

“小姐，咱们是直接回玄息阁呢，还是先去王宫？”绿娆问道。

“先去王宫吧。”百里风兮趴在车窗上，“我得先去和父王说一声，好让他放心。”

“好。”绿娆听后便驾着马车直奔王宫而去。越靠近王宫，街上的行人越少，灯火倒是越明亮了。百里风兮伸手摸了摸自己的鼻子，冷冰冰的。她又缩了缩脖子，但还是坚持着没有进马车里去。她想要看看。

百里扶苏站在王宫的城墙上，穿着重裘，但还是觉得很冷。城墙上燃着篝火，风一吹，火焰就东跳西跳的，看着唬人，但没什么温度。

“都布置妥当了吗？”百里扶苏接过侍从呈上的酒囊打开喝了一口，苍白的脸上顿时泛起一阵红晕。

“都已妥当。公子，还是不要喝了，冷酒伤身。”

“严浪……你也喝一口吧……这天，真冷啊！”百里扶苏说着，就把酒递给了严浪。严浪接过却没有喝，看着百里扶苏走到城墙的尽头又走回来。

“不是说她会连夜赶回来吗？怎么这时候了还没有动静？”

“应该快了……”严浪看了看天，“这天黑得快，属下出来的时候还没到亥时。”

“嗯……”百里扶苏若有所思地抱着手臂，直到听到城下传来马蹄声，他才抬起头。“她回来了。”百里扶苏走到城墙边，“去准备吧。”

“是。”严浪领命而去。

马车到了王宫门口，百里风兮跳下了马车，向宫门处的守卫晃了晃进出王宫的令牌就大步走了进去。绿娆没有下车，她先去玄息阁报信。绿筠跟着百里风兮进了宫门，在进门的一刹那她停了一下，只觉得那些守卫都很眼生。但也不容她多想，那边百里扶苏已经迎了出来。

“我听说你们连夜回来，所以在这里等，看来没有白等。”

“这里这么冷，何必呢！”百里风兮向百里扶苏笑了笑，又回头对绿筠道，“我进宫和父王交代一下，也许就在宫里休息了。要不，你也先回玄息阁吧！”

绿筠想不到百里扶苏会在这里等候，当下告退了。

百里扶苏看着绿筠离去，这才问道：“此去云梦山庄有何收获？”

“没有。”百里风兮扁着嘴，“陈国国主已经答应了流云公子的要求，不日水翩跹就要入主陈国王宫了。”

“这凤鸟……是真的？”

“其实，真假都不重要了，重要的是，天下就要大乱了。扶苏，无论有没有凤鸟，我们都需要开始做好战争的准备了。我去见了父王，再和你好好说说这件事。我终于想通了……”

“先不要去打扰父王了吧，他身体不适已经歇下了。不如明天再去？你也累了这么多天了，该好好休息休息。”

“我没事。父王身体怎样？”

“太医说是老毛病了，和你一样，不知道累。”

百里风兮笑了笑，没有说什么。

“跟我来吧，我给你准备了一点儿东西。我想……你会喜欢的。”

听到百里扶苏这么说，百里风兮立马来了精神，心想明日去禀告父王也没什么，因为此行确实没有什么值得禀告的。想要告诉父王的只是关于眼前这个人的一切。百里风兮望向长庆殿——父王，我会帮扶苏的。

“那我明天再去向父王禀告吧。你快带我去看看，你都准备了什么。”

百里扶苏笑着引百里风兮向御花园走去，两人来到了扶摇阁前。扶摇阁四面临水，须乘小舟前往，湖水已然结冰，但被人都敲碎了，在火把的映照下只见湖面上漂浮着一块块碎冰，就像是某种奇怪的鱼。小舟上早有船娘恭候，带着二人到了扶摇阁。百里风兮当先跳下小舟，百里扶苏轻唤道：“小心些。”说着自己也下了船。

“你到底准备了什么？”

“看了你就知道了。”百里扶苏含笑推开了扶摇阁的门，里面并没有什么特别，只是在中间的桌子上摆了一碟糕点。百里风兮素喜甜食，但是桌子上的糕点她还真的没见过。她走近了，只见那糕点是透明的，中间红红绿绿的似乎是什么液体。

“这是什么？我没见过，好像很好玩。”百里风兮那手指戳了戳最上面的一块糕点，“软软的，是糕点？”

“我特地让人做的，你尝尝看，味道很特别。”百里扶苏挑了一块，温柔地送到百里风兮嘴边，“尝尝看，你一定会喜欢的……”百里扶苏的声音低低的，挠着人的心。

“我自己来。”

百里扶苏没有退让，只是温柔地看着她，直到她低下头，小小地张开了嘴。

“这一块很甜，对不对？”

“嗯……”百里风兮低着头不知说什么才好。扶苏这样亲密，是从未有过的。从未……百里风兮只觉得呼吸一滞，眼前，百里扶苏还是笑得那么温柔。她伸手，但只到半空就失去了意识，整个人倒在了地上。

“有人对我说过，良药苦口，毒药却往往是甜的。”百里扶苏看了一眼手里剩下的糕点，然后俯下身，很温柔地抱起了百里风兮，“我本来是不信的，但你说的话，我想我总该相信了。”

噩梦一个接一个地袭来，让人没有半分喘息的机会，直到被惊吓至极，方才猛然张开眼来。可是张开了眼也还是一片黑暗。那浓稠的颜色似乎压在了人身上，让人动弹不得。百里风兮眨了眨眼，一滴冷汗从她额上划过，周围安静极了。但还是可以感觉到一个人的存在。等眼睛渐渐适应了黑暗，终于可以分辨出一个大概的轮廓。确实有一个人坐在床边，那个人……那个人是百里扶苏……百里风兮不会看错的，哪怕是在这样的黑暗中她也能轻易地辨别出他来。百里风兮张了张口，可是她发现，不仅身体不能动，连话也不能说了。只有眼睛，一下一下地眨着，在黑暗中像是两粒明珠。她急切地想要问问，这到底是怎么一回事？可是不行。她动不了！冬天的夜总是这么长，仿佛一生的时间都过去了，黎明才在百里风兮的期盼中到来——也许扶苏睡着了没有发现我醒了，也许他正在担心我突然昏倒，也许……第一缕晨光从雕花窗格透进来照见了紫檀桌上那一只白鹰。那是一只全身雪白的鹰，能飞很远，它有个好听的名字，叫做白雪。可是现在，它再也飞不了了。因为一把锋利的刀已经割破了它的喉咙。它已经死了很久，血已经凝固，连身体都僵硬了。只有那双眼睛还睁着，空洞地看着百里风兮。“……咯，啊……”百里风兮拼命挣扎着，却也只是从喉咙里发出一些难以辨别的单音。一双手很轻柔地擦了擦她额上的汗，百里风兮转目看向它的主人。“不要着急……”百里扶苏温柔地说，“风兮。那些糕点很甜吧？吃了它们的人都会死的。你也会……风兮，你已经死过一次了，知道吗？人一死，那他所有的罪孽都会随之完结。”百里扶苏的眼神有些虚幻，他看着百里风兮，却又像是在看着别人，“我们之间的仇恨，也应该完结了……这样，这样我就可以好好的爱你了……风兮……”百里风兮不可置信地看着百里扶苏，她的呼吸随着百里扶苏的话变得沉重起来。那一呼一吸之间的，仿佛不是空气，而是铁块。全都，全都沉沉地压在她的心上。百里扶苏欣赏着晨曦中那艳丽的脸庞所展现的痛苦和震惊，当他觉得满意了的时候，他拿起了一把刀，小心地割破了百里风兮的手腕。暗黑色的血液顺着白玉一般的手腕滴落在了早已准备好的白瓷笔洗里。滴答，滴答……“你好好休息，等把毒血都放出来了就好了。”百里扶苏站起身来为百里风兮掖了掖被角，“等我回来……那时候的风兮，就是我能爱的风兮了……”百里风兮用尽全身力气，却连小手指都动不了。只有眼泪从眼眶里滚落，没在了绛红色的枕套上。太阳渐渐爬了出来，带给人温暖。然而百里风兮却觉得冷。那是一种发自骨髓的寒意，让人连抗拒的余地都没有。温暖、希望、神智……所有的一切都随着血液流出了自己的身体，只有黑暗又铺天盖地袭来，让人坠入无尽的噩梦。百里扶苏出了扶摇阁，淡淡地吩咐道：“让太医来给端华公主医治，其他人不许靠近扶摇阁。特别是寿安。”“是，奴婢知道了。”管事宫女蕊珠低头回道。百里扶苏回望了一眼，然后领着人去往长庆殿。

长庆殿依旧如昔，无论换了谁做王，它都不会改变。丞相宋杰、太傅李延年正低头站在殿里候着。这长庆殿他们也是常来的，但今天却显得那么不同。

李延年咳了一声想说什么，却听见外面宣道：“大王驾到——”

宋杰和李延年对视一眼，退到一旁大礼恭候。

百里扶苏手里拿着一个册子，目不斜视地走到王位上坐下，这才叫了一声“起”。

“丞相大人，这些人你想办法安排一下。”百里扶苏让人将那册子递给宋杰，“孤不希望闹出什么乱子来。父王才去，咱们……总该上下一心，守好这大晋。”

宋杰接过册子翻开来看了看，那都是百里扶苏的心腹之人。宋杰在心里叹了一声，口中却说道：“大王说得是，臣这就去办。”

“三日后是大殓之期，各部都准备妥当了吗？”

“都已妥当。”

“另外……父王的遗命是让嘉儿入主昭阳，如今虽然正值丧期，但孤想，还是先遵从父王的意思办，好告慰他的在天之灵。二位以为呢？”

李延年有些激动地上前一步，道：“小女才疏学浅，蒙先王看重，李家上下俱感王恩浩荡。一切但凭大王做主。”

宋杰也附和了几句好话。

百里扶苏点了点头，“那就这么办吧，只是要委屈了嘉儿，如今一切从简。”

“不敢，不敢……”李延年连忙叩谢。

“大王，大王。”内侍急急忙忙地跑了来。及至近前，见百里扶苏一脸冷峻，内侍吓得打了个哆嗦。

“这慌慌张张的做什么，一点儿规矩也没有。”百里扶苏站了起来，“什么事？”

“大王，娘娘……娘娘去扶摇阁了。”

“什么，母后！”百里扶苏听了脸色一变，抬脚就要赶回去，到门口又问道，“倾央去没去？”

“寿安公主没去。”

百里扶苏皱了皱眉，也顾不得宋、李二人，当下急忙赶回扶摇阁。

宋杰看着百里扶苏的背影，这才叹了一声，扶起李延年，“李老……”

李延年摇了摇头，也是一叹，却没敢说什么。如今谁能说什么？谁敢说什么？

“这些事是没人敢说的。但是本宫要说。本宫等了二十年，二十年呀，暗无天日。”简如慧含笑理了理衣角，因常年不见阳光，她的脸有一种不健康的白。偏偏她今日上了妆，那层胭脂浮在脸上，让人觉得假，就像是纸人脸上点的颜料。

“你根本不知道这是怎样的日子。或许你要问，王后娘娘不是病了，所以才避居昭阳宫的吗？是，本宫是病了，而且病得厉害！这一切都是拜你和风华那个贱人所赐！”

百里风兮垂首伏在床边，一侧脸上可以清晰地看见五根手指印。那是简如慧为了将她从自我保护的昏迷中拉出来而施加的力道。百里风兮动了动眼睛，将微微有些放大的瞳仁移向眼角，看着眼前这个言语疯狂却神态端庄的人，她不知道自己什么时候得罪过她。在记忆里，她甚至根本就没有见过她——那个终年不出门的王后。而此刻，她却在自己面前说着这些。

简如慧抚了抚百里风兮的眉，手突然一紧抓住了她的头发将她扯起来，笑道：“生这么漂亮做什么，是要倾国还是要倾城？魏国已经亡了，风华还嫌祸害得不够吗，还缠上百里逸？”简如慧取下自己头上的发簪，紧贴着百里风兮的脸颊比画着，

"你也是，生得这么美，是要迷惑扶苏吗？本宫的丈夫被抢了，难道儿子还要被抢吗？呵……我听扶苏说你的眼睛是最美的，好，我就先戳瞎了……"

"母后！"千钧一发，百里扶苏赶来了。"你拦着我做什么？你舍不得杀她，我就帮你杀她。她和她娘一样，都是祸水！你明明已经下毒杀她了，为什么还要救她？你答应过母后的，要为母后报仇，杀了她，杀了她！"简如慧拼命抵进手里的簪子，她嘶声叫喊着，和方才判若两人。

"母后！你清醒一点儿。"百里扶苏一只手抓住发簪，一只手按住简如慧的肩膀。那只簪子洞穿了他的掌心，鲜血正滴落在百里风兮苍白的脸上，"母后，我才是晋王。我不需要你告诉我怎么做。答应您的事我已经做了，百里风兮已经死过一次了……现在谁若是挡了我的路，我会毫不留情地杀了她。"

简如慧的瞳孔猛地收缩了一下，她看着自己的儿子。这是她一手养大的儿子，按照她的意愿终于成了一条龙，然而却是一条毒龙。一条随时会反噬自己的毒龙！

"来人，送太后回宫。"百里扶苏把形如木偶的简如慧交给宫女带走，然后沉声道，"孤说过，不许任何人靠近扶摇阁。再有下次，你们就自己领死吧。"一众奴才跪下来，却没发出一声。屋子里静得让人窒息。

"扶苏……我是在做梦，是不是？这一切都不是真的，是不是？"百里风兮闭着眼颤抖地开合着嘴唇，泪水从眼角不断滑落，落进了那盛满鲜血的笔洗。

百里扶苏叹了一口气，挥手让人退下，然后亲自将百里风兮安置好，怜惜地拭去她眼角的泪，又碰了碰她的脸颊。

"疼吗？"

百里风兮摇了摇头，蓄积了很久才问出了这么一句，如今再也没有力气开口了。

"风兮，听我讲个故事吧。这故事我从未对人讲过，闷在心里很久了，都快压得我喘不过气来了。除了你，我实在找不到人说了。你就听我说说，好吗？"

百里扶苏坐在床旁，看着前方虚无的一点。他的脸一半隐在阴影里，看上去显得很忧伤。

"从前有一个小男孩，他有一个很伟大的父亲和一个很慈爱的母亲。虽然家里还有很多兄弟姐妹，但都比不上他。可是有一天，突然来了一个小女孩，一下子就把小男孩的一切都抢走了。小男孩的父亲不再关注他了，只围着小女孩转。而小男孩的母亲变得暴躁严苛……小男孩的世界发生了天翻地覆的变化……后来，小男孩长大了，他和小女孩做了朋友，很好很好的朋友，但是，他并没有忘记小女孩带给他的痛苦。他在母亲面前发过誓，一定会杀了小女孩和小女孩的母亲，夺回一切。”百里扶苏转头看向百里风兮，眼神有些空洞，可嘴角却扬起了一个诡异的笑容，“他一步步地谋划，终于……把小女孩骗到手了。虽然还没有找到小女孩的母亲，不过不要紧，他已经取代了他父亲的位置，成了晋王。”

屋子里静悄悄的，连人的呼吸都变得不顺畅了。

百里扶苏拉过百里风兮的手，轻轻地贴在自己的脸上。此刻，已看不见他的神情，但百里风兮感觉到手掌一片温润，是她的幻觉吗？

“再过几天我就要登基了，我多想你能来看看啊……还记得小时候我跟你说过的话吗？我若为王，许你为后……可是风兮，从一开始就错了，从一开始就错了……”

第七章　乌夜啼醒大梦惊

“我若为王，许你为后。”

听到这句话的时候，百里风兮的心忽然一阵锐痛，这痛让她醒了，她知道，这不是梦。她再也骗不了自己了。那些鲜明的记忆铺天盖地地涌来，却被现实撕扯得七零八落。眼泪开始不争气地往外流，她却连一声呜咽也没有，只是觉得疼，钻心的疼。

她想抓住百里扶苏的手，可是她做不到。她想捂住耳朵不听，可是她做不到。她想大声地哭泣，可是她做不到。她只能躺在那里听百里扶苏一句一句地击碎她所有的梦，让她遍体鳞伤避无可避。

“你知道吗，你就是那个小女孩。你夺走了父王对我的宠爱，而你的母亲，也夺走了父王对母后的宠爱……从此以后，你知道我是过着怎样的日子吗？风兮，你知道吗，我是在对你的仇恨中长大的啊……你一直觉得自己不是真正的金枝玉叶，所以无论做什么都比我们更努力。其实，我告诉你，你是真正的金枝玉叶。你是父王的亲生女儿。你和我，是嫡亲的兄妹……”

百里风兮猛然睁开眼来，盈积的泪水让她的眼睛显得十分动人，可眼里再无往日的光彩，只剩下无尽的恐惧和震惊。

百里扶苏笑了笑，为她掖了掖被角，“耐心些，听我把故事说完。”

“虽然你进宫之时就是我母后避居昭阳之日，但她总是父王的结发妻子，总是这大晋的王后。很多事父王可以瞒过别人，但瞒不过她。我也是从母后那里得知这些的。是不是很有趣？”百里扶苏仰头无声地笑了笑，“你知不知道你的母亲是谁？其实，你日日夜夜就跟在她身边，只是她不愿认你。”百里扶苏逼近百里风兮，两人的鼻尖几乎要贴到一处了，“她就是你师父。只可惜父王把她藏得太好了，不然现在有她陪在你身边，该多好……”

百里风兮张了张口，却说不出一个字来，只有大片殷红的血液沿着嘴角涌了出来。

师父……母亲……

百里扶苏很仔细地拿锦帕擦干净百里风兮嘴角的血迹。冬日的阳光给他的脸笼罩了一层暖色，可再也暖不了百里风兮的心。百里风兮觉得自己掉进了一张大网中，怎么挣也挣不开。

“一个人说好像没什么意思，你就不想问问我吗？”

百里风兮死死地盯着百里扶苏，却始终说不出一个字。

“既然没有，那今天就说到这儿吧。长庆殿里还有许多事需要我处理。”百里扶苏低头在百里风兮耳旁道，“你知道，篡位总是有些麻烦的。”说罢，他就笑着把那带血的锦帕扔在地上，吩咐道，“让太医用最好的药。孤明日想和她说说话。”

“是。”奴才们退让到一旁，恭送百里扶苏离去。

百里风兮大睁着眼，却什么也看不见。有些东西似乎一下子清楚了，可更多的却糊涂了。

这一处宫道是去长庆殿的必经之路，百里倾央让人搬了把椅子放在正中，自己端端正正地坐在了那里。月亮升起的时候，她看见大王的车驾缓缓驶来。

“倾央，你怎么在这儿？”百里扶苏皱了皱眉。

“二哥，你下来，我有话和你说。”

“这里这么冷，去长庆殿说吧。”

“就在这里说，我喜欢这儿。”

“……好吧。”百里扶苏走了下来，挥手遣退了侍从，“什么事？”

百里倾央看着百里扶苏的眼睛，淡淡问道：“是你杀了父王吗？”

“是。”

“百里风兮那个贱人现在在你手上吗？”

“在。”

"我能杀了她吗?"

"不能。"

"为什么?"

"因为我忽然想让她做晋国的王后。"

"你疯了，她虽然是父王的养女，可毕竟有名分在先。二哥，你得这个王位可不容易，不要这么轻易毁了。"

"我自有分寸。"

百里倾央摇了摇头，笑道："你对母后也是这么说的。母后已经老了……二哥，从你杀死父王那一刻起，我就相信你不是一般人，这么多年，你连我都骗了。如今眼看着你即将掌权，听说你要娶李太傅的女儿，我是为你高兴的。可怎么见了那贱人一面就忽然改了主意?"

"我也只是忽然有这么一个想法而已。"百里扶苏笑了笑，"并不一定要去做。"

"也不一定不做。"

"呵呵，倾央，你果然了解我。"

"别忘了，我们是一母同胞的兄妹。早前我还说你太软弱，如今看来，你我岂会差太多? 所以，二哥，不要为了一个女人而毁了江山。你若要立她为后，我会马上杀了她的。"

百里扶苏看着百里倾央坚定的眼神，缓缓地点了点头，"好吧……"

"既然如此，那她也就没用了，不如让我现在就杀了她吧?"

"哈哈……倾央啊，你这丫头……"

百里倾央笑吟吟地看着百里扶苏，那表情让人一时不知她说的是真是假。

"我们还是说说别的吧，这件事，先缓一缓。"

"别的，别的我就没什么兴趣了，因为你都处理得很好。哦，对了，有一点我不大明白，父王是怎么死的?"

"你知不知道前些日子我中毒的事?"

"虽然父王下令说是'病'，但那些老家伙想必都知道是中毒，我也听到了一些风声。这和父王又有什么关系?"

"我'病了'父王总是会亲自来看我的，宫里看得那么紧，要下毒并不容易，所以我就把毒下在了自己身上。"

百里倾央点了点头，接道："然后，你算着父王毒发的日子，伪造遗诏，封锁消息，等着百里风兮自投罗网。反正扶苏公子即位本就是众望所归。"

“嗯，大体说得不错……但是我已经等太久了，所以一旦起事，我就没有想过要等。风兮去陈国的时候，我就派人跟着去了，但是她的运气太好，居然活着回来了。”

“活着回来也好，我可以亲手杀了她。”百里倾央理了理袖子，忽然想到一个人，“二哥，玄息阁的那个阁主是不是还没找到？”

“嗯。还没有找到，她好像和玄息阁断了联系。叶沉应该知道她在哪儿，但那家伙嘴很硬。”

“能一手创立玄息阁，她究竟是什么人？”

“我也不知道她是什么人，不过她创立了玄息阁……也不见得吧。也许她只不过是一个幌子。”百里扶苏并不知道风华的真实身份，百里逸确实把她藏得太好了。

“二哥的意思是……玄息阁是父王所为，但是找了她来做幌子？”

“作为帝王，总是不该和阴谋诡计联系在一起的。”

“可是她能自由进出王宫，可见她和父王的关系并不一般。”

“当然不一般。”

“她是谁？”

百里扶苏笑了笑，回头望向扶摇阁的方向，“她是风兮的母亲……”

“关那贱人什么事？”

“倾央，我说过了，她是我们的妹妹。”

百里倾央皱着眉，看着百里扶苏那颇有深意的笑容，忽然明白了什么。

“倾央，我比你大几岁，有些事我知道，你不知道。但现在我不希望你再多问什么，一切，我自有主张。”

百里倾央顿了顿，上前一步，说道：“二哥，你记住，如果要杀她，一定要让我动手。”

“好。”

“长庆殿里还有一大堆人等着你议事呢。大王，臣妹先行告退了。”百里倾央在这里等百里扶苏自有她的道理。她是他一母同胞的妹妹，是在长庆殿事变之前就站在他这一边的人。

百里扶苏眼底闪过一丝欣喜，转而又归于平静。待百里倾央离去，他仰头看向被宫道割破的夜空，无声地笑了。

百里风兮躺在床上，由着人给她包扎伤口，喂她食物。她只是望着帐顶发呆，外界发生的一切似都和她没关系，若是心不那么痛，也许，她连自己也会忘记。

真的，真的好痛。有什么办法可以让这疼痛停止……是不是让它停止了跳动……

百里风兮眨了一下眼睛。

“都出去。”虽然之前不能说话，但那无声的呐喊还是让百里风兮的声带受损了。此刻她的声音难听极了，像是一把破锯拉扯着朽木。

蕊珠闻言便上前问道：“公主要做什么？”

百里风兮闭上了眼睛，“出去，我不想看见你们。我要一个人呆一会儿。”

蕊珠愣了愣，脸色变得有些难看。

“不出去的话，你们会后悔的。”

“……是，奴婢们告退。”蕊珠皱眉示意宫婢退出房间。她不愿得罪百里风兮，她相信那躺在床上连呼吸都有些困难的人，绝对有能力让自己这些卑微的宫婢后悔。因为在她身后，有着让人畏惧的晋王百里扶苏。蕊珠不知道为何一向温和的二殿下在成为晋王后就变得那么暴虐，但想起因为让百里风兮皱了一下眉头就死去的那些同僚，蕊珠便不再追究为什么了。她只需要服从就好。

那些人退出去以后屋子里本应该变得安静才是，可百里风兮却听见一声比一声大的心跳声。她自己的心跳声。

“不要再跳了……那么疼……”百里风兮用手按住了自己的心口，等了片刻才勉强用晃动的手臂支撑起身子。她紧紧咬着牙，不让自己发出任何声响。汗水顺着脸颊流下来滴落在了地板上。她缓慢地移动着身子。她从未想到自己有一天会这样趴在地上，喘息如一条老狗。

床到窗户的距离并不远，但是对百里风兮来说，那似乎是不可能到达的距离。她一寸寸地移动着，不肯放弃。那是唯一的解脱……推开窗户，然后跳下去，结束这一切。

北风呼啸，大雪纷飞。百里风兮依靠着窗框大口的喘息着。她看着那冰蓝色的水，仿佛是看见了西方的无忧幻境。那一块块的浮冰随波流动，就是来迎接她的圣灵……百里风兮伸出手，要融入那一片蓝色。

“风兮！”百里扶苏处理完事物正乘着船来扶摇阁，可是船到半途却见百里风兮推开窗户倾身向着湖面，她的大半个身子都扑在了窗户外面。

听见有人唤自己的名字，百里风兮抬起头笑了一下，极为纯净，极为温和。然后她就坠入了这寒冬的湖水之中。她在往下沉，不停地往下沉。耳边是轰隆隆的水声，自己的心终于没那么痛了……

“风兮——”百里扶苏瞠目欲裂，脚下却被奴才死死抱住。

“大王不可啊，奴才们这就划过去了。大王要保重身体啊——”

此刻百里扶苏哪里还等得船划过去，当下气极，踹开那奴才就跃入了水中。

湖水冰冷入骨，从四面八方包围了百里风兮。她大张着嘴，让那冰冷的湖水灌入自己口中，挤走本就不多的空气。可是为什么，那越来越远的光芒却又变得越来越亮……

肩膀被人制住，在浮出水面的那一刻，冷风一吹，整个人都僵硬了。

“百里风兮，孤不准你死！”

“咳咳……”

百里扶苏强迫她抬头看着自己的眼睛，“不准死！”

百里风兮笑了一下。那意思再明显不过、一心求死的人，是谁也拦不住的。

“你若要死，我立刻让叶沉陪葬。”

叶沉！

百里扶苏将百里风兮抱在怀中，缓缓说道：“叶沉、绿娆，还有很多人……只要你一死，我让他们统统陪葬。而且你放心，绝对是最痛苦的那种死法。”

百里风兮的眼睛徒然睁大，不知是因为愤怒还是因为寒冷，她整个人都在不停地颤抖。

“蕊珠姑姑，真的不要紧吗？”宫女杜鹃听着屋内传来的凄厉的叫喊声忍不住缩了缩脖子用近乎乞求的眼神看着蕊珠。

蕊珠闭目垂手站在门外，听见杜鹃的问话不由得皱了皱眉。自百里风兮被救起后就把自己关在屋内，百里扶苏也吩咐人不必再看着她了，似乎不再担心她会做出什么傻事来。蕊珠站在这里已经快两个时辰了，她知道那里面能摔的都摔了，能碎的也都碎了。那个在王宫里笑得最灿烂的端华公主，正伏在地上大声地哭泣，声嘶力竭。

“姑姑……公主，公主她是不是……疯了……”

“公主没疯。”

“可是——”

“杜鹃，你见过哪个疯子会这么痛苦？”蕊珠在心里叹了一口气，听着屋内传出的声音，觉得，公主或许疯了会好受些吧。

待夜色降临，一切才安静了下来。百里风兮已经晕厥，被人安置在了床上。不知过了多久，铜灯上的火苗忽然晃了晃。

“小姐!”绿筠轻轻地推了推百里风兮。在屋内守夜的宫女已经被击昏倒在了地上。

“绿筠?”百里风兮睁开眼来，虚弱地开口。这一瞬，她觉得自己一定是看见了幻象。直到绿筠握住了她的手。绿筠的手比百里风兮更冷，她是从湖里游过来的。这个天气的湖水能把人冻死。

“小姐……玄息阁完了……”

“完了?”百里风兮似乎不理解这个词的意思，皱着眉反问道，“什么叫完了?”

绿筠哭着道：“绿娆比我先回去，我是看到她的示警才捡回一条命的。小姐……我，我……”绿筠捂住自己的嘴，生怕哭出声来惊动了外面的人。

“原来这一切真的不是在做梦……”“小姐……”绿筠看向已经毫无血色的百里风兮，“小姐，我先救你出去。”

百里风兮望着帐顶缓缓地摇了摇头。

“小姐，你还要等什么?”

“我不是要等，绿筠，我不能连累你。”

“小姐，怎会是连累……”

“绿筠，你听我说。我现在根本没有力气，你不可能把我带出去。谢谢你能来……你让我知道，我的梦该彻底醒了。我还有你们，怎能就这样昏昏沉沉下去?我，我才是玄息阁主，只要我在一天，玄息阁就在……”

绿筠看着百里风兮的眼睛，忽然觉得陌生而害怕。那锐利的眼神似能洞穿人心。她知道这一天一夜对百里风兮来说打击有多大，但是她什么也帮不上。

“我要对你们负责。”百里风兮说得很慢，但很坚定，“告诉我你知道的，我……需要好好了解一下现实……”

“所有消息都被封锁了……我们进城的时候什么也不知道，但是今天街上全都挂上了白布。大王宾天了，百里扶苏即位。”

“他是篡位。”

绿筠点了点头，道：“内外城防都换了人马，想必其中大有文章。玄息阁已被人控制了，所以我们也一直没有收到消息。”

“或者说，收到的都是假消息。”百里风兮自嘲一笑，想起了在云梦山庄收到的那十二个字。

“‘至善，则近伪。’这是叶大哥对百里扶苏的评语。当时我竟然还为百里扶苏抱不平……绿筠，我该死，我真的该死。要是我早一点发现，就不至于是今日的状况了。我对不起叶大哥，我也对不起你们……”

“小姐，你不要这么说，全天下都被他骗了。事到如今，还请小姐容绿筠带小姐出去，再做打算。”

“绿筠，我说过了，我出不去的。”百里风兮看向绿筠，“你马上离开晋国，走得越远越好。”

“不，小姐，我怎能抛下小姐不管。他把你怎么了？”

“百里扶苏还没有找到我师父……”已经习惯了称呼师父，“母亲”这两个字实在难以出口，“玄息阁，也许还有翻身的那一天。我只是……只是没有力气。他给我下了一些药，不会死，但是我现在没有力气，所以不能和你一道出去。”

“老阁主一向不问世事，就是玄息阁的人见过她的也很少。既然百里扶苏没有抓到她，想必她会回来救小姐的。”

“以一人之力，抗衡一国，不智。”

“小姐，都到什么时候了，你还说这些。有什么比你的命还重要？”

“我的命是很重要，但你们的命也一样重要。我师父的命……更重要……绿筠，百里扶苏现在不会杀我。你，也不要去找我师父。”百里风兮垂下眼帘，这一刻，她并不觉得那个徘徊在山水间用度奢华的师父能帮到她。因为在这之前，她已经把一切都交给了自己。百里风兮也不愿她为自己身陷险境。

“难道，难道小姐就要这么算了吗？”绿筠不由抓紧了百里风兮的手。

“绿筠，你还听不听我的话？”

“绿筠唯小姐之命是从。”

“那就快走！快离开晋国，走得越远越好。不要多问，天下即将大乱，你去越国找微澜公子。”百里风兮闭了闭眼，“我想我不会再看错吧……他，应该值得信赖，可保你平安。我，也会想办法脱身去越国找你的。你就当先去那边帮我安排吧。”

“小姐要如何脱身？”

百里风兮笑道：“莫忘了，世人皆说百里风兮轻功精妙，当世无双。等我先拖一段时间，恢复一些体力，自然能够脱身。”

“小姐的身子怎么……”“了”字还未出口，门外传来一阵急促的脚步声。

百里风兮看向绿筠，眼中虽依依不舍，但更多的却是决绝。

百里扶苏推门进来的时候，听见外面传来一阵入水声，他看着倒在地上的那些宫女，冷笑道："我还是低估了玄息阁的能力，这时候居然还有人能潜入宫中。"

百里风兮没有看他，只是看着被推开的那扇窗户，外面是黑漆漆的夜。

绿筠……保重……

第八章　昭阳无光去路长

朦胧中听见哭声，此起彼伏，似乎无休无止。百里风兮躺在小榻上，脸上一行清泪。今天是大殓之日，新君亦悲，臣民亦哀，没有半分不妥。大晋上下没有半分不妥！

“公主，您吃一点儿吧。”宫女蕊珠端着五福团花小瓷碗，半跪在榻前劝道，“大王说公主要吃些东西才能好。”

好？

好做什么？如今什么是好？什么又是不好？

天下着小雨，阴寒浸着人的骨头。屋子里没生火，但百里风兮并不觉得冷，再没什么比她的心更冷了。

“公主，这些您要是不喜欢，我再让厨房换。”

百里风兮瞥了一眼桌上的菜品，都是尽心尽力做的往常她喜欢的菜。可惜……

“我确实不喜欢，再也不喜欢了……”百里风兮看着那碟子里的糕点时想，她这辈子恐怕再也不会碰甜食了。

蕊珠闻言，愣了一下，然后叫人换了菜品。百里风兮闭上眼，听着外面的雨声、哭声，觉得那些都离她很远很远。

“听说你不肯吃东西。”

百里风兮闻言睁开眼来，她的眼里没有迟疑和迷离，有的只是恨。她看见百里扶苏穿着孝服，内里已是黄袍。他的眼睛有些发红，想必才在人前哭过。他站在那里，端着一碗白粥，仍旧温柔。

“吃东西做什么？”百里风兮有气无力地笑道，“你又何必惺惺作态，我对你来说已经没用了。我劝你杀了我的好，不然，我一定会杀了你的。”

“杀我？”百里扶苏笑了笑，走到榻前。自有奴才抬了椅子安放好伺候他坐下。“风兮，你还是这么要强。”百里扶苏挥了挥手让人退下，“若要杀我，总归要有力气。来，先吃些东西。”

百里风兮皱了皱眉，看着百里扶苏那一脸的温和关切，实在觉得这世界太过荒谬。这几日，百里扶苏让人尽心为她疗伤，但是又喂她吃下散功丸。厨房里每日也送来美味佳肴，但屋子里从不生火送暖。她有些弄不懂百里扶苏究竟想要做什么。

“百里扶苏，你究竟想要怎样？”

百里扶苏搅动着白粥，像是没听到百里风兮的问话。百里风兮转过头去看着外面，良久才道：“换个地方吧，这里太冷了。”

听到这句话，百里扶苏笑了笑，道：“你想住哪里？”

“昭阳宫。”

“……好。我这就让人去准备。”

“我不会告诉你任何事情的。”

“我知道。”

“那你为何还要如此对我？”百里风兮怒道。她不明白，她真的不明白！

百里扶苏顿了顿，道：“我也不明白。”他低头看着碗里的白粥，喃喃道，“我们要不是兄妹，那该多好……”

百里风兮一滞，正想开口说什么，却见一人破门而入，正是百里扶苏的心腹侍卫，严浪。

百里扶苏没有斥责严浪，只是有些不悦地皱了皱眉。但当严浪在他耳旁禀告完后，他就再无不悦了。

外面的雨已经渐渐收住了，但百里风兮并不知道严浪对百里扶苏说了什么。服用了散功丸，她的武功尽废，六识俱降，已经不能夜视物、隔听音了。但是，从百里扶苏的神情可以看出，一定是出了什么大事，不然，那样一个隐忍至极的人，怎会在人前露出这等欣喜之态？

他越是欣喜，于百里风兮来说这事就越是不利。百里风兮猜测着，却不敢妄下结论，因为每一个结果都是她不愿看到的。然而，越是不知，就越是猜测，心里也就越是恐惧。循环往复，百里风兮一时怔住，竟不知百里扶苏何时离去的。只有桌子上那碗白粥还在冒着热气，却不会有人再去品尝了。

宫人果然依照吩咐将百里风兮移到了昭阳宫。第一个找上门来的自然是百里倾央，推开宫门，踢倒宫婢。虽然百里扶苏有命，任何人不得靠近昭阳宫，可谁又能拦得住百里倾央？只有机灵点的宫婢连忙跑去给长庆殿报信。

“这也是你这个贱人能来的地方吗？”百里倾央大步走到床前，拉起百里风兮，将她摔到地上。她本来还想说什么，可看到百里风兮真的被自己摔到了地上，一时有些不敢相信，却又马上笑了出来。

她指着百里风兮，道：“你也有今天？不是说百里风兮轻功精妙，当世无双吗？你那师父不是让你学了很多东西吗？啊，怎么了，都忘了？”

百里风兮伏在地上，眼神平静。她或许是该感谢百里扶苏的，因为他并没有直接废掉她的武功，只是每隔一段时间就给她服用散功丸。那东西虽然对身体伤害很大，但一旦停用，还是能恢复武功的。但是，百里扶苏会给自己这个机会吗？

“说话啊，你变哑巴了吗？”百里倾央踢了她一脚，“你不是很神气吗？”

“百里扶苏说……我和他若不是兄妹，该多好啊。”百里风兮转头向百里倾央笑了笑，“你说，是不是这样呢？”

百里倾央的瞳孔猛然收缩了一下，俯下身来，冷冷笑道：“怎么，你还想做王后吗？就算二哥斩不断情丝，我也会先杀了你的。兄妹……呵，我不觉得二哥会因为这个而退步。”

百里风兮笑了笑，果然是旁观者清吗……原来，原来你百里扶苏也不是那么无情……只是这样的情意，谁人能受得起？

百里倾央走到一旁翩然坐下，端起茶来，道：“所以，我一定要先杀了你。留下你，实在太过麻烦。你看，都已经住到昭阳宫来了。不能再由着你这么下去了。来人啊！”百里倾央喝道，“把她带回未央宫。”

没人动。

百里倾央挑了挑眉，站起身来。

“没人动是吗，那我现在就杀了她。你们通通陪葬！”

“呵呵……”

“你笑什么？”

“我笑你太不识时务。你忘了，你只是公主而已。”百里风兮索性躺在了地上，“你能做什么呢？”

百里倾央扬起手打了百里风兮一巴掌，寒着脸道："我是公主，你又是什么？"

百里风兮继续笑着，甚至笑得眼泪都出来了。她侧过头，忽然看见殿外站着一个人。百里扶苏站在那里也不知多久了，但他似乎没有要进来的意思。百里倾央顺着百里风兮的视线也看到了百里扶苏。

"二哥。"百里倾央站起身唤了一声，"你来得好快。"

百里扶苏笑了笑，这才走了进来。他没有去扶百里风兮，只是对百里倾央道："寿安，你先回去，我有话要对她说。"

听见百里扶苏叫的是"寿安"，百里倾央便顿了顿，她知道百里扶苏生气了，但还是说道："二哥，不能再留她了。"

"我知道。"

百里倾央恶狠狠地瞪了百里风兮一眼，一跺脚离开了昭阳宫。百里扶苏转身看着她的背影消失不见，又挥了挥手，让人把百里风兮扶回床上。

"都下去吧。"

"是。"

百里风兮躺在床上，看着百里扶苏步步靠近，她从未见过百里扶苏这个样子。就算控制玄息阁，就算下毒暗算她，就算欺骗晋国上下，可百里扶苏一直都是笑着的，但这时，他却没有笑，他连装也不想装了。这样的百里扶苏让她觉得害怕。

百里扶苏叹了一口气，坐在床边，"你不该挑拨我和倾央的关系。"

没等百里风兮说什么，百里扶苏道："我本来还有些犹豫，但是现在我想我真的不能留你了。"他伸手轻抚着百里风兮的脸颊，"我知道你很危险，可是我忍不住想要留下你。你是那么美，这世上再没有其他人比得上你。我甚至不愿废去你的武功折断你的翅膀，因为那样就不是你了。可是……你为什么不肯低伏在我身边呢？"

"低伏在你身边？苟延残喘？"百里风兮笑了笑，向百里扶苏挪近了些距离。她用左手艰难地撑起身子，"那样的人还是百里风兮吗？"

"不知道……"百里扶苏看着眼前的人，眼神变得有些不确定。就在这时，百里风兮的右手突然刺向了百里扶苏的心口，她手里握着的正是那一日简如慧落下的簪子。

百里扶苏没有闪避，当簪子刺入他身体的时候，他连眼睛都没有眨一下，只是握住了百里风兮的手，让她再难刺进分毫。

"你该死……你骗了我！为什么要骗我，为什么？我一心一意为了你，你为什么要骗我？晋王的王位，我什么时候阻止你去争了？我甚至还帮你去争，可是，到头来你却把我们所有人都骗了。为什么?！你要是骗我，为什么不骗我一辈子……”说到后面，百里风兮忍不住掉下泪来，她的手没有放松，可是她知道，自己已经没有力气了。她不甘心，她不甘心！那簪子要是再进一寸就能要了他的命，就能为玄息阁为叶大哥为绿娆报仇。

“为什么?”百里扶苏喃喃道，“我也不知道为什么。风兮，有些事一定要有为什么吗？那你为什么这么美，为什么让我的心这么痛?”“痛”字出口，百里扶苏一下折断了百里风兮的手腕。血染红了他的孝服，看上去就像是雪地里开出的花。

百里风兮咬着牙，冷汗不断，“你是个疯子，不折不扣的疯子……”

“不错，我是疯了。不然我早就该杀了你。”

“你杀了我吧。”

“你以为我不敢?”

百里扶苏站了起来，面色阴沉得吓人。

“不，没有那么便宜。你死了什么也不会知道，我的痛苦又有谁知道……”

“你不敢杀我，你不敢杀我！”百里风兮又笑又说，一下呛咳了起来，“咳咳，百里扶苏，你不敢……”

百里扶苏忽然回身抓住百里风兮的下颌，从怀里拿出一个药瓶。他看到百里风兮变了脸色后，笑道:“我不是不敢，而是不会。你一心求死，我偏不让你死。”他拔开瓶塞，将药一个劲儿地倒入百里风兮口中。百里风兮挣扎着，下颌被捏得生疼，她不要吃那些药丸，不要吃散功丸！

“咽下去，你给我咽下去！”百里扶苏的眼里带着癫狂，他钳制住百里风兮的咽喉，强迫她咽下那些散功丸，“我若得不到你，那就毁了你。但是我不会让你死的，哈哈哈……你看看你，披头散发，武功全无。你，飞不了了。再也飞不了了！”

百里风兮趴在床上，冷冷地看着百里扶苏。她的呼吸变得极为微弱，但她挣扎着不肯就此放弃。她不能死！若是要死，也要拉着百里扶苏一同死！可是现在，失败了……伪装示弱搬来昭阳宫，挑拨他和百里倾央的关系，乱他心神然后刺杀他……可是，败了……百里风兮知道，这世上再也没人帮她了。她再也没有机会了。

“我知道你的心气一向很高，断只手又算得了什么？我记得你回来时对我说过，天下即将大乱。日前，司徒昊已经集结了兵马。”百里扶苏蹲下身子和百里风兮平视，微微笑着道，“你是大晋的公主，应该会为了大晋而牺牲自己的。孤决定……与越国联姻。越国国主一心寄情书法，一定会好好待你的。不过我听说越国的王后好像已经有了，不要紧，一个被毁掉的百里风兮，给个妃子已经很便宜你了。”

“百里扶苏!”

“再怎么大声也没用，孤已经决定了。”百里扶苏大笑着站起身来，用怜悯的眼神看着百里风兮，“你不该挑拨我和倾央的关系，也不该刺杀我。这都是你自找的……百里风兮。”

因为晋国大丧，所以年节除夕并无一丝欢庆。加之陈国在边境集结了兵马，战事一触即发，也没人有心思去想着今天居然是除夕。昭阳宫外落了厚厚一层雪，上面一串梅花脚印，不远处，蕊珠正抱着一只小狗往回走。

“真不听话，大冷的天还跑出来。”蕊珠轻轻拍了拍小狗的头，回到昭阳宫将它放了下来。百里风兮正坐在窗前发呆。这些日子以来，她都是这样，蕊珠已经懒得再劝了，只是走过去把窗户关上。

百里风兮没动，这窗户关也好开也罢，她并不在乎。因为她所在乎的一切都已经被人毁了。

“公主，该用膳了。”

蕊珠例行公事地说了这么一句，就扶着百里风兮坐到了桌子旁。百里风兮看了看桌子上的菜，端起碗吃了起来。她要活下去，所以必须吃饭，哪怕知道这里面掺了别的东西。百里扶苏自上次撕破脸后就再也没有来过，也没人再给百里风兮吃散功丸，但百里风兮的功力一直没有恢复。看来，那些药丸已经通过别的方式让百里风兮服用了，比如饭菜。可是就算知道了又如何，百里风兮还是静静地吃着。因为她要活下去，不单是为了叶沉他们。更是为了师父，为了凰图。

那还是秋天，枫叶还没有凋零，一切都还显得那么美好。百里风兮收到师父的消息，独自一人去了羽溟山。那是风华隐居的地方，外有五行八卦，内有高手如云，外人难以接近。百里风兮记得那天正好在下雨，师父一个人在亭子里弹琴，所有的侍婢都被遣退了。

“师父，您找我?”

风华转过头来看着百里风兮，眼神复杂。过了很久，她才开口问道：“风兮，你知道这世上流传最广的四句话吗?”

“‘凤不栖梧，凰不出图，君临天下，据何以安。’师父问的可是这四句?”

风华站了起来，缓步走到亭子边缘，伸手承接着那九天雨露，“不错，就是这四句。你知道它们的意思吗?”

百里风兮有些不解，今日师父看起来似乎有些反常，怎么突然问起这个来了?

“须请凤鸟栖梧，凰图现世，才能一统天下，长治久安。”

风华笑了，笑得很开心，笑得很凄凉。

“一统天下，长治久安……这天下早已分崩离析。风兮，你要记住，只有大魏朝，只有大魏朝才称皇称帝。现在，这些人不过是王侯罢了，算不得什么。你是我唯一的徒弟，你要记住我对你说过的话，这样我才能放心把玄息阁交给你。”

“师父，这……”

“这是师父的决定。”风华转身看着百里风兮。

百里风兮住了口，她知道，师父做的决定没人能改变，就算是晋王也不能。

“所以，你有必要知道玄息阁的来历。”

听到这句话，百里风兮不由得抬起头看着风华，哪怕对她而言，玄息阁依然是一个神奇的所在。

“你知道你的名字是什么意思吗?”

“风兮不知。”

“风乃大魏朝国姓，我是要你记住魏国，记住一统天下……”

“徒儿的名字原来是师父起的?”百里风兮眨了眨眼睛，却见风华转开头去。

“是谁起的并不重要，重要的是你要记住，要一统天下，光复大魏。”

百里风兮皱了皱眉，她不明白师父为什么对于那个已经不复存在的大魏朝这么执著。如今三国鼎立，谁又能一统天下呢？她不过是个小女子，虽比平常女子多些能耐，但也不会妄想能一统天下。

风华依然背对着百里风兮，声音里带着那么一丝嘲讽。

“人人都说要请凤鸟栖梧，凰图现世，才能一统天下，长治久安。可是风兮，我告诉你，这世上根本就没有凤鸟。但是，有凰图。”

百里风兮愣了愣，有些消化了不了刚才听到的话，她拍了拍自己的脸。

风华从怀里取出一张图来仔细地看了看，然后递给百里风兮，“这就是凰图。”

百里风兮小心地接了过来，展开一看，不由一怔。

“百里逸总觉得我是痴人说梦，他哪里知道，我确有凰图在手。”这么说着的时候，风华把手举到了自己眼前，她的眼里没有半分欣喜，有的只是厌恶，对自己的厌恶。她明明有凰图在手，可是这么多年过去了，她依旧没有精进半分。她太爱享受了，她生来就是享受的，享受这世间的富贵荣华，享受这世人的艳羡称赞。她已经离不开这些了……

“有了凰图，玄息阁又算得了什么。”

百里风兮定了定神，忙问道："师父，你怎么会有凰图？"

"这个你不必知道。"

"可是……"百里风兮看了看手中的图，又看了看自己的师父，一时有些手足无措。

"凤鸟不过是为了转移世人的目光而编造的谎话，真正重要的是凰图。风兮，你要答应师父，一定要恢复大魏朝……一定要一统天下！"

"想什么想得这么入神？"百里扶苏的声音打断了百里风兮的回忆，她抬头看着他。那一身龙袍穿在他身上真合适……就像自己以前千百回想的那样合适。

"今天是除夕，以前每次过除夕我都会陪着你的。"

百里风兮放下筷子，淡淡道："你已经不用陪我了。"

"那就让你陪陪我吧。"百里扶苏的声音显得那么温柔，甚至有些哀求的意味。

"大王还会找不到人陪吗？"

"可是，再也没人能像你……"百里扶苏看着眼前冷若冰霜的人，自己停了话。

殿里伺候的奴才们大气也不敢出，只觉得有一块大石头压在了胸口。

半晌，百里扶苏才道："这些日子很忙，没能来看你。你过得好吗？"桌子上已经加了一副碗筷，百里扶苏夹了一块雪耳放在百里风兮碗里。

"天天吃这些东西，你觉得会好吗？"

"你不爱吃吗？我让人重新做。"百里扶苏说着就转头去吩咐宫人。

"事到如今，你还想骗谁？"

百里扶苏一滞，而后低声地笑了起来，"骗……有时候我真想骗我自己，可是风兮啊，为什么你就不能让我多骗自己一会儿呢？"

百里风兮垂下眼帘，看着自己身上那些吉祥图案，心里不知是何滋味。

"我已经派了使者去越国，你也该搬出昭阳宫了。"

百里风兮闻言立马站了起来，转身就向门外走去。她伸手刚刚拉开大门，另一只手就从后面按住了门。

"风兮，别这样对我。"

"百里扶苏，那你又是怎样对我的？"百里风兮奋力拉开了门。一片风雪灌进来，她不由打了个寒战。她回头看了一眼，"再也……再也回不去了。"

百里扶苏没有再阻拦，看着百里风兮一个人走在雪地里，越来越远，越来越远，他再也抓不住她了……他们再也回不去了……

第九章　笼中物无处可逃

鸿嘉元年三月，晋、越两国联姻。晋国国主百里扶苏在定安城外亲自送别端华公主。

“大王，就这么让端华公主出去，无疑是放虎归山。”严浪看了一眼那浩浩荡荡的送亲队伍，担心地对百里扶苏说道，“还请大王三思。”

百里扶苏穿着宽大的朝服，手在袖子的掩盖下玩弄着一块玉佩。他看着那队伍中最华丽的马车，忽然觉得很刺眼。那人鬓角的馨香，似乎还在鼻尖萦绕。半个时辰前，烟波殿。终年穿着的白衣被龙凤呈祥的大红色嫁衣覆盖，乌黑长发上饰着金累丝嵌红宝石飞凤纹簪，耳畔一对连珠翡翠耳坠纹丝不动。百里风兮看着镜子里的自己，面无表情。“大王，都好了。”宫婢都低着头退了出去。百里扶苏站在那里看着百里风兮，这所有的一切都是他亲自挑选的，无一不合适。“真是美极了……”百里扶苏走到百里风兮身后，双手放在她的肩上，看着镜子里的两人，笑了笑，道：“你说，我们是不是很般配?”“我们是兄妹。”“不要一次次地提醒我。”百里扶苏捏紧了手下显得瘦弱的肩膀，“你知道，我不在乎……”“那你在乎什么?”“我只在乎你。”“所以，把我嫁给越王?”百里风兮说完忽然就觉得肩膀一痛，仿佛骨头都被捏碎了。然后她就看见了百里扶苏嘴角那一抹似是而非的笑意。那一抹笑一直挂在百里扶苏嘴角，直到此刻。

“你看到倾央了吗?”

严浪愣了愣，“……没有。”

“那就行了。”百里扶苏叹息似地说道，又看了一眼那马车，然后转身回城。他相信，百里倾央不会让他失望。他也相信，有叶沉他们在手上，百里风兮不会妄动。

“陈国起兵在即，我们一定要先和越国联手。联姻是一个很好的手段。而端华，已经没用了……”

在进城门的那一瞬间，百里扶苏手里的那块玉佩被捏得粉碎。那是百里风兮送给他的。现在，一切都结束了。

马车里，一人上着山河社稷袄，下穿乾坤地理裙。这人正是百里风兮。只是，这样一个规规矩矩地端坐在那里的人，怎么看也不像是百里风兮。那个逍遥于世的女子，被打磨成了面无表情的玩偶，一路沉默着离开了她的故国。

在离开之前百里扶苏将叶沉带到了她面前。看到叶沉的时候，百里风兮没有哭，她只是不敢相信，往日风度翩翩青衫隐隐的叶沉会变成那个样子。一片血肉模糊，不知经过了多少刑罚。可就是这样的叶沉，依然对她笑了笑。那笑容依然让百里风兮觉得无比好看。

百里风兮明白叶沉的意思——你还活着，真好！

是啊，活着。只要你们能活着。

叶大哥，你们一定，一定要好好地活下去……

谷雨，萍始生、鸣鸠拂其羽、戴胜降于桑。

万俟微澜坐在雍城外十里长亭，闻夜雨霖铃之声，望通天笔直之道。他知道那个白衣如仙的女子就要伴着喧天的锣鼓从这条道上来了。绿筠站在万俟微澜身后，神色平静，看不出悲喜。

“我要进宫一趟。”万俟微澜对着那惆怅的不知停歇的春雨说道，“我不知道你说的是真是假。但我想百里风兮当不屑用任何卑劣的手段……如果要战，她也一定会和我正面交手。”

“我是晋国人，虽然有求于您，但是我不能出卖晋国。所以，很多事不能告知，再者……奴婢逃出来时也甚为匆忙，并没有弄清楚事情的始末，所以也不便妄论。蒙公子收留，绿筠感激不尽。”

“她就要来了，事情的始末，我自会去问她。”万俟微澜站起身来看了绿筠一眼，“如果真的如你所说，此次联姻非她所愿……”万俟微澜顿了一下，“我就去碰碰运气吧……”

绿筠拜道：“多谢公子。”

万俟微澜取过雨具，步入雨中。这样的天气，他更喜欢步行，一步一步地去感受春天的气息。所以，当他来到王宫的时候，鞋子已经湿了。

一边换鞋，万俟微澜一边问道：“王兄睡了吗？”

“大王还在书房。”小宫女为万俟微澜换好鞋，恭敬地退到一旁。

万俟微澜笑了笑，“果然还在书房啊……”他掸了掸衣裳，缓步走向书房。

东陵王的书房布置得古朴雅致，从各地搜集来的名家书画挂满了墙壁。万俟微澜一进门，就看见了那幅《凭兰帖》。那是魏朝的草书大家顾东升的名作，是他答好友玄机的信函，说立世做人，当有凭恃，君当如兰。

“微澜，这么晚了，你怎么来了？”万俟哲珈站起身来，袖子上沾染了些许墨迹，看上去一点儿也不像是掌握生杀大权的国主。

“臣弟叩见王兄。”

“快起来，这里又没外人。”

万俟微澜含笑起身，环顾了一下四周，笑道：“王兄这么晚了还在做什么？”

“今天周御史献给本王一幅画，你来看看。”万俟哲珈说着，便引万俟微澜走到桌案后展开一幅画来。

“假的。”万俟微澜只看了一眼，“不过仿得倒是有几分灵气，也算得是上乘之作。”

万俟哲珈看着画，皱了皱眉，笑道：“果然，流云公子的画还是找你来鉴定最好。这一幅《临江仙》我就看不出什么端倪来。”

“流云的画和他的人一样，潇洒写意不落俗套。王兄且看，这里和这里明显有些生硬。”万俟微澜指着画上的两处说道，“我曾有幸见过真迹，断不是这样的笔锋。”

“可惜啊……”万俟哲珈把画卷放在桌上，叹道，“可惜本王是无缘一见了。微澜，你可知道这画的下落？”

“当时流云狂傲，自画自像，而后以万两黄金卖了这一幅画，后来几经转手，微澜如今也不知道此画真迹在何处。”

万俟哲珈看了看那画，摇了摇头。

“哦，对了。你这么晚来有什么事吗？”

万俟微澜沉吟片刻，问道：“不知王兄打算如何安置端华公主？”

“她？”万俟哲珈有些为难，“两国联姻本没什么好说的，但她和荣平齐名，总不好太委屈了她。这事儿我问过荣平了，她说以妃礼相迎是最好的。”

“妃……”

“嗯，你可有什么好主意？”

万俟微澜笑了笑，说道：“臣弟只是在想，晋国送来的会不会真的是端华公主。”

“是与不是又有什么好在意的，不过是要一个联姻的名头。陈国近来的动静太大了……”

“那端华公主只要是和我越国结亲，嫁给谁也都是一样的，是吗，王兄？”

万俟哲珈缓缓点了点头，又觉得有些不妥，正想说什么，却听万俟微澜说道：“那就请王兄赐婚，臣弟愿娶端华公主。如此，也不辱没了她的名声。”

万俟哲珈看着在自己面前深深一拜的弟弟，忽然对那个传闻中的端华公主有了几丝兴趣。何等样人，竟能让微澜折腰？

万俟微澜觉得时间仿佛停滞了一般，等到那一个“准”字，他觉得自己的腿都有些发麻了。他再抬头时，见王兄笑吟吟地看着自己，便又低了低头，自己也忍不住笑了，却又不知为何而笑。

“天晚了……你先回去，这件事我亲自来办。”

“有劳王兄了。”

万俟微澜踏出王宫，向晋国的方向望了望，忽然想，那个一向白衣如仙的女子，若是一身红装，不知是如何美艳不可方物。

百里风兮躺在驿站的床上，根本无心睡眠。她看着月光照进来，照着那挂得整整齐齐的嫁衣。那上面飞针走线绣着龙凤呈祥，然而此去越国也不过是棋子一枚，那越王更非心中良人。再把她装扮得如何美艳，也掩饰不了她眼底的落寞。百里风兮眨了眨眼，觉得眼睛酸酸的，但是哭不出来。她想要嫁的人，如今正把她拱手让给他人。不知道为什么，穿上嫁衣的那一刻，她居然会想到百里扶苏的那句话：“我们要不是兄妹，那该有多好啊……”

房门被轻轻推开，那是侍女来查看她是否还在房里。现在没有服用散功丸，她的功力已经在渐渐恢复，行走并无大碍，但想要恢复往日的风采，只怕就不是十天半个月能办到的了。再者，她的身体已经受了损伤，体质大不如前，想要再足踏红叶，飘然于世，似乎不可能了。

百里风兮长长一叹，仿佛想要吐出心中的郁结。她发现自己远没有想象中的那么恨百里扶苏。那个谋害了父王，篡夺了王位，控制了玄息的人，也是自己恋慕了整整十年的人。有些事不是说要放开就能放开的。明明是该恨他的，可是到头来只是觉得心痛。百里风兮叹了一口气，觉得自己很对不起玄息阁，却没有觉得自己也很对不起自己。

直到三日后，到达了稷山，她才忽然觉得那身嫁衣刺眼，才忽然觉得自己太蠢。稷山是晋、越两国交界之处，过了稷山就是越国的地界了，晋国送亲的队伍就要回去了……

“公主殿下，这是大王命人送来的。”侍婢呈上一封书信。百里风兮看了许久才伸手接了过来。入目的是再也熟悉不过的字体，但是内容却将人生生逼得心碎。信上是毫不掩饰的威胁和唾骂之语。百里风兮只看了一行就看不下去了，把信抓成一团紧紧地握在手里，忍着泪看向万里穹苍。

为什么到了这时候还要送来这样一封信，还要将你所有的怨恨都呈现在我面前。我真的，真的那么让你讨厌吗？

百里风兮站在稷山上，拿着信忍不住微微发抖。两国的亲使在不远处交换着文书，没有人察觉一队人马已经悄悄靠近了他们。直到快刀割破喉咙发出难听的声响，人们才意识到遭到了袭击。

那是一群蒙面人，装束整齐，配备精良，让人一时看不出是何方势力。尖叫声此起彼伏，那些平时看上去文弱不堪的侍女叫起来直让人耳膜发疼。百里风兮退了两步，发现自己周围竟然没有人了，那些往日寸步不离的监视她的婢女竟然一个也不在了。

“那个贱人的命是我的，你们谁也不许动。”黑衣人中看似领头的一个挥了挥手中的刀，拍马上前。她的声音穿过人群，直抵百里风兮的内心深处。

这一刻，周遭的声音似乎都变小了，那些飞溅的血花似乎也变得模糊了。百里风兮站在那里，心里空荡荡的，却又觉得特别清醒。她觉得自己心里似乎有一个声音在对自己说话——百里扶苏是早就算好了，他怎么会放过你？你当真以为他对你有情有义吗？先毁掉你所有的幸福，再将你折辱下嫁。但是不够，他不会给自己留后患的。他早就知道百里倾央会来杀你的，而你还这么傻，只有你一个人放不下罢了。

“从一开始，他就知道百里倾央不会放过我的，是不是？原来我不是棋子，而是弃子。”百里风兮自言自语道，“百里风兮，你真让人失望……”

手里的信随风而去，百里风兮看着那个正向着自己而来的黑衣人。那声音她不会听错的，是百里倾央，是那个对她恨之入骨的百里倾央！

可是，她却不想逃，她还能逃到哪里去？

虽然蒙着面，但百里倾央的眼睛已经笑弯了。她扬起刀，看见纵马而来的烟尘扑向百里风兮，而自己的刀也马上就可以喝到她的血了。百里倾央笑了，她真的太开心了。她想杀百里风兮已经很久了。

百里扶苏不明白她为什么会对百里风兮抱有这么大的敌意，因为他觉得百里倾央并不知晓风兮的身世，所以并没有什么可恨风兮的。可是他不知道，女人的忌妒往往是无缘无故的，是疯狂的，特别是身在宫廷的女人。他也没有意识到，他们真的是一母同胞的兄妹，当面对那个突然出现在自己的生活里，剥夺了自己耀眼光环的女子，他们的心，何其相似。只不过百里扶苏知道得更多，被简如慧灌输的仇恨更多，也隐忍得更多。

“去死吧，贱人！”

当刀落下的时候，百里风兮本能地退了退，可是已经来不及了。听见百里倾央带着快意的咒骂，她忍不住闭上了眼。

一滴东西落在了百里风兮的额头。下雨了吗？可张开眼，那明晃晃的太阳依然漠然地看着这片土地上的杀戮，没有谁肯为这突如其来的变化掉泪。

“原来你这么想死。”戏谑的声音传来。百里风兮侧头一看，是萧然，是那个戴着面具的萧然。

又一滴东西落在百里风兮发间，她这才发现百里倾央的刀被挡住了，被萧然用手挡住了。

“你疯啦?!”百里风兮大叫道，却看见萧然一挥手将百里倾央连人带刀掀翻了。

只是，他站的地方已经有了一摊不小的血迹，他却满不在乎地说道：“原来你还活着。”

“你是疯子……”百里风兮不可抑制地颤抖着后退了一步，却又更快地上前抓住萧然的手察看他的伤势。

萧然笑了笑，由着百里风兮去。他转头看着百里倾央和她那些手下，虽然那面具上依然只有惨白一片，可那一身倨傲就这样笼罩在了每个人心头。

稷山上已经是一片狼藉，风沙阵阵掩盖在那些已经永远站不起来的人身上，远处有不知名的大鸟在鸣叫，仿佛是在唱着亡灵诗。

百里风兮撕下一片裙摆，简单地帮萧然包扎了一下，但是作用并不大，萧然的血透过她的指缝不断地往下流。她看着那些血，一动也不动。她不敢回头，也不敢逃离。时间仿佛静止，直到萧然回握住她的手，对她说："跟我走。"

百里风兮抬起头。迎着阳光，看不清她眼底的波澜，或许并没有波澜，因为她的声音是那么平稳。

"谢谢。我不走。"

"她会杀了你。"

"嗯。"

"她不会跟你走的。"百里倾央已经拉下了面巾，嘴角的弧度带着一丝恶毒，"你也走不了。"

萧然似乎皱了皱眉，看着百里倾央，道："让开。我不想杀人。"

不知道为什么，被萧然那么看着，百里倾央突然有一种想要后退的感觉。她握紧了手里的刀，看着刀上的血略定了定神。那是萧然的血，他也不过是凡人肉身，自己何须怕他！

"那你就试试看吧。"百里倾央举起刀正对着萧然，那些黑衣人得令一拥而上。萧然眼神复杂地看了看百里风兮，然后收回了自己的手。

"百里倾央，你杀了我，放他走。"百里风兮走到萧然身前，她没敢看他的眼睛，而是坚定道，"你走。"

"你以为你还有资格我和讲条件吗?"百里倾央一笑，厉声道，"杀了他们。"

在漫天的喊杀声中，萧然笑道："你看，我一个人也走不了。你还是跟我一起走吧。"

百里风兮转过身，冷冷地看着那些黑衣人快速地向自己而来。天上的太阳在这一刻似乎变得灼热起来，连空气都躁热得让人发狂。但百里风兮还是平稳地说道："我不走。你走。"

萧然来不及回答，一个黑衣人已经杀到眼前。他抬手、折腕、夺刀一气呵成，再一换身形，已立刀挡在百里风兮身前。

"我看你才是疯子。"挥刀的间隙，萧然对百里风兮说道，但百里风兮只是无声地低下了头。她握紧了手，直到掌心掐出了血来。

萧然和黑衣人缠斗在一处。然而，他毕竟只有一人，若是只顾自己倒还能勉强过关，可他站在了百里风兮身前，他要护的人从来就不是自己。

阳光照在染血的刀锋上，显得异常的艳丽。刀每挥出一个弧度，就有一个人丧命。萧然那惨白的面具上溅了不少鲜血，看上去十分恐怖。他开始大口呼吸，虽然他的刀所到之处必有一人丧命，可是，他们人太多了。

黑衣人在一番砍杀后退开了些许，但并未有大的折损。反而是萧然身上添了十六处刀伤，或深或浅，都在消耗着他的血气。

百里倾央缓步走上前来，看了看萧然，又看了看百里风兮，忽然觉得很好笑。

“百里风兮，真是难得啊，居然还有人会为你卖命。不过，也没什么用。”

“呵呵……”萧然仰头大笑。

“你笑什么？”

“我笑你蠢。我，岂会是为人卖命的人？这世上还没人能买得起我的命。”

“没人吗？呵，我倒要看看。”百里倾央环顾四周，笑道，“你若肯杀了她，我就放你走。不然……你就陪她一起死吧。”

“我不会死。”萧然站直了身子，哪怕重伤在身，哪怕强敌环伺，依然那么自信。

“不会？我可看不出来……”

“够了！”百里风兮有些僵硬地抬起头，身子在微微颤抖，“够了。”

“够了？百里风兮，你没有喊停的资格。”百里倾央看着她，冷笑道，“你以为你还是那个被父王宠上天的端华公主吗？不是了，早就不是了！”

“倾央，我自问没有对不起你的地方，你为何要将我赶尽杀绝？”百里风兮向前走去，却被萧然一把抓住。

“别过去……”萧然的声音因为强忍疼痛而显得有些沙哑。百里风兮回头看了他一眼，很坚决地推开了他。这一推，萧然再也站不住了。可百里风兮并没有要去扶他，她不能再连累他了……

“他只是个局外人，放了他。”

“你没资格和我谈条件。”

“我有。”这么说着的时候，百里风兮随手捡起了一把刀，“我知道你一直想亲手杀了我。”她看着百里倾央笑了笑，“所以，放了他，我任你处置。不然，我自尽也不错……不过，我想你不会这么便宜我的……”

百里倾央眯了眯眼，“我不知道原来你这么无耻。”

“和你们兄妹比起来，我好像算不得无耻。”

百里倾央扫了一眼自己的属下，算计着得失。她越过百里风兮，看着半跪在地的萧然，她想她不会吃亏的。待收拾了百里风兮，那个戴面具的人也一样跑不了。

"好，我答应你。"

"那就先放他走。"

百里倾央挥了挥手，黑衣人让开一条路来。萧然艰难地用刀插在地上撑起身子。百里风兮退开一步，不让萧然有机会夺去自己手上的刀。

萧然笑了笑，吐了一口血水。

"百里风兮，你要记得，我是来帮你的人。"

"我知道。你的心意我领了，现在你该走了。"

"我要是不走呢？"

"那我就死在你面前。"

"……好，我走。你要死，也不能死在我面前。"

萧然摇摇晃晃地走过百里风兮身边，向那条不宽的生路走去。

百里倾央笑了，对萧然道："早知如此，何必当初！"

"寿安公主是吗？"萧然一笑，牵动了肺腑，又弯腰咳嗽了起来。

百里风兮握着刀的手紧了又松，松了又紧。她想，她真的该去江湖。江湖有热血，江湖有儿郎。来生吧，来生，来生了无牵挂做一个路见不平拔刀相助之人。那该是何等畅快之事。不过快了，今生就要结束了……萧然，快离开这里吧……百里风兮移开眼，看见那些无辜的人因为这一场亲事而丧了命。她在心里一叹，就让自己也死在这里为他们偿命吧。

萧然咳了许久才停下来，等他一停下来，百里倾央就觉得有些不对劲。她看见萧然缓缓抬起头来，那面具下带着笑意的眼睛，绝不是一个甘心服输的人会有的眼神。百里风兮也察觉到不对，错身看向萧然。

"以前居然没有注意过你，想不到在晋国王宫里还有你这样一位公主。"萧然笑着说道，"我以为只有百里风兮。现在总算知道还有你。"

"现在知道也不算太晚。"百里倾央咬牙暗恨。

"已经晚了……"萧然暴起，挥刀斩下临近一人的头颅，接着以一种不要命的方式冲向了百里倾央。

"萧然——"百里风兮伸手想要抓住他，可是只有鲜红的血液沾染上她的指尖，留下了不可磨灭的温度。

百里倾央连连退了五步，那些黑衣人在一惊之后迅速拦截萧然。可是，对于一个不要命的人，谁能拦得住？萧然将自己的速度提升到了极限，根本不去管那些刺向自己的刀，他的目标只有一个。当他看见百里倾央眼里的惊讶时笑了，可是他的动作已经慢了下来。所以当他把刀架在百里倾央脖子上时，百里倾央手中的刀已经刺进了他的胸膛。萧然大喝一声，不退反进，逼着百里倾央又退了七步。两人已脱离了黑衣人的攻击范围，萧然断断续续地笑着说道："你就要死了，就算……知道了你也没用了。"

百里倾央惊道："你不要命了吗？快放开我，不然，我一定将你碎尸万段！"

"为了避免这个结果，我决定现在就杀了你。"

"百里风兮，你想让叶沉他们死吗？快让他放开我！"百里倾央扯着嗓子喊道，"你知道杀了我的后果吗？你要害死玄息阁的那些人吗？"

百里风兮站在那里，脸上没有一点儿表情，看着萧然身上不断滴落的鲜血，看着百里倾央不断张合的嘴唇……她突然握紧了手里的刀。耳旁是风夹杂着黄沙的嘶鸣，脚下是枉死的怨灵无声的哭诉。百里风兮挥刀，杀人，突进。她的动作干净利落，刀锋所指，必定是最脆弱之处，她不能浪费每一分力气。她不能看见萧然死在她面前！

她对不起的人已经太多了，不能再连累这一个萍水相逢的人。

百里倾央被制住，黑衣人显然有所顾忌。百里风兮连伤三人与萧然会合到了一处。

"百里风兮，哈哈……百里风兮……"萧然大笑，却说不出其他来。

百里风兮看着萧然，歉疚地低了低头。

"要把这里所有的人都杀完。"百里风兮的声音依旧平稳，只是在说一个必须要得到的结果。她已经动手了，所以，这些人必须死，不能让人逃走回去报信，否则叶沉他们就没有任何生还的机会了。而自己要做的就是杀完这里所有的人，然后将萧然送到安全的地方，自己再回定安城。只有这样，才有机会保住叶沉他们的命。

百里倾央之前的想法与之相近，她动手自然不想给晋国找麻烦，所以越国的人必须杀死。而选在稷山动手则是因为这里是两国交界处。两国的护军在稷山之下驻守，这稷山之上只有亲使罢了。谁能想到另一侧山下晋国的护军会为这一群黑衣人放行呢……

无论是谁，这稷山之上都注定了一场屠杀。

萧然咳嗽着，手里的刀随着他的咳嗽不时割伤百里倾央那细嫩的皮肤。他根本就不在乎百里倾央的生死。当百里风兮站在他身前的那一刻，他就已经不在乎了。

黑衣人相互看了看，重新将刀锋对准了百里风兮。

“放了公主，我放你们走。”黑衣人中为首的一人站了出来。

“如今说这话未免太没有诚意了。”萧然依然在流血，可是他却笑得那么大声，“你们难道没听见百里风兮的话吗？你们都得死。哈哈……”

百里风兮没有回头，不知道那面具下究竟是怎样一个人，能在此时此刻还笑得这么大声。

“杀。”黑衣人很简短地发出了命令。

这一刻，最吃惊的是百里倾央。她记得在离开定安城之前的那个雨夜，在长庆殿里她含笑问百里扶苏：“你真舍得让她嫁去越国？”

“你不是说留下她是祸害吗，那不如送去越国好了。”百里扶苏头也没抬，放下手里的奏本，又拿起下一本在看。

长庆殿外的雨下得很大，噼里啪啦的像是击打在人的心上。

“日子定了吗？”

“嗯。”

百里扶苏抬起头，对百里倾央笑了笑，然后又去看折子。

百里倾央清晰地记得那个颇有深意的笑容。就因为那个笑容，她顺利调集了虎卫，夜奔八百里赶至稷山。她认为自己已经了解了那个笑容所代表的一切，可是直到这一刻，她才知道，原来自己并没有了解透彻。百里扶苏的意思是要杀了百里风兮，是要不惜一切代价杀了百里风兮，哪怕牺牲掉一个寿安公主！

百里倾央看着黑衣人手里的刀，那些本来在自己手里的刀此刻掉转了方向正指向自己。那个远在王宫里的晋王，是不是早就料到了这个结果？

“凭什么！”百里倾央突然对着百里风兮的背影吼道，“凭什么要我给你陪葬？为什么到死我都比不上你？你的命哪一点比我贵？我才是天之骄女金枝玉叶，你百里风兮算什么东西！”

“闭嘴。”萧然低声在百里倾央耳旁道，“她可比你有用多了……”

“没有谁的命比谁的贵。我们都一样，谁的命都一样……”百里风兮看着刀尖上滴落的血珠长长地叹了口气，然后抬脚上前，挥刀杀人。她知道自己在做什么。在她心里，人命从来没有贵贱之分，她也不愿杀人。但是没办法，她必须活着！为叶沉活着，为绿娆活着，为凰图活着……

宽大的嫁衣太碍事，以至于百里风兮是那么用力地把它扔了出去。过往种种似乎也像是这件绣满了华丽图案的嫁衣，已经被百里风兮彻底抛弃了。

萧然看着那精致华丽的衣裳滚落尘埃，忽然短促地笑了一声。百里倾央正想说什么，可声音还没来得及冲出喉咙就散落在了空气里，再也凝结不出任何话语了。萧然放开百里倾央的尸体，一瘸一拐地走向百里风兮，他看得出来百里风兮出手已经越来越慢了。这一仗，他们要如何赢？

萧然从怀里取出一个竹筒，看了半天，然后又取出了火硝。

“希望朱佩弄的东西有用……”

第十章　春日已尽雨未收

百里风兮醒来的时候，头痛得要死，就像是要炸开一样。炸开……对了！当时自己快要脱力，正不知该如何是好，周围却突然爆炸开来，那些黑衣人似乎死伤惨重，而自己也被炸得不省人事。自己现在头痛得要死……应该还没死……

“不错啊，这么快就醒了。”萧然抱着一堆树枝进来。百里风兮这才察觉到自己在一个山洞里，而外面，天已经黑了。

“萧然……发生什么事了？”火堆把萧然的面具映得金灿灿的，那上面的血迹已经被洗过了，但那些绯色的印记是无论如何也去不掉的。百里风兮按着额头艰难地撑起身来，“这是哪儿？”

“稷山。”萧然把怀里的树枝扔在地上又拨了拨火。

“稷山？我们还在稷山？”

“嗯。”萧然似乎不想多说，从进来到现在他都没有看过百里风兮一眼。

“不行……我要回去，叶沉他们很危险。”百里风兮摇晃着站了起来。此刻，她看上去就像虔诚的教徒，身体的极度虚弱已经被抛在物外，支撑自己的是对玄息阁众人的责任。

“两国的护军还在搜山，我们暂时在这里躲一下。”

“护军……”百里风兮摇了摇脑袋，似乎忘了什么重要的事。她觉得这时候脖子上的那颗脑袋很重，像是灌满了糨糊。前一刻还挂在嘴边的事情，这一刻居然就想不起来了。

“你最好再躺会儿。被春雷炸了，可不是那么好玩的。”

“对，爆炸……”百里风兮挣扎着挪到萧然身前，“那个爆炸是怎么回事？我现在好像……”百里风兮皱了皱眉，不知该如何表达此刻的感受。

萧然递给她一节用新鲜竹节装的水，“喝点儿水，然后再去睡一会儿。这对你有好处，别强撑着。”

百里风兮接过水，没喝，直接浇在了自己头上。深夜里这凉水浇头，终于让她清醒了些。

萧然看着她，没说什么，又低头去弄火。

“我想起来了，当时为什么会爆炸？你说春雷？我记得……当时我闻到了，闻到了花香……”百里风兮有些不确定地看向自己手里的竹节，似乎想起了什么，眼神一亮。

“是朱佩，是蓟州朱家的朱佩，是不是？”

蓟州朱家善奇巧、火药，长暗器、机关。江湖中无人不知，更无人敢惹。近年来，朱家四少爷朱佩更是名动江湖。只因他所制火器极为精巧，威力甚大，为人又好风流，是少年一辈里数得着的人物。他所制之物不多，但都有一个特点，携有花香。

“嗯。”

百里风兮退了几步，看着坐在火堆旁的萧然。萧然的衣衫依旧破烂，手掌依旧污浊，但是他的发丝却一丝不乱，那指甲也还是保持着极为平整的样子。

“你究竟是谁？解无忧肯轻易给出‘碧螺’的解药，朱佩的东西你也能随手拿出。萧然，你究竟是谁？”

“我早说过了，是来帮你的人。”

“帮我？”百里风兮缓缓摇头，“我们不过是萍水相逢……”

“不信也就算了。”萧然的语气淡淡。百里风兮有些不确定，这真的是那个与自己一同搏杀的萧然？这真的是那个仰天大笑不顾生死的萧然？那面具后，究竟是一张怎样的面孔？

“你为什么不肯取下你的面具？”

“每个人都有很多面……我们只是对不同的人展示不同的一面。”

“所以……对我就是一张面具？”

“对你是一片坦然，无须猜测，无须掩饰。因为一切都已被遮挡，所以，更为坦然。你要知道，人们往往用真名说假话，而用假名说真话。”

山洞里陷入了一阵不算尴尬的沉默，夜风让树叶不得安生地嘶叫着，月亮躲在乌云里，外面一片漆黑。百里风兮无神地看着那一片要把人吞噬的黑暗，无力再去追究萧然的底细。

“我昏过去以后发生了什么？”

“那些人都死了……但是爆炸声引来了护军。”

“你方才说我们还在稷山？”

“嗯。”

“……我该回定安城了。”百里风兮站直了身子，略闭了闭眼，好让眼前的一切不那么模糊。

“等些日子吧……你伤得太重了。”

“我没事。”

“是内伤。要是不好好调理，会落下病根的。”

百里风兮没有理会，只是一直向前走着。她走得很慢，每走一步，胸口就像是撕裂一般的疼。

“一，二……三，四，五……十二。十二，比我想的多走了一步。”萧然看着倒在地上昏迷不醒的百里风兮，喃喃说道，“管那些死人做什么，不知道珍惜一下自己。”萧然摸了摸自己脸上的面具，轻轻敲击，发出闷响。

“萧然啊，这个女人真的很奇怪是不是？这样的人拿凰图有什么用呢，不如送……”后面还有什么话，被夜风一卷就听不见了。

百里风兮醒来的时候已经是第二天的正午时分。她张开眼，过了好一会儿才看清眼前的萧然。“萧然……”百里风兮艰难地抓住了他的手。萧然正闭目休息忽听得百里风兮的声音，张开眼来，不觉心中一凛——原来一个人的眼中充满了恨意，是这样可怕。“你醒了。”“救我……我不能死……”百里风兮张合着毫无血色的双唇，冷静下来的她怎会不知。百里扶苏既然动意要杀她，那叶沉他们只怕早已……“百里扶苏还没有死，我，我会死不瞑目的！”萧然沉默地看着百里风兮，他不知道那样一个虚弱至极的人，为什么会有那么大的力气抓住他的手腕。像是钢铁一般的钳制，萧然觉得，若是他不答应，或许手腕会捏碎。萧然缓缓地点了一下头，百里风兮松了一口气，整个人又陷入了昏迷。萧然掰开她的手指，自己的腕上已经有了几个淤青的痕迹。“这么恨他吗？”萧然看着百里风兮，“余毒未清，体质受损，在稷山之上又那么拼命……百里风兮，你要怎么活下去？

烨州烟雨楼，春尽雨未收。

扣指轻吟，自顾而笑，一身轻袍缓带的朱佩悠然坐在烟雨楼的雅座里。每年这个时候，他都会来这里坐一坐，这是很多人都知道的事情，所以，这个时候要找他并不是什么难事。当烨州捕头周盛扬冒雨来到烟雨楼问过这里的掌柜后，大大松了一口气。

“大人，他在三楼。”大堂里的客人看见周盛扬低头对一个身材矮小的中年人说话，不免有些奇怪。要知道在烨州，周大捕头的名声还是很响亮的，要他低头的人还真不多。

那中年人只是点了点头，直接上了楼。周盛扬略顿了顿，还是跟了上去。到了三楼，那中年人很客气地敲了门，得到许可后才推门进去。他没有关门，但是周盛扬很识趣地没有跟进去，别人自然也都没有进去。

朱佩看到进来的人，很友好地笑了笑，“要一起喝杯酒吗？”

“好。”

得到肯定的答复后，朱佩笑得更开心了，重新拿杯子倒了一杯酒，似乎根本没看到门外还站着一班捕快。

“听闻烨州神剑莫万通最近投靠了朝廷，不知道是不是真的？”朱佩递过酒，含笑问道，那样子像极了殷勤的主人，让这酒楼也添了几分暖意。

“是。”

“哦……”

“你很失望？”

“有一点。”

“为什么？”

“莫万通这个人和他的名字一样，一生就只会一样，其他一概不通。其实，我挺羡慕这样的人，只有专心，才能做好。但是他既然投靠了朝廷，只能说他的心已经不专了。”

“人成名后总要做些事。”

朱佩笑了笑，喝了一口酒，“所以我觉得有一点儿失望。”

“我也听说蓟州朱家的四公子朱佩近来制了一件新奇的东西，不知道是不是真的？”

“是。”

“这件东西最近在稷山上弄出了很大的动静，不知道公子知不知道？”

“知道。”

中年人看着朱佩，道：“那就请公子跟在下去一趟烨州府衙吧。”

“你知不知道朱家四公子除了会弄些新奇的东西外，还喜欢做什么？”

“不知。”

朱佩笑着看了看自己的手，说道：“朱佩善精巧制物，性好风流……”说到这里，朱佩忍不住笑了起来，“所以，衙门那种地方，我怎么会去呢？莫万通，我也劝你还是好好回去练剑吧。”

莫万通也低头看了看自己的手，和朱佩保养得极好的手相比，他的手显得很粗糙，上面布满了老趼。

“那就得罪了。”不到万不得已，没人会想要得罪朱家。可是莫万通现在不得不得罪，这时候听到朱佩的话，他的心里是什么滋味？

周盛扬站在外面留心着两人的对话。这时候，他已经握紧了刀，可是还没等他拔刀出鞘，朱佩就不见了。准确地说是在一阵烟雾后不见的。当烟雾散去，他的刀还没有出鞘，而莫万通也只来得及站到窗边，看朱佩准确地落到早已准备好的骏马上扬鞭远去。

算起来稷山属于烨州的管辖范围，难怪莫万通一行人会来找朱佩。

“啧啧……看来交你这么个朋友并不划算啊……”朱佩策马向稷山而去，嘴角还挂着一丝连自己都不明白的笑意。

朱佩来到稷山，顺着记号很容易就找到了萧然落脚的山洞。两国的护军此时已经撤离了，只是在边境上都各自增派了军队。稷山上的事并没有外传，只是那么大的动静终究难以瞒住世人，但能清楚知道事情真相的人并不多，大多数人也只是看着热闹罢了。

“你来了，好像有些晚。”萧然没有抬头，只是给高烧昏迷的百里风兮敷上了一块浸了水的破布。

“烟雨楼……你知道每年我总会去坐一坐的。”

“我都快死了，你居然还有心情去烟雨楼？”

“我相信你不会那么容易死的。”朱佩说着看向百里风兮，“倒是她……怎么样了？”

对于前话，萧然笑了笑，虽然别人看不到，“她应该是服用了散功丸一类的东西，身体损伤得厉害，加之稷山一战……现在正发着高烧，其他还不好说。”

朱佩凑近了些，俯身看了看百里风兮，一边摸着下巴一边说道："真是个美人。"

萧然站了起来，"解无忧应该在陈国，我们回陈国去。"他看了百里风兮一眼，"看看能不能让她好起来。"

朱佩看着萧然逆光的背影，良久一叹，"我才说了对莫万通投靠朝廷有些失望，可现在我却对自己有些失望。"

"现在的朝廷确实没什么好向往的。"

"希望到最后你不要让我失望。"

萧然回头道："一定。"

朱佩走到萧然身旁问道，"那好吧，我们走吧。"

"嗯。从晋国走。""什么！""从晋国走，去一趟定安城。""你要去送死吗？""不。我只说要去确定一些事情。"朱佩皱眉看向百里风兮，"她知道了吗？""她已经想到了。""那又何必——""亲眼看到，总是会让人印象深刻。"

百里风兮醒来，已经是三日后的事情了。那时还在下雨，马车颠簸，但速度并不慢。狭小的车厢里，萧然和朱佩几乎是促膝而坐，腾出来的空间足够百里风兮休息。百里风兮第一眼看到的是朱佩，她并没有太过吃惊，在以前的一次任务中她见过朱佩。然后她才看到了萧然，依旧戴着面具，不让人窥探半分神色。他二人都闭着眼在养神，看来这一路走得并不容易。

"这是去哪儿？"百里风兮的声音有些沙哑，摸了摸自己的额头，已经不那么烫了，脑子也清醒了许多。

"到了你就知道了。"萧然依旧闭着眼，显得有些冷漠。

倒是朱佩听见百里风兮开口张开眼来看了看，他笑着道："你的烧已经退了，等回陈国后找到解无忧他应该能帮你。"

"陈国……"百里风兮愣了半晌才回过神来，然而她什么也没再问。车里又陷入了沉默，只听见外面的雨时大时小，仿佛不会停歇。

马车一路颠簸，终于到了定安城。那天，下了许久的雨也停了。

"百里风兮。"萧然很郑重地叫她的名字，死板而苍白的面具依然没有任何改变。

百里风兮突然有些紧张，握紧了双手，渐渐有些汗意。

这是一辆再平凡不过的马车，一路小心翼翼从稷山驶向定安城。车上的人很少露面，连车夫都不曾看清车上那名女子的容貌。当百里风兮吃力地走出去时，车夫好奇地回望了一下，却惊艳地忘记了收回目光。而百里风兮的目光已经定格在城门前。没有任何言语，没有任何表情，百里风兮就像是突然被人抽去了骨头一样栽倒在地。

阳光已经有些炙热了，前些天下的雨被蒸腾成了热气，将人笼罩其中，空气变得浓稠，连呼气都觉得困难。百里风兮倒在地上，目光依然没有离开城门。在城门前，不知何时架起了一个绞刑架，一具面目全非的尸体正孤零零地挂在上面。

“绿娆……”百里风兮张口却发不出任何声音。这一刻，她的声音与眼泪似乎都被蒸腾一空，只留下一个躯壳。

这一辆马车虽然普通，但停在绞刑架前已经让人起疑，再加上百里风兮的举动，很快就有卫兵赶了过来。朱佩靠坐在车上，看着那些卫兵，头也没回地说道：“非要闹到如此地步吗？”

萧然没说话，只是看着百里风兮，眼神似痛苦，又似满意。直到后来，所有情绪都落进了那黑色的瞳人里，再不让人看出分毫。

“你说她还能杀人吗？”

“你……真的……”似乎想找一个合适的词却发现根本找不到，最后，朱佩还是选择了直接跳下车，站在了百里风兮身前，挡住那些聚拢来的卫兵。

看见朱佩，正围过来的卫兵都停了下来。他们也许并不认识朱佩，但那一把十二骨棕竹濯羽扇他们却是知道的。当初怀袖堂费了三年工夫，朱家四公子一掷千金之物，世人多多少少都是知道的。

百里风兮没有理会这些，她眼里只剩下绿娆。她努力撑起身子却又倒下，溅起的尘土呛到了自己。似乎终于知道自己是站不起来了，但百里风兮却笑了，笑得比哭还难看。她伸手，一寸一寸地爬向了绿娆，耳旁又回响起那熟悉的欢快的声音。

“风兮姐，你看，这里的枫叶把天都映红了。”

“风兮姐，你有没有觉得叶沉今天不对劲啊。哈哈，是啊，我在他的茶里放了泻药，谁叫他总给我脸色看。”

“风兮姐，我看见一个公子……”

“风兮姐……”

箭矢险险地落在百里风兮身旁，她连看也未看一眼。

那是一个卫兵因为紧张而滑了手。朱佩皱了皱眉，似乎想要出手，却见萧然纵步旋身掷出一把飞刀，割断了绿娆脖子上的绳索。

百里风兮张开双手，接住绿娆。她紧紧地抱着绿娆，一开始只是小声哽咽，可心中抑制不住的悲伤还是冲破喉咙，尖厉地向上天呐喊。

“啊——”似乎已经分辨不出是人类的声音了，那一声喊叫混杂着太多的东西，仿佛是野兽中箭临死之前对敌人最大的控诉。连站在一旁的萧然也忍不住退了一步。

卫兵们惊呆了，连自己是来做什么的也忘记了。直到看见萧然一掌打在百里风兮的后颈将她击昏，他们这才又举起手中的弓箭。可还没等他们出手，一阵奇异的花香突然在他们中飘散开来，紧接着的一声声爆炸声终于彻底惊醒了他们。

连着几天的雨，让人的心情也变得有些阴沉。好在今天终于出太阳了。

朱雀宫在王宫的东南角，是晋国王宫里第三大宫殿，是百里逸在位期间修建的。算起来这里是整个晋王宫最华美的一座宫殿，却没有一人入主。没人知道百里逸修这样一座宫殿是为了什么。直到多年后，百里扶苏知道风华的存在。只可惜现在朱雀宫四周卫兵环绕，一派紧张早已掩去了往日的慵懒精致。

“珠帘翠幕，落羽飞觞，犹记得昔年惊鸿舞罢，倾尽紫阙。”百里扶苏缓缓念来时，风华正执盏听雨，白衣素颜，却是贵气天成。她笑了笑，看也未看百里扶苏一眼。

“阁主为何发笑？难道扶苏说得不对？”百里扶苏在她对面坐了下来。

风华睨了他一眼，自顾饮酒。

“昔年公主风姿天下倾心，看来是扶苏唐突了。”

闻言，风华终是忍不住一挑眉，道：“你知道我是公主？”

百里扶苏对风华真诚地笑了笑，“那还要多谢您身边的人。”

“叛徒，什么时候都会有。当年你们背叛了魏国，如今她背叛了我。呵，没什么大惊小怪的。”风华喃喃地说道，也不知是说给百里扶苏听的还是说给自己听的。

“无论如何还是要谢谢您，若父王知道您会进宫来见他最后一面，他一定会很欣慰的。”百里扶苏脸上的笑意延展开来，渐渐得意，却依旧不那么放肆，就像是笼了那么一层雾气，叫人看不真切。

大殓那一天，那个已经没有任何线索可寻的玄息阁阁主，自己入了宫。这让百里扶苏怎能不高兴？怎能不笑？

那天也是下着雨……

风华端着酒盏如是想。

自从将凰图的秘密告诉了风兮后，她就已经打算不问世事了。也许在自己的世界里可以想着风兮带着凰图恢复了大魏朝，完成自己没有完成的梦……可是，比这先传来的消息却是百里逸的死讯。听到消息的那一刻，心里是什么滋味呢？那个和自己纠缠了半生的男人……

风华记得自己并没有哭，但是觉得自己的心坍塌了一块，那几天过得有些魂不守舍，以至于根本没有理会为什么叶沉没有告诉自己这个消息……是了，这个消息是羽溟山上的人查探得知的，现在想起来，那时候玄息阁已经被控制了吧……可是，一直以为对他无情的自己却在那时完全失去了判断。大殓那一天，自己还是忍不住想来见他最后一面。

那天下着雨，入宫门的时候虽然觉得有些异常，但自己并未多想。到元仪殿的时候，新君已经主持完仪式了，只剩下袅袅的烟火气和成片的哭喊声。那一刻，风华觉得自己像是一个局外人在冷静地看着一出戏，似乎那个人还没有死，这一切只是一出戏。直到手指真切地触碰到棺椁，直到那经历了岁月的面容不再对自己微笑，直到自己眼中落下泪水。

不在乎其他人惊讶的目光，不在乎你我注定今生无缘的身份。这一刻，终于站在了你的身边，可惜……

风华静静地看着百里逸，不知道大殿里的那些人何时退了出去，也不知道匆匆赶来的百里扶苏喘息了多久。这一刻，她一边擦着眼泪一边对百里逸微笑，絮絮地说着那些过往。她从来没发现原来自己有那么多话想对他说，等发现时已经晚了。

不知道过了多久，天彻底黑了。近在咫尺也看不见他的模样了，风华这才惊醒，大殿里竟然没有其他人了……而大殿外却密密麻麻地点亮了火把。

当大门用力打开，那一袭白衣映照在无数火把下，所有人都屏住了呼吸。百里扶苏也过了许久，才叹息似的说道："和风兮真像……"然后，他就下令让人擒住了风华，并将她囚禁在朱雀宫。他本来是想马上告诉百里风兮这个消息的，但一个人让他放慢了脚步。那是风华身边的一个侍女。具体是叫什么名字，百里扶苏现在也没有记清楚。她告诉百里扶苏，风华是大魏朝的金枝公主，她曾在风华酒醉的时候听到了关于凰图的事情。

"说起来，母后对您的了解还真是有限，我也以为您不过是父王的棋子，想不到您的身份这么尊贵。"百里扶苏缓缓地说道，仿佛故人叙旧，"我没有告诉风兮关于您的消息，想必她还存着希望。"

"那倒应该感谢你？"风华嘲讽地一笑，"风兮和我不同……百里逸说得对，我终究一事无成，而她不会。”风华眼中带着一丝回忆。

“或许是吧……她真的和您很不一样。不过我想最终的结果都是一样的。”百里扶苏优雅地抬起手来，他的手干净、洁白，“都会死在我的手上。”

“我想再问一遍……凰图究竟是什么？”百里扶苏突然收紧了手，连脸上的表情也在一瞬间变得冷酷。这是他追寻了很久的事，然后似乎已经与他擦肩而过——自己是否对百里风兮下手太早了……

“我不知道。”

“这四句话不正是您说出去的吗？”

风华看着百里扶苏，笑了起来，就像以往她笑这天下人一样。是的，都不过是为了她说的这四句话劳心劳力的俗人。她则永远在高处俯视着他们。

“如果您还是不打算说，那我只好请您换个地方住了。”

“杀了我吧……”风华饮了一口酒，满足地叹息道，“我不会告诉你任何事。”

这一刻，百里扶苏忽然想起了百里风兮似乎也说过相似的话，忍不住皱了皱眉。

风华风姿摇曳地站了起来，在大殿里转了个身，仿佛华丽的谢幕。当酒盏从手中滑落碎在地上的时候，她也一头撞向了那粗壮的柱子。只可惜力道差了那么一点儿，她的手被人拽住回拉了一点儿。

“我说过，你们要死在我手上。”百里扶苏制住风华，“我是晋王。”

“区区晋王……”

“总有一天，我也会是这天下之主。”

“哈哈……是吗？”血从风华的额头滴落，将她的半边脸染得无比狰狞，“百里扶苏，你不配！”

“史书从来就是胜利者书写的。我篡位怎么了？我杀人怎么了？只要我立下千秋功业，史书上不一样歌功颂德？”

风华没有再说什么，只是一路笑着，笑着被投身到牢狱，那个蟑螂、臭虫、老鼠、污水浑浊之地。

第十一章　且记瀛洲玉雨白

空山新雨后，一溪碧水缓缓东逝，映照着山中磐石、青树。若你仔细看，还能看到那水中一缕缕极淡的红色。若是秋天，想必那是丹枫流火所致。可现在是春末夏初，那枫树叶子还是翠绿翠绿的。

溯流而上，远远地看见三个人在那里，待得近了才看见一个女子正用手努力地挖着什么。她的手指已经挖出了血，那鲜红的颜色正浸润着土壤，又顺着土壤散入那溪水。

“不去帮她吗?”朱佩心有不忍地看着百里风兮。

萧然摇了摇头，“那是她的事。”

“那也不走吗？百里扶苏可不会就这么放过我们。”

“不走。等她做完。”

朱佩皱眉看向萧然，“我是越来越不明白你了……明明……”他压低了声音，又看了百里风兮一眼，“明明是你引她看见凄惨一幕，若我没猜错，你是想让她彻底和百里扶苏决裂。可现在目的已经达到了，再冒着被抓的危险留下来等她，好像不是你做事的风格。”

“我只说希望她看得更清楚一些。至于现在……就当是我的一点儿愧疚之心吧。”

“……我们怎么回去?”朱佩顿了顿，岔开了话。

“不知道。”萧然仰头看了看天，长长地吐出一口气，“走一步算一步吧。”

“呵……这才有些像你。”

“众人百相，人心万象。像与不像，你当真能分得清？”萧然这么说着的时候，转头看向了百里风兮。她才是他看不懂的相。

“你着相了。”朱佩说完，略低头看了看地面，“我去看看有没有人跟来。”

“嗯。”

百里风兮依旧低头挖着，脸上没有表情，显得有些呆滞。她不知道朱佩和萧然说了些什么，也不知道接下来的路要怎么走。她只知道绿娆说过喜欢这里，她要让绿娆留在她喜欢的地方。

挖得差不多了，百里风兮停下来，似乎想理一理绿娆凌乱的头发，但伸手的一刹那又缩了回去。她在自己身上擦了许久，确定自己的手干净以后才去触碰绿娆。她没有哭，因为没有泪可流了。

“绿娆，你好好休息吧。”

萧然踩着泥土无声无息地走了过来，蹲下身，想和百里风兮一起把绿娆的尸体埋葬。百里风兮看了他一眼，没有拒绝他的帮忙。

不久，一座新坟留在了这不知名的山上。而在坟前哀思的人，已经迫不得已飞奔远去。

百里风兮伏在萧然肩上，看着那些景物飞速地后退，脑子里空空的。明明想要睡觉，可是却不肯闭上眼睛。她的世界就像是眼前的景象，在她还来不及看清的时候已经离她而去。而前方……前方又是什么呢……

萧然觉得自己的肩膀被什么打湿了。他没有听见哭泣的声音，但他察觉到身后伏着的人一阵阵细微的颤抖。那一刻，他的心有些乱。二十年来，这是他第一次有些怀疑自己的决定——不该让她看到这些吗？

搜捕的军队已经追到了这山上的某一处，大家在玩着捉迷藏的游戏，但是赌注太大了，所以，萧然一行不得不全力以赴。

“从这里下去左转，要是运气好的话，我们的马车也许还没被发现。”朱佩勉强说出这句话，险些岔气。

萧然点了点头，依言改变了方向。在转弯的一瞬间，有树叶飘落在百里风兮面前。那绿油油的颜色充满了生机。百里风兮轻轻地抚摩着叶脉。曾几何时，有人一袭白衣，足踏红叶，飘然落于人间……而现在却连逃命这种事也只能趴在别人背上。

“从这里下山后去东路驿站。”百里风兮的声音很轻，萧然差点以为自己产生了幻听。“那里也许会有人帮我们。”

百里风兮闭上眼，下定决心后的脸上显出一种近乎冷漠的淡然。

“那是什么?”萧然停了下来，这里已经听不到那些搜捕的人声了，暂时安全。

朱佩闻言也停了下来。只见方才所在的溪流汇进了一条河中，而在河岸上似乎躺着一个人。

“别管了，我们先走吧。”朱佩有些不耐地说道，毕竟现在的处境容不得他们耽搁。可是，他话未说完，就听百里风兮大喊道：“放我下来。”那声音之高，只怕会引来敌人。可她一脸欣喜，哪里会去管这些。

萧然放下百里风兮，想问什么，却见她已经跌跌撞撞地跑了过去。她那宽大的袖子早已是污浊一片，凌乱的头发也很久没有整理了。河滩坑洼不平，只见她不时跌倒在地，却连爬起来的那一点儿时间也不给自己就那么蹭着前进。那是百里风兮啊，是高高在上的公主，是人人传诵的仙子，可现在……萧然皱了皱眉，心里一时有些迷茫。

“叶大哥，是你吗?”百里风兮的声音有些颤抖，带着不可置信的欣喜和害怕。她抹了一把脸，终于来到了那人身旁，拉住了他的手。

手是冰冷的，上面布满了伤口。百里风兮只得轻轻地捧着，一遍遍地唤道：“叶大哥，叶大哥，叶大哥……”

眼因为疲惫，几乎都不能张开了。百里风兮拂开他的发，看见那熟悉而亲切的面容，一滴滴热泪不知何时已落在了他脸上。

“叶大哥，我是风兮啊。你醒醒，醒醒啊……”

叶沉很想张开眼，可他只是抖动了几下睫毛。但这已经足够了，百里风兮欣喜若狂地抱住了他。他觉得很温暖。

“他还活着，他还活着。”百里风兮流着泪对萧然和朱佩大喊道，“他还活着。”她低头看了看叶沉，又抬头看了看萧然。又哭又笑，如是反复几次，她才稍微冷静了些。萧然这时候也下到了河滩，伸手搭在叶沉的手腕上。

“他确实还活着……还有救。”

“太好了，太好了……”百里风兮现在已经高兴得只会重复那几句话了。

萧然看了看她，说道：“别忘了，我们正在被追捕。”

“被追捕又怎么样，只要他活着……”百里风兮抬头看着萧然，眼睛仿佛是泥潭里的两粒珍珠。

“有一丝希望在，我就不会放弃。你看，叶沉他还活着，还活着。萧然，谢谢你，谢谢你带我回来。”

萧然一滞，“百里风兮，我不想再把你打昏。但是我们现在必须下山，逃命。不然，他就算活着也救不回来。”

“对，下山。我们下山。”百里风兮撑起身子来，还没到一半就倒了下去，幸亏萧然及时扶住了她。

“朱佩，过来帮忙。”萧然有些无奈地说道，“你背他，我背百里风兮，我们尽快下山。”

“去东路驿站。”

朱佩来不及反驳，听到百里风兮说东路驿站，连忙道：“那里可是晋国的驿站。”

“别那样看着我，我没疯。”百里风兮快速地说道，“我虽然不确定，但，那里也许会有人帮我们。”

朱佩没有说什么，而是看向萧然。

百里风兮也转头看着萧然。

“好，我信你。我们去东路驿站。”

东路驿站。

一株梨树在月光下显得冷冷清清的。这是位于定安城东城门外的一个小驿站。定安城东面并没有什么重要的城镇，而那些达官显贵宁愿多走一些路去定安城里的客栈，也不愿在这里歇脚，所以，这个驿站并不大，只有一个管事和两个杂工。现在，那两个杂工已经休息去了，只有管事王达拿着烟杆坐在梨树下看着月亮。王达约莫三十岁，脸上有着很深的皱纹，像是劳累惯了的庄稼汉子。静悄悄的夜里，只听见王达吸烟时发出的啧啧声。突然，王达的眉毛很奇怪地动了一下，但他的身形还是保持着原来的样子，只是他的腿略微改变了一下方位，看上去他整个人还是很闲适。但练家子一眼就能看出，那细微的变化，正好让他整个人处于一种极好的攻守状态。

“自天衔瑞图。”百里风兮扶着墙，一步一步地从阴影里挪到月光下，“飞下十二楼。”

王达愣了一下，嘴唇微微有些颤抖。半晌，他才开口对道：“图以奉至尊，凤以垂鸿猷。”王达的声音略显干涩，颤颤巍巍地站了起来，眼睛已经有些湿润了，但在让人看清眼里的泪光以前，他已经先一步跪拜了下去。

没有任何花哨，没有任何言语。这平平实实的一跪，已经让百里风兮安心了。

“快起来。”百里风兮踉跄着上前去扶起王达，眼中溢满了欢喜的泪水，“想不到，你们还在……”

“公主?”王达这时候才显得有些吃惊。在三年前，他曾经见过百里风兮，当时下着大雨，百里风兮来这里避雨，他还亲自为她倒过茶。可是，谁能想到，自己苦苦等待的人，竟是当年见过的人，“你……竟然是你……”

“是我。”百里风兮心里也是五味杂陈。谁能想到凰图中人就是这些年曾经见过的人，而自己现在又以这样的方式出现。她顿了顿，回头道：“出来吧。”萧然这才带着叶沉和朱佩一道走了出来。

“我现在的情况，想必你很清楚。”百里风兮对王达道，“我正被百里扶苏追杀。”

王达点了点头，“公主的事情我知道。”

百里风兮惨然一笑，“端华公主早已死在了稷山。不要叫我公主了，就叫我风兮吧。”

“公主。”王达依然坚持，“尊卑有别。”

萧然和朱佩虽有些摸不着头脑，但此刻也都知趣地没有多问什么。百里风兮担心叶沉，也不再多说，只是让王达安排一切。

待给叶沉简单处理了伤口，又查看了四周后，萧然才同百里风兮出来，问道：“这究竟是怎么回事？王达是你的人?”

百里风兮走得很慢，吃了一些东西，让她恢复了一点儿体力，但身体依旧很差。

“但是听你和他的对话，又好像不是。我问这些并没有别的意思，只是非常时期，他……是否值得信任?”

百里风兮伸出手，五指分明在地上映出纤长的影子。她看着那影子，眼中带着执拗的坚定。

“不知道。”

萧然从不知道有人说“不知道”会说得这么理直气壮。

“这是实话，我不想骗你。”百里风兮扶着墙根坐了下来，虽然已经是夏初，但地上还有些凉，“但这是一个机会不是吗？不来试试，怎么知道……”

“你还是这么容易相信人吗?”

百里风兮的手突然收紧，因为用力可以看见骨节有些发白。过了很久，她才缓缓地松开手，说道："因为一个苹果是坏的，我就不吃苹果了吗？"百里风兮笑了笑，"我不做这样的事……但是，我再也不会吃糕点了。"

萧然偏了偏头，也坐了下来。一片梨花飘落在他的面具上，他并没有感觉，还是百里风兮笑着伸手拿了下来。

"我不会全盘否定……但是心里总会有芥蒂的。"百里风兮看着那花瓣，"人是很奇怪的，是不是？"

萧然没动，也没有说话。

月光下，梨花片片飞落。春已尽，花期已尽。在这瀛洲玉雨之下，他的眼睛很亮。从第一次见他起，百里风兮就觉得，九天星辉想必都落入了他的眼眸之中，否则怎会这么亮？现在她再看他的眼，也依然如故。

"你的眼睛很好看……什么时候让我看看你不戴面具的样子？"

"不戴面具的样子，你看了也许会失望。"

"那就不看吧……"

旭日东升，又是一个好天气。王达随意找了个理由让那两个杂工休息。驿站里静悄悄的，只剩下百里风兮一行人。

"公主……"王达送来了早饭。他二人昨夜并没有多说什么，也许一切来得太突然，他们都需要时间来理清一些东西。

"我说了，叫我风兮就好。"百里风兮坐在凳子上疲惫地笑了笑，一夜的休整并不能让她恢复过来，"想不到你们还在……虽然师父早就把凰图交给了我，但我一直没来找你们，也不知道你们是否还在……"

"公主，我们怎会不在？十五年前，收到金枝公主的消息，让我们为她组建玄息阁……"

"金，金枝公主？"百里风兮打断了王达的话，抿了抿唇，觉得有些口渴，"谁是金枝公主？"

王达显得有些吃惊，不过略想了想也就了然了。他顿了顿，说道："就是您的师父。"

百里风兮一下子站了起来，"你是说大魏朝金枝公主？"不可置信，这究竟是怎么一回事？

"正是。"

"我……我有些……乱了……"

师父是大魏朝金枝公主……这就是为什么师父那么执著于大魏朝的原因。而凰图……是了，若师父是大魏朝金枝公主，那么一切就说得通了！

百里风兮长长地吐出一口气，"原来如此……原来每个人都有秘密……"

"公主……您还好吧？"

"还好。"

"不知道现在金枝公主如何？自从玄息阁建立后，她就再也没有任何指令给我们。"

"她……"百里风兮皱了皱眉。在晋王宫的时候，一直没有师父的消息。而后来自己也不敢轻易去找师父，生怕让百里扶苏抓住任何线索。现在师父究竟怎样，她也不得而知。在她心里最深的那个角落，或许连她自己都不知道，她，并不怎么想去找师父，或者说是她的母亲。日日相见却不相认，师父究竟是怎样看待自己的？

"我也不知道。"

"是吗？"王达有些忧虑地皱了皱眉。

一阵沉默后，百里风兮道："你们都还在，想必师父也不会出事的。对了，大魏朝……大魏朝已经亡了，为什么你们还在？"得知了师父的身份，对于大魏朝，百里风兮的心里忽然产生了一种奇怪的感觉。耳旁是师父不断重复的话语——"要一统天下。"

王达跪了下来，显得十分庄重。

"从我们进入凰图之初就知道，我们不是要战斗，而是要守护。在不为人知的角落，默默地守护着我们的国，我们的家，我们的人民。虽然凰图中也出现过叛徒，也出现过偏差，但我想，和我一样想要守护国家和人民的人，都在默默地等待着您的召唤，公主殿下。"

看着这样的王达，让百里风兮心里起了敬佩。这个看上去像是农民的中年汉子，用他的坚守，捍卫了他的誓言。他们在坚守，虽然不知道还会不会有启用自己的那一天，可是他们没有放弃。当国亡了，当家破了，当一切没有了指望，可心中依然有着当初的誓言，这一路走来是对国对家对人民不变的信念。能入选凰图的人都有过人之处，放之四海，莫不是能成就一番事业的人物。可为了心中的信念，他们在大魏朝亡后，依然选择了默默地等候凰图的持有者那似乎已经不可能再有的召唤。这一等，就是十五年。

“虽然魏国已亡，但公主仍在。”

百里风兮一下怔在那里，良久才端然跪下。

“公主，当不起。”王达想要扶起她，却是不能。

“请受风兮一拜，当不起的是风兮才对。”

“公主……”

百里风兮深深地拜下，额头触碰到那踏实的地面，“风兮何德何能……”

“能为皇室效命，是我等的荣耀。”

这一刻，百里风兮并不能完全理解王达的那份荣耀，如今天下三分，那种君即天下、威加四海的时代她不曾见过。她只知道，她拥有凰图。她默默地看着自己的手，感觉到那流淌在身体里的血正在沸腾。她是大魏朝金枝公主的女儿……不可避免的，她就看到了那手腕上的伤痕，那是百里扶苏加诸在她身上的，她不会忘记！

“王达……”百里风兮的声音有一丝沙哑，“我要杀了百里扶苏。”

“晋国国主？”

听到这一声自然而然的“晋国国主”，百里风兮彻底放心了。在王达等人心中，对他们依然是不认同的。凰图中人效忠的是魏国皇室。

电光石火间，她不知为何想起了在云梦山庄时流云公子那一声“陈国国主”，难道他……

“是。他……他篡夺了王位，并且控制了玄息阁。他要杀我。在来这里之前，我曾想过利用凰图的力量直接向百里扶苏报复。但是，就凰图的布局和初衷来看，并不适合。”

王达想说什么却被百里风兮止住，百里风兮看着他，道：“你听我说完。我不会再让你们等十五年了。”师父，你究竟是带着怎样的心情将这些人埋没了十五年？

“你们是我所剩的唯一的倚仗了，我不想让你们轻易牺牲。”

百里扶苏是否篡夺了王位，王达并不关心，但他要杀百里风兮，这就是他不能容忍的。

“公主要我怎么做？”

“照顾好叶沉。他现在昏迷不醒，我没办法带他穿越重重阻碍去陈国，这对他太危险了。”

“陈国？”

“嗯。晋国……已经容不下我了。”

“可是陈国那里……”王达皱了皱眉，转而问道，“不知道跟着公主前来的是什么人？”

“叶沉是玄息阁的管事，想必你是知道他的。那个拿折扇的是蓟州朱家的四公子朱佩，戴面具的那人……我想我知道他是谁。他既然要带我去陈国，我就去陈国吧。”

王达看着百里风兮，虽有疑虑，但还是没有再问下去。自昨夜那四句暗号对上，他就已经恢复了一个凰图中人该有的分寸——绝对的服从。

“王达，好好保重。”

“……公主也请保重。”

当天中午时分，百里风兮就和萧然、朱佩坐上了王达为他们准备的马车一路向西绕行，去往陈国。而在越国，却有人不顾险阻要回到晋国。

第十二章　有心可伤是好事

兰舟轻发，小荷初露。万俟微澜轻叩船舷，缓缓说道：“竟是这个结果，我万万不曾想到。”

绿筠跪坐在船尾，低头静默。稷山上的事，她已经知道了。世事果真不能如意。眼看着百里风兮就能到越国了……稷山上到底发生了什么事……

船上有很多酒坛，但大多已经空了。能与千杯不醉的流云公子对饮的人酒量并不差，可是万俟微澜此刻恨不得一杯就醉，因为醉了就可以忘记很多事。

他记得从王宫回来后，兴奋得一夜未眠。

他记得询问过绿筠后，重新置办了府邸。

他记得推算了日期后，每每去登高远眺。

他记得……

他干吗要记得？

又一杯酒饮尽，似乎有些醉意萌生，可清风一吹，眼前又是那明艳艳的一张无双面庞。万俟微澜揉了揉眉心，自嘲一笑。从什么时候开始，他竟然这样记得她了！

“奴婢要回晋国去了。”

“你要走？”

“嗯，稷山之上并没有找到小姐的尸体，奴婢想……应该回晋国去看看。”

“她，还活着吗？”

“不知道。”

“她是让你在这里等她吧？”

“可是等了这么多天了……公子，你的酒也越喝越多了。”

“我听说晋国另一位公主已经在和亲的路上了……”万俟微澜略撑起了身子坐好，“绿筠，我知道留不住你，可是请你三思而后行。我不想辜负她对我的信任。”

绿筠低了低头，“多谢公子。可是，公子也知道，晋国和越国联姻势在必行。越国这时候不会和晋国翻脸，更不会为了一个晋国人和晋国翻脸。公子能收留绿筠，绿筠已经感激不尽了。”

“是啊……势在必行……”

绿筠顿了顿，问道：“天下传言稷山之事是陈国所为，公子，你信吗？”

“稷山之上尸横遍野，无一生还。除了知道和蓟州朱家有牵连外，其余的世人一概不知。我也不知。不过，陈国出手的可能性很大。”

“真的不能从朱家问出些什么吗？”绿筠期盼地看向万俟微澜，哪怕问出一点点线索也好啊！

万俟微澜摇了摇头，“蓟州虽然是越国管辖之地，但朱家……况且这次他们一口咬定朱家的火器也曾卖给过别人，我们也没有真凭实据，所以也拿他们没办法。”

“绿筠知道了。多谢公子。”

万俟微澜又为自己倒了一杯酒，看着酒杯，有些出神地说道：“若她还活着，你一定要告诉我。若她已经……那你就永远不要告诉我。”

绿筠抬头看着万俟微澜，喉头一阵哽咽，半晌才平复了情绪，答道：“是……”而后，她郑重地拜别了万俟微澜，向晋国而去。

万俟微澜大口饮尽杯中酒，然后很生气将酒杯掷弃。他颓然扶着额头，不知何时，一叶小舟缓缓靠了过来。

“我不曾见过你这样伤心。”

“荣平？”

“百里风兮……”万俟蕤薇很慢很慢地念出百里风兮的名字，脸上带着一丝向往，“她究竟是个怎样的女子？”

“不知道。”

“你为她这样伤心，却不知她是怎样的人？”

“我不知道她是怎样的人，我只知道，你见着她时，就一定能认出她来。”

“我真的……很想见见她。”万俟蕤薇缓缓闭上眼，“足踏红叶，飘然若仙……只怕这世上再也没有这样的风姿了。蕤薇与她齐名，真是惭愧得很啊……”

万俟微澜转头看向远处，真的再也见不到她了吗？

“不要再这样了，王兄很担心你。”

“这样又有什么不好？蕤薇，有心可伤是好事啊！呵呵。”万俟微澜摇摇晃晃地站了起来，“等到哪一天，你连伤心也不会了，那才，那才……”万俟微澜站立不稳，跌落水中。他却不愿挣扎，似乎这一刻，他已经醉了……

万俟蕤薇皱了皱眉，命人将他救起。她心里回转着方才万俟微澜所说的话，有心可伤是好事……

云梦城。

在几个月以前，这里还不叫云梦城，可是有什么关系呢，当云梦山庄的表小姐嫁入王宫，当凤栖梧的消息传遍天下，区区一个云梦城，已经不再被人们挂在嘴边了。

“我已经写信给解无忧了，他会尽快赶到这里。”萧然看着窗外，似乎不愿面对百里风兮。

“我们现在……”朱佩看了一眼百里风兮，却是对萧然问道，“去云梦山庄？”

“嗯。”萧然点了点头，“那里会比较安全。”

“不知道梦泽的荷花开了没有……”百里风兮闭上眼，缓缓笑了笑。

萧然一滞，没有接话。车里有些尴尬。朱佩摇了摇头，用折扇挑起帘子跳下了马车，只道：“我去买些东西，你们先去吧。”

云梦山庄依然如故，便是连接待的人也没有变，还是上次那个婢女。

“公主，已经准备好了热汤，奴婢先伺候您沐浴吧。”

“你叫什么名字？”

“奴婢瑞雪。”

“好名字……”百里风兮不甚在意地说道，“前面带路吧，我确实该洗洗了。”说完，她回头看了一眼。萧然还站在那里，戴着面具，看不出喜怒。

“请。”

百里风兮随着瑞雪行至云梦山庄后园一角，那是个单独的院子，一推开门就瞧见水雾蒸腾，竟是引了活水温泉建造的一个大汤池，四周布有帷幔，一旁还置有鲜果美酒，好比是瑶池仙境一般。只可惜并无一个仙子，而那个曾经被传为白衣如仙的人现在已经被彻底打落凡尘了。百里风兮脱去了衣裳，潜入水中，那温润的流水仿佛情人的手，轻轻拂过她沾满了风尘的脸。她渐渐潜了下去，耳朵里听见各种各样的声音，但都不真切，最后模糊得只剩下一个个的单音撞击着耳膜。待到耗尽了体力，她才猛然钻出水面，溅了瑞雪半身的水。

百里风兮大口地喘息着靠在汤池边，“这汤可有名字?”

“这院子公子曾唤作清漪，这汤倒还不曾有名字。”

“那就叫孟婆汤吧，哈哈……孟婆汤……”百里风兮大笑着对着天空喃喃说道，“昨日种种譬如昨日死，今日种种譬如今日生。”

瑞雪一边用竹筒舀水为百里风兮冲洗，一边说道：“公主可真是有趣，只是这名字未免太不吉利了。公主又没有死。”

“是啊，我还没有死，因为还有事情没有完……还有仇没有报……怎么可以死呢？只是……”百里风兮侧头看着瑞雪，“昨日之我确已死，今日之我已然非我。”

瑞雪晃了晃脑袋，表示自己听不明白。百里风兮看着她笑了。从那倦怠的不屑于世事的笑容里，瑞雪似乎又明白了些什么——再见这位公主，已经和上次不同了。

洗浴完毕，瑞雪奉上准备好的衣服。

“公主来得匆忙，奴婢未及准备。这是表小姐新裁的衣服，还未穿过，请公主暂且将就。”

“没事。”

瑞雪低了低头，然后挑选衣服为百里风兮穿戴。

“这个不必了。”穿好亵衣着好裙，瑞雪手里正拿着一件湖蓝色对襟小衣，听到百里风兮这么说，不由一愣。

百里风兮随意抓起了一件白色长袍罩在身上，然后走到一旁的毯子上跪坐下来，等着瑞雪为她整妆。她是不会这些的。

瑞雪愣了半晌才走了过来，手里还拿着那件衣服，“公主，这……”

“我要去见一个人。”百里风兮看着镜子边缘映照出来的瑞雪的脸已经变形了，但还是可以看出她的吃惊。她知道瑞雪此刻在想什么，于是她笑了。

“梳妆吧。”

“嗯……是。”

瑞雪压下那份惊讶，不着痕迹地深吸了一口气，这才拿起云纹玉掌梳为百里风兮梳理墨色长发。

"公主的头发真好。"

"是吗?"百里风兮看着镜子里的自己，这一刻，只觉得面目模糊。突然，她看见瑞雪很奇怪地停了一下，"怎么了?"

"没，没什么。"

"你不懂得骗人，骗人的时候一定要看着对方的眼睛，也一定不能慌张。"百里风兮转身夺过瑞雪手里紧握着的梳子。

瑞雪张了张口，却不知道该说什么才好。

梳子上有一根头发，不多，就一根。雪白的一根。

"白头发……"百里风兮用拇指和食指很小心地把那根头发取了下来，拉直，然后很仔细地看了看。

"公主，您……"瑞雪有些担心地看着百里风兮，却见她将那根头发扯断。

"一根白头发而已。"百里风兮转身看着镜子里的自己，眼神锐利得几乎要割裂那铜镜。"继续吧，不用烦琐的发饰，就用簪子随意绾起就好。"

瑞雪这会儿哪敢再说什么，忙依言而行。

从清漪院出来的时候，天已经晚了，风吹着空荡荡的长袍，让百里风兮觉得冷。她紧了紧领子，并不让人带路，她知道该去什么地方。路过梦泽的时候，依稀可以看见几个荷花的花苞，陈国在北，云梦山庄在北，比之晋越两国，这里的夏天来得要晚一些。

路幽径，过竹林，转楼阁。这一次再无人执手，自己却选择要伸手。百里风兮看着那阁楼上亮起的灯火，自嘲地一笑。

萧然站在阁楼上，依然戴着面具，只是换了一身干净的衣裳。他看着百里风兮一步一步走了上来，"想不到你会来。"

"如果想不到，又为什么会准备两个酒杯?"

萧然身后的桌子上，放着两个海棠酒杯和一壶酒。百里风兮走到他身前站定，挨得极近，几乎可以闻到萧然身上淡淡的檀香味。

"我记得你说过，戴着面具，是为了更为坦诚。那，要是摘下面具呢?你，是不是就要骗我了?"百里风兮说得很轻很慢，那声音随着夜风萦绕在人耳边，带着说不出的诱惑。

萧然没有说话，只是闭上了眼。失去了那一双眼睛，这个面具就变得死气沉沉了。百里风兮伸手抚上那面具，冰冷得就像是地上的石头。她很小心地取下了面具。

“云山苍苍，江水泱泱，公子之风，山高水长……”百里风兮退开一步，仿佛是在欣赏一件完美的雕塑，“想不到是流云公子。”

“如果想不到，你又怎会跟我来云梦山庄?”萧然，不，流云公子张开眼来，眼里似乎早已酝酿好的笑意，迷醉了天下人的心，“上次找你喝酒，想不到你却走了。不知道这一次可否赏脸?”

“事到如今，风兮似乎没有更好的选择了。”

“不，选择有很多。只是百里风兮永远都只会走那一条路。”流云公子优雅地提起酒壶斟满了两个酒杯，递了一杯给百里风兮，“因为你是百里风兮。”

“因为我是百里风兮。”百里风兮接过酒，举杯示意了一下就仰头饮尽了，“为什么会救我?”

“路见不平拔刀相助。”

“那如今你还愿不愿意……”百里风兮抬起头看着流云公子，“还愿不愿意帮我?”

流云公子走到一旁坐了下来，看着窗外，道：“梦泽的荷花已经开了……”

“帮我。”百里风兮跃至他跟前，双手撑着桌子，倾身凑向他，“我知道，你可以帮我的。”

“带公主脱离险境，流云已经是仁至义尽了。”

“你知道我说的不是这个!”

“当然，公主的选择是……血债血偿。这本也是江湖的规矩。”

百里风兮忽然将面具扔在了流云公子身上，指着他道：“你还是戴上面具吧，我已经分不清究竟谁是你了。你肯在稷山上为我挡刀，为什么现在不可以再帮帮我?”

流云公子接住了面具，低头看着那没有任何表情的面具，略有些感叹地说道：“他是晋国国主。而我们，有什么？你不要犯险做事。留在这里，我可以保你平安。”

“天下即将大乱，你以为云梦城能太平吗？乱世争霸，他不过是区区一个王侯。我们为什么不能争上一争?”

“区区一个王侯……”流云公子缓缓重复道，似乎被百里风兮的气势所感，微微挑眉，“百里风兮还是这么大的口气。这世上就真没有能让你害怕的吗?”

“当然有。我怕失去师父，我怕失去玄息阁的伙伴，我怕……可是这些已经让百里扶苏毁得差不多了。我还能怎么样？怕又怎么样？难道怕就可以不用死人吗，怕就可以继续保存那些美梦吗?”百里风兮颤抖而快速地说道，难掩的怒气几乎要不分敌我的发泄在眼前这个救了她性命的人身上。

“若要抗衡一国国主，则需以一国之力。”流云公子的语气依旧很平稳，只是拿着面具的手不知为何隐在了宽大的袖子里。

“我知道。”百里风兮略顿了顿，闭上眼睛深吸了一口气让自己平静下来，“所以我需要你的帮助。云梦山庄在陈国这么多年，我不相信会没有一点儿根基。”

“在你面前，我不想装什么清高。我承认，我也是凡人，这烟火人间，我也要吃饭。这些年在陈国云梦山庄确实有些根基，但是，为什么我还要帮你?况且，陈国国主并不会完全听我的。”

“那就让你变成陈国国主吧。”

“……你在开玩笑。”

“我是认真的。”

流云公子和百里风兮对视了良久，还是摇了摇头。

“只要你答应帮我杀了百里扶苏，陈国国主又何妨，天下之主又何妨?”百里风兮看着他，她相信他有这个能力。她需要他的帮助。以一人之力抗衡一国，不智。这是在扶摇阁的时候她对绿筠说过的。

“你需要冷静!”流云公子放下面具，还想说什么，却见烛火摇曳，那一袭长袍被百里风兮扯落，飘然于地。

第十三章　释尽心中无限事

所谓冰肌玉骨应如是。

这一刻，清风拂面，竟是不觉，酒杯倾倒，竟是不知。唯有月光轻轻爬上美人背，偷笑那一时失语之人。

“接着。”

流云公子险些没有接住百里风兮抛过来的瓶子。那长袍落地之时，绾青丝的玉簪也被轻巧地摘去了。还来不及看清，百里风兮已然旋身背对，百褶裙撒开来如同娇羞的花。当飘飞的青丝都乖巧地落下，玉手将它们拢在身前，只留下光洁的后背，映照着月光。

“凤不栖梧，凰不出图，君临天下，据何以安。”百里风兮的声音似幻似真，让人心里的那一根弦被引着，随着她的声音高低而起伏，“天下人都知道要请凤鸟栖梧，凰图现世，不然就算君临天下也不会太平。所以，有凤鸟、凰图在手，那人就该君临天下。凤鸟已经出现在云梦山庄了，我不妨再送你一张凰图。”

“把那药水涂在我背后，你就会看到你想看的东西。”百里风兮叹息似的说道，“魏京师为邺城，分天下作三十六郡。魏皇室选贤才隐于郡中，视察吏治，搜集情报，直达天听，共计七十二人。这些人无一不是当世高手，文武全才，放之四海，皆能独当一面。这些人所在的具体地点，绘制所成，便是凰图……”

身上一暖，是曾几何时有过的感觉？不是那冰凉的药液涂抹在后背，是带着人体温的衣服披在了身上。还有那双手……

流云公子的手轻轻地落在了百里风兮的肩头，他的手温暖、稳定，那轻微的颤抖渐渐平复在他的手下，那瘦削的肩膀却隐隐刺痛了他的心。

“你瘦了。”

百里风兮痴痴地看着前方虚无的一点，一眨眼，泪珠滚落。

“你知不知道，本来这张凰图我是要送给百里扶苏的，可是，可是……”

“好了，别说了。我知道。我都知道。”

“你知道？不，你不知道……你根本不知道……我究竟做错了什么，老天爷要这么惩罚我。”

“你没错，是百里扶苏的错。他错过了你，也错过了凰图。”

“对，是他错了！就算我做错了什么，他惩罚我就好了，为什么要对玄息阁的人动手。绿娆，绿娆死得好惨……我一定要百里扶苏血债血偿！”

百里风兮突然退开一步，转身抓着流云公子的手臂，说道：“我已经告诉了你凰图的秘密。你答应我，无论我是生是死，你都一定要杀了百里扶苏。”

看着从泪水中透出的那股坚毅，流云公子有些恍惚。

“答应我！”

“……好，我答应你。”

得到了答复，百里风兮笑了，嘴角还挂着泪水，可她就这么笑了。

“你瘦了。”流云公子重复道。

百里风兮在他伸手的一刹那放开了他，摇摇晃晃地走到窗边，扶着窗棂看着不远处的梦泽，喃喃说道：“梦泽的荷花，果然开了。”

流云公子没有回头，伸出的手还悬在半空中。他二人就这样背对着静默了良久。

“为什么不看看凰图？”

“你就是凰图，有你在，又何须再看。”

“呵……”

“东路驿站的王达就是凰图中人吧？”

“嗯。”

“天不早了，你该歇息了。”

“让人送信去越国吧，绿筠在微澜公子那里。”

流云公子准备下楼，听见这一句，顿了顿，道：“原来你这么信任他……好，我明日就派人去越国。百里风兮，你既赠我以凰图，我便报之以霸业。”

“多谢。”

"不必。"

流云公子下了楼，但百里风兮并没有要回去休息的意思。她站在窗边，看着月光把流云公子的背影拉得很长很长。

"我已经活不了多久了……所以要让你答应我。对不起，把你卷入这一场纷争。"

经过这近半年的折腾，百里风兮很清楚，自己的身体已经垮了。那一根白发，让她连自欺欺人的机会也没有了。

次日，朱佩才来到云梦山庄，也不知他这一夜是在哪里度过的。他带回来一个坏消息：解无忧不在陈国。

听到这个消息，百里风兮倒不见得有什么反应，流云公子却狠狠地皱紧了眉头。

"他不在陈国？我明明吩咐……"后面还有什么话，流云公子看了一眼百里风兮，生生压了下来。

"我先出去，你们慢慢聊。"百里风兮识趣地走了出去。她并不关心他们要说什么，对她来说，谋取陈国，而后杀掉百里扶苏，这才是她关心的。至于解无忧……还是算了吧。

"到底怎么了？"见百里风兮走了出去，流云公子便对朱佩道，"我明明吩咐他要在陈国等我。"朱佩走到一旁坐下，手无意识地旋转着折扇，"大概是因为我的缘故……"流云公子皱了皱眉没有追问，他知道朱佩会给他一个交代的。"……萧老爷子中毒了，萧衍查到解无忧的行踪，所以让人请他去了萧家。现在既然百里姑娘到了云梦山庄，那我就去接解无忧回来吧。""让别人去吧。你——""这是我的事，我想自己去解决。""好吧，那你一路小心。"

树影婆娑，骄阳似火。万俟微澜立在庭中，显得有些迷茫。万俟蕤薇从外而来，放缓了脚步走到他身边。

"王兄让我来看看，说寿安公主的仪仗已经在雍城外了。"

万俟微澜皱了皱眉，两国联姻的事并不是说改就能改的，越王万俟哲珈也是花了很多时间才让端华公主改嫁万俟微澜的。可人算不如天算，稷山之上变故陡生，可两国联姻却并未废止。晋国国主百里扶苏立刻让寿安公主顶替端华公主和亲，以显晋国诚意。其实，对百里扶苏来说，这么着急让"寿安公主"和亲，只因为要掩盖百里倾央已死的真相。王宫里突然死了个公主总有些麻烦，然而，这对万俟微澜来说却……

"荣平，我……我并不想娶她，你应该知道。"

“我知道。”万俟蕤薇看着他，眼中也有些无奈，“可是你也应该知道，两国联姻并非儿戏。如今陈国正厉兵秣马。微澜，这已经不是你想不想的问题了。稷山之上已经出了一次变故，这一次无论如何都要顺利才行。”

“呵，我这算是给自己下了个套？”万俟微澜后退了一步。荣平说的那些他是知道的，甚至在这些日子里，他也做好了准备去迎娶那个陌生的女人。可是就在刚才这一刻，他忽然想要反悔。

万俟蕤薇想上前扶着他，却被他挥手止住了。

“我知道……你说的我都明白。”万俟微澜垂头，若有若无地叹息了一声，然后抬起头努力堆砌起了一个笑容，“放心，我知道该怎么做。”

万俟蕤薇皱了皱眉，最终也只能说一声“告辞”，然后转身快步离去。那样的万俟微澜，让人不忍心相对。

三日后，晋国寿安公主和越国微澜公子在雍城完婚。两国联姻，天下大势始成。

大婚那晚，万俟微澜在人前为越国做足了面子，在那热闹里，他却是孤独的。冷眼看着那份本该属于自己的热闹，万俟微澜连叹息一声的力气也不想浪费了。那一晚，万俟微澜喝的酒可真多啊，连他自己都没想到自己能喝那么多。后来，他大约是醉了，哦，醉了。

那一身酒气的新郎官，和传闻中的微澜公子，究竟是不是同一个人呢？苏释倾低着头从红盖头下那一丝丝的空隙里窥探着自己的夫君。她是晋国王宫一名才入宫不久的宫女，因为做事谨慎被安排在长庆殿外伺候。那一天，晋王急匆匆地从宫道那一侧走来，她低着头和身边的宫女一起跪拜。她没有看见晋王的脸，但听见了那玩笑似的话。

“就她吧，寿安公主即日起和亲越国。”

她不知道，那随意的一句话就改变了她一生的命运。在这三国乱世，她命如蝼蚁，那些高高在上的人早已为太多人做了决定……

万俟微澜醒来的时候头痛欲裂，张口想要唤人进来伺候，却突然发觉眼前有人。略醒了醒神，他才抚额失笑。

“公子醒了。”

“嗯……”万俟微澜看着这个依然一身红装、未曾掀起盖头的新娘，心里落了一声抱歉，“你……你坐了一夜吗？”

“是。”

“……我昨天喝多了。你该自己休息的。”

"我娘说过，新娘子的盖头一定要夫婿用秤杆挑起，这一生才会称心如意。"

娘?

万俟微澜挑了挑眉，随即一笑了然——她不是公主。

天下没什么人认得寿安公主，然而微澜公子却是天下皆知，所以这一场婚事来的是不是寿安公主并不重要，但是却不能缺了微澜公子。

万俟微澜看了看放在小几上的秤杆，过了那么一会儿，他终于还是拿了起来。盖头挑开的那一刹那，万俟微澜看着那女子眉目和顺，心想，这样一个女子大约是不会招来麻烦的。如此，也就够了。

苏释倾低着头，没敢看自己的夫婿。但是，她心里还是溢满了一种叫做惊喜的东西，因为她，一个默默无闻的小宫女，居然嫁给了名满天下的微澜公子。这一夜的等候对她来说并不算什么，她只是渺小的……

"你叫什么名字?"万俟微澜走到一旁，端起冷茶喝了一口，涩涩的，但到底让人清醒了些。

"我……我叫百里……"

"我只希望你过得舒心一些。一个人，连自己的名字都被人剥夺了，该是怎样的伤心……"

苏释倾的脑子里有那么一刻空白，待回过神来，头却压得更低了。

"我要去一趟陈国。这府里的人都听你使唤，不必拘谨。"万俟微澜略有歉疚的话语，落在苏释倾耳朵里，却让她有些不敢置信。她抬起头，看着万俟微澜逆着光的身影，心里有些她从不知道的情愫在滋生。

"苏——释——倾。"这是她第一次这么郑重地念自己的名字，因为她知道，有人会认真听。

"很好听的名字。"万俟微澜对她一笑，又看了看天色，"我要走了，你自己照顾好自己。"

苏释倾还想说什么，但她并没有说出口，只是站了起来，点了点头，然后看着自己的夫婿在新婚的第二天匆忙出门。面对着空空的透着微光的大门，苏释倾有些不知所措。直到有奴婢进来伺候梳洗，她才生硬地坐在了妆台前。

"公主，今天戴这支凤钗如何?"

苏释倾看着那奴婢殷勤的样子，不好意思地说道："没事，我自己来就好。"

"怎么能让公主自己动手呢?"

公主……苏释倾在心里默默地念了这个称号，又望向门口。这一刻，她前所未有地迷茫，自己究竟是谁？

万俟微澜沿着护城河缓缓地走着，他也不知道自己要去哪。这个世界对他来说，太过混乱了。“刚大婚就抛下新娘，传闻中的微澜公子似乎不是这么无情的人。”

万俟微澜停下脚步抬头看向前方。只见一女子碧衫妩媚，座下一骑踏雪宝马，腰间还别着乌鞘剑。万俟微澜皱了皱眉头，没有马上说话。看眼前这女子的打扮，他想起一个人来……“蕲州萧家的大小姐？”

“不错，我就是萧铭暖。”碧衫女子扬了扬头，“想不到会在这里遇见公子……这般有缘，不若公子借我一样东西可好？”

“姑娘要借什么？”

“簌茸灵芝。”

万俟微澜一挑眉。素闻萧大小姐蛮横，这算是见识了。要知道，这簌茸灵芝乃是越国国宝，遗有三株，传能起死人，肉白骨，岂是随意给人的？

“怎么，公子不肯借？”

“这非微澜所有之物，萧姑娘问微澜，微澜实拿不出来。”

萧铭暖柳眉倒竖，“这不是越国的东西吗？怎么，我身为越国子民借来用一下也不行吗？”

“不知姑娘要这簌茸灵芝做什么？”

“我……”萧铭暖扭头道，“要你管！”

万俟微澜笑道：“姑娘前面的话有理，簌茸灵芝确实是越国之物。但姑娘也该知道，万俟家是越国之主。姑娘在这里拦截微澜，想必是想让微澜替姑娘说情，可姑娘若不将原委道出，微澜又如何为姑娘说情？”

“谁说要你说情了！你不要在那里乱猜。”

“那好吧，去雍城的路就在那边，姑娘请便，微澜还有事在身……”

“哼，若非那解无忧念叨，本姑娘才懒得和你说话呢！”萧铭暖抖了抖缰绳，打马欲走，却听万俟微澜道：“姑娘要簌茸灵芝做什么？”

“我爹中了宵小之辈的暗算……算了，我也知道那灵芝拿不到，不过白问你一句。”“我久仰萧老爷子大名，他出了事，我自当随你去看看。只是这簌茸灵芝，实在不是微澜能够做主之事。不妨等我见过令尊，再做打算？”

“要来就来吧，萧家的门从来没关过。”

第十四章　半梦半醒般开悟

在蕲州东边，紧邻青弋江，有一片白墙青瓦的宅子，那就是萧家。萧家是大族，如今家主是萧老爷子，还有几房子孙也都住在这里。这青弋江畔不仅风景秀丽，更是富商聚居的地方。萧家在武林中有很高的威望，在商界也有些名头。毕竟人人都要吃饭，武功再好，也要吃饭。

萧衍远远地看见自家妹子带着一个人回来，正想上前教训一下她。可走到近前却见那人是微澜公子，他不由得大吃了一惊。自己这个妹子真是让人头疼……

“微澜公子。”萧衍抱拳一礼。

“不必多礼了，萧兄，还是先带我去看看令尊吧。”

萧衍不及多问，只看了萧铭暖一眼，忙引着万俟微澜入内。萧铭暖吐了吐舌头，也跟了进去。萧老爷子的情况其实已经平稳很多了，只是一直没有醒过来。萧铭暖本在雍城游玩，听闻兄长报信才赶了回来。

万俟微澜进屋的时候，第一眼看见的不是萧老爷子，而是一个邋里邋遢、举止怪异的人，他正坐在床前伸着指头给萧老爷子诊脉。万俟微澜没有出声惊扰，只是探头瞧了瞧萧老爷子的脸色。

“哥哥，这人是谁，脏成这样，还不快赶出去！”萧铭暖一进来看见那人就要上去动手。萧衍忙上前一步拉住了她，低声道：“不可鲁莽！等先生诊完脉我再和你细说，现在你乖乖地站在这里别动。”

那怪人回头看了萧铭暖一眼，然后像是故意要萧铭暖生气一样，他伸手掰了掰萧老爷子的手腕，又翻看了萧老爷子的眼皮。本来他那双像是枯树一样的手还想再拍拍萧老爷子的脸颊的，但是萧铭暖看不过，挣脱了萧衍冲了过去，一下子挡开了那双手。

“这么脏的手怎么会是大夫!”萧铭暖不笨，听萧衍说了这一句就猜那怪人大概是个大夫，但是她实在受不了那么脏的手触碰自己的父亲。

“嘿嘿，你这小丫头，连黑白都不分。我这手怎么脏了？是偷了金子还是截了银子?”

“先生莫怪，小妹行事鲁莽，萧衍在这里代她赔罪了。不知家父的病……”

“已无大碍。不过经此一次，他的身体怕是大不如前了。”

“什么，你居然敢……”

“铭暖!”萧衍将萧铭暖拉向身后，又对那怪人道，“还请先生费心。”

“嗯嗯，先给我几斤酒，唉，酒瘾又犯了。”

“哥哥!”萧铭暖实在受不了了，尖声叫道，“这样的人你是从哪里找来的?”

“找？嘿嘿，小姑娘，平常就算你们求也未必求得到我出手。”

“呸，谁要求你？你快给我出去!”

“你这么说，我还就偏要留下来。”

萧衍正为妹妹说的话头疼，听见那怪人说要留下来，面上一喜，也就没再拦着萧铭暖。萧铭暖走到那怪人面前，道：“就你这邋里邋遢的样子还能救人？别到这里来招摇撞骗了。哥哥，这样的人你怎么也找来了。”萧铭暖回头，冲着萧衍狠狠地皱了一下眉头。

“小妹莫要无礼，这位是解无忧解老前辈。”

“什么，这糟老头子就是解无忧?”

那人确实是解无忧。

萧铭暖突然看向他那双手，黝黑的一片，但并不是他没洗干净，而是常年浸淫药物所致。萧铭暖素来大胆，此刻也不由噤声。解无忧在江湖中的名声，她也是久已闻之。况且哥哥在信上也说了，这次多亏了解无忧，父亲才转危为安。

屋里静得有些尴尬，还好万俟微澜开口问道：“解老前辈向来行踪不定，想不到能在这里见到前辈，是微澜之幸。”

“别一口一个前辈的，把我都叫老了。”解无忧搓了搓鼻头，“你是越国那小子吧，我听说你酒量不错，来来来，独饮无趣，你陪我喝几杯。”

万俟微澜自然没有推辞，但解无忧所说的几杯现在已经变成了几坛。

“解先生认识流云公子？”万俟微澜的舌头已经有些吐字不清了。

解无忧的眼睛和先前相比却亮了很多。有些人喝酒是越喝越糊涂，让人一看就知道醉了。而有些人喝酒却是越喝越精神，让人分不清他们究竟是醉了还是没醉。解无忧显然是后一种。他现在端着酒杯，看上去一点儿醉意也没有。但他一说话也和万俟微澜一样成了大舌头。“嗯……那小子太不是东西了。”解无忧打了个酒嗝，“居然让我在陈国等他……”

“他叫你等他做什么？”万俟微澜刚问出口，解无忧已经一头栽倒在地上，竟呼呼大睡了起来。万俟微澜笑了笑，自己又喝了三杯，然后招呼人扶解无忧去休息，自己则稳稳地走了出去。他没醉，他的酒量远比解无忧要好得多。不过，也许解无忧也没醉，只是有些话说到了那个地步，还是醉了比较好。解无忧是不是后悔找他喝酒了？而万俟微澜心里是不是也很看不起现在的自己？

“微澜公子。”萧衍从石阶上上来，看见万俟微澜站在屋外，便上前道，“公子海量，竟把解老前辈灌醉了。”

万俟微澜苦涩一笑，没有说什么。

萧衍略沉吟了一会儿，说道：“这次的事是我小妹……”

“萧兄不必多说，令妹虽有任性也是一片孝心。再说萧老爷子侠名远扬，微澜自当前来看望。还记得四年前在并州诗会上与萧兄有一面之缘，今日相见，萧兄又何必这么客气。”

“想不到公子还记得。”

万俟微澜还想说什么，却见一个家丁来报。那家丁附耳向萧衍说了什么，萧衍打发了他去，这才回头对万俟微澜道：“朱佩来了。”

万俟微澜皱眉想了想，道：“我也有些想见见这位朱公子……”萧衍不料万俟微澜会在这么尴尬的时候提出要见朱佩，他顿了顿才道：“那好，微澜公子请随我来。”

早起的时候，那一片荷塘真的有雾，轻轻的风是吹不散的，只有等到旭日东升才能拨开迷雾，还人间一个真相。百里风兮很早就在这荷塘边上坐着了，不是早起，而是根本就没睡。这些日子，这人间仙境一般的云梦山庄也不能让她安眠。她忽然想去荷塘深处看看——那里是不是真的藏着神住着仙。

荷塘边上放着一溜的小舟，百里风兮随意跳上了一条，很小心地划向那被迷雾包裹的、未知的荷塘深处。过了很久，或者只是那么一小会儿。因为周围的一切似乎都没有什么变化，让人察觉不到时间的流逝，直到那一缕阳光破雾而来射入瞳人，这才惊觉，原来自己想去的地方已经在自己身后了，已经错过了……

"百里风兮，你是越来越糊涂了。"百里风兮闭上眼，笑了那么一下。雾气开始消散，周围的一切恢复了原本的模样。梦泽，只是一个荷塘。

"九天朱阙，万里红枫，痴梦一场，岁岁年年，浮生相忘……"念到"忘"字的时候，百里风兮缓缓地向后一仰，跌落在了水中。水面乍破，复静，光照粼粼。

流云公子站在远处皱了皱眉，将手里的扇子放在栏杆上，缓缓走到了荷塘边上。他走得很慢，但是当他走到水边的时候，百里风兮还是没有浮出水面。他忽然纵身一跃，恍如蛟龙入水，不一会儿，他将百里风兮从水中托了起来。

"咳咳，咳……"百里风兮骤得空气，吐出了水便大口地呼吸了起来。

"你不会水？"

"谁告诉你我会水？"

"那你还敢往水里跳？你就不怕……"

"我早就告诉过你了，怕也没用。"百里风兮回头看着流云公子，"我是不会怕的，你放心，我决定了的事，就不会变。你不用这么小心地跟着我。"

流云公子的眉头似乎从刚才开始就没有松开过。

"这些日子我虽然没了武功，但作为习武之人，被人跟着总是会觉得异样的。"

"你在试探我？"

"……是。"

"我要是不来救你呢？"

"死又何妨？流云公子，别忘了，我是已经死过一次的人了。"

"所以更应该惜命。"

百里风兮看着近在咫尺的、才救了自己一命的、为天下倾慕的流云公子，笑道："好，我记下了。送我上岸吧，今天我想去找一个人。"

"还是先等等吧。"

"等？还要等什么？"百里风兮已经不能再等了，每天照镜子的时候发现日渐增多的白发，她知道自己等不起。

"你……你的身体还没好，解无忧现在又不知在何处……"

"那我就要一辈子让百里扶苏逍遥吗？别忘了你答应过我的事。至于其他的，你不用操心。”

“好吧，我让人准备车马。”

百里风兮并没有领流云公子的情，她独自一个人下了山。她要去找一个人，一个不能让别人知道的人，一个凰图上的人。那一夜，就算她将凰图显于流云公子眼前，可是没有接头暗号，这些人就不能用。那一夜，流云公子做出了明智的选择，他没有直接想要霸占凰图。他或许是真的没有野心，要么就是野心太大……百里风兮并不想去猜测流云公子的野心，她只需要他帮忙而已。而她也知道这世上绝对没有白吃的午餐，既然是交易，自己就必须有筹码。所以，凰图的秘密她绝不会让人全部知晓的。

第十五章　莲台笺短意味长

一条不起眼的小巷，快到天空正中的太阳把人们都赶回了屋里，只有几个敞着衣襟的汉子坐在树荫底下喝着大碗茶。百里风兮依旧一袭白衣，走在阳光下，让人一时看不清她的脸。这一路，确实没有人再跟着她了，流云公子是个守信的人。入了小巷，七转八拐的又走了一盏茶的工夫，百里风兮来到了一个更为僻静的巷子。眼前这个巷子虽然僻静，但并不算窄。巷子两边都是高墙，是那种有钱人家才能垒起的墙。顺着墙走上百十来步，才看见一个小门，百里风兮走到第三个小门的时候停了下来，她没有左右张望，而是直接走了进去——门没上锁。这样的人家居然会不上锁，这是一件很奇怪的事。除非这家的主人早就知道有人要从这里进来。

宋先明当然知道百里风兮会从这扇小门进来，因为在三天前他曾经接到一个小孩子送来的字条，字条上写明今时今日来宋府相见。放在往常，宋先明并不会这么轻易放人进来，至少不会让人从小门进来。他可是陈国出了名的清流，在士子心中的地位几乎无人能及。但是，当公主启用凰图的消息通过凰图内部的消息网传递到他手里的时候，他就已经做好了随时开启那扇小门的准备。

百里风兮一进门，首先看到的是一片绿荫，梧桐树宽大的叶脉肆意地伸展着，吸取阳光与人阴凉。树荫下坐着一个年近半百的老者。周围静悄悄的，仆人们都很安静地退下了，连知了都叫累了，暂时要去歇一口气。百里风兮缓缓走向那老者，渐渐放松了下来，她知道，在这里她是安全的。就刚才那些仆人看来，宋先明不仅学问好，御人之术更是高明。

"宋先生。"

"公主……"这一声公主，毫不例外地带着些许的颤抖和欣喜。

宋先明站了起来，目光复杂地看着百里风兮，良久才叹道："老朽一时激动，竟是忘了规矩……"

百里风兮没有说什么，只是含笑静静地站在那里等着，等着宋先明开口。宋先明张了张口，没有发出声来，顿了顿，才说道："春未绿，鬓先丝，人间别久不成悲。"这一句念来实在让人不忍，此情此景，难怪宋先明方才张口无声。

百里风兮似乎也被这一句所感，垂下头缓缓念道："人不见，水空流，韶华不为少年留。"

"公主。"宋先明跪了下来，大礼叩拜。

这一刻，看着鬓角染霜的老者向自己下跪，百里风兮却没有如之前在东路驿站一样跟着跪下。因为她知道宋先明跪的不是自己，他跪的是魏国，是百姓，是自己一生的信仰。这一路经历了多少坎坷才来到云梦山庄，百里风兮其实每天都在想很多事。她的世界崩塌了，需要自己重新构建一个完整的世界，好让自己活下去。

"快起来吧。"百里风兮扶起宋先明，让他依旧坐下，自己也在一旁落座。树上的蝉似乎歇够了，又开始声嘶力竭地鸣叫。

"陈国的国主怎么样？"

宋先明很快从自己的悲喜中抽离出来，正色答道："若有良臣，若在盛世，还能勉强支撑。但如今……虽不至昏聩无救，但也离之不远。"

"陈国的子民是如何看待自己的国主的？"

宋先明看着百里风兮，没有马上作答。百里风兮又补充道："若是有人谋反，民是会拱卫王宫，还是……倒戈相向？"

"这……"

"宋先生对流云公子这个人怎么看？"百里风兮略往后坐了坐，低头自己倒了一杯茶来喝。对于前一个问题，在来的路上她已经有了大概的了解。

"当世良材，只可惜生性不羁，难成大事。"

"难成大事吗？"百里风兮笑了笑，那个被世人倾慕的流云公子……

宋先明没有重复，知道百里风兮听清了他的话。

"但就他的威望和才智来说，要成大事，应该也不难吧？"

"公主何意？"

"……这半年发生了很多事，你只要知道，我要杀百里扶苏就行了。而要杀一国之主……"

宋先明张了张口，从刚才的问话里，他已经拼凑出了一个大概的轮廓。

“公主是要利用流云公子？可是，以公主之名也未必不能成事，又何必寄人篱下？”

“我有我的苦衷……其实也算不上利用，因为，我已经和流云公子讲明了。”

“此事若成，只怕流云公子……”宋先明颇有疑虑地看向百里风兮——只怕那时候流云公子就容不得这世上还有一个百里风兮了！

“放心，我有分寸。”

“那公主需要我做什么？”

“民心……”百里风兮看着远处一株被晒蔫了的小草，“一个月以后，陈国会有内乱。”

“一个月似乎太过匆忙？”宋先明并不怎么惊讶，只是出于大局考虑提出质疑。对他们来说，什么风雨都经过，如今早已处之泰然了。

“如今陈国大军在边境集结已经多时，却迟迟不见动静，再拖下去，万一陈国国主改了主意让大军班师回朝，那要成事，就太难了……”

宋先明点了点头，“如此，那我这就去做准备。我手下倒还有几个得力的人，公主若要差遣，只管吩咐。”

“我现在住在云梦山庄，一切都由流云公子出面。这件事交给你我就不会再过问了。我只希望你一切小心，不要太过暴露了自己……连流云公子也不要太信任。”

“是。”

“咳咳……”百里风兮掩口咳嗽了两声，站了起来，“我该走了……和你们说话真是轻松，几句话就够了。”

因为终于又有了任务，宋先明并没有太过注意百里风兮那过分苍白的脸色和不合时宜的咳嗽声。他送走了百里风兮，就立刻去书房写了五封信，让人分别送给了他的五个学生。如今，他已经赋闲在家不过问政事了，但他在朝中的影响却不能小觑，他那五个学生如今都在陈国的要害部门做事。

“一个月的时间，也不知道来不来得及……”宋先明望着天，神色忧虑。

百里风兮出了宋府，就佝偻着身子扶着墙咳嗽了起来，仿佛要将五脏六腑都咳出来才会好过。她苍白的脸上泛起一阵病态的嫣红，美得让人生怜。过了好半天，她才止住咳嗽，一步一步地往外走。

三日后，云梦山庄，莲台。

这是坐落在梦泽东南的一个消夏的好去处，以巨石搭建而成，做莲花状，清风自水畔吹来，凉意袭人。流云公子闭目坐在石凳上，如同参禅的高僧。百里风兮远远地看见他，心里忽而有些愧疚，年前来到云梦山庄，自己去质问他都觉得很过分，而现在，自己居然亲手把他拉进了泥潭。

“你找我？”百里风兮走近了，“是出了什么事吗？”

“嗯。”流云公子依然没睁眼，只是叹了一口气。

百里风兮皱了皱眉，问道：“究竟怎么了？”

流云公子从袖中取出五封信来，很整齐地摆在了石桌上。百里风兮想拿，但流云公子却伸手压住了。

“百里风兮，你……你最好坐下再看。”

“为什么？”

“你要知道，我是来帮你的人。”

百里风兮看不见流云公子的脸，但听到这句话时她还是忍不住心里一紧，而后她顺从地坐了下来。

流云公子侧过头看着百里风兮，似乎想笑一笑，可没能做到。他抽出一封信递到百里风兮手中，然后站起身拍了拍她的肩膀走到了一旁去，让百里风兮自己去读那封信。

百里风兮的目光一直随着流云公子走到莲台的边缘，看见流云公子负手站在那里，似乎天也低了，水也远了。过了半晌，她才收回目光，看向手中的信。

信的内容很简单，是一个忠心的臣子对于国家和君主的忧虑。五封信的内容都差不多，应该说，除了收信人不同外，其他都一样。落款处“怀安”二字很合乎写信人的做派。

百里风兮皱着眉头把这五封信都看完了，将右手的食指屈起，用牙齿重重地咬着。因为这样，她的呼吸还算平稳，如果不是看到有血迹随着手腕缓缓向下流去，别人或许会以为这是谁家多情的小姐低垂着头在这人间仙境里动了凡心。

过了很久，百里风兮才问道：“谁是怀安？”

“宋先明，字怀安，号半山居士。”流云公子的回答很果断。他缓缓走回百里风兮身边，说道：“这五封信是他送出去的，他要让这些人劝司徒昊撤兵回朝。”

“我知道，我能读懂。”百里风兮似乎有些生气，将信一把扔了出去，可惜这些轻飘飘的东西飞不了多远。

“你被骗了。”

百里风兮不想承认，可事实俱在，无法反驳。她被宋先明骗了！

“你说过不会再跟踪我的。”

“我没有跟踪你，也没有派人跟踪你。这些书信我是在那五个人的府门外截获的。你知道，在陈国，我总还有些根基……”

流云公子平静地坐回方才的位子，“这石凳已经凉了。百里风兮，有句话你要知道。人走，茶凉。早先在东路驿站我就说过，你还是那么容易相信人。”

“我也说过了，我不会一竿子打翻一船的人。”百里风兮使劲地掰着自己的手指，不断地刺激着已经流血的部位，疼痛让她坚持着坐在这里。

“是，这是对的。”流云公子看着她，却捕捉不到她的目光，“若是别人，或许你还会有戒备之心。但是不知道为什么，这个宋先明，你好像一点儿也不怀疑。百里风兮，凭你的能耐，不会这么轻易被人骗的。”

“因为他们是我最后的依靠了!”百里风兮忽然用手捶在了石桌上，抬起头，不再回避流云公子的目光，“我只剩他们了……”

“所以，一味的信任？百里风兮，你还有你自己啊！晋国端华、越国荣平都是当世奇女子，天下闻名。荣平公主辅助朝政，近年来不曾踏出雍城一步。而端华公主入主玄息，却是将天下走遍。所以，这天下对端华公主的传闻颇多，然而今日一见却实在出乎意料。他们说你是仙女，总是足踏红叶，白衣飘飘，好像不食人间烟火一样……初见你时白衣白羽，确实恍若仙子，然而，你却接过了我的酒。本想帮你，你却当我是疯子断然离去，和玄息阁的人似乎相去甚远。再见你时，我不过随口许诺，你竟然会为了一个丫鬟而下跪……百里风兮，你是越来越有趣了。”

百里风兮很认真地看着流云公子，这段话他对自己说过，那还是在冬天，那时候他戴着苍白的面具。今天再听他这么说，自己却觉得不真切了。他说的那个人，真的是自己吗？

“足踏红叶……白衣飘飘……这些都不可能了。”百里风兮的声音低哑了下去。

“你不是这么容易就放弃的人啊，解无忧还没有回来，还有希望。”

百里风兮握紧了手，似乎连自己也不能理解为何百里风兮会成了这样。

“名声、权利、地位、武功、容貌，这些都成就了百里风兮，但百里风兮并不是这些！你好好想一想。我吩咐了，他们不会来打扰你。”流云公子站起来就要走，百里风兮却一把抓住了他的手。流云公子看着远处，拍了拍她的手。

“你不只剩下他们，你还有你自己，你还有我。”

“你，可以信任吗？”

“在赤城的时候，这个问题的答案你就已经回答了。”

流云公子走了，莲台上空落落的只有清风在戏耍那些信纸，而百里风兮静静地坐在那里，似乎与莲台化为了一体。

第十六章　地角天涯未是长

六月天，孩儿脸。方才还高高挂在天上的太阳，此刻不知躲到了哪去。整个天空都被乌黑的云彩霸占了。间或几声雷鸣，就见得暴雨如注。朱佩坐在花厅里，眉眼仿佛藏着许多心事，无力抬起。听到外面传来脚步声……不止一人。朱佩抬头，见万俟微澜和萧衍一道走了进来。那丝愕然在眼底闪过立刻就消失无踪了。朱佩站了起来，“想不到微澜公子也在这里。”“听闻萧老爷子中毒，微澜特来探访。”万俟微澜和朱佩的视线相互碰撞了一下，两人都急急地转过头去避开对方。萧衍招呼两人坐下，让人上了茶点，这才对朱佩道：“家父日前遭人暗算，多亏解先生出手相救……这，还要多谢你。”“是解无忧的功劳，何必谢我。”“若不是你的关系，他也不肯来萧家……”萧衍的视线若有若无地飘向万俟微澜，“现在家父已经平稳，你若要——”“我是来退婚的。”又一声雷鸣。萧衍皱眉，只觉得没有听清朱佩方才说的是什么。万俟微澜皱了皱眉坐在那里没动。定安城发生的事终于沸沸扬扬地传到了朱家，为了家族利益，朱佩被逐出了家门。这个消息，万俟微澜也是才知道不久。

为了谁在定安城闹事？被逐出家门那现在栖身何处？这两个疑问在万俟微澜心里不断地翻涌着，但此刻显然不宜相问。“朱佩。”萧衍正色道，“你不要说笑。”朱佩紧握着手里的折扇，控制着自己的表情，“我没有说笑。我一个落魄之人，不愿耽搁了铭暖的幸福……”“萧家并没有退婚的意思。你和铭暖从小一同长大，两家的长辈也都看好你们。”萧衍忽然不再顾忌万俟微澜，他望向朱佩，道：“虽然如今你有所变故，但——”“萧大哥不必再说，我意已决。”朱佩站了起来，满怀感激地看了萧衍一眼，然后对万俟微澜道：“朱佩现在和朱家和萧家都没有关系了。”万俟微澜看着朱佩，缓缓地点了点头。他明白朱佩的意思，这以后朱佩的所作所为，都不要再牵连两家了。得到万俟微澜的答复，朱佩松了一口气。

“我听说……在定安城那里……”

“是。”没有等万俟微澜说完，朱佩就打断了他的话，给出了答案，“微澜公子好像不是关心这些的人。”

“人，总是会变的。”万俟微澜低下头看着脚下那一尺见方的地面，避开了朱佩的眼睛。

“是吗?”朱佩没有再问下去，而是转身走到萧衍身前取出了一枝做工精良的簪子，纵然此时黑云滚滚暗无天光，可那簪子看上去却是光华流转。

“这是送给铭暖的，我朱佩对她不起。”萧衍想要说什么，朱佩却将簪子放在他手里就转身离去了。他走得那么快，几乎有逃避的意味。万俟微澜和萧衍望着外面，雨越发大了……

“怕死吗?”百里风兮用手轻轻地在镜子里的自己脖子上比画了一下。这是一面很大的穿衣镜，此刻旭日东升，让镜子里的影像看起来虚虚晃晃的。百里风兮略转了转身子，想看看自己的背。她现在还清晰地记得在羽溟山时，师父为她刺上凰图时的疼痛，那时候似乎还有一两滴温热的水珠滴落到自己背上。那，会是师父的眼泪吗?她亲手在自己的女儿身上刺上这世间最贵重、最凶险的图，她的心里是不是也不好受?

“一点儿也看不出来。”百里风兮艰难地伸手够到自己的后背，“这里是潇水，这里是赤城。”整个天下就这样一点一点地落在了她的背上。她闭上眼都能画出大魏朝的疆域。年少时她是不解的，为什么师父要如此执著。可是当金枝公主的身份昭然于世后，一切就都顺理成章了。那是一个王朝的公主，对于国家的最后的祭奠。需要不断提醒自己，才能不忘却。因为历史的车轮已经把大魏朝的一切都抹平了……

“真的很重啊……当初你劝水翩跹，如今再看看你自己。呵……”百里风兮自嘲一笑，重新在镜子前站好，然后取过架子上的衣裳一件一件很仔细地穿了起来。她现在并不用人近身服侍，她不想让她们一次次地看到她日渐增多的白发——甚至她自己每天早起的第一件事就是拔掉自己三千青丝中的白发，坐在镜子前，一根一根地拔，心里一点儿一点儿的开始恐慌。

当衣裳的最后一个结系好的时候，百里风兮对着镜子里的自己说道："我怕死。"

是的，她怕死。这一点她比任何人都清楚。她还没有亲手杀了百里扶苏，现在让她死，她太不甘心了。虽然流云公子答应了她，她也相信流云公子是个守信的人。但那是她的仇，是她的恨，若不能亲手杀了百里扶苏，她会死不瞑目的。这一刻，她似乎有些明白了百里倾央的感受。只可惜她已经没有机会了，而自己呢，自己还能活多久，能不能撑到举兵攻入晋国王宫手刃百里扶苏的那一刻？百里风兮的心里是惶恐的，是不安的。但是她不愿表现出来，甚至在流云公子面前她把生死说得那般轻巧。可是她迫切的心理还是让她失去了往日的从容和理智，以至于会不查宋先明而贸然去接头。在东路驿站那是没有办法，自己只有赌一把，好在运气不错，王达没有叛变。可是，现在明明有机会查清宋先明的立场的，可是自己却大意了，因为真的觉得自己没有太多的时间了。

百里风兮深吸了一口气，猛地一转身，快步离开了房间。外面，阳光灿烂。

流云公子坐在小厅里将碗里最后一口粥喝下，取过婢子备好的茶水漱了口，这才对朱佩道："想必你的心意，萧家也会明白。"朱佩点了点头，不想开口说话。"你先休息吧……"流云公子忽然看向朱佩身后，原来是百里风兮进来了。他向百里风兮点了点头算作招呼。"百里姑娘。"朱佩起身。百里风兮走到近前，看了看朱佩，嘴角有些掩不住的笑意，"我方才来这里，听见人说山门外有人闹事。""怎会？"朱佩奇道，转头看向流云公子。流云公子也是不解，但看见百里风兮的神情却没有多问。"我也不知道，你去看看吧。""……也好。"朱佩当下出去赶往山门。"想来你还没吃饭，将就用一些吧。今天他们的粥熬得很好。"流云公子让人又添了一副碗筷。朱佩走后百里风兮嘴角的那一抹笑意也就淡了，"你不问问出了什么事吗？"她坐在流云公子对面接过侍女盛好的粥，搅动着勺子却没有吃。"想来不是什么大事，你有意让朱佩去。那就让他处理吧，我也少操些心。"百里风兮抿了抿唇，"宋先明的事是我大意了。绝对，绝对不会有下一次了。"流云公子笑了笑，夹了块炸糕放在百里风兮面前的碟子里，"吃饭吧。解无忧已经回来了。"百里风兮愣了愣，然后低头吃了起来。粥果然熬得很好。朱佩来到山门前，那时候，太阳才从云层里钻出来。阳光照在那些碧绿的植物上，显出夏天特有的生机。萧铭暖一身脏兮兮的，不知道几天没有换洗衣服了。可是迎着朝阳，她却毫不在乎地摸了摸鼻子笑了起来。那一刻，朱佩眼里却有了泪意，看着这样的萧铭暖，本来想笑一下的，可是一个没留意，眼泪忽然落了下来。他也伸手毫不在乎地擦了擦，然后笑了。

“萧丫头，这么脏可没人要。”

“没人要就你要呗，这辈子我就赖上你了。”

“那你等我长大了娶你过门，然后一辈子都让你管着，好不好？”

“好。”

两人痴痴地笑着，想起很久很久以前的自己。那时候的话，是不是也能算作誓言？不需要信誓旦旦，只要能够兑现，依然是这世上最美的誓言。朱佩并不是不想兑现，只是他已经选择了和流云公子一起做事，他已经选择了被朱家逐出家门，他就不敢再奢望能够兑现。可是，现在看到萧铭暖在这里，他还能说什么呢？还有什么可说呢？这时候，一个大力的拥抱似乎更合乎情理。只是朱佩有些想不明白，那时候自己怎么会说出让她管一辈子的话呢，明明该自己管她一辈子……

沉香榭里，萧铭暖梳洗完毕，有些不可置信地看着镜子里的自己——跑出来了，自己居然从萧家跑出来了。就这么义无反顾地……只是想要来到他身边。侍女们端来早点请萧铭暖用过，萧铭暖匆匆吃了两口就出门去找朱佩了。一出门，萧铭暖只见连接沉香榭的竹桥上站着一个白衣女子。隔得远，尚且看不清容貌，只是那身形风流，倒让人想起冬日里迎风怒放的白梅。待走近了，萧铭暖不由得心中暗惊，这姑娘好生漂亮，莫不是武林第一美人水翩跹？

“是萧姑娘吗？”

“嗯。”萧铭暖点了点头，想要不着痕迹地打量她，却并没有那分功夫，索性大大方方地看着那人道，“水姑娘果然名不虚传。”

“水翩跹玉色仙姿，百里风兮实在不敢相比。”

“你是百里风兮？”萧铭暖瞪大了眼睛，这个消息对她来说可不一般。这天下女子谁不知道晋国端华、越国荣平，这两人在闺阁中几乎已被传为神仙一样的人物，如今忽然相见，怎叫萧铭暖不欢喜？

“你真的是百里风兮？”萧铭暖围着她转了几圈，“我，我真是没想到……”

百里风兮偏了偏头，“没想到什么？”

“没想到能见到真人……天啊……”

看着萧铭暖高兴的样子，那种毫不掩饰的、肆意的笑声仿佛感染了周围的一切。百里风兮也觉得欢喜，却说不出因由。

"说起来我是见过你的。"百里风兮倚着栏杆，"上次在陈国，我和你哥哥一道帮着周盛扬破了一起案子。那时候你来找你哥哥，我正好有急事要走，远远地看过你一眼。"

"呀，原来哥哥早就见过你了。他居然没告诉我。"

"见我，真的这么开心吗?"

"当然啦，你不知道……"萧铭暖忽然停了下来，神色也为之一黯。百里风兮没有追问，只是静静地等着，等着风吹过湖水，等着萧铭暖自己开口。事实上，她并没有等多久，萧铭暖并不是个能藏得住事的人，何况是对着自己慕名已久的端华公主。

萧铭暖也走到栏杆旁轻轻地倚着，低头看着水里的影子，幽幽地说道："能见到公主，是何其荣幸之事，若说与闺中好友，真正让人艳羡……可是现在……现在我却跑出来了。"

"为什么跑出来的?"

萧铭暖的头更低了，太阳未盛，但她的脸却仿佛已被晒了很久，那绯红的颜色透着最真挚的心思。

"一定是为了一个很重要的人吧，应该会比我重要。我只是一个无足轻重的人，你也只是听说过我。见到我固然高兴，见不到我也不会伤心。但那个人……你若见到他并不一定会高兴，但你若见不到他，一定会很伤心。所以，"百里风兮看着萧铭暖，"现在应该开心才是。"

萧铭暖很想说你不是无足轻重的人，但她现在却开不了口，她现在一个字也说不出来，只是一味地笑着，因为百里风兮说得确实很有道理。

半晌，萧铭暖才低声道："其实，朱佩也没那么重要，只是和他在一起挺开心的。"

朱佩……

百里风兮笑了笑，朱佩去找解无忧，看来这一去还真是收获颇丰。

"嗯，这种感觉很好。两个人在一起，就算什么也不说，都觉得很开心……"百里风兮看着远处的屋檐，她想起很久很久以前她和百里扶苏在夏日的清晨一起读书的时候，那时候看的什么书早已经忘了，只是清楚地记得那一份开心。两人在一起一句话也没说，可就是觉得那么开心……

萧铭暖闻言点了点头，正想说什么却看见流云公子正负手走来。他走在阳光下，那一身素色衣裳仿佛染就了金光，让他看上去就像是瑶台仙境的神子仙人。萧铭暖看了看流云公子，又看了看百里风兮，自顾自地笑了笑，没有再说什么。

“萧姑娘好。”流云公子略点了点头，向萧铭暖道，“云梦山庄若有不周之处，还望姑娘海涵。”

“哪里，都很好啦。”

百里风兮笑了笑，看向萧铭暖，又回头对流云公子道：“朱佩很有本事。”闻言，流云公子亦笑。只有萧铭暖有些摸不着头脑地吐了吐舌头。好在她并没有在这里跟他们猜谜语猜太久，当看到朱佩从月亮门闪身而过时，萧铭暖就快速地跑了过去。

“萧姑娘倒是个敢爱敢恨的女子，风兮有些羡慕啊……”百里风兮看着萧铭暖的背影，有些感叹地说道。

一旁的流云公子看着她，道：“百里风兮岂非也是这样的女子？”

“……或许吧。”百里风兮拍了拍袖子，转身要走。

“你要去哪儿？”

“宋家。”太阳出来了，照在人头顶渐渐有些发烫。百里风兮将背挺得笔直，低声道：“他骗了我，就该死。”

“我陪你去吧。”

百里风兮看了看流云公子，然后，很慢很慢地点了点头。

第十七章　七尺红罗书姓字

宋家的正门大开着，白色的灯笼上写着大大的“奠”字，穿着麻衣的子弟都站在门前，来往不绝的人，脸上都带着悲戚，有些更是连连擦着眼泪。

百里风兮站在那里看着这一切，潜意识地后退了一步。流云公子用扇子抵住了她的腰。

“把腰挺直，我们进去。”

云梦城的城主亲自来祭奠，宋家的人连忙安排。流云公子制止了他们，道：“我为宋先生祭一杯酒就走，你们不必忙，去招呼其他客人吧。”

宋家的人看了一眼流云公子身后罩着面纱的女子，没有多问什么，当下命人引着他二人入内吊唁。

从大门到吊唁的灵堂有很长一段路，百里风兮听见人们对于死者的评价，低着眼眸看着脚下一块一块的方砖。

“唉，宋先生也是，这么就去了。有什么想不开的。”

“他一生为国，从先帝时就追随在侧，现在陈国上下，谁不念他的好？自从他退下来了，这些年你看……唉，不说也罢，不说也罢。”

一个青年人拿着文稿哭得几乎失声，那是他前些日子拿来让宋先生指点的，如今宋先生已去……听人说宋先生去得“匆忙”，可这文稿，这文稿也是批阅完了的……

百里风兮忽然拉住流云公子的手，小声问道："宋先明死了，怎么死的？"

"自缢。"流云公子的答案似乎总是这么简单明了，让人连一点儿缓冲也没有。

百里风兮顿了一下，赶忙跟了上去。

一进入灵堂，那棺椁的颜色好像一下子笼罩在了百里风兮心头。流云公子接过酒，上前行礼祭奠。百里风兮没有跟去，只是站在一旁看着这一切。她的心里并没有太多的震惊和悲伤，只有一些不解。她不明白，宋先明为什么会死，为什么会这么死。

"姑娘……"一个有些不确定的声音传来。百里风兮略退了一步，以为自己挡了别人的路。

"姑娘。"可是那声音依旧，百里风兮这才抬头，只见一个少年站在她面前。那少年穿着孝服，显然是宋先明的至亲之人，他的眼睛有些发红，个头比百里风兮还要矮一些。

"是叫我吗？"

"正是。"

"不知何事？"

"姑娘是不是几天前来过宋家，见过我爷爷？"

百里风兮皱眉，神色戒备。可是隔着面纱那少年看不出来，他继续问道："姑娘，你……"

"你这么问是什么意思？"百里风兮截断了他的话。

那少年顿了顿，讷讷道："没，没什么……只是我爷爷说如果有一个陌生女子来祭奠他就让我问问。"

"是又如何，不是又如何？"百里风兮的口气已经有些不善，再看这灵堂，就多了几分诡异之感，生怕哪里就有机关埋伏。

"你要先告诉我了，我才能告诉你。"

眼前的少年天真而执著，看不出一丝恶意。百里风兮皱着眉头，度量着得失胜算，过了一会儿，才有些僵硬地点了点头。

那少年似乎松了一口气，从怀里取出一封信来交给百里风兮，"这是我爷爷让我转交给你的。"信封没有被拆过。

百里风兮心里疑惑更甚，想要问什么，那少年却一躬身离去了。他仿佛对这封信，对百里风兮，没有一点儿兴趣。

从灵堂出来穿过回廊，过了月门，再走上一段路，周围几乎就没什么人了。当百里风兮糊里糊涂走到那日来见宋先明的地方时，自己都是一怔。走到树荫下坐好，那里还摆着茶，应该是下人一时忘记了喝茶的人已经不在了。百里风兮没有喝茶，只是看着茶杯里自己的倒影——这时候，她轻轻地揭开了面纱。

“这封信里写了些什么?”百里风兮对着自己的倒影问道。她不想看这封信，可是倒影并没能给她答案，所以她就着正午的阳光拆开了信封。

拆开了信封，里面却还有一个信封，上面写着“公主殿下亲启”。百里风兮一挑眉，迅速拆开来看。

“这是老朽最后想说的话了，忽然不愿用那些辞藻句式，只想平平实实地和公主说几句话。

“我是隆泰十八年的进士，在隆泰二十三年编入凰图。公主或许会认为我在凰图的时间短，所以背叛了您吧。不是这样的，凰图的使命我没有一刻或忘，对于皇室的忠诚，是我一直到现在都感到骄傲的事情，可是，这件事被我自己断送了。

“我那五个学生并没有收到送去的信，所以我想大概是出事了。其实即便不出事，我也会选择尽快结束自己的生命。因为我已经不配活在这世上了，我已经背叛了您。我不祈求您的原谅，写下这些，只是希望您能明白我的苦衷，希望您不要在其他凰图中人面前提起我的罪行。

“在隆泰二十六年的时候，我来到了司徒家，司徒老先生待我很好。后来发生了大事，凰图七十二人都潜伏了下来，我们都在等待着来自皇室的命令。后来在现在的晋国，王达他们接到了金枝公主的命令，我们则一直都没有收到任何命令。陈国建立的时候，司徒老先生拜我为相。那时候我正好三十岁，我想干一番大事业，我想为百姓做些事。公主啊，我是大魏朝隆泰十八年的进士啊！这后来的事对您来说或许有些无聊。老朽只想说，司徒老先生对我有知遇之恩，我不可不报。虽然今主昏庸，但故人之子我总希望能帮上一把。其他的，我无可辩白。

“我并没有出卖公主，您的消息我一丝也没有泄露。这一点请您放心。送信给您的孩子是个诚实可靠的人，他什么也不知道。老朽一死，万望公主息怒。”

没有抬头，没有落款，字迹潦草，语句啰唆。百里风兮一把将信撕碎捏在手里，站起身快速而没有目的地走动着。

“戴上面纱吧，你这样美貌，会让人生出许多事端来的。”流云公子不知何时来到了百里风兮身后，“出去走走吧。”说着，他就走向了那天百里风兮来时的那扇小门。从小门出去，依然空空的巷子，前面那些哭、悼，在这里已经听不见了，只能闻见一丝很淡很淡的烧纸钱的味道。百里风兮戴好面纱跟了出来。两人默默地走在狭长的巷子里，谁也没有说话。在快出巷子的时候，百里风兮忽然道："我忽然很想喝酒。"

"好。"流云公子没有停顿，带着百里风兮一直往前走。

酒馆就在巷子的出口左拐不远，门脸很小，招牌上的字已经掉了，一进门就看见桌子上的油迹。没有人前来招呼，老板已经喝醉了，而小二正在打瞌睡，听见声音睁开眼来看了看。他的目光在流云公子脸上停留了一会儿，然后又继续睡觉去了。百里风兮站在门口没动，她万万想不到流云公子会带她来这样的地方。流云公子是谁？百里风兮是谁？大约只有东陵的寒御斋才配得上这二人喝酒。这种地方会有好酒吗？"这里是云梦山庄的一个暗桩。"流云公子已经挑起了内里的一道帘子，百里风兮笑了一下，入内。屋子里堆满了酒坛，那暗褐色的坛子上都贴着大红方块儿纸，上面中规中矩地写着斗大的酒字。流云公子打开一坛，亲自舀了一碗酒递给百里风兮，"你尝尝，这是去年我让他们酿的。我还没用喝过。怎么样?"百里风兮接过来看了看，那清亮的液体在这狭小的空间里泛着异样的光彩。她双手端着酒碗送到唇边，一口一口地喝了下去，涓滴不剩。"好酒。"流云公子笑了，自己也尝了尝，"果然不错。"百里风兮没有再说什么，只是不停地喝酒，她喝得很慢，但每碗都喝得干干净净。不多时，这坛酒就去了大半。"宋先明竟然死了……让人连恨他的机会都没有……"百里风兮低着头，流云公子看不见她的神色，只是又为她的碗里添了酒。百里风兮笑了笑，摇摇晃晃地扶着酒坛坐了下来。"他该死……"这句话仿佛是为了说服自己。百里风兮将碗里的酒一饮而尽，冷不防呛咳了起来。流云公子没有说话，他只是眼神清明地看着百里风兮。他也喝了很多酒，但是他还没醉。而百里风兮，已经有些醉了……"他真是该死……说什么没有出卖我，狡辩，纯粹是狡辩!""可是他这么死了，我心里居然会闷得慌……明知是一死，他还是这么做了……萧然，人生于世，究竟是为了什么?"流云公子看着百里风兮，顿了顿才道："人之所以存世，之所以进步，必是为了光明与信仰。""光明……信仰……我都没有了……""……不会。"流云公子有些僵硬地端着酒碗，似乎怕一下子控制不好将它捏碎，"不会的，百里风兮。"屋子里又安静了下来，流云公子几乎以为百里风兮睡着了。可是百里风兮却又突然抬起头来看着他。"萧然……你……真的很奇怪。"百里风兮仰头靠在酒坛上，"居然救了我，还这么帮我……""江湖中人，本就应该路见不平拔刀相助。""我不是江湖中人，不过，真的很向往……"

百里风兮撑着桌子站了起来，这才发觉那酒的厉害，但她还觉得自己很清醒。她甚至觉得自己可以大胆一些，可以大声一些。于是，她一边拍着桌子，一边道："赵客缦胡缨，吴钩霜雪明。银鞍照白马，飒沓如流星。十步杀一人，千里不留行。事了拂衣去，深藏身与名。闲过信陵饮，脱剑膝前横。将炙啖朱亥，持觞劝侯嬴。三杯吐然诺，五岳倒为轻。眼花耳热后，意气紫霓生。救赵挥金锤，邯郸先震惊。千秋二壮士，烜赫大梁城。纵死侠骨香，不惭世上英。谁能书阁下，白首太玄经。"

"十步杀一人，千里不留行。事了拂衣去，深藏身与名……"流云公子又喝了一碗酒，似乎也有些羡慕那样的人生。

百里风兮像是要跌倒一般坐了下来，脸已经开始发红了，无意中透出妩媚来。

"这样多好啊……可是不行，我是谁啊，我是百里风兮，是晋国端华公主，是大魏朝金枝公主的女儿！是……凰图的持有者。"

流云公子看着她，她醉了。

百里风兮用手捂着眼睛，只看到泪水不断滑落。

"萧然，为什么有时候连死都不行……"

"萧然，我居然不恨宋先明，虽然他必须死……"

"萧然……"

不知道百里风兮说了多久，外面的天已经完全黑了。流云公子还是坐在那里，一碗一碗地喝酒，似乎真的千杯不醉。

"看来，你还是喜欢萧然多一点儿，可是我就是萧然，萧然就是我。百里风兮，我该怎么办呢？"流云公子站了起来，将百里风兮背在了身上。

酒馆外的石板路上铺了一层月光，踩上去脆脆的。流云公子走得很慢，看着远处星星点点的灯火，不知怎么的忽然想起去年冬天时他在山崖上目送百里风兮离去时的情景。

"扶苏……"百里风兮在流云公子的背上蹭了蹭，喝醉了的她卸下了全部的伪装，像一只小猫一样蜷缩着。

"百里扶苏。"流云公子把这四个字念得很慢，仿佛这是一个很难理解的词。他望着晋国的方向，停了很久。

而在晋国，百里扶苏似乎也心有灵犀地望着陈国。陈国有司徒昊，有水翩跹，有流云公子，有百里风兮。百里扶苏当然知道百里风兮现在在陈国，他也隐隐猜到当时在城门口戴着面具的那个人是流云公子。

"真的会有这样的人吗？只不过见了一面，就可以生死相托吗？"百里扶苏皱着眉，在他的生命里，没有遇见过这样的人。百里风兮不是吗？哦……也许是，但自己对她是不同的，是绝不可能生死相托的。

在百里扶苏身后的大殿里挂着一幅画，正是《临江仙》，而在大殿的后方有一个单独的小房间，那里挂着一件嫁衣——是在稷山之上染过血的嫁衣，是被人弃之于地的嫁衣。现在，它安静地挂在那里，是某些人心底里，连自己都不愿面对的秘密。

“大王，严将军求见。”

“宣。”

严浪未卸铠甲，但是将佩剑留在了殿外。如今，他已经是掌管几十万大军的将军了。

“叩见大王。”

“不必多礼了，起来说话吧。”百里扶苏揉了揉眉心，走到正中的椅子前坐下。这些日子以来，国事并无不妥，至少表面上看起来并无不妥。但暗地里……那些前朝的老臣，个个狡诈如狐，会真的一点儿也看不出这个王位交接有异吗？大力提拔自己的心腹之人，又伤害了多少人的利益，他们真的会让自己这个王位坐得舒服吗？这个位置并不是那么容易坐的……

“大王，已经派兵在潇水一带驻守了。”

“嗯……”百里扶苏嘴角一弯，“真是要好好谢谢司徒昊。”若不是有外患当前，只怕早已内乱。如今是要上下一心，抵御外敌的时候，那些难缠的势力，总会安分一些。

“严浪，你看陈国会何时发兵？”

严浪正色道：“若这几天没事，那就会在十月左右。”潇水夏汛并不严重，但秋汛却很可怕，没人会在那时候用兵。“但根据侦查，陈国似乎没有进攻的意图……”

“没有进攻的意图……难道调兵好玩吗？兵者大事也，司徒昊就算再糊涂，也不可能这么做吧。难不成水翩跹不是凤鸟是褒姒？”

严浪想了想，道：“可是陈国的探子回报，陈国国内一切正常。那水翩跹入宫似乎也没有什么特别的地方。”

“云梦城呢？”百里扶苏十指交叉放在鼻尖下。

“那里本不是什么重要的地方，我们也就没怎么盯。现在那里单独划出去了，原来的官署都已经撤销了……”

百里扶苏打断了他的话，“有流云公子在的地方又怎么会不重要呢？好好去查查那里有没有什么特别的事发生，盯紧云梦城。”

“是，属下这就去办。”

严浪出去以后，百里扶苏略往后靠了靠，让整个身子陷入了椅子中。他的神色严肃，对于云梦城，对于流云公子，世人似乎都想得太简单了。而他，甚至没有见过流云公子，但是不知道为什么——百里扶苏的目光落在那幅《临江仙》上，他从心底里忌惮这个人。

流云公子回到云梦山庄的时候，百里风兮已经睡熟了，他交由丫鬟扶她回房去休息。还没等他坐下来休息一下，解无忧就冒出来了。解无忧睡了一整天，这会儿精神正好。

“啧，又喝酒了？还是这么烈的酒，你小子真不打算多活几年？”解无忧老远就闻见了一阵酒气，他在离流云公子远远的地方寻了个位置坐下。流云公子没答理她，端起丫鬟才送来的茶饮了一口。

“我听朱佩说，你把百里风兮那丫头拐回来了？”

流云公子白了他一眼，跟这个老顽童在一起，他也实在冷不下脸来说话，索性随意些。

“不是拐，是救。”

“你小子有这么好心？”

“我都说过了，我是好人。”

“没看出来。”

“……”流云公子一叹，“那你还是进去看看她的病情吧。”

“哦，听说她是个大美人，上次被你吓得直接跑了，没机会看。这次我要好好看看。”解无忧说着，就摸着胡子让丫鬟带路去百里风兮房里。

看着他的背影，流云公子有些哭笑不得。

“真不明白，解无忧和你到底是什么关系。”朱佩摇着折扇走了进来。

“你们这么晚了怎么都没休息？”

朱佩耸了耸肩，“你和她出去了一天，听说去了宋先明家？”

“嗯。”

朱佩皱了眉，道：“怎么还去他家？”宋先明的事儿朱佩并不太清楚，只知道宋先明出卖了百里风兮，可他们是什么关系，又是怎么出卖的，流云公子这一次自己亲自处理了这件事，并没有对其他人透露一点风声。

“再怎么说他也是一代大家，是这天下士子心中的榜样。我作为云梦城城主，总该去看看。”

“我倒是忘了，你还是云梦城的城主。可她怎么也去了？难道要亲眼看到叛徒死了才甘心？”朱佩坐了下来，略有嘲讽地说道。

流云公子摇了摇头，道：“不是这样的，连我也小看了她。”

“嗯？”

“百里风兮说，宋先明必须死，但是她并不恨他了。”

“百里姑娘真的不恨宋先明？”

流云公子闭上了眼，像是在养神，听见朱佩问话，答道：“嗯，她喝醉了，我亲耳听她说的。”

朱佩笑了笑，“百里风兮……百里风兮……”

“所以我说，连我也小看了她。她被最亲的人背叛了，几经生死。可是到现在啊，她居然还会信任人。你猜她还说了什么？”

“猜不出。”

“她说快意恩仇……她向往江湖……十步杀一人，千里不留行。事了拂衣去，深藏身与名……朱佩，我们能做到这样吗？”

朱佩顿了顿，声音里也带了些感伤。

“以前会，现在，不会了。”

“你后不后悔？”

“舍得舍得……有舍才会有得。萧然，就像你说的，救一人和救百人，救百人和救千人，救千人和救万民……舍小取大是再简单不过的道理。”

流云公子张开眼来看着朱佩，没有再说什么，所谓知交，所谓好友，本就不必再说什么。

朱佩笑了笑，正好月亮又出来了。

“你不用愧疚什么，你看萧铭暖那丫头不也跟来了吗？有她在，其实我真的已经很幸运了。好了，看你也累了，你好好休息吧，我去看看解无忧。”

“嗯。”流云公子点了点头，看着朱佩挺拔的背影，想起很久以前。那时候，人正少年，那时候，花正娇艳。在那样美好的时候，他却和朱佩打了一架，为什么打架他已经忘了，反正打得挺狠。后来用一句老套的话来说，他们俩不打不相识。

对于流云公子来说，朱佩甚至比万俟微澜更亲。万俟微澜并不知道他叫什么，可是方才朱佩叫他什么？流云公子叹了口气，其实，万俟微澜和他在山水诗词上更谈得来，但他毕竟是东陵王的弟弟，这让他不得不忌惮。算起来他也该来云梦山庄了吧，百里风兮把绿筠托付给了他……

第十八章　路暗迷人百种花

石阶上的青苔冒出了一个一个的小苞，像是要开花。叶沉从来不知道青苔这种东西居然也会开花。他坐在椅子上静静地看着，好像这世上再也没有比这更稀奇的事情了。太阳已经从山的那边爬了出来，但这个角落却是照不到阳光的，从山上流下来的水也透着股寒意。

“叶大哥，该吃药了。”

“吃药……又该吃药了。”叶沉自言自语地说着，又笑了笑，然后，坐好，等着绿筠将药端过来。

绿筠穿着一条粗布碎花裙子，将袖子挽了两挽，露出白净的手腕。她端着一碗黑稠的药汁走了过来。

“喝了药就去晒晒太阳吧，别老坐在这儿。”绿筠把药递给叶沉。叶沉没有说什么，一口把那药喝完了。末了，那些药渣子卡得喉咙很难受，他把碗递回给绿筠，然后捂着嘴咳了起来。绿筠顺手就帮他拍了拍背。片刻，叶沉止住了咳嗽声，“多谢你了。”

“没事，我推你去那边晒晒太阳吧。”

“好。”

叶沉并不是一个非要别人把药送到他手上才会喝的人，但是现在，他只有等在那里让绿筠把药送来，也只有让绿筠把他推过去晒太阳。因为，他的腿，已经废了。

到现在，叶沉还不能忘记那种痛苦，大约任何人经历过都不会再忘记。那是自己用铁钩撕裂皮肉，自己折断腿骨的疼痛。那是拖着血肉模糊的腿在地道里爬行的疼痛。那是明知道要失去一切却不知光明在何处的疼痛。他不能忘记，不会忘记，也不愿忘记。只有记得那时候有多痛苦，现在才能有多大的毅力活下去。有时候，死远比活着更容易。这个道理，百里风兮懂，叶沉也懂。

阳光照在身上的时候，叶沉终于觉得有些温暖了。绿筠坐在一旁的小凳上缝着一件衣服。叶沉不知道她原来还会做这些。两个人都没有说话，就这样晒着太阳，消磨着时光。这里除了王达偶尔会来，其他人都不会来打扰他们。用王达的话说，这里除了他没人找得到。王达有这个自信，也有这个本事，所以，叶沉和绿筠在这里过得很宁静。但当外物都静下来的时候，他们的心却不安了——晋国怎么样了？百里风兮怎么样了？玄息阁怎么样了？这些疑问都盘旋在他们心头，但他们都没有说出来，生怕增加了对方的负担。

绿筠是在半个月前被暴雨所困投在了东路驿站避雨的。她在那里发现了叶沉，实际上只能说看见，说发现未免太让人小看了这个词。因为当时叶沉正坐在驿站的桌子上和几个人一起讲笑话。他是笑得最大声的那一个，让人想不看见也不行。

绿筠不知道该如何描述当时的心情。在她的印象里，叶沉一向都是温文尔雅的，总是云淡风轻地处理那些惊心动魄的事情。他穿青色的长衫，喝上等的绿茶。读四书五经，写双手小楷。可当时的叶沉……绿筠都差点不敢认他了，她怀疑那只是一个和叶沉长得很像的小混混。直到叶沉给她打出玄息阁的暗号，她才惊诧地，装作若无其事地走了进去，从他身边走过，向王达说了缘由想要借宿。王达当然答应了。绿筠在东路驿站后面的一个小房间里忐忑地等着叶沉来找她。那时候，时间过得可真慢啊，绿筠来来回回地在不大的房间里走动着，急切地想要知道现在定安城的情况。等到外面的笑声渐渐止息的时候，已经快开晚饭了。

“姑娘。”王达敲了敲门，“给你送饭来啦。”

绿筠开了门，看见了王达和坐在椅子上的叶沉。她终于知道为什么叶沉会像一个小混混一样坐在桌子上了，因为叶沉说：“我的腿废了。”

王达放下了饭菜就走了，屋子里静悄悄的，绿筠突然不知道要说什么才好。直到天色完全暗下来，叶沉才开口——那时候，绿筠已经看不清他脸上的表情了。

“我从大牢里逃了出来，想不到会遇见你。风兮怎么样了？”

“小姐……我没跟小姐在一起？”

看不到叶沉皱眉，但可以感受到他的停顿。

“还活着就好。风兮应该没事，是她把我送到这里的。”

“那小姐人呢？”

“去了陈国。”

“陈国？”

“我当时……没能跟着去。”

叶沉没有问绿筠为什么没跟在百里风兮身边，绿筠也没有问叶沉是怎么逃出来的。事已至此，那些都已经不重要了。只要他们还活着，就好。他们相信，百里风兮也一定还活着。他们还会再见面的。一定！

后来，王达就安排他们住在了这个与世隔绝的地方。每隔十五天，王达会来给他们送食物和药材。叶沉的伤病还没有完全恢复。其实，王达早就想送叶沉来这里养伤的，可又找不到信任的人来照顾他。绿筠来了，他大大地松了一口气。虽然叶沉在驿站里很安全——毕竟是玄息阁的管事，叶沉的沉着让王达也对他刮目相看。连绿筠都不敢相信那是叶沉，不是吗？

可是，他总觉得在驿站里并不安心，还是这山里更为妥当。当时，王达也问过叶沉的意思，绿筠完好无损地回来了，还值不值得信任？叶沉没有任何停顿，立刻给予了肯定的回答。

就这样，绿筠和叶沉在这里生活了一个多月。

“好了。”绿筠将补好的衣服拿起来抖了抖，“这下可以穿了。”

“多谢。”叶沉点了点头，有些疑惑地皱了皱眉。他看见王达来了，“不是还没到十五天吗，你怎么来了？”

王达喘了口气，道：“有消息来了。”

“来，您坐下说。”绿筠搬了凳子过来，自己走到叶沉身后站定，两人都看向王达。

“是云梦山庄来的消息，说，你要是可以动身的话，就直接去云梦山庄。”

“云梦山庄？看来那个戴面具的人……应该就是流云公子了。”叶沉支着扶手，若有所思地说道。

王达也点了点头。

叶沉看了绿筠一眼，然后对王达道：“那我们立刻就出发。”

“好。我这就去给你们准备马车。”

“多谢。还未请教您……”

王达摆了摆手，头也不回地走了。

叶沉看着王达的背影，说道："绿筠，不要多问。"

"是……"

晋王宫里，百里扶苏站在梧桐树下，看着树叶间隙露出的那一点儿天空。李若嘉从回廊那边款款走来，立在那里看着百里扶苏。她没有走过去的打算。从入宫那天起，她就知道她不该走过去。在昭阳宫里，曾经住过一个不是王后的女人。那个女人曾经被自己仰慕，那个女人曾经是晋国的传奇。可是现在……

"在这里站了多久了，大王也不觉得累吗？"李若嘉看见百里扶苏回头，便走了过去。

百里扶苏含笑说道："一时看住了，倒是没觉得。你这一说，可是有些累了……"

他携了她的手缓缓往回走，留给人恩爱的背影。

"我听人说大王这几日都在熬夜，可是有什么棘手的事？"

"没什么。"

李若嘉笑了笑，见百里扶苏不肯说，自己也就不再问了。其实，连问都不该问的。可是，就这么被他牵着手，一道走着，不知不觉就问了。

两人走到长庆殿前便分了手，李若嘉找了个借口要回去，百里扶苏也没有挽留，连多问一句也没有。其实，他若多问一句，李若嘉也许就不走了。哪怕她父亲再三告诫过她不要进长庆殿，不要干涉朝政，甚至，不要太过关心自己的丈夫。

那可是自己的丈夫啊，是当世三公子之一的扶苏公子啊！哪个女子会不动心呢……

李若嘉回到昭阳殿的时候，忽然很厌弃自己这一身王后的衣服，可她又舍不得脱下来。因为除了这件衣服，她实在是没有其他的东西了。

"蕊珠，你说她是个怎样的女子？"李若嘉在大殿中央的那把椅子上坐了下来，接过宫女递来的茶饮了一口。

"奴婢不知。"蕊珠低着头，恭谨地站在李若嘉的左手边。

她随着百里风兮来到昭阳宫后就一直在这里伺候，现在是数得着的老人了……老人，呵，其实她看上去也不过二十出头。

李若嘉的心里像是有一只花猫在挠着，不敢走向百里扶苏，也不敢去长庆殿。难道连打听一下百里风兮也不行吗？是了，不行，大王曾下令严禁提起她的名字，那四个字如今已经成了宫里的忌讳了。可是，她还是想要知道!

“说实话。”李若嘉挥手让不相干的人退了下去，“本宫知道她在这里住过。不要忘记本宫姓李。”

蕊珠的头更低了。

“说!”

“奴婢不知。”蕊珠跪了下去，可还是免不了挨一巴掌。

“怎么，你一个奴婢也要为了她来顶撞我吗?”

“奴婢不敢，大王有令，奴婢不敢违抗。”

“你……好啊，好一个伶牙俐齿的丫头。你怕大王杀你，你就不怕本宫杀你吗?”李若嘉站了起来，指着蕊珠道，“本宫现在就让人绑了你出去。”

“娘娘，娘娘饶命啊。”

“想要活命，就原原本本地给本宫说清楚。”李若嘉并不是一个喜欢刨根问底的人，只是不希望跟在自己身边的人却替别人保守着秘密。她也需要有把柄来控制身边的人，所以不如一箭双雕，问上一问。

蕊珠跪在那里，颤颤巍巍地说道：“奴婢也说不清楚……早些年端……她，她并没有多住在宫里，奴婢也没有近身伺候。”

“那她在昭阳宫的时候总是你伺候的吧?”

“是……那时候她总是坐着发呆。”

“只是发呆？她还做什么没有?”

“没有了。”

李若嘉皱了皱眉头——那个白衣若仙逍遥于世的女子，那个在闺阁中人人传说的女子，只是坐着发呆？她不信，可是看蕊珠的样子也不像在说谎。

这宫里，一定发生过什么……

百里扶苏看着手里的密报，忽然笑了笑。严浪站在下首，觉得有些奇怪，“大王为何发笑?”

“叶沉。”百里扶苏把那密报放在案上，转回位子上坐下，“想不到他还活着。”

“是属下看管不力。”

百里扶苏摇了摇头，道：“不是你的错。我要是没记错的话，那个大牢就是叶沉主持修建的吧？当时那么多人，也就没多想。还觉得把他关在他自己修建的大牢里是件特别有趣的事。不过，他也真是条汉子，居然自己撕肉断腿……换做你我，恐怕是没有这份勇气的。”

严浪没有说话，只是神色凝重地站在那里。那天，他接到消息立刻赶去大牢，那铁钩上的血肉，那一路上的血迹……他不得不承认，那个看上去斯斯文文的叶管事，实在比他更狠，更绝。

“从定安城快马到潇水需要多久？”

严浪想了想，答道：“昼夜不息，连连换马的话，十二天能到。”

“那我们的时间还算宽裕。备马吧。”

“大王，您……”

“去潇水。”百里扶苏带着春风般和煦的笑容说道，“活捉叶沉。”

案上的那封密报并不长，是从苏淮城传回来的。有人在那里发现了叶沉的踪迹。

“解无忧的药可真苦。”百里风兮放下那个拳头大小的青花瓷碗，眉头都皱到了一起。那药是真的苦，不过她还是喝完了。因为有了活下去的希望，所以一切苦难也会变淡吧。解无忧告知她，她的病并没有什么大不了的，主要是血气亏损得太厉害了，还有就是余毒未清。听解无忧这么说，百里风兮也就放下心来了，毕竟能活下去是件好事。

“我已经派人去通知叶沉了，他现在应该在来的路上。大概十二天后到潇水。”

“这么快？”

流云公子点了点头，面上浮着淡淡的笑意。他看了看那个青花瓷碗，不知怎的目光有些低垂。

“他就要来了……绿筠也一起来。”

“绿筠？对了，绿筠不是……”百里风兮皱了皱眉。朱佩回来说万俟微澜在萧家，可是并没有绿筠的消息。看来，她是担心自己回了晋国，至于她是怎么和叶沉在一起的，现在百里风兮没心思去追究。

“太好了，他们一起回来……我要去接他们。”

“不用了吧，他们会直接来云梦山庄。”

“来这儿也好，叶沉在晋国我始终不放心。”百里风兮似乎一点儿也没听见流云公子说的，“我们现在就去潇水。”

看着百里风兮一脸的欢喜，流云公子没有再说什么，只是吩咐人备马。

“你现在能骑马吗？”流云公子回头道。

"当然，我的马术可不差。"

"那就好。我安排了人让他们从潇水过来。一旦到了陈国境内就安全了。"

"多谢。"

流云公子一笑，"不必言谢。不然你都要送我一个天下了，我要如何谢你?"

闻言，百里风兮一滞，转头看向了窗外。

"你不必谢我，是我把你拖下水的。"

"你我之间，何必再说这些。百里风兮，你要记得，我是来帮你的人。"

"嗯，我记得。"

流云公子上前握住了百里风兮的手，不容她挣脱。

"那就走吧。"

潇水漭漭几乎贯穿了整个大陆。其岸多悬崖、险滩。有夏秋两汛，以秋汛为甚。两岸未禁商贸，故而城池繁荣，人口颇多。

叶沉在苏淮城的时候需要买药，不想却暴露了行踪。看来百里扶苏一直没有放弃对他的追捕，整个晋国外松内紧。从苏淮城起，他们就没有再雇佣车夫了，一直由绿筠赶车。一路颠簸，叶沉都忍着没说，只是偶尔的几声咳嗽，让人听着心疼。到达潇水的时候，已经是子夜时分了，人马皆倦。叶沉掀起帘子听着潇水东逝，难得地舒了一口气。绿筠将马车停下来也坐在了车厢里，揉了揉眼睛，看着外面道："还没有看到来接我们的船。"

"嗯。快要秋汛了，这时候出夜船很危险。"

"百里扶苏已经派人搜捕了……"

叶沉看向有些焦急的绿筠，微微笑道："不要着急，无论如何都需要等。"

"嗯。"

两人靠在不大的车厢里，看着月光洒在宽广的江面上，听着惊涛拍岸，遥遥地想着对岸那个久已不见的人。

大约过了半个时辰，月光都已经暗淡了，江面上忽然亮起了一点渔火——这时候绝不会有人出船打鱼的。

绿筠伸着脖子看着那火光，虽隔得远，但她的眼睛依然被照亮了。过了这么久东躲西藏的日子，过了这么久担惊受怕的日子，终于……终于可以结束了。

"是来接我们的。"看着绿筠那双璨若星子的眼睛，叶沉也禁不住有些欢喜。

绿筠跳下了马车，道："我背你下去。"

叶沉顿了顿，然后面色如常地点了点头。

从这里到岸边还有一个斜坡，绿筠背着叶沉走得并不快。这时候，月亮又从云层里钻了出来，照着两人的影子，看上去就像是一个人。叶沉可以看见绿筠额上细密的汗水，心里忽然有一种说不出的感觉。天上的月亮无声地跟着这两个走夜路的人，把他们送到了江边。一艘不起眼的小船也悄然靠在了江边。船上有一个老叟和两个壮汉，那老叟叼着烟斗坐在船头没有说话，那两个壮汉看了叶沉和绿筠一眼，然后跳下船来帮他们上去。他们谁都没有说话，这种沉默的气氛，让人觉得不安。

叶沉在绿筠背上回头看了一眼，那辆马车还静静地停在那里，但旁边却多了一个人。那人的衣裳在月光下看来是全黑的，头发束得很紧，越发显得他的神情严肃。他的嘴抿成了一条线，一双锐利的眼睛死死地盯着水边的小船。

“他们追来了。快走。”听到叶沉这么说，绿筠也回头看了一眼。与此同时，一支箭矢破空而来，射入一旁的石子中，竟没入了一半。

“是严浪。”绿筠上了船，看着那兀自颤抖的箭尾，心里一寒。

老叟忽然大喝一声，与两个壮汉一起用长杆一推，将小船推向了江面。叶沉盘腿坐在船舱里，绿筠紧张地伴在一旁。他们在等着第二支箭。

第二支箭来得很快，但不是射向叶沉的，也不是射向绿筠的，而是射向那老叟。如果没有多年和水鬼打交道的经验是绝对不敢在夜间出船的。这船上的人一看便知，唯那老叟是首，另两个壮汉，虽然力气颇大，但也只是帮忙而已。射箭的人眼睛很毒，心思很密。只要射杀了那老叟，这一船的人都会葬身在这滔滔潇水！

绿筠想要飞身去救，却也来不及了。那锋利的箭头带着与空气摩擦发出的刺耳声音直向老叟而去。船上地方太小，根本移动不开。那老叟想避开，是不能的了。就在这时，只见老叟左手边的大汉抬脚转身，挡在了那老叟身前。利箭入肉，闷而无声，那壮汉却被带得往前栽了好几步，险些掉入水中。

绿筠张着嘴巴，却忘记要说什么了。

“回去。”老叟将那中箭的汉子推回船舱。绿筠扶那汉子坐下，自己走了出去。

老叟看了绿筠一眼，没说什么。这时候，天上忽然一黑——明月仍在，一蓬箭雨漫天而来。

“起帆。”老叟忽然开口，声音带着说不出的沧桑。绿筠一愣，赶忙与老叟一道拉起了船帆。

“起帆了。”严浪眯了眯眼，然后看向策马来到身前的百里扶苏，“是否继续?”

“继续。”百里扶苏骑在马上，月光照着他一脸冷峻，“如果不能射杀，我也要逼着他们扬帆触礁。夜里行船还敢扬帆，呵!”

那一蓬箭雨并没有对小船造成太大的伤害，稀稀拉拉地钉在了船尾。然而，升起了船帆后，小船的速度明显加快了，这样的速度并不好控制，一旦触礁……绿筠咬着下唇看向船舱里的叶沉，紧了紧手中的麻绳。

第二次的箭矢都落在了水里，可绿筠看着前方，却觉得一片黑暗，似乎她永远也到不了岸。月光已经很淡了，天却还没有亮。这是黎明前最黑暗的一刻，身在江心的人的心也在不断地往下滑。就在这时，忽然传来了一声呼喊。仿佛是清晨的第一缕阳光，划破了这黑的寂静，照进了人心。

“绿筠——”

白绸广袖被江风吹得猎猎作响，百里风兮下了马，趴在悬崖边上对着小船喊道。流云公子站在她身后，如青松般挺拔坚定。在他们身后，依次亮起了无数火把，把江岸照得一亮。

百里扶苏看着对岸忽然亮起的火把，轻轻地哦了一声，依稀听见了百里风兮的声音。

严浪看着对岸的火把，深深地皱起了眉头。依照原来的形式，可以把小船逼至江心触礁。若是不行，己方还可出动人手过江继续追捕。可是现在，对岸也有了人，而且还不少……

“看天意吧。”百里扶苏下了马，负手走到崖边。脚下潇水东逝，江心渔火明灭。且看天意如何。

第十九章　潇水毕竟东流去

今天的天亮得特别晚，月亮早已不见，取而代之的不是朗朗旭日，而是滚滚乌云。百里风兮趴在崖边，看着自己的长发在风中飘舞不定，时南时北。江里的小船也是起伏不定。她揪着自己的衣服，沉默而执著地注视着小船。

当雨水落下来的时候，风向终于定了。百里风兮稍微松了一口气。在她身后，流云公子负手遥望着对岸，在那里，也有人正看向了他。

云崖雪浪，浊涛扁舟，细雨染秋凉。忆风流，三家分魏时候。到如今，浪花淘尽英雄。负手立危崖，相对无言，谁人再顾《临江仙》？也罢，毕竟潇水东流去。且看今日之域中，竟是谁家之天下！

“盛名之下无虚士，流云公子不枉与我齐名。”百里扶苏负手笑道，“今遥遥与流云公子一见，了却扶苏一桩心愿。待他日引君头颅置于案上，当为一快事。”

这边崖上，流云公子似听到了百里扶苏的话一般，对其微微一笑——或许在他们之间有些话早已心知肚明。

小船终于靠岸了，百里风兮缓缓站了起来。她一眼就看到了对岸的百里扶苏。那样的人，放在哪里你都会一眼就看到他的，更何况是相识多年的百里风兮。然而此刻，她却也看不清他了，这无关距离也无关风雨。那相伴的十余年岂是距离和风雨就能抹去的？

“我不认识他了。”百里风兮的话一出口就被风吹走了。好在流云公子离她极近，没有漏掉一个字，都听见了，包括那话里说不出来的悲凉意味的解脱。

“那是晋国扶苏公子，多才多艺，天下闻名。如今更是众望所归继承了王位。”流云公子的声音很大，裹着江风秋雨，越发显得苍凉有劲。

百里风兮点了点头，平静地说道：“嗯。我要杀了他。”不再有任何冲动，不再有任何怒气。只有这样才能钩织起最完美的阴谋，将那个狡诈如狐、狠毒如豺的人逼入死角，杀之而后快。

流云公子看着百里风兮，心里起了一阵寒意——他从来没有小看过这个女子，但这一刻，他也不免有些害怕。

“下雨了，我们回去吧。”流云公子将长袍脱下，罩在百里风兮身上。

“萧然，我不希望以后你会变得让我不认识。”

流云公子顿了顿，这不是他能够保证的事情，所以他不做承诺。

“我不是什么君子，但我说过的话，就一定会做到。这件事我没有把握，所以不能答应你。”

“没把握？”百里风兮回头对他笑了笑，“但至少诚实。谢谢。”说完，她就与流云公子擦肩而过，下山去接叶沉和绿筠了。

“诚实吗？”流云公子抬头看着对岸的人影，“成大事者，‘诚实’二字是否有些……可笑？”

百里扶苏并没有听见流云公子的问话，他的目光追随着百里风兮，可以看见她身上那件并不合身的长袍。他皱了皱眉，喃喃地说了句什么。“大王说什么？”严浪问道。“没什么。”百里扶苏掩下怒气，沉声道：“收兵。”“是。”

百里风兮是在岸边的一个斜坡上看见叶沉他们的。绿筠背着叶沉走在坑坑洼洼的山道上，头埋得很低，所以她没有马上发现百里风兮。可是叶沉看见了。

百里风兮没有大喊大叫，也没有怒气冲天。她只是微微地笑了，伴着泪水，微微地笑了。

因为，叶沉正用阳光般灿烂的笑容，来解释这一场久别重逢。那她，又有什么理由不笑呢？

这场雨一直下，仿佛不会止息。潇水秋汛以此拉开了帷幕。百里扶苏带着人回到了定安城。今年之内，陈国不会发兵了，他要尽快整顿好内务。而百里风兮一行回到云梦山庄也要好好的休整一番。细雨如丝，暂息了两岸烽火。

解无忧看过了叶沉的腿，摇着头表示无能为力。叶沉依旧含笑，但眼中难免失落。

“怎么会，你可是解无忧啊！我那么重的病，连头发都白了，你也可以治好。为什么不救救叶沉?”百里风兮叫道。

“你也知道我是解无忧，不是大罗神仙。”解无忧还想说什么，却只是看了流云公子一眼，咽了下去。

“可是……”

“风兮，不要为难解老前辈了。我的腿已经伤成这个样子了，我自己心里有数，能活着就已经很好了。”

这一次有人称呼自己老前辈，解无忧并没有反驳。他忽然觉得自己或许真的是老了吧，不过就算老了……

“没有过人的毅力和求生的欲望，只怕在伤口愈合时，那种万蚁钻心的疼痛就够自尽几回的了。你小子能活着，确实很不错。就凭这股子劲头，没了腿想必你也能闯出些名堂。我虽然没把握治好你的腿，但我还是会试试，死马当活马医吧。”

叶沉一愣，然后笑道：“多谢老前辈。”

解无忧挥了挥手，然后大步走了出去。

“他就是这样。”百里风兮坐到了叶沉旁边，“你以后也别叫他老前辈了，和我一样，就叫他解无忧吧。”

和我一样?

听到这四个字，流云公子端茶的手不易察觉地顿了顿。他饮了一口茶，琢磨着这四个字的含义，以及叶沉那自然而然的唤百里风兮为“风兮”。绿筠好像都一直叫的小姐吧?

“小姐，你的身体……”

“解无忧说我没事了，只是血气亏损得太严重，所以才会有白头发。不过，吃了他的药已经好很多了。这还要多谢流云公子。”

流云公子笑了笑，没说什么。这时候，朱佩进来找流云公子有事，二人就出去了。

“叶沉，去清漪院的孟婆汤洗个澡吧。”百里风兮看着外面阴沉的天——雨已经停了。

“孟婆汤?”叶沉一笑，“是你取的名字吧。”

“你怎么知道?”

“云梦山庄有拥雪、扶梅、梦泽、莲台，哪里会用孟婆汤这样的名字。”

“呵，我倒是忘了，流云公子是个极雅的人。”

“你不问我怎么逃出来的吗？”

“你不是已经回到我身边了吗？”百里风兮看着叶沉，二人相视一笑，“你好好休息吧，我回头再来看你。我有很多话要和你说。”百里风兮站了起来，绿筠也随她站了起来，百里风兮回头看了看她，便低头走了出去。绿筠并没有跟着百里风兮一道出去，她还要伺候叶沉沐浴更衣。这些事，怎好假手他人。

百里风兮有很多话想要对叶沉说，而有人也有很多话想要对她说。在她和流云公子去潇水时，却不知有人来到了云梦山庄，在梦泽莲台等了她七天七夜。

万俟微澜从萧家回府后就收到了流云公子送来的消息，让绿筠直接去云梦山庄。虽然没有关于百里风兮的一言半字，可万俟微澜知道，她就在云梦山庄。他不大确定自己是不是该去找百里风兮。他想了很多，最后还是来到了云梦山庄。因为他真的有很多话找不到人倾诉，当初那个与他极为相似的像风筝一样的端华公主是他唯一能想到的一个人。可是到了云梦山庄，才知道世事竟是这般不凑巧。

万俟微澜在莲台之上等了百里风兮七天，他自问是个很有耐心的人。但是他在第七天时，忽然想到，端华公主已经死在了稷山之上。现在的百里风兮，不知经历了些什么。她是否也有着很多烦恼，她要如何走以后的路？

时间不依不饶地走过，似乎已经改变了很多东西。而自己还没有回过神来，以至于这样匆忙地来到了云梦山庄。是否真的不该相见？不然，为何这么多天她还没有回来？或许，真的不该相见……

万俟微澜没有留下一句话就走了，他的心比来时更乱。

“他真的没说一句话就走了？”流云公子走在梦泽旁的小道上。朱佩落后他半步，两人沿着梦泽缓缓走着。梦泽里的荷花已经繁盛至极，显出几分妖娆之气。

“没有。我安排他在这里住了几天，我也问过他，但他只是摇头不语。”流云公子和百里风兮去往潇水，朱佩并没跟着去，他留了下来，萧铭暖自然也留了下来。

“万俟微澜……他不是这样的人啊……”流云公子皱了皱眉，“我也好久不曾见他了……难道真的变了吗？他说过他是来找谁的吗？”

“没有。他是越国的人，我也不好多问。”

“嗯……”流云公子看着远处一朵半枯萎的荷花，淡淡道，“让人去越国查查是不是出了什么事。微澜虽然不问政事，可他到底是王室出身。”

“好。”

“朱佩，这次的事让你和家人……”

“萧然，不必说这个。”朱佩打断了流云公子的话，“我早已下定决心要和你做一番大事业。所谓舍得，是要有舍才会有得。再者如今这样，就算我万一有个什么，朱家也不会被连累。”

流云公子点了点头，“是，万一……这世上的事千变万化。我也不能保证，最后活下来的人是我。也许是百里扶苏呢。”

“不，一定会是你的。”

“哦，你倒是对我很有信心啊。”

“若非如此，我又怎么会和你做朋友。”

“哈哈……好，为你这句话。我拼了！”

两人击掌谈笑，豪气顿生。

复又前行几许，流云公子忽又问道：“万俟微澜来的事，你没有告诉其他人吧?”

“你是说百里风兮?”

“……嗯。”

“还没有。”

“那就不要说了……”

朱佩笑道：“我不说，但我可不保证萧铭暖那丫头不去说。”

“哦……说也就说了吧，并不是什么大事。”

朱佩停了下来，看着流云公子的背影，偷偷笑了笑，这才又跟了上去。

第二十章　王孙绮席倒金尊

寒露，鸿雁来宾，雀入大水为蛤，菊有黄华。

秋阳高照，照在人身上暖暖的。褐色海棠杯里盈满了竹叶青，脚下的草地上菊花正盛。

“待到秋来九月八，我花开后百花杀……”流云公子斜倚在席上，淡淡地饮了一口酒。那清凉的液体顺着喉咙往下，却略带出些灼热来。他将双腿交叠着搁在草地上，又从小几上拿了酒壶自斟自饮。

难得今天天气好，萧铭暖吵着要出来玩。大家也都附和，便选了这么一块地方来。不说开宴，只置了几张席子在那里，每张席子旁又有小几，上面放着美酒鲜果和几样精致的小菜。这时候萧铭暖已经跑出去很远了，流云公子只能遥遥地看见一个黑点在那山脊上。朱佩自然是跟着她去了的，可这时候却不知在哪儿。而百里风兮……流云公子转过头看向另一侧，百里风兮正推着叶沉在一汪湖水边缓缓地走着。

“最近觉得怎么样？”百里风兮推着轮椅低头问叶沉。

“还好。”

“解无忧的药很苦吧？”

“嗯。”叶沉一笑，“有些，但不碍事。你呢？”

“哦……还行。我昨天问了解无忧，他说还得吃些时候。他的药我是真不想再吃了。”

“来，我给你看看。”叶沉示意百里风兮伸手。岐黄之术他也略懂一些。这时无聊，看看无妨。

“好啊。”百里风兮拉了拉袖口，露出雪白的手腕。她的皮肤很白，白得几乎透明，青色的血管几乎都能看得清楚。叶沉垂目、搭手、诊脉。那样的白他并不觉得是什么好事。

“怎么样?”过了好一会儿，也没见叶沉说话，百里风兮不由问道，“是好是坏?”

叶沉摇了摇头，收回手，看着远处的云。

“我也不知道……脉象很奇怪，我从未诊过这样的脉。”

百里风兮一笑，“你又不是大夫，能诊过几个人？你没见过的可多了去了。放心吧，解无忧说没事的。他的话你总该是信的吧。”

叶沉点了点头，说道：“也是。这世上之大，无奇不有。我不过是看过几本医书罢了。医道博大精深，我还是不要在解无忧面前班门弄斧的好。”现在，他也直呼解无忧的姓名了。因为解无忧多次强调不要叫他前辈。呵呵，同解无忧相处，真的很有趣。叶沉想，等自己老了的时候，是不是也能像他这么有趣。

风轻柔地吹拂着人面，轻轻地嗅了嗅，还能闻见一股淡淡的香味。百里风兮将叶沉的轮椅安置好，自己就坐在了他旁边的草地上。她偏着头，枕在叶沉的膝上，如同孩子倚着父亲。

叶沉的嘴角带着最最温暖的笑意，这一刻，两人都忍不住满足地叹了一口气，像是又回到了从前。那时候百里风兮还真的只是一个孩子，她会从山坡上张开双臂狂奔而下，她会采很多野花抱在怀里，她会靠着叶沉让他讲七头怪和大力神的故事。那时候的百里风兮，那时候的叶沉。现在回想，被那阳光照着的记忆似乎并不让人觉得有什么可惜，只是一味的温暖，值得一辈子典藏。

这时候，萧铭暖蹦蹦跳跳地拿着一束野花从山坡上跑了下来。

叶沉看着她对百里风兮道：“去采些野花吧……”

百里风兮也看见了萧铭暖。她笑了笑，然后摇了摇头。

叶沉有些无奈地笑道：“你长大了。”

“嗯……因为经历了伤痛。长大是要付出代价的。叶大哥，我真愿意一辈子也长不大。说实在的，前些日子，我在云梦山庄时还在想，若是百里扶苏能够骗我一辈子，也是好的。可是那天在潇水见到了他，我却发现，不好，一点儿也不好。所以骗了我的人，都该死……”“叶大哥。”百里风兮撑起身子看着叶沉，“我会杀了他的。”

叶沉看着百里风兮，她的眼睛如水一般清澈，却与以往又有不同。以往的清澈是因为不问世事未染尘埃，而现在的清澈是因为知道自己要做什么而一往无前的孤勇，心无旁骛，故而清澈。

“能告诉我……都经历了什么吗？”

百里风兮低下了头，就在叶沉以为她不会说的时候，她开了口。

“很乱，突然不知道要怎么说，你等我想清楚。”

“好，不着急，我们有很多时间。”

百里风兮坐在那里，双手抱膝，连下颌也搁在了膝盖上。

“……或许该从师父说起。她是我母亲，是大魏朝的金枝公主。”

闻言，连叶沉也禁不住脸色一变。他随在风华身边多年，虽然知道她的身份不一般，可大魏朝金枝公主，这，也未免太……太不一般了。叶沉略坐直了身子，没有打断百里风兮，只是表现得更为专注和郑重。

“我不是父王的养女。”百里风兮看了叶沉一眼，又迅速移开了目光，“我是父王的亲生女儿。我的父亲是晋王，我的母亲是大魏朝金枝公主，所以……我只能是养女。关于我的身世，百里扶苏很清楚。他知道我是他妹妹，同父异母的妹妹。”

“他知道?!”叶沉惊道，“可他，他这些年对你……”

“嗯。他对我很好，好到超越了兄妹的界限，好到可以他为王我为后。可是啊……”百里风兮长长地吐出一口气，“这都是骗我的。而我，居然都相信了。”

“他其实很恨我，是我夺去了父王对他的关爱，他要报复我，也要报复师父，所以处心积虑地对我。”

百里风兮一个骗字带过了十几年相伴的时光，但叶沉却不能不动容。那样的时光里，他曾见证了她的喜怒哀乐，她是活生生的人啊，怎能这样被人欺骗？

“我离开晋国来陈国查探凤鸟之事，他就借机控制了玄息阁，篡夺了王位。但我并不知情，所以又回去了……他没有马上杀了我，但是，他却毁了对我来说重要的一切。父王、玄息阁、绿娆、你……叶大哥，对不起，要是早点听你的话，也许，也许就……”百里风兮看着叶沉垂着的双腿，一时哽咽不能语。

叶沉淡淡地笑着，拍了拍百里风兮的头。

“傻丫头，自己被骗了还为别人想这么多做什么。我痛，你只会比我更痛。而你的痛，我却……”

“叶大哥。”

“别哭了，至少现在我们都还活着。”

百里风兮含着泪用力地点了点头，“是，我们都还活着。百里扶苏会为他所做的一切付出代价的。我是大魏朝金枝公主的女儿，我是凰图的持有者。我不会让他……”

“凰图？”

“是。”百里风兮擦了擦眼泪，“凰图是师父所有，当初她就是靠这个创立了玄息阁。在离开晋国之前她找过我，把凰图和玄息阁都交给了我。她说她想要避世。”

叶沉了然地点了点头，“我说你去了之后怎么魂不守舍的，玄息阁不足以乱你的心，只是想不到是天下传说的凰图。”

“嗯，凰图是魏国皇室……”

“风兮。”叶沉打断了她的话，“不要说。”

“为什么？”

“当初你没有告诉我，现在也继续如此。”

“可是……”百里风兮皱了皱眉。

“这是天下最大的秘密，一个人守着固然辛苦，但多告诉一个人，就多一分危险。”

“叶大哥怎么这么说，你可是叶沉啊。你怎么会……”

“你当初想到百里扶苏会这样对你吗？”

百里风兮无言愣在那里。而叶沉已经抬起头看向了远处，脚下是黄花，而远处，远处也还是黄花。

半晌，百里风兮垂首道：“知道了。”

“嗯。”

“不过……流云公子也知道凰图的事。没有他我活不到今天，他几次三番救过我。那时候在稷山之上，他……”百里风兮张了张口，却没有继续这个话题，“你也知道流云公子是个很了不起的人，当时我并不知道你还活着。所以我决定……决定利用他在陈国的势力。我已经欠他很多了，所以这一次想要作为交易。”

“交易？”

“嗯。我想，他帮我报仇。我，就把凰图献给他。”

“是把天下给了他。”

百里风兮一笑，这天下于她并没有太大的意义，她不想要。她只是要百里扶苏血债血偿。那样的人怎么配成为晋王，怎么配与流云和微澜齐名？总有一天，她要揭下他那虚伪的面具，让天下人看清他原本的面目。

“不过，当时我并没有打算把凰图的接头暗号一并告诉他……凰图是我最后的倚仗了，我不会全盘托出。”

“很好。他接受了？”

“他答应帮我了，但是他没有看凰图。他说，‘你既赠我以凰图，我便报之以霸业。’”

“霸业……流云公子果然不简单啊。风兮，也许在你之前他就已经想要成就霸业了。他会是故意接近你的吗？”

百里风兮摇了摇头，道：“不可能。那时候他根本不知道我的身世也不知道我有凰图。他几次三番救我，也没有要求回报。我想，这大约就是江湖义气，路见不平拔刀相助。叶大哥，这样的人生，岂非是快意的？”

叶沉想了想，可能确实如此吧。毕竟那时候陈国的流云公子又怎会知道凰图在风兮身上。他转头看向流云公子，道：“从他身上倒是看不出任侠之气，若说是武林贵公子倒更贴切。”

“我来云梦山庄时也觉得如此，可是，‘云山苍苍，江水泱泱，公子之风，山高水长。’能当得起这四句话的，断不是文弱无能之辈。他看起来虽雅致，可是你知道吗，当时在稷山之上他身中数刀，依然仰天大笑。”百里风兮扭头看着流云公子，而叶沉这时却看向了她。

“大象无形。”

“嗯，对，就是这样。”

叶沉一笑，随着百里风兮的目光又看向那个绮席倒金樽的流云公子。

“赠我以凰图，报之以霸业……风兮啊，我只记得一句，‘投我以木瓜，报之以琼琚。’后面一句是什么来着？”

“匪报也，永以为好也。”百里风兮顺口答了，说完自己一愣，待缓过神来却又摇了摇头，“不是。至少我不是。”

秋天的菊花不仅可以看，还可以吃。流云公子酒杯里的竹叶青已经换成了菊花酒，而刚蒸好的螃蟹也上了桌。百里风兮推着叶沉回来的时候，绿筠已经为她剥好了一只放在碟子里。叶沉暂时还不能吃这些发物，只是淡淡地品着一杯菊花酒。流云公子没有让人伺候，自己拣了一只来慢慢地剐着蟹肉。待他吃完了，那只蟹看上去也还是完整的，仿佛没动过。百里风兮在这一点上很是佩服他。可萧铭暖却不以为然。因为朱佩还可以做得更好，可是朱佩现在却不在这里。

“朱佩去哪儿了？”百里风兮四下望了望，问道。

“庄子里有点事儿，他回去料理一下。”流云公子眼也没抬地说道，“吃完了，我们也回去吧。天是越来越短了，再晚就要起风了。吹了风着凉就不好了。”

萧铭暖知道朱佩回去了，自然也不想多留，其余人也没有意见。于是，众人用过酒食就收拾着回了云梦山庄。他们还未入山门，就见朱佩走了出来。

“水姑娘病了。”

这是陈国王宫传来的消息。

“宫里的御医都没什么法子，听说解无忧在云梦山庄，便来相请。”朱佩皱了皱眉，“可是解无忧的脾气……”

“他自然是不肯去的。”流云公子当先一步上了台阶进了山门，也不管其余人，只与朱佩一道先行入内。

百里风兮和叶沉对视一眼，都安静地各自回房休息了。现在，绿筠并未跟在百里风兮身边侍奉，而是在照顾叶沉的饮食起居。这些日子，百里风兮已经学会了自己梳头。不过近些日子也偶尔让瑞雪帮忙，因为喝了解无忧的药，她的头发已经没什么异样了。她似乎还可以期望着恢复当年的风采。不过，解无忧告诫过她，三月之内绝不能动用内力，否则后果不堪设想。

喝过菊花酒，就算是过了九月节了。百里风兮一时觉得时间过得真快。她回到自己的房间，走到妆台前想要抿一抿鬓角，却见那紫檀木桃花梳子下正压着一枚红枫。那大约是今天早晨才离开梧桐树的，上面依稀有些露水的印记。百里风兮拿起叶子对着阳光看了看，那清晰的脉络让她想起很久以前的风光。那时候可真好啊……百里风兮放下手来，忽然觉得屋子里有些憋闷，转身出了房门。可站在檐下，手里捏着那枫叶，她又不知道该往哪儿走。

被压在梳子底下的枫叶，是谁在晨雾中将它摘下放在了那里？“公主。”萧铭暖提着一把乌鞘剑走了过来，只见她迎风一抖，那剑上的穗子直溜溜地往她手里一缩，被她绕在指上玩耍，“陪我一起练剑吧。咦，你手里拿的是什么？”

百里风兮下意识要将手里的东西往回藏，可只动了那么一下就止住了。一片枫叶而已，有什么可藏的？

“枫叶罢了，我才在屋里捡的，怕是被风吹进来的。”百里风兮走了过去，“你的精神倒好。我看你练吧。”

"也好，我有什么不到的，你再给我指正。"

"这可不敢，萧家的剑法可是独步武林的。"百里风兮与萧铭暖说笑着去往后面的一个小花园。花园因为有人料理，此刻倒也是姹紫嫣红，只是菊花占了鳌头这是万万没得说的。百里风兮拣了一块干净的石头坐了，手里的枫叶不知何时换成了一朵玉壶春。

萧铭暖撤开剑鞘也不多话，当先抖出三朵剑花。这是女孩最爱学的招数。好看，但并不见得实用。可萧铭暖到底出身名门，接下来一招白虹贯日便引得百里风兮叫好。萧铭暖便得意地飞了一眼，再一转身，腾挪间，长剑一指，却是一招月射寒江。

百里风兮看着萧铭暖舞剑生风，眼前却不知为何浮现出流云公子的那一双手，那双极巧极整洁的手。那双练剑的手。萧铭暖亦练剑，可是她的指甲绝没有流云公子修剪得整齐——至少有时候她还会忘记修剪，而每次见到流云公子的时候，他的手总是那么干净、整洁。

然而，在流云公子身边这么久了，百里风兮却没有看他练过一次剑，甚至都没有怎么见过他施展武功。如叶沉所言，他身上似乎看不到那种任侠之气，倒是更像一个浊世佳公子。

流云公子，究竟是个怎样的人呢？和他相处得越久，百里风兮反而越看不清他了。一开始只以为他是一个血性儿郎，落拓子弟，谁曾想到他是天下倾慕的流云公子？在印象里，流云公子是一个雅极、清极之人，是万万和萧然联系不到一起的。可偏偏，他们就是一个人。这些日子相处下来，百里风兮却又没有一丝怪异之感，仿佛他就是那样的人，千变万化，不让人看清真心。是否这样，就可以让自己从这个复杂的世界里抽离出来，俯瞰着世间的脸谱万千？

百里风兮笑了笑，回神看向萧铭暖——她已经收势站好了。百里风兮拍着手站起身走到她面前，道："果然名不虚传。看来等我身体好了也要向你讨教几招。"

"公主取笑了。"萧铭暖这般说着，眉眼间哪里不是得意？

"你就叫我风兮姐吧，不要叫我公主了。"

"可是，你是公主啊……而且，流云公子也是这么叫你的。"

他？他是一直这么叫自己的……

百里风兮笑了笑，"我现在哪里还是什么公主啊……"

"可是在我心里，你永远都是公主。"

百里风兮闻言微一挑眉。公主，有时候并不只是一个称呼。但有时候又只是一个称呼。

“好，随你。”百里风兮笑着与萧铭暖沿着小径往梦泽那边走去。渐渐行至一片竹林，萧铭暖脸上却有了些忧虑。

“怎么忽然不高兴了？”

萧铭暖摇了摇头，挽着剑穗不答话。

这倒是少见。百里风兮看着她，说道：“如今你我都客居在这里，有什么事，你不妨与我说说。”

“没什么……只是，只是不知道父亲怎么样了。”萧铭暖的眉间浮起一缕清愁，淡淡的仿佛一下子就会散掉，然而，最终没有，也不会散。她抬起灌满了忧愁的眼睛看着百里风兮，踌躇着开了口，“我是跑出来的，当初朱佩来我家是来退婚的。因为，因为他已经……”萧铭暖咬了咬下唇，“他已经不是蓟州朱家的四少爷了。”

百里风兮一愣，“不是朱家四少爷了？这是为何？”

“公主不知道吗？当初在晋国定安城不知道为什么他在那里闹事，然后朱家的人怕别人找麻烦，就……就把他逐出家门了。”

定安城……百里风兮心中一凛。朱佩是因为帮流云公子救她才被逐出了家门。可是她竟然毫不知情！流云公子究竟在背后为她做了多少事……百里风兮轻咬着下唇，皱起了眉头——她不想欠他太多，她怕自己还不起！

“公主，你怎么了？”

“嗯？没什么，只是……只是觉得朱佩很好，很好。他，实在是值得你为他一路风波来到云梦山庄。我若被逐出家门，是断没有勇气亲自去退婚的。”百里风兮感叹地说道，她想，现在对于朱佩再说什么道歉的话已是多余了。

萧铭暖顿了顿，然后低着头红了脸，嘴角不可抑制地向上翘了起来。

“回去我就让人去萧家问问吧，其实这事儿流云公子倒是做得很好的。早前他就让人去萧家报了平安了。”

“他……他怎么……我都不知道。”是啊，我们都不知道。他做事总是如春雨一般，润物细无声。

“这也没什么，你哥哥也很是担心你。”

“我哥哥才不呢。他不让我来的，他还跟我说要退亲。”萧铭暖撇了撇嘴。

百里风兮一挑眉，想了想，道：“你当时是怎么出来的？”

“那天朱佩走了，我追出去可是被我哥拉回来了，然后我就跑去马棚牵了马直接就出来了。因为出来得匆忙忘了带钱，我还在陈国的阳城钱庄拿过一次钱。”

“是你家的钱庄吗?”

“嗯。我家的钱庄虽然不比大通钱庄，但在三国也都有些分号。”

“你和你哥哥相比，谁的功夫好?”

“当然是我哥啦。怎么了?”

百里风兮笑着对萧铭暖道：“你哥哥若真的要拦着你，你能到云梦山庄吗?”

“这个……”萧铭暖有些迟疑。若萧衍要拦她，她能跑出来吗？若萧衍不顾她，那她还能在自己家的钱庄支钱吗?

“不然你亲自回去看看吧，让朱佩和你一起去。你的心思，他的心思都好好和家人说说。不然，这么耽搁着是什么事儿啊!”

“公主与我都是客居于此，干吗这么急着打发我走啊。我才不走呢!”萧铭暖并不如一般大门不出二门不迈的小姐那样娇羞地躲开，而是把百里风兮问住了，“除非你也跟我一起走。”

“好，到时候我们一起去萧家。只是……我该以什么身份去萧家才好……”

“你不是公主吗?”萧铭暖说完后，自己也觉出问题所在。当初稷山之上的事，晋、越两国都讳莫如深。外界只晓得端华公主失踪了，但传得最多的，还是说她已经死了。若她已经死了，那现在这人是谁？若她没死，那她为什么不回晋国，而来到了云梦山庄？这些话，萧铭暖是不会问出来的，她虽然未经世事，但也知道些进退。再说初来云梦山庄时，朱佩就告诫过她，不要多问。

“是啊，我是公主……”她记得凰图中人一直称呼她为公主，她记得流云公子一直称呼她为公主。她是百里逸与风华的亲生女儿，她为什么不是公主?

“纵然如今这般，可端华公主也未除封号，不是吗?”百里风兮低低地笑了起来，把萧铭暖吓了一跳。“而且总有一日，我还会以公主的身份……”还会以公主的身份怎样，百里风兮没有说完，因为她忽然想到了一件事。不顾萧铭暖诧异的眼神，百里风兮匆忙道了一声罪，就快步走了开去。

第二十一章　此心何时解无忧

“风兮，走这么快是要去哪里?”叶沉从窗外看见百里风兮走过，忙叫住了她。

“叶大哥。”百里风兮看了一眼叶沉，重新绕了回去，来到了叶沉的屋子，“叶大哥，我有事要和你说。”

“嗯?”叶沉手里拿着一把精巧的剪刀，正在给盆栽修剪多余的枝丫。

“那天在潇水，你有没有觉得我们身后的人，有些多?”

“你想说什么?”

“晋、陈两国都在潇水边境屯兵驻守。百里扶苏会有人马、弓弩并不奇怪。可是我们从云梦城到潇水，居然没人阻拦。”

“也许是流云公子提前打点好了。”

“可是……那些火把，那些……”百里风兮的手在比画着什么，仿佛不可置信，“那些火把是从哪儿冒出来的?我们从云梦山庄并没有带这么多人去，那些人是……是陈国的士兵……”

叶沉点了点头，又剪掉了一根枯枝。

“你知道?”百里风兮的声音提高了一分，走到叶沉面前看着他。

“那天看了一眼，大概猜到了。”

百里风兮愣了愣，“那你为什么不告诉我?”

“有些事需要你自己想明白，别人是帮不了你的。”叶沉看着百里风兮道，“现在你不是也知道了吗?”

百里风兮一滞，走到一旁的椅子边坐了下来。叶沉波澜不惊地说道：“流云公子能调用陈国守边的士兵。风兮，你说他的势力是不是很大?”

“是啊……这，远远超出我的想象。”百里风兮皱了皱眉，眼中浮浮沉沉思绪万千。

“潜龙勿用，阳在下也。”叶沉将剪刀扣在了桌子上。百里风兮的眉皱得更紧了，仿佛要拧成一个结。过了半晌叶沉又问道：“你觉得他骗了你吗?”“……不算。我只是要借助他帮我报仇而已，至于他有多大的势力，并没有义务完全告诉我。就如同我没有将凰图完全交给他一样。”叶沉点了点头，道：“确实不算。那你刚才这么急急忙忙的是要去哪里?”“我……”百里风兮抬起头看了叶沉一眼，又移开了目光，“我想去问问他……”问问他为什么没有告诉我。这句话并没有说完，因为百里风兮发现已经不用说了，也不用问了。既然流云公子没有义务完全告诉自己，那自己又何必去问?从什么时候开始，自己竟然对他生出了这种荒谬的想法，竟想让他对自己无所隐瞒……

“我现在还看不出流云公子为什么救你，毕竟在你落难的时候，他不可能知道凰图在你身上。可是风兮……他必有所图!”百里风兮没有点头，也没有摇头。对于流云公子，越发不可捉摸了。然而叶沉那坚定的语气如同一支利剑刺入了百里风兮的心。她看着叶沉——在湖边的时候他是在提醒自己。“潜龙勿用……似乎还有一卦是……飞龙在天，利见大人。”百里风兮缓缓站了起来，她相信叶沉的眼光，“如此看来，我连对他的一点愧疚之心也不必有了。他，想必是要趟这一趟浑水的。而我不过是因缘际会。大家各取所需……”叶沉低下头似乎笑了一下，“你明白就好。”

百里风兮坐在那里，看了叶沉很久，然后无声地离开了。看着百里风兮的背影，叶沉喃喃自语道：“流云公子真是一个令天下倾慕的人。这样一个男人，全心全意要讨一个女人的喜欢，谁能逃得过呢?他甚至不需要说什么，就能迷了天下女人的心。可是风兮，我不会让百里扶苏的事再发生一次了。不要怪我……现在，除了仇恨，我还有什么可以与你分享呢……”叶沉放在膝盖上的手忽然绷得笔直，仿佛痉挛一般。

不知流云公子用了什么法子，解无忧居然答应进宫去为水翩跹看病。可是从王宫传回来的消息，并不那么乐观。

这一日，流云公子邀百里风兮一道下山去逛逛。百里风兮自然答应了——在这个时候，流云公子似乎不是一个太过空闲的人，他找自己，自然是有事的。

二人一道下了山，这一日正好是赶集的日子，街上很是热闹。食物的香味混合着劣质桂花油的味道，居然并不是那么难闻。街上的人很多，但是百里风兮并没有觉得被挤着。她身边的人都主动让开一些，一开始她还有些不明所以，可身旁流云公子不住地微笑着点头示意，她也就明白了。

那些人不是在让她，而是在让流云公子。

二人走到一个茶楼坐下，流云公子叫了几样点心和一壶新茶。百里风兮此刻正拿着一块糕点在胡乱地掰着，却不吃。

“你怎么不吃?”

百里风兮看着被自己弄了一桌子的碎末，笑了笑，“我不吃糕点了。”

流云公子挑了挑眉，没有再说什么，为百里风兮和自己倒上了茶。

“那就喝茶吧。”

“这一路走来，想不到你人缘这么好。我只知你在江湖颇有威望，想不到寻常百姓也对你这么敬重。”百里风兮的食指和拇指细细地摩擦着，那成块的糕点被碾成了粉末，“你叫我出来不会只是为了喝茶吧，云梦山庄的茶可比这个好多了。”

流云公子没有看她，而是推开窗，看着临街来来往往的行人和那些用好听的声调叫卖的商贩。

“你最近好像在躲着我。”

“有吗?”百里风兮一笑，端起茶杯，掩去了表情。

流云公子亦笑。直笑得百里风兮皱起了眉头，他才收敛了笑意。只是，他的嘴角还带着一丝若有若无的弧度，让人看不真切。

“你看这云梦城如何?”

百里风兮转头看向窗外，那样一种热闹离她很远。她淡淡道：“秩序井然，百业兴盛。”

“你再随我来。”

流云公子并不等百里风兮就自己下了茶楼，百里风兮只得跟了下来。流云公子带着她走到了学堂，走到了庙宇，走到了农舍，走到了乡间，一路上都有人和流云公子打招呼。百里风兮沉默地看着这一切，直到流云公子停了下来。

“百里风兮，看见了吗?”

“看见了。”

"有一天，陈国会是这样，天下也会是这样。"

流云公子没有回头，只是留给了百里风兮一个挺拔的背影。这一刻，百里风兮知道了，流云公子是有野心的，而且野心不小。而自己，似乎也成了他野心扩张的一个助力。也许自己来之前，流云公子只会想要一个云梦城，而自己带着凰图的到来，却成就了他想要的一个天下。

看着流云公子负手挺直的背影，百里风兮忽然在想，是不是每一个男人都有着济世为怀的梦？包括百里扶苏。

"那很好。"

百里风兮忽然觉得自己走累了，就这么坐在了山坡上。离她不远的地方还有几只羊在啃着草。这一路随着流云公子走来，不得不说，云梦城在他的治理下变得很繁荣。推而广之，或许这个天下也会如此吧……

"你没有什么要问我的吗？"流云公子也坐了下来。他记得很早以前他们似乎就这样坐着说了很多话，然而，现在似乎变了。

"没有。"

这个答案显然出乎流云公子的意料。他笑了笑，眼里有些说不清的失落，不过转瞬也就看不见了。风吹着云朵从他们头顶飘过，他们就这样静静地坐着，等到太阳都偏西了，流云公子才道："我饿了。你呢？"

"我也是。"

"我请你吃饭吧。"

"好。"

玉带羹、云英面、橙酿蟹、酥琼叶、凤尾鱼翅、绣球干贝、杏仁豆腐、糖醋荷藕、罐焖鱼唇、紫香干、什香菜、虾油黄瓜、天香鲍鱼、陈皮兔肉、三丝瓜卷、单笼金乳酥、水晶梅花包……桌子上的菜大多是百里风兮爱吃的，流云公子坐在她对面，正殷勤地为她倒酒。又是从什么时候开始，他竟这样了解了自己的喜好？百里风兮端起了酒，觉得那小小的一杯酒，让她有承受不住的重。这是东觞湖上的一艘画舫，布置得很清雅。不同于那些脂粉裹就的销金窟，只有几个清秀的姑娘在珠帘外拨弄着琵琶。

"我有什么得罪你的地方吗？"流云公子正色问道。

百里风兮看着帘外的月色，心里凉凉的。

"没有。"

“……好吧，你若不愿说，我也就不问了。只是，这些天你确实在疏远我。”

琵琶弹奏的是《十面埋伏》，一弦一弦如撼铃。

“不疏远你又能如何？如今我已是十面埋伏。”

“不要忘记你在赤城说过的话，不要忘记你自己给出的答案。”

“信你？”百里风兮一笑，“为什么要信你？”

“因为我是来帮你的人。”

“没人会一而再再而三地无条件帮人的。”

“……有一个理由，但是你却不信。”流云公子一抬手，让人换一首曲子。

“你不说，我怎么信？”

“你不信，我怎么说？”

死结。

良久，在一首舒缓的、百里风兮叫不出名字的琵琶曲中，流云公子对月道：“那我信你就好了，百里风兮。”

百里风兮。流云公子叫她的名字，仿佛是在念着久远的咒语。或许每个人的名字里都埋藏下了一段不为人知的咒语。当那样郑重其事地念出来的时候，会使自己忽然生出莫大的勇气。

就好像苏释倾当初念自己的名字一样，当她对万俟微澜说出了自己的名字后，忽然觉得天地一宽。因为她可以正大光明地活在这个世上了，不用顶着别人的名字活一辈子。虽然只有一个人能知道她的正大光明，可那是她的夫君，是比天还大的人。所以，只要他知道，也就够了。可是，自从万俟微澜离开府邸，已经三个月过去了。

这些日子，苏释倾让自己慢慢适应了在越国的生活，她待下人很好，府里也没人为难她。虽然微澜公子在大婚的第二天就离开了家，可是寿安公主的称号还是很好地保护了苏释倾。苏释倾每天会很早起来，然后自己整理房间。开始的时候，下人们会抢着做，可后来在苏释倾的坚持下也就由她了。在府里的下人们看来，这个公主有些怪异，也许是在晋国王宫并不得宠的缘故吧。毕竟，他们只听说过端华公主，那个与自己国家的荣平公主齐名的端华公主，这寿安公主，倒真的没听说过。

当夜晚降临的时候，苏释倾就会点一盏灯，她不知道万俟微澜什么时候回来，但是她想，要是他回来了，看见有这么一盏灯为他亮着，也许他会高兴。

万俟微澜当然高兴。当秋风萧瑟、落叶纷纷的夜晚，裹着一路的寒冷与苍凉，回到了府邸，看见有一盏灯在为自己亮着，那该是怎样的温暖？万俟微澜那一刻忽然想，这里是自己的家，并不只是几间大房子而已。于是，所有的愁绪和悲凉都得到了慰藉，万俟微澜长长地叹了一口气——他回家了。

从越国去陈国的路上固然有些踟蹰，可回来的路更多的却是寒冷，不仅仅是天气的缘故。万俟微澜忽然发现这天地间原来根本找不到一个人来诉说自己心中的苦闷。他打马过竹桥，看见满楼红袖招；他乘舟泛西湖，听见丝竹管弦急；他登高在骊山，望见云涌默无声。最终，带着满心的伤怀，他回到了越国。

“她还没睡吗？”万俟微澜站在廊下，看着那屋子里微微有些昏暗的灯火。

“是，夫人每天都睡得很晚。”

“……那去看看吧。”万俟微澜缓慢而稳定地迈出了步子。

屋子里，苏释倾已经趴在桌子上睡着了。她的脸在灯下泛着柔和的光彩。万俟微澜笑了笑，将她抱回床上安置好，然后又悄无声息地离开了。等到屋子里都静下来的时候，等到仆人吹灭了灯的时候，苏释倾张开了眼，眼里带着些微的惶恐，但更多的却是欢喜。这一夜，她沉沉地睡去了，这般安心。

然而，等到第二天一早，她却未能再见到万俟微澜。

“回禀公主，大王一早就召公子进宫去了。”

“这么早？”苏释倾扶着门框，带着那么一丝惆怅说道，“我知道了。”

万俟哲珈昨夜闻之万俟微澜回来，便想让他入宫，若非内臣劝阻，也就等不到今早了。

“臣弟叩见王兄。”万俟微澜今天穿了一件淡青色的长袍，上面绘着几朵墨菊，看上去飘逸至极。

“快起来。不必如此多礼。唉，想必你是在埋怨着为兄。”万俟哲珈上前扶起微澜，携他一道走到一旁坐下。

“微澜不敢。”

“这一去多日，你还有什么不敢的！”万俟哲珈摇着头道，“也罢，本不该勉强你。”

万俟微澜低着头，晨光照着他有些消瘦的面庞，他紧抿着嘴唇，像是十分痛苦。

“我们是兄弟，有什么话就当面说清楚。”万俟哲珈叹息道，“这些日子你在外面音讯全无，我和荣平都很担心你。”

“对不起，让你们担心了。”万俟微澜的头更低了，“其实我只是出去走走，顺便……打听一下云梦山庄的事。”

“你……”

“王兄说得对，我是万俟家的子孙。如今乱世，我又怎么可以对自己的国家不闻不问？”

“唉，其实你的心性本来不是该做这些事的。我了解你的感受。我又何尝不是如此。若能寄情书画了此一生，也是幸运。然而，家国天下，哪里容得我们远世逍遥。”万俟哲珈苦涩一笑，“都是脱不了这皮囊的。”

“是微澜自私了。这些年，王兄一直和荣平支撑着越国，微澜却什么也没做，实在惭愧。”

“若非情势紧张，我也不愿让你蹚这浑水。”

“没事，微澜知道自己该怎么做。”万俟微澜抬头笑了一下，虽然有些苍白，但总算还是一个笑容。在这之前，万俟哲珈曾找他深谈过一次——

“晋国民富、陈国兵强，而我们越国有什么？”夜已经深了，窗外的景物在宫灯的照耀下完全变了一个样，万俟哲珈站在窗前，背对着万俟微澜沉沉说道，“如今眼看烽火将起，越国又要如何在乱世中存活？”

万俟微澜站在他身后，不知道该说什么才好，他的心在不断地往下坠。他知道，自己终将面对一切。时局变换，已经不容他再逃避下去了。不然，王兄也不会深夜召见，与自己说这些话。

“与寿安公主的婚事，已经无从改变了。我不知道那个端华公主是怎样的人，但我想，她能和荣平齐名，总是有过人之处。但是现在你该忘掉她了。”

“那样的人，又怎是说忘就能忘的。”万俟微澜苦笑道，“王兄，我会娶寿安公主的。但是，要忘掉百里风兮，我却不知道自己能否办到。”

万俟哲珈回过身来，看着自己的弟弟，“当初你肯为她折腰，如今你又不肯将她忘怀。这世上真有这样的女子吗？她是什么样子的？”

“王兄见到她时，就知道了。”

“她还活着吗？”

“不知道。”

“呵，也许她还活着，但我却没有命去见一见这天下闻名的端华公主了。”

“王兄，你……”

万俟哲珈叹息着坐回了自己的位置上——那把冰冷的椅子。

“一旦晋国或者陈国灭亡，接下来就是我们越国了。”

“王兄是什么意思？”

万俟哲珈看了他一眼，摇了摇头，似乎觉得这个问题有些好笑。

“你这么聪明，怎么会想不明白呢？如今三国鼎立，虽然越国弱了一些，但谁想要举兵来犯，都要顾及另外一个国家。而如果只剩下一个国家来对付越国。越国，还有什么活命的机会？要在这乱世求活，只有制衡一道。无论是晋国还是陈国，我都不希望他们消失，若要消失的话，最好一起消失。”

万俟微澜皱了皱眉，听王兄继续说道：“如今陈国得了凤鸟，且不论真假，这天下大势已经在陈了。”

“所以，我们才会和晋国联姻。”

“这只是一个手段……但并不牢固，并不能做到釜底抽薪。”

“王兄想要怎么做？”

万俟哲珈看着万俟微澜，良久才道：“我想要你去查查云梦山庄，不，是云梦城的底细。”

屋子里陷入了长时间的沉默，连外面夜鸦低哑的叫声也听得清清楚楚。

“王兄，这些事微澜不愿。”

“我知道。可是现在除了你，又还有谁可以呢？”

“我与流云公子君子之交，实在……”

“那流云公子又岂是个简单的……为了越国，你好好想想。”

想，再如何想，其实到最后还是会照做的。如同当时在云梦山庄与百里风兮说的那样，最终他们都会选择那一条路，所以万俟微澜纵然不愿，也会如此去做。这是他逃不掉的命。

第二十二章　宴都有凤曾栖梧

“哎，你可听说了，贵妃娘娘的病连解无忧都没办法。”

“解无忧是谁啊?”

“嗨！你连他都不知道。”

“我一个做买卖的，怎么知道那么多，你快给我说说。”

百里风兮走在云梦城的街上，不断听见人们在议论着水翩跹的病情，仿佛她快要病死了一般。可是，百里风兮知道的消息是，水翩跹只是有些乏力嗜睡，万万没有到人们议论的那个地步。可这世上的流言往往也能致人死命。所谓三人成虎，端华公主不也被传死在了稷山之上吗?

百里风兮摇着头，觉得有些滑稽地笑了笑。

“解无忧也没有办法吗?”绿筠手里拿着一支新买的笛子，“那就该让他快些回来呀。小姐的病可不好耽误。”

“放心，我已经觉得好很多了。只是解无忧嘱咐过我，三月之内不能动真气。不然我现在就可以飞给你看看。”

“好了好了，你还是听他的话，三个月以后再说吧。”绿筠急忙拦住了她，“可再不能有一点儿闪失了。”

“放心吧。”百里风兮笑了笑，却也有些希望解无忧能早些回来看看她，也许她现在就可动武了。她自己觉得恢复得不错。这些日子，瑞雪伺候她时的小心翼翼实在让她过意不去。

这时候，一匹快马从东面冲了过来，打翻了无数的摊位。百里风兮拉着绿筠向后一退，可是自己却愣住了，反倒是绿筠拉着她才避开了那匹马。

“小姐，你怎么了？”

百里风兮有些惊慌地看着自己的手，僵硬地摇了摇头，“没什么……三个月以后才可以……”

“小姐，你说什么？”

“没什么，我们回去吧。”

百里风兮有些急切地避开绿筠的目光，快步走在了前面。就在刚才的那一刹那，她动了心思想要运气，可是却觉得浑身一滞，四肢百骸就像是没有力气一样。她安慰着自己，解无忧说过，要三个月以后才可以，但是心里还是止不住惶恐。

她，失去武功了吗？抑或，还有一个更可怕的结果……

百里风兮走得很快，仿佛这样就可以摆脱那个可怕的想法。快到云梦山庄的时候，忽然听见阵阵马蹄声传来。她站在路中央，简直忘了躲，幸而骑马的人看见她，停了下来。

“风兮，太好了。我还说让他们通知你，想不到在这里遇见了。快上马，我们去宴都。”流云公子伸手，却见百里风兮眉间带着一丝茫然，他不由得又叫了她一声。

“去宴都做什么？”

宴都是陈国的国都。

“是贵妃娘娘召见。”

方才快马过街险些撞到百里风兮与绿筠的正是来通知流云公子的使者，这时候见流云公子要带上一个不相干的人，便道：“公子，这是何人？”

“这……”

“我是贵妃娘娘的朋友。”百里风兮拉住了流云公子的手，回头对绿筠道，“你回去好好照顾叶大哥。”

“可是小姐……”绿筠还来不及说什么，流云公子已经策马而去。什么事这么着急？难道水翩跹真的快不行了？

绿筠回到云梦山庄的时候，叶沉正忧虑地看着窗外的天空，一身青衫如旧。

“叶大哥，笛子买回来了。”

“嗯，放在那儿吧。风兮呢？”

“我们在半路上遇见了流云公子，小姐和他一起去宴都了。是水翩跹出什么事了吗?”

“不知道。”叶沉收回目光，看着绿筠，“凤鸟会出什么事呢?”

绿筠皱眉道：“那我去宴都跟着小姐。”事关凤鸟，哪里会不凶险?

“不用了。有流云公子在，风兮不会有事的。”

“可是……”

叶沉摆了摆手，道：“不要再说了。她会没事的。”如果有事的话，宁肯早些让她吃到苦头。叶沉如是想。

流云公子一行人快马加鞭地赶往宴都，一路上百里风兮被风吹得连眼睛都张不开，更别说问话了。寒露已过，天气越发冷了。好不容易在一个驿站落了脚，百里风兮只觉得手脚冰凉，骨头散架，除了好好睡一觉以外，她什么也不想了。

“风兮，开门。”流云公子敲了敲门，方才在路上他与百里风兮共乘一骑，就觉得百里风兮有些不对劲，所以才来看看。敲门却没有反应，流云公子不由得有些担心。他小心地推开门，见百里风兮已经在床上裹成了一团。

“风兮，你怎么了?”

“嗯……没什么。我想睡一会儿。”百里风兮瓮声瓮气地说道。

“先吃些东西吧。”

“不要。”

流云公子伸手探了探她的额头，有些烫。

“你等着，我让他们煮碗姜汤来，你喝了再睡。”

“不用了……”

没有理会百里风兮有气无力的反对，流云公子让人煮了姜汤来。可这时候百里风兮已经睡着了。看着热气腾腾的姜汤，流云公子皱了皱眉，推醒了百里风兮。

“来，把姜汤喝了再睡。”

百里风兮已经懒得再说什么了，她头昏脑涨，实在起不了身，索性翻身对着墙，不再理会流云公子。

“听话，不然要生病了。”流云公子见百里风兮这样，也有些着急，伸手揽住她的肩，将她托起来靠在自己身上，喂她姜汤。这一刻，他并不见得有一丝怜香惜玉之喜，反而很是担忧，因为百里风兮浑身发冷。他摸了摸那被子，很厚实。

“风兮，现在觉得怎么样?”

“嗯……”百里风兮昏昏沉沉地应了一声。

流云公子放下碗，擦了擦她嘴角的水迹，又摸了摸她的手和额头。一个冰冷，一个滚烫。

“该拿你怎么办……百里风兮？”

流云公子抱紧了她，下颌抵着她的头发。

“你以为骗得了我吗？你的那些白发，我怎么会看不见？百里风兮，你不该这么容易生病的。当初那个足踏红叶、飘然若仙的人，怎么会这么容易病倒？难道真的回天乏术了吗……”

宴都在陈国中部，在魏朝时，这里被称作邺城。这里保留了一个王朝强盛时的风貌，那些庄严大气的建筑并没有被战火毁坏。魏朝故人再来此处，不知会作何感想。可是百里风兮并没有能欣赏到这一切，她昏昏沉沉地躺在马车里，只是做着一个又一个的噩梦。那些刻意忘却的，不愿回首的，仿佛都觑准了此时她无力反抗，一股脑儿地都扑了来。

流云公子把她安置在了听涛小筑，就随使者进了宫。当走过那些华丽而暗沉的建筑时，他的脸上浮现出一种像是兴奋，又像是害怕的神情，让人看不透彻。

进了两道宫门，前面领路的已经换成了宫女，再穿过偌大的御花园，就来到了栖梧殿。

宫女前去通报了，这才引流云公子入内。栖梧殿内一片金碧辉煌，流云公子步履从容地来到了水翩跹的榻前。当然，他们之间还隔了一道红木与紫铜浮雕相结合的屏风。而解无忧就站在屏风左侧，看了流云公子一眼，缓缓地摇了摇头。

“娘娘万安。”流云公子的语调平缓，眼中却带着一丝怅然。

水翩跹过了许久才开了口，对那些宫女说道：“给表哥看座。”

“多谢娘娘。不知道娘娘近来如何？”

水翩跹似乎笑了一下，“你问解先生就是了。有些话他不肯同我说，也许会同表哥说的。其实，你们也不用瞒我了，我自己的身子，我还不清楚吗？咳咳……”水翩跹捂着嘴咳嗽起来，忙有宫女上前为她拍背顺气。

流云公子看了解无忧一眼，皱眉道：“娘娘千万不要这样说。解先生医术无双，自然会治好娘娘的病的。”

水翩跹摇了摇头，不再说什么了。解无忧略示意，便和流云公子一道走了出去。二人来到门外，解无忧低头说道：“水姑娘的病只怕……”

“只怕什么？”流云公子还未开口，只听一个略有疲惫的声音从后面传来。回过头去，却见是陈国国主司徒昊，忙要行礼，却被司徒昊挥手止住了。

司徒昊上前问道："贵妃的病究竟怎么回事？"

"这个……"

"说！"

"恐怕挨不过这个月了。"

"什么？"司徒昊震惊得后退了一步。

流云公子狠狠地皱了皱眉，道："请大王保重身体。"

司徒昊没有再说什么，而是直接进了栖梧殿。解无忧看着栖梧殿那烫金匾额，叹道："司徒昊对水姑娘还是上心的。"

"你若能脱身，还是去看看百里风兮吧。"

"她，她又怎么了？"

"病倒了。"

"不会这么快吧？"

流云公子转过身，看着外面的一株梧桐，背着手，深吸了一口气。

"是我的错，不该让她跟我一起赶来宴都的。我总以为，她还是那个传说中足踏红叶、游走天下的百里风兮……"

"呸，早就不是了。"解无忧有些生气地来回走动着，"你就折腾吧，她那样的身子，还敢让她赶路。上次你让她喝醉了，我就说过你。当时你们去潇水我也说过你。簌茸灵芝不好得，这些日子我不过是在想其他的办法为她续命！"

"我知道，可是……百里风兮啊，怎么会这么容易……"

"她的身子早就垮了！"

"真的没有办法了吗？"

解无忧摇头。"簌茸灵芝……"流云公子低声念道，他的手背在身后握紧成拳。

"嗯。不过那可是越国的国宝。你若下定决心要为她寻来，那么要快。我最多还能保她一月活命。"

"好，处理完这里的事，我立刻去越国。"

宴都城南，听涛小筑。

百里风兮裹着白狐披风站在桥上看着不远处的潮汐，不住地咳嗽着。风吹着她略显凌乱的发，掩去了她的咳嗽声。站在远处，只能看见她不住颤动的肩。不用别人说，她自己已经觉察到了并且肯定了一个想法，所以现在她的眼睛是那么忧伤。

“你来了。”百里风兮没有回头，她知道来的是谁。

“嗯。解无忧现在还不能出来。风兮，你再等我三天。”

“等和不等，又有什么分别吗？其实……你们一直都在骗我对不对？我的病，根本就没好。”

“翩跹要回云梦山庄，我需要处理一些事情。这是筹谋已久的事情，不能耽搁。”

百里风兮回过头看着流云公子，眼神带着某种探寻的意味，却又在一瞬间收了回来。她也转了过去，又背对着他了。

“记得你答应过我的事，要帮我杀了百里扶苏。”

“你的仇，要你自己去报。”

“你答应过我的。”百里风兮抓住栏杆，倾身看着水中的倒影。流云公子伸手，似乎想拍一拍她的肩，却始终停留在她肩上一寸，没有触及。

“不要这么轻易放弃。”

天有些暗沉，那些云被水泡得有些发胀，难看得要死。

“我的病根本就没救，你和解无忧都骗了我，我根本就活不了了……咳咳……为什么要骗我？你知不知道，要是从来就没有希望，也许我会好过一点儿。可是为什么，为什么在我快要绝望的时候你却要给我一个虚假的希望？谎话，始终会被拆穿的。你和百里扶苏有什么不同?！你们，你们都不可能骗我一辈子……都不可能……”

“不一样！”流云公子扳过她的身子，让她正对着自己，“我和他不一样。百里风兮，你会活下去的。一定，一定会活下去的。”

百里风兮摇着头，长睫上颤颤巍巍地挂着晶莹的泪。她的彷徨，就那么赤裸裸地展现在了他面前。

“相信我。”

“现在再说这些还有什么意义。解无忧要是有办法，你也不会瞒我了。”

“你要相信我。”

“不信，不信，我什么都不信！”

流云公子突然大力地将百里风兮拥入怀中，他那么用劲，简直要把她生生地印刻在自己的身体里。百里风兮还在哽咽着，隔着布料听起来嗡嗡的。她的两只手垂直地向着地面，并没有回抱这个一直帮着她、给予她温暖的人，仿佛这一刻她已经死去。

“你——信——我。”流云公子一字一顿地说道，眼底如江海怒涛，却找不到任何宣泄的出口，“百里风兮，你要信我，我是来帮你的人。我没有骗你，你会好起来的。我和百里扶苏不一样。”

流云公子一遍一遍地说着，却完全得不到任何回应。直到天空下起了雨，他才放开百里风兮。两个人在蒙蒙细雨里对视了片刻，这么近的距离却生出千山万水的感觉。

不忍再看着这样的她，流云公子移开眼，送百里风兮回屋，然后自己走进了风雨里。在临走之前，他背对着百里风兮说道：“你要信我，在这里等我。无论发生什么事都要记着我的好。”

那时候的天已经很暗了，百里风兮趴在桌子上，突然大哭了起来，仿佛要把心里的所有苦闷都哭出来。

当夜雨打窗，当浪花拍岸，当这听涛小筑成了天地间的一叶孤舟，百里风兮的泪水也和这天地间的雨水汇成了一处，流向大海。也许，那无垠的海，能带走她无尽的伤。

流云公子和解无忧奉命送水翩跹回云梦山庄。这是水翩跹最后的心愿了，司徒昊虽不舍，但还是点头答应了。

水翩跹躺在马车里，让人掀开窗帘，她想要再看看，这外面的世界。也让外面的人，看看她。

街道两旁都围满了人，就像是她被迎娶入宫时的情景。但是现在没人向她送上祝福，那些人只是看着她窃窃私语，似乎她的死会招来什么灾祸。当然了，她可是凤鸟的化身啊，怎么会……怎么会这么平平静静地死！

水翩跹笑了笑，让人放下了帘子。

“出了城门，你就去听涛小筑吧。”流云公子骑在马上直视着前方，似乎不是在对解无忧说话。

解无忧也没应，只是在出城门的时候使了手段和人换了衣饰，改道去了听涛小筑。

听涛小筑在东海边上，早几日流云公子就将百里风兮接来安置在了这里。解无忧倒是第一次来这里。

“这小子，有这么好的地方居然都不拿来孝敬我。”解无忧走上听涛小筑，由仆人引路来到了百里风兮的房间。不过几日没见，百里风兮已经瘦得不像话了。

"解先生来了……"解无忧有些讪讪地笑了笑，百里风兮这么称呼他，显然还在生气。"来看看吧……"百里风兮伸手，"看看我还能活几天。""你……""你就算救不了我，但总能知道我还有多少时日吧?"百里风兮打算了解无忧的话，"连这也不肯对我说实话吗?""你……你会没事的。"听起来并不让人信服，连解无忧自己也没有全然的把握。簌茸灵芝是越国至宝，就算是流云公子出面也未必能取来。"是他叫你骗我的吧。"

"他也是为了你好。"

"为我好，所以骗我。那百里扶苏要杀我，是不是也是为了我好?我活着就这么妨碍你们?"百里风兮忽然拍案而起。

"你这丫头怎么这样不知好歹呢!百里扶苏对你做了什么我是不知道的，可是萧然这小子对你怎么样我可是全看在了眼里。这天下喜欢他的女人多了去了，但我也没见他对谁像对你这么用心。他骗你，也只是希望你不要那么辛苦地在他面前装出一副若无其事的样子。你不是也在骗他吗?你图什么?他又图什么?"

"他是骗了你的钱呢，还是骗了你的人?"解无忧好像突然变得唠叨了。百里风兮有些不耐地转头看向别处。这个问题，她早前已经和叶沉吵过了。流云公子似乎真的是来帮她的人，可是真的会有那么好的一个人吗?

百里风兮本来是信的，可是渐渐不信了，而现在，事实似乎又让她不得不信。

"流云公子，究竟是个怎样的人?"

"那小子不是什么好人，但对你是真的好。"解无忧说完就拍拍屁股走了，留下百里风兮自己听着潮涨潮落。

流云公子不是什么好人，但是有很多人，却甘心为他做坏事，成就他的好。水翩跹无疑是这样的人。她终于又回到了云梦山庄。她的房间还是那样，甚至连妆台上那断了一半的檀木梳都没有被人丢弃，还照着原样放在那里。她仿佛只是出去了几个时辰，然而，一切却再也回不到从前了。物是人非，徒增伤悲。

"我没让他们动这屋子里的任何东西。我想，你回来时，还是那样。"流云公子站在门框边，看着水翩跹头上的那支颤颤巍巍的凤钗。其他人都已经打发出去了，现在屋子里只剩下他们两人。阳光在这个季节吝啬地照在屋子里，没有几分暖意，但看上去，还是很美。

"多谢表哥。"水翩跹没有回头，不愿让流云公子看见她的眼泪。

"回来就好了。不过也许司徒昊还会让你再回去一次。你放心，很快我会再接你回来的。”

水翩跹点了点头，“表哥放心，我会照做的。一切都很顺利。”她顿了顿，又问道，“听说端华公主一直住在云梦山庄？”

“……嗯，怎么了？”

“没什么。只是觉得奇怪，表哥为什么会让她住进来。毕竟表哥说过，这些事不能让太多人知道。”

“她有凰图。”一如既往的简单直接。

水翩跹似乎崴了一下，迅速扶着桌子，顺势坐了下来。

“哦，凰图……我忘了，除了凤鸟，还有凰图。”

“你没事吧？”

“没事，只是有些累了。”水翩跹回头对流云公子笑了一下，“表哥你去忙吧，我想先休息一会儿。”

“好。”

看着流云公子消失在了门口，水翩跹的心里似乎也消失了某种特别重要的东西。

“原来她有凰图……表哥，我不再是你唯一的凤鸟了。我该怎么办才好……”

一行清泪，再无其他。

解无忧在三日后也赶回了云梦山庄。那正好是个雨天，风吹得人直缩脖子。可流云公子站在那里依旧挺拔如松竹，风雨不曾改其形。

“这么快就回来了……她怎么样？”

解无忧摇了摇头，难得地叹息了一声，“不好。”

“为何不好？”

“她虽未求死，但也没求生。我给她开了药，让人每天按时送去。她也照常吃。但是你没看见她那双眼睛……和死人也差不多了。”

流云公子看着远处的景物，淡淡地说道：“她不会死的。”

解无忧冷笑道：“你就这么有把握。要知道，连我也没把握。”

“她还没有手刃仇人，怎么可以死？”

“这个我不管，我只想知道，凰图的接头暗号你拿到了吗？”

“没有。”

解无忧倒抽了一口冷气，“别忘了你的身份，儿女情长什么的，你别给我整。”

流云公子笑了一声，“你放心，不至于。”

“那就好。”解无忧看了一眼天，“明天会是个晴天。叶沉他们有什么动静？”

“我告诉他们百里风兮在宴都有事要办，他们什么都没问。”

“玄息阁的人，果然不错。”

“所以我说，百里风兮就这么死了，未免太可惜了。”

解无忧不答，只说道：“水翩跹的病再等两天就可以好了。”

“就明天吧。”

解无忧看了他一眼，“不是说好了吗，怎么突然要提前？”

流云公子没有再说什么，径自转身离开了。解无忧看着他摇了摇头，然后去了水翩跹的房间。

“贵妃娘娘这几天……咳，现在觉得怎么样？”

水翩跹坐在榻上，由宫女服侍着正在用一碗清粥。她低着头，柔声道：“倒是觉得好了许多。”

解无忧看了看她的面色，点了点头，道：“看上去气色似乎已经好了很多。”

“也不知为什么，一回到这里，倒是通泰了许多。”

“自然，这里是你出生的地方，水土人气都是适应了的。”

水翩跹点了点头，又道：“若是天气好，我想去外面走走，不知道可不可以？”

“多走动，对你的身体有好处。只是注意不要吹风。”

“那就好，我让人去准备。等雨停了就出去走走。”

“好。”

第二天，果真如解无忧所说，天晴了。水翩跹带着人出了云梦山庄，浩浩荡荡地行在云梦城中。似乎知道不久就要离开，她带着怜惜的神色看着这座生养自己的城池。

城里的人们都挤在街上，争相一睹昔日武林第一美人、如今陈国贵妃水翩跹的容貌。水翩跹也没有让他们失望。她让人掀起了帘子，向外面看了看，甚至还招了招手。和煦的阳光照着她明艳动人的面庞，让街上发出一阵接一阵的欢呼声。

“不是说贵妃娘娘病得快要……”说话的人做出一个大家心知肚明的表情，“怎么突然又好了？”

一个穿着短打的青年汉子抱着手道：“是啊，真奇怪。”

“咦，听你的口音，好像不是云梦城的人？”

青年汉子道：“我是从宴都来的。当时也看见这位贵妃娘娘了，真的是病得快不行了，怎么一回来就好了？”他不解地挠了挠头，“是不是遇见了好大夫啊？”

“没有啊，听说还是解无忧啊。”

“嘿，这还真奇怪，难道这云梦城有灵气？那我可要在这里多住些日子。”

水翩跹回到云梦山庄后三日就恢复如初的传言很快传到了司徒昊的耳朵里，他当然要立刻接水翩跹回去。流云公子再一次将水翩跹送往了宴都。

从宴都往回走的时候，流云公子远远地看了听涛小筑一眼，但是没有进去。他算着时间，这一个月已经去了十日。他必须快马加鞭地回云梦山庄，还有很多事需要他处理，只有处理完了这些事，他才有时间去越国找簌茸灵芝。

幸而流云公子没有去听涛小筑，不然他一定会扑一个空。百里风兮这时候正在宴都城北，那里有一座被废弃了的、恢弘的建筑——大魏太庙。

宴都并没有经历太多战火，城中的建筑也大多保存完好。唯有这一座太庙，被人烧得面目全非。没人知道是谁干的，当今的统治者自然不会来承担恶名，如今也没人再去追究。那残垣断壁上爬满了青苔，唯有那一株株参天梧桐，它们还是那么生机盎然地长在那里。

踏着落红无数，百里风兮小心地走进了太庙。这是她血脉承载之地，在将死之日，她是要来看一看的。

先辈的塑像已经被砸毁了，那些记载着功勋的文字也被火焰吻去了光辉。可是当百里风兮走到大殿的时候，依然觉得肃穆、庄严。这种气氛使她很自然地跪了下去，向那些不知名的塑像叩拜了下去。

这一刻，她的心无比宁静，死亡也并不是那么可怕了。

她在太庙待了很久，等到黄昏她才起身离去。夕阳照在这一片废墟上，从中走出去的百里风兮，是否得到了祖先冥冥中的指引？

流云公子坐在云梦山庄的大厅里，有些不安地敲击着桌面。有些絮絮纷纷的话语，已经渐渐裹成了风暴，引起人们对云梦山庄的再次重视。而才送走不久的水翩跹，又在回云梦山庄的途中了。流云公子笑了笑，对于目前的一切，他还是满意的。如果一切顺利，那么五天后他就可以去找万俟微澜了。

然而，老天似乎不愿他这么劳累，万俟微澜已经早一步来到了云梦山庄。

“流云。”万俟微澜的笑容带着些倦意，可丝毫不影响他的神采。

看到万俟微澜，流云公子笑了好半天才停住。

万俟微澜自视一番，见并无不妥，这才问道：“你笑什么？”

"没什么……"流云公子摇着头，"只是觉得太过幸运，不想你能来。"

"怎么，不欢迎?"

"怎会，我可是好久不曾与人痛饮了!"

莲台已经摆上了酒筵，虽然夏日已经远去，可是这里临着水，萧萧落叶送残秋，别有一番味道。酒过三巡，流云公子才问道："你怎么想着来了？对了，你大婚的时候，我派人送去了一对夜明珠，不知道可还中意?"

"倒不如你亲自来一趟。"

流云公子笑了笑，"那时候有事走不开。"

"现在你更走不开了，所以啊，只有我登门拜访了。"万俟微澜饮了一口酒，品道，"这还是我三年前送你的酒吧?"

流云公子一挑眉，拊掌道："不错，想不到你能喝得出来。"

"或许是我太念旧的缘故。"

"念旧是个好习惯，能让我们知道，原来我们还拥有过那么多。"

万俟微澜晃着酒盏，看着那些清洌的液体泛出一圈圈的涟漪。

"我很久没有与人一起喝醉了。流云，不知道你这里的酒够不够我一醉?"

"你应该问，我还能不能陪你一起喝醉。"

万俟微澜抬头看着流云公子，"你还能吗?"

"能。"流云公子举酒和他碰了一下。万俟微澜笑了笑，两人一同送酒入喉，心中也都是一叹。他们中间似乎多了一层说不清道不明的隔阂。这以后他们都没有说话，只是一杯接一杯地喝酒。所谓酒逢知己，棋逢对手，该是何等快意之事。然而，此时此刻，两人脸上却没有什么欣喜，更多的只是沉静。

两人都有千杯不醉之量，然而今天却只喝了几坛酒就醉了。是谁打翻了酒坛，这莲台上遍布酒香，连梦泽都染了酒气，变得那么朦胧。

万俟微澜倒在莲台上，看着蔚蓝的天空中飞过的小鸟，忽然笑了起来，痴狂得一发不可收拾。流云公子也陪着他笑，却不知道自己在笑什么。

"流云，你究竟想做什么?"

"到时候你就知道了。"

"到时候……我还在吗?"

"当然在，一定在!"

"……百里风兮她还好吗?"

等了很久也没有答复，万俟微澜忍不住撑起身子看了看，流云公子还在喝酒，像是没听到他的问话。

“她还好吗?”

“不好。”

万俟微澜皱了皱眉，问道：“怎么个不好?上次接到信时，我来到云梦山庄，你们却去了潇水。现在呢，现在她在哪儿，为什么不出来见见我这个老朋友?”万俟微澜向四周望了望。

“她……她在宴都。”

“宴都?在那里做什么……难道是在陪水姑娘吗?水翩跹究竟怎么了?”

流云公子看了万俟微澜一眼，没有任何表示。两人又陷入了沉默。

过了很久，流云公子才道：“以前你不会问的。”

万俟微澜带着一丝悲哀的笑意道：“以前是什么时候?”

“忘了。”

“呵……”

“百里风兮快死了。”

万俟微澜脸上没有惊讶，只是眼中那悲戚之色难掩。他哑着声音说道：“人，总有一死。”

“也许她还有救。”

“如何救，救了又如何?”

“簌茸灵芝……在我有生之年，只要越国不犯我，我绝不犯越国。”说完，流云公子就掷酒而去。

只留下万俟微澜一杯一杯复一杯，直到酩酊大醉，不省人事。

第二十三章　落尽琼花天不惜

“你不要心急，簌茸灵芝是越国至宝，想必是不容易拿到的。”苏释倾接过丫鬟送来的热茶，递给万俟微澜。不知道为什么，看着万俟微澜这样愁眉不展的样子，她才觉得这个人真实一些，不再是那个自己触碰不到的逍遥公子，不再是自己理解不了的世外高人。他与自己一样要发愁，与自己一样，身不由己。

接过苏释倾手里的茶，万俟微澜却没心思喝，顺手放在了桌子上。他回越国已经三天了，但是王兄一直没有答应关于簌茸灵芝的事。

“流云告诉我，风兮的性命就在这个月，我如何不急！”说起流云的时候，万俟微澜心里依然不能平静，但至少面上还是看不出端倪的。

那天喝过了那场酒，他们的情分也就算尽了。其实，他去云梦山庄的本意就是去醉一场的，只可惜百里风兮的事情让他们更早地撕破了脸，谈起了条件。

苏释倾低着头柔声道：“端华公主？”

“嗯。她没死，她一直在云梦山庄。”

苏释倾皱了皱眉，心里五味杂陈。若非端华公主出了事，自己又怎么会来到微澜公子身边？然而，就算自己来到了微澜公子身边，可他依然在为端华公主奔忙着。那个传闻中的女子，究竟是什么模样？可惜自己入宫晚，没能一睹芳容。

“那要这簌茸灵芝作何？”

万俟微澜摇了摇头，道：“详细的情况流云未和我说，我只知道是拿去救百里风兮的。”这时，他才端起茶来喝了一口。

“只是这么一句话，公子就连夜赶回来去求大王，人都瘦了一圈了。”苏释倾笑了笑，“公子要救人，自己也要保重才是。”

“我知道。只可惜风兮人在宴都，无缘一见……吃饭吧。”

万俟微澜站起身，走到那边已经布置好的饭桌前。苏释倾顿了顿也跟了过去。二人坐下用饭，自无话说。可是，方才万俟微澜话里的意思是再明白不过了，求簌茸灵芝是为了救百里风兮一命，更是为了再见她一面。苏释倾挑起几粒米饭，细细嚼了半天才咽下去。

越王宫，玉裳殿。

万俟哲珈刚用过晚饭，就听见人来禀报说荣平公主求见。

“她来做什么？”万俟哲珈问了这么一句，但还是让人传她进来。

“见过王兄。”

“快起来，怎么这时候想着进宫了。可用饭了？”

“多谢王兄关心，已经用过了。”

有伺候惯了的宫人已经搬了椅子为万俟蕤薇设下了座，又奉了香茶。

“那就是有事了。微澜才烦了我几天，你不会也是为了这件事来的吧？”万俟哲珈挥了挥手，让多余的人退下，只留了几名心腹之人在旁伺候。

这时候的天已经暗了，各处都开始掌灯了，看着那些依次亮起的宫灯，万俟蕤薇笑道：“正是为了这件事。微澜不仅来扰了王兄，也来和蕤薇说过了。”

万俟哲珈笑道：“那你怎么看？”

万俟蕤薇顿了顿，答道：“依我看，不如就给了……”觑着万俟哲珈的脸色，后面的话突然就收声了。

“这世上就剩三棵了。”万俟哲珈叹道，“不是我想要独享。我原本是想咱们兄妹三人一人一棵，可是微澜竟是为了晋国的人来求的……”

“到底也是百里风兮。况且，她如今不回晋国却在陈国，自然是有些故事的。王兄不是也说，晋国这王位交替有些蹊跷吗？咱们何不做个顺水人情，看看百里风兮会不会有些作为呢？”

“她要是没有作为又该如何？白白浪费了。”

万俟蕤薇缓缓地笑着，没有马上回答，她知道，王兄自己会考虑清楚的。

“我总是想见见这位公主。”万俟蕤薇的笑容里夹杂了一丝与她不符的无奈和自嘲，“她与我是不同的。那样一个为天下传诵的女子……王兄难道就不想见见吗？”万俟蕤薇看向了坐在自己对面的兄长。

“眼前不就有一位与之齐名的人吗，我又何必舍近求远。”

万俟蕤薇笑着摇了摇头站了起来，道：“王兄，你知道的。不同的。我走了，这件事你就顺了微澜的意思吧。”

万俟哲珈并没有马上答应，但当万俟蕤薇出宫门的时候，还是看见了捧着锦盒的宫人快马加鞭去向万俟微澜的府邸。在夜色里，万俟蕤薇忽然让人停轿，她想要自己走走。就在下午，万俟微澜来找过她，对她说了很多，勾起了她对那个异国公主的无限向往。她们齐名，却从未见过面。

“百里风兮这等传奇女子，若这么早就离世，实在太过可惜。她应该做到更多我不能做到的事。”万俟蕤薇仰头看着天空的星辰，想象着百里风兮的模样。万俟微澜答应了她，若事能成功，他便画一幅百里风兮的画像给她当做谢礼。可是万俟蕤薇想要的哪里只是一幅画像呢，她想要的明明是如她那样的人生。可是，有那一幅画像，总比什么也没有的强吧……

陈国在北，风雪早至。万物凋零，松柏独翠。

流云公子披着一件玄色暗花的大氅正走上听涛小筑的台阶想要推门进去，却看见那边桥上孤零零地站着一个人。他皱了皱眉，伶俐的下人忙道：“我们劝了，可是百里姑娘不听，非要去那里……”不等下人说完，流云公子已走向了石桥。

石桥上铺满了雪，人走在上面发出咯吱咯吱的声响。那一件白狐披风已经丢在了地上，百里风兮穿着她最喜欢的白绸广袖月华衫立在风雪桥头。不知她在那里站了多久，只是从背后看去，那一身都是雪白的，真像是天上的仙子，半分烟火气也没有。

“你……”流云公子走近了，伸手想要拂去她肩头的落雪。他想，无论如何先劝她回屋去。可是现在，他伸手张口，手未拂雪口未吐语，而是愣在了那里。

“吃惊吗？我也很吃惊。你走吧。”百里风兮没有回头，声音缥缈得如同呓语。

流云公子没说话，只是很快地拂去了她身上的落雪，然后将那玄色大氅披在了她身上，又强硬地扳转她的身子，很仔细地为她系好系带。

“为什么不走呢？”

“我们一起走。”流云公子去牵百里风兮的手，却没能握住她的手。流云公子的手一向很稳，他练剑，最重要的就是手要稳。可是现在，他却颤抖得连百里风兮的手也握不住了。这一刻他终于知道了，眼前这人不再是那个足踏红叶、飘然若仙的百里风兮了。她已经毁了，已经被百里扶苏毁了。而自己的一厢情愿，是不是也对她造成过伤害？

“你走吧，我不怨你了。这是我的命。只要有朝一日，你用百里扶苏的人头来我坟前祭奠，我也就瞑目了。”

“你不会死的。”

那玄色的大氅罩在百里风兮身上衬得她的脸很白，然而比她的脸更白的，是她那如雪的发。那一头白发！

“你还是这么有信心。”百里风兮笑了一下。

这一刻，她心里忽然生出了几许欢喜，于是她笑着道：“凰图的接头暗号……”

“不要说！”流云公子退开一步，伸手捂住百里风兮的嘴，手背上立刻滴了两滴灼热的泪。

百里风兮泪眼盈盈地看着他，呜咽道：“我就要死了，再不说，你就不会知道了。”

流云公子看着她，那双眼睛依然让百里风兮着迷。这一刻，她仿佛能从他眼中读出一切不能言说的情意。两人在风雪中静静地凝视，纵有万语千言，也都不必再说了。

可是，百里风兮不得不说。

“这几天我也有出去，我都听说了……关于你的传闻。水翩跹在王宫病不能治，一回到云梦山庄却好了。王宫不是真正的凤鸟归顺所在，所以才会这样。流云公子才是天命所归。”

“风兮，你听我解释……”

“不用了。我并没有怪你，也没有生气。那是你的谋划，并不算骗我。萧然，我想清楚了，你是个有野心有谋略也有仁心的人。凰图在你手中应该能发挥更大的用处。萧然，好好用它。”

“怎会与你无关？”

百里风兮像是没有听到流云公子的话，自顾自地说道：“我答应过王达，不会再让他们等十五年了。你也要答应我，要好好善待他们。他们会助你成就千秋霸业的。”

“没有他们我一样可以成就千秋霸业，但是，我忽然不想失去你。百里风兮，我不想失去你。”

“还有叶沉和绿筠，你也要照顾好他们。”

“不要和我说这些，这些是你的人，是你的责任。”

“可是……可是我就快死了啊。”

“你不会死的。微澜已经答应去取簌茸灵芝了。”

“簌茸灵芝岂是这么容易得到的?”

“这你不用管。”流云公子伸手拭她晶莹的泪，他的目光描摹着她瘦弱的脸。他不忍看这样的她，唯有把她拥入怀抱，“百里风兮，你不能死!”百里风兮将头靠在流云公子的肩上，她看见雪花纷纷扬扬，她记得在很早以前也有人说过类似的话。那人说——百里风兮，你不准死！不准……不能……“我不想独揽江山，坐拥孤独。我——”“我爱你。”百里风兮抬起手抱住了这个给她温暖，予她希望，在此时此刻依然对她不离不弃的男人。其实这句话甫一出口，她自己也愣了一下，不过她立刻就微微地笑了起来，在这生死离别之际，她也终于不用再顾忌其他。她只想听从自己的心意。她爱他。北风灌满了流云公子微张着的口，他已经忘记自己要说什么了。只是觉得，这一刻，或许就该天荒地老。

逆风北上的路并不好走，万俟微澜比预定的时间晚了一天才到云梦山庄。

“你晚了一天。”流云公子拿着锦盒，细细地摸索着那上面浅浅的纹路。

“路，并不好走。”

“那就再劳烦你走一趟，可好?”流云公子抬头看着万俟微澜，然后将锦盒递给了他，“和解无忧一起去听涛小筑吧，她在那里。”

“你呢?”

“我就不去了。”流云公子抖了抖长袍，坐了下来。

万俟微澜皱眉道：“不去看看她吗?”

“我还有更重要的事要做，你和解无忧去就可以了。”

“原来你这么无情。”万俟微澜淡淡地抛下这一句，转身就走了。

流云公子喝了一口茶——苦极了。

万俟微澜和解无忧连夜赶到听涛小筑，那时候，百里风兮已经是半昏迷的状态了。解无忧诊了脉，忙拿了簌茸灵芝去做药。可是万俟微澜站在那里，却连一步也动不了。

那艳如红梅的脸庞，什么时候变得这样苍白、瘦削。那矫若游龙的身姿，什么时候变得这样死板、僵硬。而那一头的白发……

万俟微澜心里一酸，几乎流下泪来。

“公子请坐。”还好下人送来热茶，这一打岔，万俟微澜才坐了下来。然而，他却没有再看百里风兮一眼——那样的人恐怕是不愿让人见到她这个样子的。那流云呢，流云不来，是不是也是为了保全她的尊严？

万俟微澜不知，但是他却愿意相信。相信那个为天下倾慕的流云公子，不是这等无情无义之人。“云山苍苍，江水泱泱，公子之风，山高水长。”这四句话是从他口里传出去的，他相信自己不会看错人。

等待是漫长的，百里风兮间或醒来几次，但又马上昏迷了过去。万俟微澜帮不上忙，只能看着解无忧一会儿喂百里风兮吃药，一会儿在她手上扎针。等到天空放白，等到解无忧擦汗坐了下来，他以为一切已经好了，然而解无忧却说：“如果她能见到明天早上的太阳，那才会好。现在说好，还太早了。”

原来，还要等。

“表哥，不必在这里陪我的。”水翩跹笑着为流云公子换了一杯茶。这已经是第三杯了，前两杯都已经凉透了。

“没事。”

“如今流言四起，不知道陈国是什么反应。”水翩跹款款地在流云公子下首坐下。

“在向着我们希望的方向进行。”

“那表哥为何还愁眉不展？”

流云公子摸了摸眉间，笑道：“没有。”

“是为了端华公主吧？”水翩跹低头饮了一口热茶，虽没有看流云公子的眼睛，可那锐利的眼神还是割伤了她的心。那是一种带着防备的、危险的眼神。

“表哥不要这样看着我，我只是为端华公主高兴。”

“高兴？”

“能得表哥眷顾，若是我，只怕是死，也甘心了。”

“她不是你。”流云公子收回了目光，不着痕迹地深吸了一口气。

水翩跹难得地皱了皱眉，“表哥的话永远都这么伤人。”

“对不起。”

“没什么对不起的，都是我自愿的。人各有命，强求不得。”

闻言，流云公子只得笑了笑，却也轻松了不少。

"和你相处，总觉得很轻松。"

"那便好……对了，翩跹想问问表哥，为什么不去看看她。留在我这里枯坐，不见得是为了我的病吧。"

流云公子想了想，看着水翩跹，道："也就只能和你说说了。"

"翩跹洗耳恭听。"

"其实也没什么……只是有些怕。"

"怕？"水翩跹睁大了眼睛，似乎觉得不可思议。她笑着摇了摇头，"从小到大，这是第一次听你说怕，便是把你放在毒蛇堆里也没见你怕过。"

"那哪里是什么毒蛇，不过是解无忧骗我们的。"

"就算不是毒蛇，七八岁的小孩子放在蛇堆里，那是好玩的？"

说起往事，流云公子也不禁有了笑意。只是为什么那时候总是特别想要长大呢。现在看去，那时候才是最自在的时候。

"是啊，并不好玩，但是我也不怕。可是这一次，我却有些怕了……我怕她真的死了，我也怕别人知道我真的关心她。"

"前者我知道，可是……"

"翩跹，别忘了我们在做什么事。我不想让人抓住我的软肋。我不可以有软肋。"

水翩跹怔了怔，然后道："那表哥就拿翩跹做挡箭牌吧……"

"怎么可以？"

"至少那样，我还能得到表哥几分眷恋，哪怕是假的。"

流云公子看着水翩跹姣好的面容，实在不能理解，"假的拿来又有何用？以你的才德，天下何人不堪匹配？"

"假的，总比没有的好。"水翩跹勉强笑了笑，"表哥，你不会懂的。"

"我是不懂，所以我也不会这么做。好了，天色不早了。你早些休息。我回头再来看你。"

水翩跹坐在那里没动，只是长长地叹了一口气，好像很累，很累……

黎明之前是人最疲累的时候，但是流云公子还是没有睡意。听涛小筑还没有任何消息传来，百里风兮究竟是死是活？不过，无论她是死是活，恐怕得知消息后，流云公子都不会好眠。

时间慢慢地锯过流云公子的心，三天过去了，可解无忧还是没有传来一点儿消息。云梦城里一切如故，那纷纷扰扰的关于凤鸟的流言并没有太过影响百姓的生活——因为在他们看来，流云公子本来就是天命所归，并且，陈国的朝堂上也保持了一种压抑的平静。

似乎可以预见，流云公子也会如扶苏公子一般，然而扶苏公子毕竟名分使然。流云公子要想掌控陈国，却并没有那么容易。陈国国主司徒昊的诏书就这么到了云梦山庄。

“诏书上说什么？”水翩跹看流云公子面色如常也就放心了，但还是不免问上一问。

“让我去一趟王宫。朱佩，你怎么看？”

朱佩皱眉道：“这件事我一直没有插手，我也说不上来。不过若去，只怕会有鸿门宴。”

“不去又能如何？”流云公子站了起来，“备马，去宴都。”

“表哥……”

“翩跹，你留在这里。”

“我总该和你一起去吧。”朱佩笑嘻嘻地说道，仿佛那只是去赏花游乐。

流云公子看了他一眼，笑道：“你难道不陪萧铭暖吗？再说云梦山庄总需要有人主持。翩跹一个人留在这里我不放心。”

朱佩想了想，道：“那好吧，不过你可得快些回来，不然，我就把云梦山庄霸占了。反正现在我也无处可去。”

“得了，我一定尽快回来。”

去宴都的路上，流云公子是想要先去一趟听涛小筑的，但想了想还是忍住了。可是进了城，司徒昊却并没有马上宣召他。听说，是青云将军回朝，故而耽搁了。

流云公子在驿馆住了下来，现在他不能动，他的周围一定布满了眼线，他不会给他们可乘之机的。只是那青云将军……

“他这个时候回朝做什么，就算要抓我也不用着他啊。”流云公子敲击着窗棂，细想着陈国的兵力分布。就在这时，门童通报，说是青云将军前来拜访。

流云公子一笑，整了整衣冠，走去前堂。青云将军郑启涛去了铠甲，一身常服倒是像个书生。他的年纪不大，出生将门，却不愿依托祖上恩荫，硬是从最小的士兵做起。他如今坐上青云将军的位子，虽然也脱不了家里的关系，但更多的却是他自己一刀一剑拼出来的。如今的他，是陈国青年一代里最得司徒昊倚重的。他今日来，又是为何？

“将军久候了。”流云公子飘然步出。郑启涛满腹心事前来，当下一见也不免心生好感，只觉得烦恼事去了七八，还有二三想必也能消除。

“流云公子。”郑启涛抱拳一礼。

“请坐。听闻将军日前回朝，不知所为何事?”

郑启涛想不到流云公子问得如此直接，他倒是有些踟蹰起来。流云公子也不急，端起茶来缓缓地吹着茶叶末子。

“我回朝这一路上都听见了有关流云公子的传闻，不知真假，所以前来问问。”

郑启涛没有回答流云公子的问题，但是细想他的话，流云公子也就知道了个大概，当下笑道:“流云这些日子忙着照顾贵妃娘娘的病，深居简出，不知外面有何传言?”

“这……”郑启涛皱起了眉头。这传言他当然不好说出口，只是想不到流云公子会这样堵他的口。然而，更让他忧心的不是流云公子的态度，而是朝堂上那些大人们的态度。听闻了这样的传言，朝堂上居然没有什么人来指责流云公子。

流云公子并不想把话说绝了，毕竟郑家手里握着十万精兵。他虽然在朝中早已布置妥当，可是郑家，却并没有与他有过交情。

“将军还是先回去吧……改日流云定会登门拜访。”

“也好，家父也仰慕流云公子多时了。”郑启涛不说自己而说他父亲，流云公子便知道自己想得不差了。郑启涛武将出身，说完话也不客套，略一为礼就告辞了。

“陈国国主怎么突然这么聪明了……想起用郑家来了。”流云公子皱着眉，想，明天或许就该去郑家看一看了。

第二十四章　世事未必尽如意

百里风兮张开眼的时候，就看见万俟微澜伏在桌上，他在睡梦中还皱着眉头，不知在为何事担心。解无忧也在。然而，流云公子并不在。她并不知道已经过了多少天了，自从那天流云公子来后，她就陷入了时而昏迷时而清醒的状态。

现在，她似乎还活着……似乎……

百里风兮摸了摸被子，那真实而温暖的感觉让她想再多睡一会儿，闭上眼，倦极了，马上又睡着了。

等到百里风兮再睁开眼的时候，看见屋子里所有的人都在盯着她看。

“解无忧没有骗我，原来你真的只是睡着了。”万俟微澜的声音有些嘶哑，可是，他的笑容还是那般淡雅温柔，让人觉得亲切。

“对不起，让你担心了。”百里风兮想要伸出手来，却被万俟微澜先一步制止了。

“你好好躺着吧。”

解无忧拉开万俟微澜，坐在了百里风兮床前，有些不耐地翻看了一下她的眼睑，嘴里不知在嘟囔着些什么。

“解无忧，我是不是真的没事了？”

“嗯，你命大。”

“那我的武功……”

"那就别想了。"

百里风兮眼神一黯，随即又笑道："还好，还活着。"

"知道就好。"解无忧打了个哈欠，"累死我了，你醒了，我就该去睡会儿了。都说微澜公子最是温文尔雅，怎么会不准一个老前辈睡觉呢，真是的。没见过这么不懂礼数的人。"

百里风兮笑了笑，对万俟微澜道："你也去睡会儿吧。"

"不用了。"

"去睡一会儿吧，我也再躺会儿，等我有了精神再和你说话。"

见百里风兮这么说，万俟微澜也就作罢，点了点头，由人引着去休息了。可是百里风兮此刻哪里还睡得着。若说前一次醒来还有些模糊，这一刻心里的欢喜却是压都压不住的，要溢出来了。生生死死，原来真的不是像说的那样轻松。

只是，为什么不见流云公子呢?

百里风兮想问，但是又不敢问。人们总是这样患得患失，有时候宁可没有答案，也不要那个让自己失望的事实摆在眼前。

第二天，她已经可以坐起来了，解无忧忙忙叨叨地给她配了药就想要回云梦山庄，却再次被万俟微澜拦下了，非要他看着百里风兮不可。

百里风兮本不想解无忧麻烦的，因为关于云梦山庄的事她大约能够猜到了，定是很忙的。可是看着万俟微澜眼中的关切，她也不忍再说什么。再者，她也确实是怕了，怕这又是一场镜花水月！她实在是折腾不起了，非要拉几个人陪在身边才好。

外面的风雪拍打在窗户上，让人疑心是有人在敲门，可百里风兮望了半天，却没有半个人来。屋子里暖极了，炭火烤得人脸庞发红。万俟微澜坐在椅子上，很小心地搅动着碗里的药，那黑褐色的汁子看得百里风兮心里发毛，却又不得不喝。这可是救命的药，再苦也要喝！

"放在那里吧。这次真要谢谢你了。"

万俟微澜试了试，还有些烫，也就索性放在了一边。他笑着道："应当的，不必言谢。你不是说过吗，我们是朋友。"

百里风兮清浅一笑，顿时又生出了别样的风致。万俟微澜初见她时，艳如红梅。然而，经历了这么多生生死死，她又多了一份从容淡定，如红梅经雪，更添了一份气韵。

"你看着我做什么?"百里风兮摸了摸脸，两个颧骨突在那里，"瘦了，不好看了。”

“你无论如何都是好看的。”

“这是骗人的话。”百里风兮道，“你就不想问问我都出了什么事吗？”

“你想说，我就听着。你不想说，也就罢了。绿筠能来找我，其他的我也没什么要问的了。”

百里风兮叹道：“那时候也只有你了……不知道什么时候我可以去看看东陵的山水……”

“等你身体好了，就和我一同回去吧。陈国……大约要乱了。”

“……是啊，要乱了。”百里风兮理了理袖口，捏起一根掉落的白发扔在地上，“哪里又能不乱呢？”

“至少越国还是清净的。”万俟微澜看着她，没有再提关于自己的事情，“那里的山水，不会因为人心而改变的。”

百里风兮微皱眉，道：“不知道我的头发还能不能再变黑？”

“我说了，无论如何你都是美的。”

“可女人总是希望……”百里风兮笑了笑，“我果然很贪心。”

“或许再问问解无忧？”

百里风兮摇了摇头，看着那发白如雪，垂落在肩头。

“他也没法子吗？”

“他不肯断言，只说我现在身体太弱，不宜用其他的药物，怕药物相克。”

“那也就是还有希望。”

百里风兮看着万俟微澜的眼睛，忽然一笑，道：“以前我也是这样想的。可是不知道为什么，现在，我却总是往坏的方面想。希望……光明……微澜，你说，人应该放弃这两样东西吗？”

“如果放弃了，那要如何走下去呢？世界一片黑暗，就算能走下去，可是无论走多远，都是一片黑暗，什么也看不见，那和不走，又有什么分别呢？”

“是啊，那样活着，与死何异？”百里风兮看着窗外。虽然窗户关上了，但又怎能阻挡她的视线呢，“我曾经放弃了……然而，又找到了……”

“我们都不应该放弃。因为这世上至少还有那些值得我们不计后果而为之付出的人和事。”万俟微澜这么说着，是为百里风兮，也是为自己打气。

屋子里静了静，只听见炭火爆了一声。万俟微澜端起药试了试，递给百里风兮。百里风兮接过药大口喝了，就着嘴里的苦涩，说道：“是啊，不该放弃。至少有人没有骗我……我还活着……"

万俟微澜低头看着脚下，知道她说的不是他。他笑了笑。两人又继续听着风雪声等待一个人的到来。然而，他们始终没有等到。直到几日后，解无忧才带了消息来，原来流云公子已经在宴都了。

"这个时候单枪匹马来宴都，委实有些冒险。"万俟微澜扶着百里风兮在院子里活动着身体，今天的阳光很好。

百里风兮没有说话，只是低头走路。等到她走累了的时候，她就倚着万俟微澜，看着远处的梅树。从万俟微澜的角度看去，正好可以看见她眼角内那一片薄光。她不知在想着什么事。

"微澜，告诉我，为什么会拿簌茸灵芝来救我。"片刻的停顿，在这寂静的小圆显得那么漫长。万俟微澜垂眸看着地面，那厚实的土地承载了这世上所有的悲痛。

"我若取来簌茸灵芝，则流云公子不犯越国。"

百里风兮笑了笑，道："如果流云公子没能成功，那么你和他之间的约定也就作废了。"

万俟微澜皱了皱眉。自从凤鸟出世，三国局势已经是一触即发。若流云公子不能成功，那么司徒昊也必定会挥师南下。那时候，越国自然是要与晋国同气连枝的……

"百里扶苏并不是一个容易对付的人，司徒昊不是他的对手。若想三国制衡，已经不可能了。"百里风兮叹息似的说道，"越国想要存活，必须自己变得强大。"

"可是，若流云公子成功，越国也不过是多活几载罢了。"

"活着就有希望，不是吗？"

"你已经在为他做说客了。"

"不，我只是在为自己打算。我需要借流云公子的力量来帮我复仇。"

"我不能帮你吗？"

"以一人敌一国，不智。"

"非战不可？"

"非战不可。"

"可是你不要忘了……我的妻，正是晋国的公主。"说到这里，两人都是一顿。百里风兮似乎有些尴尬地移开了眼。

"我都听说了……不过寿安公主已经死在了稷山之上。原本，原本……"原本是该端华公主下嫁的。这句话卡在喉咙里，还是咽了下去。

“我知道，这也不过是国家需要的一场联姻。幸而苏释倾是个不错的人。”

“苏释倾？”

“嗯，这个寿安公主的真实名字。”

“很美的名字，想必人也不错……你不会负她……”后面一句话带着些探寻的语气，百里风兮不易察觉地皱了皱眉。

“我负她的已经太多了，所以……我实在不愿再负她。”万俟微澜看着百里风兮。他无法给予苏释倾应有的情感，又怎么好再让她成为国家的罪人。

“对不起……”

“不必对我说这句话，你忘了，我们是朋友。”

百里风兮抬头苦涩一笑，道：“有着不同立场的朋友。”

“你好好保重，希望有一天，我们还可以坐在一起喝酒。”

“一定会的。微澜。”百里风兮轻轻地抱住了他，一种作为朋友的、纯洁的拥抱，“因为我们都没有放弃希望与光明，只希望世事如我们想的那般美好。”

“世事不能尽如人意的，风兮。不过，我也还是有所希望的。”

“那就好。”

第二十五章　雪满山河泼残酒

流云公子在郑启涛去后的第二天，正式去郑家递上了拜帖。郑家的仆人引着他走了许久才到后园的一个临水长廊，郑老将军已在那里等候了。

“果然是皇城都府，侯门似海，走了这么久才得见老将军。”流云公子站在廊下，见泉水飞溅，池鱼嬉戏，一语说罢，竟闭目聆听起来。

“听见什么了？”郑老将军正襟危坐，看着流云公子，似乎觉得有趣。他的声音像是吹过沙粒的风，平平淡淡的语气却像是在嘶吼。可流云公子还是闭着眼，仿佛无所觉。

过了好半天，流云公子才道：“这池子太小了。”

“哈哈，有趣，有趣。上来坐。”

“多谢老将军。”

流云公子刚坐下，就有窈窕淑女端着茶盘来放在了小几上，那边的小炉上还烧着一壶滚水。

“老将军喝茶？”

“哦。”郑老将军的眼睛眯成了一条缝，“喝茶好。”

“这个天气，似乎更该喝酒。”

“喝下去了，其实都一样。”

流云公子笑了，发现这个人很有趣，至少比他想的更有趣。郑家一门武将，但也多儒将。听闻郑老将军年轻的时候也是个风流之人。如今看那少女弄茶，倒也可以想见一二。

“有时候是一样的，有时候是不一样的。”

“什么时候一样，什么时候又不一样?”郑老将军看着远处一只仙鹤在雪地里跳来跳去的，好像很高兴。

“人对了，喝水也如喝酒一样快活。人不对，那喝什么也不对。”

“是这个理。来人，上酒。”郑老将军看着流云公子，解释道，“我本以为你是喝茶的人，但是现在发现你更适合喝酒。”

流云公子一笑，蓦地让人想起一个词来：蓬荜生辉。

酒是好酒，更是烈酒。郑老将军拿起来自顾喝了起来，并没有招呼流云公子喝。能喝酒的人，你不招呼也会喝的，不能喝的你再劝也是不能喝的。劝酒本就是喝酒的禁忌。

“好烈的酒。”流云公子也没有客气，一大口喝下去，只觉得喉咙里一阵辛辣。

“才下了雪，流云公子就来了，不怕积雪路滑吗?”

“忽然想来，也就来了。难道有风雪就不拜会名士了吗?”

“可是风雪伤人啊……尤其是木秀于林，更该知晓利害。”

“木秀于林，避与不避，其实都没什么。且倒了美酒一把烧了，朽木也罢，良材也罢，都做了灰烬。”

“嗯?”

流云公子站起来，深施一礼，复跪立而言，“凤鸟降与紫府，与有荣焉。恭而奉之于阙，心有惶惶，再三叩拜，唯祝永昌……”

“说人话。”

“哈哈……”流云公子忽而大笑，似乎自己也忍了很久，“这话我本是要说给大王听的，可是郑老将军既然要插手这件事了，我说给郑老将军听和说给大王听就都是一个道理了。”

“狗屁道理。老夫从不听这些。只有他喜欢这些个华而不实的东西。说到底，还是要有兵权……”郑老将军最后一句话意味深长，由不得流云公子不心惊。然而，两人对视一眼，却又都是笑吟吟。

“不过，我听说云梦山庄的景致不错，有空了我要去住几天。”

流云公子不易察觉地皱了皱眉，有些摸不清郑老将军的心思。按理说，郑家这时候出面一定是司徒昊示意的，然而郑老将军这几句话里又透着古怪，似乎不是要加罪于他。

琢磨了半天，流云公子没弄明白，于是问道："老将军什么意思？"

"没什么意思，你可以回去了。"

"回去……回哪里去？"

"自然是云梦山庄。"

流云公子笑了笑，"我若不打算回去呢？"

"你是个聪明人，不会自己找死的。"郑老将军喝了一口酒，满足地叹息道，"宫里我会去说的。"

"怎么说？"

"照实说。"

"不知道流云是否可以先听听？"

"不过就是四个字，子虚乌有。"

流云公子顿了顿，然后笑了起来。他知道郑老将军是真的喜欢他这个晚辈，所以哪怕他做错了一点儿什么，他大约也是会原谅的。所以他让他回去，打算把这件事抹平。因为他觉得流云公子根本没有这么大的势力来承接"凤鸟栖梧"这四个字。而水翩跹的事，也许只是一个巧合。郑老将军不愿意为了一些流言就对云梦山庄下手，毕竟流云公子在天下都极有雅望，贸然动手，对谁都不好。再说了，最重要的兵权在郑家手里，无论是陈王还是流云公子的死活，郑老将军其实并不是那么关心。他只是希望朝纲继续这么下去，继续由郑家把持着。所以，他不希望出什么大事。

可是，流云公子不这么想，他来宴都，其实就没打算要回去。所有的部署早在凤鸟的消息出来的时候就完成了。他怎么会这么轻易地回去，请神容易送神难啊……

"老将军怎么这样糊涂……要知道，三人成虎。"流云公子不慌不忙地拿起茶来闻了闻。郑老将军的眼睛又眯成了一条缝——酒已经不能喝了，这份人情看来流云公子也不想要了。

"陈国兵力虽有五十余万，然而都不集中。唯郑家有十万精兵，是个异数了。"是啊，正是因为如此，所以流云公子一直都没与郑家打交道，因为他知道要收服郑家并不容易。他选择的路是分而食之。

"你想说什么？"

"我想说的是，郑家虽有兵权，但也只是五中之一。"

“还有四成都在陈国，除了国主，谁也无法征召。”

“其实，老将军心里清楚，国主也无法完全征召。”

“你……”

“老将军听我说完。”流云公子持酒步下回廊，神情自如好似走在自家院落，“司徒国主虽然并非什么暴君，但确实……太过平庸了。如今乱世称霸，靠他，是不行的。”

郑老将军没有接话，他在思忖着流云公子说这话的底气何在。云梦山庄？云梦城？他虽然有些名望，但手上却没有兵马。就算是有凤鸟，到头来也只是空谈。然而，流云公子怎会是这样愚钝之人？有什么事，是他还不曾知悉的？

郑老将军细细回忆着有关流云公子的事，然而，如同百里风兮第一次前往云梦山庄时一样，平常总听人说起流云公子，然而细究之下，却发现关于流云公子的资料少之又少。

越摸不清流云公子的底细，郑老将军越不敢大意。郑家儿郎启蒙最要紧的一句便是知己知彼。郑老将军在战场上摸爬滚打了大半辈子，对这句话更有体会。

是自己小看了这个年轻人……

咕嘟咕嘟，坛酒被郑老将军喝完了。

“老将军，您再想想，明天我再来喝酒。”流云公子站在那里遥遥一拜，而后飒然而去。

“十万精兵啊！”出了郑家，流云公子长长地吐出一口气，“可叫人不敢小瞧。”

回到驿馆，门童报说一白衣女子让他去城北折柳亭一叙。

城北？白衣女子？

流云公子没有停留，当即策马而去。到了折柳亭却没见有人，流云公子先自嘲一笑，自己可是太过急躁了。再四下看了看，确实无人，他心下一时奇怪，却也无法，只得又回去了。

回到驿馆，天已经渐渐黑了，远处积压着几朵彤云，今晚怕又是一夜风雪。流云公子回房休息，并不让人打扰。今日，他有些累了……

“你果真去了折柳亭。”内侧珠帘内端坐着一人。流云公子刚关上门就听到这一句，脸色不由一变。

“解无忧告诉我那个小妮子的事，我本还有些不信的。”

“母亲……”流云公子入内，不易察觉地皱了皱眉。珠帘内坐着一妇人，明目生辉，神采不凡。她在年轻时必定是个美人，所以现在也能有如此风华。在大魏朝时，你一定不会不知道她的，然而，现在还有几个人知道东陵才女沈雪姒呢？

“为什么去折柳亭？”沈雪姒眼中带着些许薄怒，嘴角却是一抹冷笑。

流云公子低垂着头，眸光清冷不发一言。这个时候，在他身上看不到半点儿不羁、风流、儒雅、淡薄，他像是变了一个人。

“我听说你还答应了万俟微澜一些事？”沈雪姒短促地笑了一声，“你的事我不想多管，只是如今关系到你父亲的一生心血，我不得不来提醒一下你。”

“母亲，我知道自己在做什么。这件事我心里早已想过……就算为了朱佩，我也不想和越国开战。”

“朱佩本就不是我们的人，你不要妇人之仁。”

“母亲，你……”流云公子惊讶地抬头，正对上她母亲淡漠的目光。

“这些人，到最后，如果战死沙场，那最好。如若不然……”

“母亲，儿子就不能有些朋友吗？”

“你不该有。”

流云公子认命地闭上了眼睛，然而，却不能不继续听着沈雪姒的话。

“你要知道，那些人都是你的棋子。对一个棋子投入太多的感情，不是帝王明智的选择。”沈雪姒站了起来，走到窗边，“那个百里风兮还是死了比较好。”女人对女人似乎总是能更狠心一点儿，“凰图你要和不要，分别不大。只要郑家能识时务，一切都好说。”

“那要是郑家不识时务呢？”

“……血满山河又何妨。”

流云公子叹息了一声，没有接话。他的母亲有足够冷酷的心肠，却不明白，要成就千秋万世，并不能只依靠暴力。他不明白，为什么母亲这么偏激。然而，他也不愿与母亲说，在很早的时候，他们母子就已经没什么话好说了。

“我已经派人去杀百里风兮了。““母亲——“流云公子上前一步，惊讶地看着自己的母亲。沈雪姒闭了闭眼，转身向外走去，“不必再说了。”“请母亲收回成命……儿子，求您了。”衣料摩擦，跪地无声，唯听得那重重的叩头声。“咚”的一声，击在了沈雪姒的心上。她回头看着跪在那里的，自己的儿子。那是她的骨中骨，血中血。然而不知为何，这二十年来母子之间却是越来越多的隔阂。这是二十年来他第一次跪下求自己，却是为了另一个女人。沈雪姒抓紧了袖口，张了张口，却没有说出什么来。这一刻她终于知道自己老了。女人，只有在败给另一个女人的时候才会清楚的知道岁月的流逝。“儿子会做好一切的，请母亲收回成命。”“好……很好，你竟为了一个女人来求我……记住你说的话，若这江山稍有差池，我一定会先杀了百里风兮的。”“多谢母亲。”流云公子心里绷着的那根线终于松开了。从母亲的话里他也知道了，百里风兮应该已经好了，不然也不用再派人去杀她。百里风兮……

冬至，阴极之至，阳气始生，日南至，日短之至，日影长之至。

郑家没有如流云公子所想的那样屈服，甚至没有保持中立，而是直接站在了司徒昊身后。

“郑老将军，果然老了……”流云公子的语气里不免有些惋惜，然而，他并没有如沈雪姒所说的要弄一个血满山河。他要的是千秋功业，而不是江山凋零。在能不打仗的前提下，流云公子绝不想轻燃战火。他们筹划了这么久，不就是想以最小的代价，来完成这一切吗？

然而，郑家明确地站到了对立面，就让如今的局势有些吃紧了。流云公子敲击着窗棂，眼睛却看着桌上那张帖子——要进宫贺冬啊！

冬至大如年，今日百官贺冬，司徒昊却偏偏给他发了张帖子。看来是筵无好筵会无好会。然而，他还是要去的，无论如何都是要去的！

陈国王宫，大光明殿。

郑老将军坐在国主下首的位置，看着门外。今天的冬至节与往年有些不同，大殿之上异样安静。百官已至，然而筵席却未开。郑老将军对面还有一个席位空着。

郑老将军确实老了，不愿再冒险了。目前看来，司徒昊是一个很好的傀儡，而流云公子的底细他虽然还不完全清楚，但总觉得为了一个江湖晚辈而轻易放弃现在的安逸生活，有些吃亏。所以，他选择了站在司徒昊身后。他并不认为流云公子有了凤鸟，就能翻天。

“流云公子到——”随着一声唱喏，所有人的目光都看向了那大门。门外风雪飘摇，待了半日才见一人孤身而至。

那样一个人含笑站在大殿中央，由不得人不倾心。司徒昊并不是第一次见流云公子，然而这一次他也不由得坐正了身子好好打量了他一番。眼前这个意气风发的人和往日所见的那个内敛雅致的人，似乎有所不同。

“流云见过国主。”流云公子施礼，声色平和，举止有度。

“赐座。”

“谢国主。”

流云公子坐在了郑老将军对面，脸上的笑意似乎更深了些。郑老将军还在看着外面——流云公子孤身前来，就不怕横死当场吗？

宫人鱼贯入内，奉上美酒佳肴。然而，在场的人又有几人能够开怀畅饮？

司徒昊把玩着手里的杯子，不知道是否有人在殿外正等着他掷杯为号？

流云公子喝了一杯酒，他今天来并不是来喝酒的，然而，现在他却只能喝酒。因为第一个开口的人并不应该是他。

司徒昊这时候有些恍惚，眼下这个局势对他不利，很不利，因为无论谁胜谁负，他都只是一个傀儡。很早以前，他就知道自己资质平庸，在这乱世不能有什么作为，但也决计想不到会沦落到今天这个地步。

郑老将军咳嗽了一声，唤回了司徒昊的神思——无论如何，现在他和郑老将军是站在一条船上的，就算做傀儡也是个王。可是，流云公子想要的却……

“不知道翩跹近日怎么样了？”司徒昊问了这么一句。郑老将军的脸色有些难看，流云公子也滞了一下——这并不是一个好的开场。

“贵妃娘娘……近日身体康健。大王不必挂心。”

“哦。”司徒昊应了一声，大殿之中又陷入了沉默。他还想再掂量掂量。他现在可以肯定凤鸟是一个圈套，最后的得益者不是自己，而是流云公子，可是，设下这样一个圈套的流云公子，究竟在朝在野拥有多大的势力却是不得而知。虽然有郑家撑腰，自己也不想放弃王位，可是司徒昊还是不想太过得罪流云公子。人对于未知的事物总是怀有莫大的恐惧的。

若是换成别人，司徒昊或许会当机立断，杀了他。可是，那人是天下倾慕的流云公子啊！当初就是因为流云公子光芒太盛，所以晋、越两国的人才会找上他，而没有直接来陈国王宫！如今，他这么做岂会没有后手？

就在司徒昊出神的时候，郑老将军举杯对流云公子道：“昔日多闻流云公子美名，当世三公子，晋有扶苏，越有微澜，陈有流云。说来，公子实在是为陈国增光不少。”

“都是陈国国主的福分。”

此言一出，满堂俱惊。只听哐啷一声，原来是御史大夫手中的酒杯不曾拿稳。流云公子笑了笑，没有再说什么。然而，有了一句“陈国国主”，还需要说什么？他流云公子从来就没有把自己当做陈国人！

郑老将军两眼怒睁，正想说什么，却见一个宫人急急忙忙地跑至司徒昊跟前禀报了什么。司徒昊皱了皱眉，交代了一句，然后看了一眼流云公子。那宫人退下，一并命人关上了正殿大门。大殿内更静了。有人在这冬至时节也忍不住冒出了汗。

司徒昊扫视了一眼大殿文武，这里面有多少人是支持流云公子的？

“凤不栖梧，凰不出图，君临天下，据何以安……”声音由远及近响遏行云，虽不知是何人所语，却着实把大殿里的人惊回了神。

郑老将军看向司徒昊，而司徒昊却有些无奈地挥了挥手。

“宣。”

那雕刻着龙御九天的大门被再次开启，只见一人衣袖灌风，呼啸而至。她走得极快，裙裾荡漾如怒海波涛，步摇颤动如逆风劲竹。然而，她的眼却是那般动人，占尽了人间风流。她打量着这个大殿，那些漆黑的柱上绘着暗红的纹饰，脚下光可鉴人的木质地板也是暗色的。这就是大光明殿，这就是魏朝的大光明殿！那暗沉而庄重的颜色让人从心底里生出肃然之感。在这里，帝王同臣子言说着家国天下！

“晋国端华拜见陈王，愿陈王万寿无疆。”百里风兮一袭白衣，就像是一把明晃晃的剑，刺入了这阴霾的局。

流云公子握着酒杯的手微微有些僵硬，那发白的骨节说明他是怎样的克制。他想不到百里风兮会来，也不知百里风兮为何而来。然而此时此刻，他坐在了这大殿之上，就必须保持他的风度，不容许有任何闪失。他不攻城，今日殿上，旨在攻心！

“端华公主……”司徒昊的语气里带着一丝还未回过神来的虚无感。方才宫人来报说晋国端华公主求见，他让人挡了。此刻他却想到，那稷山之上，端华公主早已不在。然而眼前这个人，白衣若仙，艳丽如梅，这世上是再也找不出第二个这样的人物了。不是端华公主，却又是谁？

“请起。”司徒昊慢了半拍，群臣这时才想起交头接耳。方才静如坟墓的大殿，这一刻又闹得人心烦意乱。

百里风兮盈盈起身，身形风流却自有一番威仪，当下朗声道：“闻陈国贺冬，端华冒昧前来，万望陈王不怪。”

司徒昊心里自嘲一笑，已经够乱了，再多一个，也无妨。

“怎会，还请公主上座。”

“多谢陈王不怪。”百里风兮略点头，却并不朝侍者指引的方向去，而是径直走到了流云公子座下。

大殿之内均是一人一几，如今百里风兮走到流云公子身侧，在众目睽睽之下，竟席地坐了下来。

司徒昊的脸色这下也十分难看了，而殿上其他人的表情却变得十分精彩。连郑老将军都张着口忘记了合上。

流云公子侧头看了看百里风兮，虽然她的脸色还有些苍白，不过看上去精神很好，头发也恢复了往日的黑色。这让他多少有些放心了。只是，眼下这戏剧性的变化，却是他始料未及的。

大殿里渐渐安静了，只听司徒昊笑了一声，问道："久不闻端华公主消息，我陈国君臣可十分关心。方才失态，还望公主见谅。"

"哪里，陈王及各位大人这般关心端华，端华感激还来不及，何来怪罪之说?"

司徒昊这么说也不是没有道理的，对于稷山之上的事，陈国毕竟是给人背了黑锅，他们是一心想要找出幕后黑手的。

"公主怎么突然会进宫来？我陈国边关，倒是没听闻公主一点儿消息。"

百里风兮不疾不徐地答道："自稷山之后，端华奉王兄命，有事与流云公子相商，故而不曾露面。想不到今日来陈王宫里，一路之上倒是听闻了自己的死讯。端华心里好生不快啊！"末了一句，犹如七弦琴断，铮的一声，震得陈国君臣一滞。

郑老将军冷笑道："不只陈国，只怕晋国也是如此传言的。公主大才，区区几句传言，何必动怒?"

"老将军尚在堂，不知令公子着孝，会有何感?"

"你……"

流云公子微微皱眉，他不曾见过这样的百里风兮，咄咄逼人，精明强悍得让人生畏。

转瞬，百里风兮又笑着对司徒昊道："不知道端华今日是否有幸能一见凤鸟?"

司徒昊冷着脸道："公主神通广大，又怎会不知凤鸟现今何处?"

"哦……"百里风兮看向流云公子，"是在云梦山庄？我记得水姑娘就是在云梦山庄出生的吧?"水翩跹在哪里出生的并无人知晓，可她是流云公子的表妹，在来到王宫之前，早已在云梦山庄扬名了。

"其实，我这一路来不仅听闻了关于我的传言。"百里风兮站了起来，踱步至中央，风姿迤逦顾盼生辉，"还有一则传言，想必各位也都知道。"

"公主……"

"那就是——云梦山庄才是凤鸟所栖之所！"

百里风兮的声音明显盖过了司徒昊，她站在那里，眼角斜斜地看向坐在王位上的司徒昊。那样的眼神让司徒昊一惊。百里风兮的眼里竟是恨。司徒昊自问他没做过什么对不起百里风兮的事，何来的恨意？

百里风兮转过了身，看着门外玉阶，她并不是恨司徒昊，只是看到先祖的宫殿被他人霸占，如今身如浮萍的她心里不免有些激荡。

所有人都静静地看着百里风兮那被风吹动的裙裾，这个突然闯入的端华公主，挑开了所有人心里的那层纸。然而，却没有一个言官起身来骂，却是为何？

被她的气势所迫吗？抑或，他们早已倒戈……

郑老将军的眼角有些抽搐，霍然站起身来，“本国内政，不容旁人乱议。饶你是公主之尊，本将军也要……”

“老将军是要杀我？”百里风兮侧着头，笑得甜魅。

然而，流云公子却不禁皱了皱眉，直觉，百里风兮似乎在抢时间，从刚才到现在，似乎都显得太过急躁了。他正在如此想着的时候，却见百里风兮看向了自己。

“如此，端华就只好告辞了。流云公子，不送送我吗？”

“好，我送端华公主。”流云公子站了起来，不紧不慢地向司徒昊行了一礼，又向郑老将军一拜，这才走到百里风兮身旁，伸手做请势。

百里风兮一笑，负手离殿。

案上一应珍馐全都散落在了地上。司徒昊沉着脸，一时气得说不出话来。再看一眼殿上众人更觉得碍眼，他冷哼一声，抬脚转入内殿。

众臣看着司徒昊走了，心里一时五味杂陈。郑老将军僵着身子迈出了大殿，众人立马也跟了出去。只见漫天风雪之中，百里风兮与流云公子眼看就要出玄武门了。

走在平坦的宫道上，百里风兮突然顿了一下。流云公子转头看她，不由大惊。只见她嘴角嫣红，一口鲜血已经滴落在了那白绸衣上。

“风……”

“扶着我，走。”百里风兮的背依然挺直，她的话也不容违背。流云公子也知道此刻二人身后是何等情况，便深吸了一口气，扶着百里风兮。二人走出了王宫，留给大光明殿一个携手同心的背影。

“我能做的只有这些了。”百里风兮边走边说，那血也就顺着她的嘴角涌了出来，可是，她的眼睛还是看着前方。

“十五天，最多十五天。十五天后，你若还不能收服陈国，晋国赐死我的诏书也就该到了。”

这是一个时间差。稷山之上，百里风兮生死未卜，虽然传言确确，可晋国并没有发布端华公主的死讯，也没有夺去她的封号，所以，百里风兮以晋国端华公主的身份来了。她带来了很多疑团，但是无一例外都对流云公子有利。现在，她站在流云公子一边，等同于晋国站在流云公子一边。

那些还在摇摆不定的人，再不站队，恐怕就晚了。

然而，一旦晋国得知百里风兮的行踪，那个多才多艺的扶苏公子，又怎会放过她？到时候，若流云公子还没有收服陈国，那陈国则会连同晋国，置他们于死地。

流云公子揽过已经晕倒的百里风兮，回头看了一眼那高耸入云的宫殿，苦笑道："百里风兮，我是该谢你，还是该……呵……还是谢你吧。"

第二十六章　我命由我不由天

马车摇摇晃晃地向着云梦山庄而去，被丢在身后的那一切，自有人会在暗中操纵。过了今天，会有多少人向自己投诚？过了今天，郑家会如何对待自己？流云公子叹息着不愿再去想，他已经很累了。现在抱着怀里的人，这一刻的相拥显得那么珍贵，不要再让别的事情来打扰他了。

"百里风兮，你知不知道，一旦败了，恐怕我们就再无见面的机会了。"流云公子的眼神有些迷离。

沈雪姒的话已经说得很明白了，流云公子不想有任何闪失——他败不起。

不过还好，今日一朝风云际会，百里风兮无疑是帮了他一个大忙的。因为郑家明确了态度，所以朝堂上也许本来已经依附于他的人会产生动摇，那样对他很不利。然而，百里风兮的出现却为他扳回了劣势。只是……只是她未免太冒险了，在大殿上她抢着说话，就是因为知道自己撑不了多久吧？

"你真是很傻啊……"流云公子理了理百里风兮的头发，那白皙修长的手指却染上了一抹不祥的黑色。他记得当时在雪地里那一头白发，何其凄凉，今日殿上见她那般张扬，几乎都忘记了她重病初愈。重病初愈……应该，应该治好了，不然，这已经过了一月之期……

流云公子凝眉一顿，有些僵硬地将手放在鼻子下闻了闻。

"墨汁……"

流云公子的眼神一瞬变得很复杂，低头看着怀中那个已经不省人事却依然不减光彩的女子。

"没有好吗……"

流云公子突然意识到，百里风兮不仅是启用了端华公主的名号来帮他，更是用她的命在帮他！

用锦帕擦了擦，那黑色的发丝就在黑白之间折射出了一种难看的灰色。流云公子抱紧了百里风兮，对外怒喝道："去找解无忧！"他原本以为她是好了的，虽然身体虚弱些，但应该已经没事了的。可是看着她吐血，看着她的发丝，他终于忍不住有些害怕了。他，真的不想失去她。

马车加快了速度，在雪地里滑出一道绵长的弧线。

解无忧在云梦山庄里无端打了个喷嚏，咕哝道："谁在骂我？"

"您在说什么？"绿筠放下几盘糕点，"叶大哥的腿怎么样了？"

解无忧摸了摸鼻头，道："他的腿比先前好了些，至少那些经脉好了些。"

"怎么你一个人先回来了？风兮呢？"

解无忧打了个哈哈，道："腿在她身上，我怎么知道。"他这么急着赶回来，其实是不想和流云公子这么快遇上，要知道百里风兮的事是他去和沈雪姒说的。其实，他也是一片好心，唉，怎么做好事的人还要躲着人呢？解无忧心里有些郁闷。

"你真不知道？"这句话是叶沉想问的，但却不是他在问。流云公子抱着百里风兮大步走了进来，沉着脸，怒气敛于眼底，但依然让人生畏。

解无忧像是被踩着尾巴的猫一样跳了起来，不过，这一次他没有逃，而是选择了另一个对策。

"我从小看着你长大的，你怎么这样阴阳怪气地和我说话，还有没有尊卑？"解无忧指着百里风兮道，"我一把老骨头了，为了她来来回回跑了多少趟，你不说好好体恤我，还给我脸色看？你要怎么样，我还就不救她了！"

"你……"流云公子气极，一句话卡在了喉咙里。

绿筠早过去扶了百里风兮。叶沉皱了皱眉，道："解先生这到底是怎么回事？"

"解无忧，那件事我还没找你算账。这件事你要是再给我办砸了。呵……"流云公子冷笑一声，让解无忧顿时竖起了汗毛。

"交给你了，先救人，我在书房等你，你得给我一个交代。"不待解无忧分辩，流云公子已经转身走了出去。他知道这是对付解无忧最好的办法，快刀斩乱麻。一旦和解无忧纠缠上了，那就不知要耗费多少时间了。

“解先生，还是先救救我家小姐吧。”绿筠担忧地看着百里风兮。

“救救救！一天到晚就知道使唤我，当年也不知道是谁带他去见世面的。”解无忧嘴里这么说，可还是走到了百里风兮身旁，为她把了脉。

“这个小妮子也真是的，才好就跑去折腾，当真以为簌茸灵芝能起死回生。把她先送回房去，我去配点儿药来。”

看着解无忧的背影，叶沉狠狠地皱了皱眉，绿筠已经和瑞雪一道扶着百里风兮回房了。现在，他或许该去找流云公子谈谈。

为什么出去时还好好的人，回来就成了这样？而簌茸灵芝不是越国至宝吗？

“在解无忧给公子交代之前，公子似乎也该给我一个交代。”

叶沉来到了流云公子的书房，朱佩也正好在，似乎正在向流云公子汇报什么。见叶沉来了，朱佩看了看流云公子，又看了看叶沉，道：“你们先聊，我回头再来。”

“多谢。”叶沉向朱佩一点头。

朱佩不自然地笑了笑，走了出去，很仔细地为他们关上了门。

流云公子坐在紫檀桌案后，眼神有些复杂地看着叶沉。叶沉不避不闪。两人对视了片刻，流云公子一叹，站了起来，绕过桌案走到叶沉身前。

“我会还你一个完好的百里风兮，她不会有事的。”

“为什么会这样？”

“她的病其实一直都没好，我让解无忧先瞒了下来。”

叶沉挑眉，难怪风兮的脉象那么怪。

“那现在……算是病发？”

流云公子摇了摇头，又点了点头。

“总之是病了，不过应该……应该没事。”

“簌茸灵芝是怎么回事？”

屋里的空气似乎凝结了。良久，流云公子负手走回了桌案后，重新坐了下来，这才说道：“你不需要知道。”

叶沉果然也没有追问，流云公子过了这么久才答复他显然是经过了思考的，那么他再问也问不出什么来了。可是，他知道一定出了大事，否则流云公子那样的人，怎么会将怒气显于人前？他们都是一样的人，筹谋算计阴狠毒辣，不过是在这外面披上了一件温文尔雅的袍子罢了。然而，眼前这人比自己做得好了太多，能让微澜公子说出那句评语来，并不简单。

“好。无论如何，谢谢你。”

“你若真的谢我……”流云公子垂下眼帘，只现出一缕薄光，“不如帮我。你久在玄息阁，外人或许不知你名声，但你的智谋胆略，流云很是佩服。若你能帮我，想必这一路会顺利很多……”

叶沉看着流云公子低沉地笑了一声，没有再说什么，缓缓移出了书房。他一走，解无忧就来了。朱佩拿着账簿似的东西站在一株苍松下，看着解无忧进去了，无奈地笑了笑，自语道：“再等等吧……”

解无忧一进书房就坐了下来，但是并不吭声。流云公子略调整了呼吸，这才打算发问。

“到底怎么回事儿？为什么她会跑到陈国王宫去？你怎么没跟着？”

解无忧扛了半天，实在是因为被流云公子这么盯着太难受，他才开了口，“她的病本来已经好得差不多了，簌茸灵芝虽然不能起死回生，但是针对她的病症和体内的毒素都很有用。”

“然后呢？”

“然后听说你去了宴都，她也就去了，我遇见了你娘就和她……和她说了两句。不过没让那丫头知道。”

流云公子皱了皱眉，对于自己的母亲，他实在不知道该如何对待，有时候甚至解无忧都待他比沈雪姒亲近。他有些……有些迷茫，为什么他们母子会走到这个地步？

“后来她劝微澜回去……我本来是要留下来的，但是，但是……”

“微澜”两个字把流云公子的神思拉了回来。

“这几天微澜都在听涛小筑吗？”

“嗯。”

“……他怎么说？”

“什么怎么说？”解无忧偏头看着流云公子。

流云公子自嘲一笑，摇头道：“没什么。风兮现在怎么样了？”

“死不了……”看着流云公子皱起的眉头，解无忧连忙道，“没什么大碍了，只是她的身子确实垮了，武功全废。”说到这里，解无忧也有些歉歔。

“她的头发……”

“血气亏损太过严重，现在只能慢慢调养。”

“我希望她能好起来，完完全全地好起来。”流云公子靠着椅背，整个人似乎都变得柔软了，不复方才的强势。

“不可能了。”解无忧的话语很轻，但还是像一把剑刺入了流云公子的心。他有些乏力地挥了挥手，“让我一个人待一会儿。”

解无忧站了起来，走出去两步又折回来，对流云公子道：“夫人是为你好，她也是担心你。至于百里风兮，我会尽力的，好与不好全在天命。”

流云公子用手肘支在案上，那修长的手指抚着额，没有说什么。解无忧叹了一声，转身出了门，却又听到里面带着嘲讽和狂妄的声音淡淡说道：“天命……我就是天命……”

陈国的局势在关于凤鸟的传言中动荡了起来，郑老将军闭门谢客，而更多的人却开始在私底下交换起了消息。这种时候，站错队是一件很可怕的事。

“你怎么看这件事？”郑老将军闭目坐在院子里享受着冬日的阳光，院子里的阔叶树已经只剩下光秃秃的树枝了，只有松柏还是那么绿。

郑启涛坐在父亲对面，想了想，才谨慎地开口道：“民心所向。”

“嗯……”

“关于那四句谶言几乎无人不知，当初水翩跹入宫更是陈国上下同庆。如今流云公子来这么一手……愚昧民众自然动摇。”

“朝堂上那些人不是愚昧之人。”

“父亲说得是，所以很显然流云公子在朝堂上早已收买了很多人。”

“……多少人？”

郑启涛摇了摇头，带着欣赏的意味叹息道：“这就是流云公子的高明之处，自始至终他什么都没说，也没有在朝堂上暴露他的棋子。”

“该说的话，别人都已经帮他说了，他当然不必再说。”郑老将军有些生气地说道，“那些在朝上一声不吭的家伙，都是他的人。”

“也许都不是。父亲，没有证据。”

郑老将军冷笑了一声，嗜血之意乍起。

“总不能杀尽所有人吧？”郑启涛为父亲倒了一杯热茶，“其实冬至那天，要不是端华公主……我们不至于这么被动。”

提起端华公主，郑老将军也顿了顿。

"派去晋国的人有消息了吗?"

郑启涛苦笑道:"父亲,只怕那些人才到潇水。"

"太慢了!"

"确实太慢了……这几天父亲闭门谢客,但是有几家府上却很是热闹。"

郑老将军沉声道:"今夜你带这几位大人来府上做客!"

"孩儿知道了。"

当夜,宴都西坊铜驼巷,郑启涛带着人围了吏部侍郎、光禄大夫、翰林学士三家的宅子,很不客气地将三位大人请到了郑家。这个举动并没有刻意隐瞒,相反,正是为了敲山震虎。

流云公子收到宴都来的消息并没有什么表示,那几个跳得最凶的人都是放出去的饵。郑老将军虽然老了,但他的话还是很对的,要有兵权在手才是王道。至于其他……

"潇水来了消息。"朱佩将一卷字条送到流云公子桌上,"赵辉没有拦他们。"

"嗯。让他们去查吧。"流云公子优哉游哉地喝着热茶,"等他们回来的时候,不知道郑家还在不在。"

朱佩一挑眉,笑问道:"你终于打算动手了?"

"不,是郑家终于动手了。"

"嗯?"朱佩不解。

流云公子放下茶,说道:"吏部侍郎、光禄大夫、翰林学士,这三个人如今都在郑家做客。他们……大约不会再回家了。"

朱佩没接话,只是若有所思地点了点头。

"我去看看风兮。"流云公子站了起来。一将功成万骨枯,他不是一个心软的人,他只是不希望有不必要的牺牲。

百里风兮正靠坐在床上看着闲书,见流云公子进来便放下书笑看着他,却也不说话。解无忧已经为她诊治过了,也骂了她一顿。她现在只有乖乖地窝在屋子里看书的份了。

"觉得怎么样?"流云公子就着床沿坐了下来,眉目间温润如初,却又比初见之时多了几分亲近之感。

"解无忧骂了我一顿,我可是再不敢出去了。"

流云公子一笑,"你也真是的,当时身体才好就撑着来了,把我吓着了……"流云公子握着百里风兮的手,声音温和低沉,像是林间的溪流,缓缓地浸润着人的心。

百里风兮没有躲闪，只是两颊多了丝红晕，给她苍白的脸庞添了些生气。

“这不是没事吗？解无忧说我体内的余毒已经清了，只需要细心调养些日子就行了。那天，”说到这里，百里风兮自己都忍不住笑了笑，“那天以为能撑下来。可是一进大光明殿，我就知道，不行，我还是高估了自己。”

“幸而你来了，不然还不知道会如何收场。”

“那现在宴都……如何？”

“一切顺利。”

百里风兮看着流云公子的眼睛，过了好一会儿才点了点头。

“那就好。”

“有我在，你安心养病就好。你想的，你要的。都会……”流云公子握紧了她的手，“都会如你所愿的。”

“我会好好养病的。”百里风兮理了理自己的头发。她似乎已经不在乎那雪白的颜色了，然而，谁又能真正不在乎呢？

“你会好起来的。”

“好，我信你。”

冬至，宴都大光明殿贺冬宴上，流云公子执晋国端华公主而出。朝野大哗。

冬月初六，王宫禁军戒备增强，同日，吏部侍郎、光禄大夫、翰林学士三人被请入郑家。

冬月初八，吏部侍郎、光禄大夫、翰林学士三人暴毙。宴都官员人人自危。

冬月初九，郑氏调集兵马入宴都。凡言流云公子乃天命所归，凤鸟所向者，杀。

冬月初十，潇水兵变。传言晋国军队曾有异动，但并未过江。

冬月十二，流云公子再入宴都。

当再一次来到这座恢弘的都城时，流云公子也不禁有些感叹。这一次他自然不是一个人来的，在他身后千骑横列，杀气腾腾。

今日是摊牌的时候了……

郑老将军站在城墙之上看着下面的一切，他久在军中，马上就认出了几张熟悉的面孔。

“反了，果真是反了！”

"父亲小心。"郑启涛手疾眼快，上前一步扶住了摇摇欲坠的郑老将军。他心里也是一片骇然——这流云公子果真了得，竟无声无息收服了陈国的军队。

"郑老将军，几日不见，可还安好？"流云公子朗声道，"今日流云前来有事相商，老将军为何拒流云于门外？"

"大胆贼子！老夫与你没话说，快快前来受死是真！"

流云公子一笑，并不生气。他如此气定神闲并非没有理由，怀中那一列名单，早已将陈国朝臣列了大半。那些，都是他的人了……

流云公子略侧首，队伍中走出一人，正是潇水守将赵辉。郑老将军见了他，心下更是惊诧，也更觉得流云公子危险。

潇水何地？边关重镇！

"老将军。"赵辉抱拳一礼，对郑老将军道，"如今时局如此，还望老将军能审时度势……"

赵辉费尽一番口舌，郑老将军并不见得动摇，好在流云公子也不指望郑老将军动摇，那些劝降的话是说给其他人听的。

"只要归顺，前事不究。"

回敬流云公子的是一支利箭。

"真的要打吗？"流云公子望着城头上的人喃喃说道，"那就休怪我无情了……"流云公子举起手来，身后只听一阵利剑出鞘之声。

就在此时，忽听一声，"大王有旨，宣流云公子觐见——"

流云公子偏了偏头，看见郑老将军一口气没上来晕了过去。

"一国之主果然见识不同，知道现在大势已去。"朱佩笑着对流云公子道。

流云公子也笑了笑，却显得有些淡漠。

"郑老将军不是一个不识时务的人……或许他已经知道了，我能容司徒昊，却绝对不会容郑家。"

郑家现在的处境很尴尬，若是开城门则无疑是放虎入城，若不开城门则是有违王命。郑启涛仰头一叹，想不到这时候司徒昊会突然放弃郑家。

"将军怎么办？"有副将握着剑等待着郑启涛下达命令。

"兵临城下，大王却让我们放人进来……还能怎么办？"郑启涛惨淡一笑，"开城门！"

这时候，流云公子所带之兵绝对没有郑家在城内布防的多，然而，有些时候人多并不一定就有胜算。有凤鸟之说造势，流云公子早已占了人和。而天时地利，似乎也没有眷顾郑家。郑启涛不明白，何以一个江湖中人，能拥有这么大的势力，居然能收买潇水守将——朝中还有多少人被他收买了？郑启涛不确定下一刻身边的人是不是会给自己来上一刀。流云公子的心机之深沉，谋划之周全，实在让他不敢轻举妄动。

看着缓缓开启的大门，流云公子抖了抖缰绳，却被朱佩拦了下来。

“你就这样进去，郑家的兵力，比我们强。若是有什么闪失……”

“不会有什么闪失的。”流云公子转头看着朱佩，“除非他们想死。”

朱佩苦笑，流云公子的威胁之语听起来还是那么平静。若非他稳操胜券，那朱佩就只能说，他是疯子。

正寂寂城墙相望、兵刃出鞘时候，一骑飞来呈上书信一封。流云公子取来一看，不由一笑，那恣意风流，实在与眼下这肃杀之景不合。

“谁的信？”朱佩皱眉问道。

流云公子含笑摇了摇头，似乎很高兴。

“随我进去吧。”

朱佩没有再问什么，策马跟上了流云公子。赵辉留守城外，流云公子一共带去了十二个人。这一刻，连赵辉都觉得流云公子是疯子了。眼下的情况只要围城即可，何必再冒险进去。

然而，流云公子要的是一个名正言顺，这是历代帝王必不可少的一个谎言。一个欺骗天下的谎言。否则，他也不会煞费苦心折腾出凤鸟之事。这天下啊……总是需要些道貌岸然的……当然，前提是自己手里有兵权，这样你才能从容不迫地道貌岸然。不然，你也就只能撕破脸皮保命了。

大光明殿。

流云公子负手看着那四个烫金大字，传说这是当年大魏朝开国皇帝亲笔手书的。

朝臣们此刻都站在殿外，显得有些拘谨。流云公子示意朱佩也在殿外等候，他自己一个人进去。

没有人说话，所有人的目光都追随着那挺拔的身影。看着他挟帝王之势，一步一步走上了那玄武岩的台阶，推开了龙御九天的大门，消失在了大光明中。那一刻，所有人的心里都响起一声不明所以的叹息。他们站在那里，等待着一个新的时代的到来。他们之中大多数人是如此坚信的，如多年前他们选择追随流云公子所代表的家族一样，他们必定可以看见一个全新的时代。

呼啸的北风让大殿内外显得格外安静。司徒昊坐在王位上，似乎能听见自己的心跳。

“陈王。”流云公子的声音带着不可思议的敬畏之感。

司徒昊抬眼看着这个年轻人，他有着令人羡慕的风姿，也有着隐匿不可查的势力。从什么时候开始，他，把自己作为了猎物？

“为什么？”没有什么花哨，司徒昊直接问出了心中的疑惑，但难掩的是语气中那一丝丝的失落和沙哑，“为什么朝堂上那些人都默认了你的作为？”

“很抱歉一直没有告知陈王我的姓名。”流云公子带着优雅从容的微笑，但绝没有半点儿嘲讽的意思，“在下复姓北堂，上萧下然。”

“北堂萧然……”司徒昊皱了皱眉，似乎不明白流云公子为何如此回答他的问题，但显然这并不是一个搪塞的答案。有什么是自己漏掉的吗？

过了很久，司徒昊才悠悠地念道：“是北堂家啊……”

北堂萧然略点了点头，道：“陈王问完了，萧然还有一问请教。”

“你是想问我为什么会让你进来吧？”司徒昊苦涩一笑，“是颜无悔劝我的。”

“可是禁军统领颜无悔？”

司徒昊有些懒散地站了起来，“是啊，想不到他的口才这么好……”

北堂萧然一笑，又听司徒昊道：“既然颜无悔早已是你的人，何必再弄出这样大的动静，直接逼宫不是很好吗？”

“今天以前，我并不知道颜无悔是我的人。准确地说，他并不是我的人，他是百里风兮的人。”

“端华公主？”司徒昊皱了皱眉，“难道晋国的势力已经……”

北堂萧然没有多说，关于那个秘密永远不可能示人。

“陈王为天下苍生计，请受萧然一拜。”

“我只是迫不得已。”

司徒昊比想象的更磊落。或许从一开始他就知道这乱世争霸没有自己的份儿，或许从一开始他就并不喜欢自己这个位置。但是，这些都无从追溯了，一切都已经尘埃落定。无论他愿还是不愿，事实已经如此了。

颜无悔在这大殿里劝他，“为百姓，望大王不要轻燃战火。如今陈国上下，早已倒戈。凤鸟鸣于云梦，大王棋差一招。”这棋差得何止一招，连自己的禁军统领都这样说了，再耗下去，有意义吗？

“你们北堂家，当年是诈败吧？”司徒昊走到大门边，又回身问道。

北堂萧然站在大殿中央看了他一眼，没有答话，算是默认了。

司徒昊极为短促地笑了一声，拉开了这龙御九天的大门。

第二十七章　世事如棋局局新

“我劝你离开他。”

“为什么?”

“你不觉得他骗了你吗?”

百里风兮皱了皱眉，转头看向窗外，“我的病已经好了，他没有骗我。”叶沉微微挑眉，没有再继续说下去。大抵这时候和百里风兮说什么，她都是听不进去的吧。她的心，已经不在这里了。一日光景，从未觉得这般漫长。屋里的气氛并不好，然而两人都没有要离开的意思，像是在和自己较劲。绿筠和瑞雪送饭进来的时候都察觉出不对，但想要开口说什么，却又觉得无从说起。

“小姐，叶大哥，吃饭了。”绿筠布置好碗筷，打发了瑞雪出去。

“好。”百里风兮看了叶沉一眼，还是走到他身后推着他来到了桌旁，“饭总是要吃的。”

叶沉没有做声。

“宴都有消息了吗?”百里风兮坐到位子上问绿筠。

绿筠摇了摇头，道：“还没有消息。不过方才在路上遇见了水……贵妃娘娘，她请小姐用过午饭去她那儿坐坐。”

百里风兮挑了几粒米饭，木木地嚼了嚼。

“你要是没心思吃饭，这会儿就去吧。”叶沉喝了一口汤，也没看百里风兮。

“没事，吃饭。”百里风兮吐出一口气，继续低头吃饭。其实，她也不大明白自己为什么和叶沉突然这么别扭，什么时候他们成了这样？或许毁掉那些物质的东西并不可怕，可是百里扶苏大约是连一个人的心都一起毁掉了。想到这里，百里风兮只觉得心头一沉，她不想，不想再失去任何人了。

这是她千辛万苦找回来的叶大哥，怎么可以这样……

“叶大哥，怎么会变成这样？”

叶沉的手顿了顿，然后又夹起一块冬笋吃了起来。

“我吃饱了。”百里风兮低垂着头放下碗筷，几乎是逃一样走了出去。

叶沉有些木然地吃着，直到吃完最后一粒米饭。

“叶大哥，你和小姐怎么了？”绿筠显得有些担忧。她当然明白现今的处境已经不同以往，可是她想不明白为什么，为什么那么艰难得来的相聚，把两个本来要好的人生生折磨成了这样。明明是想要彼此亲近，彼此安慰，可是到头来却疏远了起来。早知如此，是不是宁愿不见？

“没事，她只是太担心流云公子了，就像是当初担心百里扶苏一样。”

“……流云公子不是百里扶苏。”

“你们都信了，我总要留一点儿怀疑的。”

“叶大哥……”

“不要再说了。”叶沉放下碗筷，心里也有些抑郁，只是他控制得很好。只有百里风兮，还是如当初一般会直接放下碗走人。

扶梅观里的梅花稀疏有致，百里风兮也不知道自己怎么走到了这里。不过，这并没什么要紧的，哪里都一样。她折下一枝红梅，胡乱地扫着树枝上的积雪。

“公主？”

百里风兮回头，却是水翩跹扶着侍女站在扶梅观外探头相问。

每个人都有不同的称呼，可是百里风兮只有一个。这些不同的称呼提醒着百里风兮自己该有不同的面对。好累。每个人都有那么多面吗？

“水姑娘。”百里风兮依然这么称呼水翩跹。因为她知道什么凤鸟，什么贵妃，水翩跹并不在乎。

水翩跹点了点头，放开了侍女的手，让她去外面等候。她今天穿着一件孔雀蓝的斗篷，相对于百里风兮那从头到脚的一身素白，显得更为精神。百里风兮的头发都拢到了一处，并没有过多的发饰。现在，她最不想让人注意的就是她的头发。

“原本是想请公主去我那里坐坐的，想不到在这里遇见了。”水翩跹环顾左右，

“这里的梅花开得很好。”

百里风兮也顺着她的目光左右看了看，最后，视线落在了自己手里的那枝梅上。

“云梦山庄的景物向来是好的。”

“公主担心我表哥吗?”水翩跹笑问道，“不知道宴都怎么样了。”

“水姑娘想和我说什么?”

“不过是闲聊罢了，公主何必如此紧张。”水翩跹向前走了两步，用手指轻轻地抚着梅花冷艳非常的花瓣，“当初一见之下，公主对我说的那些话，翩跹如今依然记得。”

“我已经忘了。”百里风兮用梅枝抵着下颌，有些不解地看着水翩跹，武林第一美人还是那么美。

“我却还记得……人总是这样，得到了就不见的珍惜了。”若有若无的叹息声在扶梅观里飘散开了，盘绕上那些艳丽的红梅。

“请公主善待表哥，翩跹别无所求。”

“他值得你这样吗?”

“或许值得，或许不值得，但翩跹愿意。”

百里风兮看了水翩跹很久，末了，笑道：“难道不是他该善待我吗？我才是那个一无所有的人。水姑娘这话对我说，错了。该去对你表哥说才是。”

水翩跹低下了头，没有反驳。她知道该对谁说。

“没有其他事，我就先走了。”

水翩跹略施一礼，目送百里风兮离去。她站在梅花树下犹自一叹，却听那边一声极力掩饰的低呼。她移目看去，萧铭暖掩口倒在了地上。百里风兮顿了顿，加快了离去的脚步。

“萧姑娘，你回来了……”水翩跹走过去扶起她，又为她扫了扫衣襟子上的雪。

“她……公主她……”萧铭暖指了指百里风兮离去的方向，眼中惊诧未消。这几天，她并没有在云梦山庄，朱佩编了个幌子，安排她去了别处小住。北堂萧然也劝水翩跹一同去，可水翩跹说云梦山庄总需要人管理，况且自己凤鸟在身，怎么能走呢。所以，萧铭暖方才是第一次见到回来后的百里风兮，那一头白发，实在让她惊讶。

“萧姑娘不要再说了，公主她……也苦得很……”

"可是水姑娘，你也先告诉我到底出了什么事啊!"

水翩跹张了张口，未成言，先一叹。

萧铭暖有些急了，摇了摇她的手，道："怎么我才出去几天，就……就成了这样？公主不是说在宴都办事吗？怎么会这样？"

"是她的病……解无忧尽力了，命是保住了，但头发却……解无忧现在还在想办法。"水翩跹看着萧铭暖，又问道，"你怎么回来了？"

"朱佩接我回来的啊。那里无聊死了，要不是他再三交代，我早回来和水姑娘做伴了。"

"朱佩……回来了吗？"既然把萧铭暖接回来了，那么，云梦山庄就还是安全的。他们一切都还顺利吧……

萧铭暖点了点头，道："他去找解无忧了。"

百里风兮回到房间的时候，猛地关上门，忍不住大口地呼吸。没有女人会不在乎自己的容貌，她也不例外。萧铭暖眼里的惊诧像是一把刀子捅在了她的心头，然而，除了在这里无声地收紧自己的心脏，她还能做什么呢？对，她还要装作若无其事的样子，不让别人为她担心。这并非说百里风兮是什么菩萨心肠，她只是太要强了，不愿那些怜悯落在自己身上。

"公主，你在吗？"朱佩敲了敲门，"我是朱佩。"

百里风兮回过头看着外面的影子，略定了定心，拉开了门。那一刻，她的嘴角甚至还是带了一丝笑意的。

"你回来了？"百里风兮向他身后望了望，"流云公子呢？"

"他在宴都，让我来接你们。"

百里风兮有些不可思议地偏了偏头，短短几日，他就已经收服宴都了吗？

"公主？"

"……好，我们去宴都。"

云梦山庄的人似乎早已得了消息，很快就收拾齐备了。说起来，百里风兮也算是客居于此的，可是看着满满三大车的东西，她自己也忍不住要笑了。什么时候，她在云梦山庄有这么多东西了？

叶沉并不打算同他们一起去，绿筠也就留下来照顾他。百里风兮没有勉强叶沉，她想，他们之间或许该分开一段时间，各自好好想想。于是，百里风兮独自坐着马车，去往当年大魏朝的国都。

一路上，百里风兮的心对那座城生出了许多的企盼，那是她的祖先定居的地方，那是一个王朝不可磨灭的背影，那是她复仇之路的一个最好的踏板。一切都将在那里，翻开新的一页。

在靠近城墙的时候，百里风兮不顾风雪掀开了车窗，她喜欢这样由远及近地观看自己期望的东西。随着距离的缩短，她渐渐看得清城墙上站着的那个人了。这一瞬，百里风兮的心一下子抽紧了，她竭力抓住那木质的、并不坚固的窗棂。这个场景让她想起了百里扶苏，她就是这样无知无觉满怀欣喜地看着百里扶苏站在城墙上迎接自己，把自己推进了地狱。

百里风兮缩在车厢一角，过了好久才停止颤动。而马车已经不知在这里停了多久了。外面静悄悄的，也没有人来叫她一声。

出什么事了？

百里风兮犹豫地抓住车帘，然后猛地拉了开来。风雪一下子就灌了进来，她忍不住眯起了眼睛。等风小了些，她才看清眼前的一切。风雪里，北堂萧然长身而立，玄衣朱裳，章纹繁复。他在那里静静地等着她，没有催促，也没有不耐。然而，他等来的却是百里风兮戒备的眼神。

百里风兮下了马车，和他遥遥相对。等到寒冷封冻住了心尖上的那一点悸动，北堂萧然才开口道："天冷，进去吧。"

百里风兮默然地点了点头，两人便这么一前一后地走进了宴都。当穿过那厚重的城门时，百里风兮忍不住长长地吸了一口气，仿佛想要深深地记住这空气中不同于别处的清新味道。

这座雄伟而华丽的都城又一次逃过了战火的洗劫，它依然保持着历史的原貌，等待着它的孩子从远方归来。穿过那些古朴而平坦的街道，看见那些在寒风中没了叶子的梧桐，百里风兮快走了两步，与北堂萧然并肩同行。

北堂萧然侧头看了看她，虽然并没什么特别的表示，但仍然可以看见他的嘴角微微上扬。

城北楼头，风雪已住，残阳如血，旌旗未歇。

北堂萧然携百里风兮一步步走上城墙。这时候，太阳又往西坠了一点儿，隔着那灰蒙蒙的云彩，只觉得像是硝烟弥漫的战场，那一种带着血的、灰色的硝烟……百里风兮不觉走到了城墙的边缘，她扶着箭垛，依稀可以望见大魏朝的太庙，然而在太庙之后，还有更广阔的河山！万里河山！

家国天下，社稷苍生。这八个字突然跳进了百里风兮的脑海里，让她为之一振。

“前些天，我来到这里的时候也很震惊。”北堂萧然走到百里风兮身侧，负手看着远方，“这里是大魏朝的皇宫，是一个俯视天下的地方。”

“俯瞰苍生，唯我独尊，八荒六合，尽在域中。”

“俯瞰苍生，唯我独尊，八荒六合，尽在域中。”北堂萧然喃喃地念着，不禁笑了出来。

“你笑什么？”百里风兮转过头，看着北堂萧然那白皙儒雅中渐渐透出锋锐的侧脸。曾几何时，这个人于她来说只是泛黄的纸页上的几行字，而现在却能牵动起她最微妙的心。

“你说得很好，站在这里，确实如此。可是风兮……”北堂萧然本想问她方才入城之时为何如此，却又顿住了。或许，他该先告诉她别的事，然后再来问。

“我没有骗你，我确实叫萧然，不过，我姓北堂。”

百里风兮皱了皱眉，一时想不起来北堂又有什么特别的。

见百里风兮无所觉，北堂萧然并不急，微微笑着道：“昔年城下，有人隐于人群，奋起发难，致使大魏朝分崩离析。当时，大魏朝有四大家族分别是百里、司徒、万俟……”

“北堂？”百里风兮看着北堂萧然，眼里有些许惊诧。

“不错。后来四家割据混战，然而现在，世间只流传三家分魏。你可知道为什么？”

百里风兮摇了摇头，现在说北堂家败了，未免有些可笑，还是洗耳恭听的好。

“家父有凌云壮志，欲一统天下，然而当时四家实力相当，所以不得不转变了策略。其实从一开始北堂家就是诈败。这些年都在暗中筹谋……如今三家称王，战乱不断，彼此消磨。”北堂萧然负手走到了一旁，“北堂家未参与其中，也就保存了大部分的实力。父亲为此操劳一生，不幸仙去。如今我接掌北堂家，自然也是要问鼎天下的，所以，你大可不必自责拖我下水。”

“确实不必。”百里风兮面上淡淡，可眼睛里还是闪着光，这是北堂家的秘密，也是这整个天下的秘密。在听人说秘密的时候，人总是有着莫名的兴奋。对于未知的，或者说少数人知道的事，似乎我们都带着这样的心理。

“经过二十余年，这天下大致已经布置妥当了。云梦山庄设在陈国，北堂家也就是打算第一个在陈国动手，毕竟陈国兵力在三国中是最强的。这些年，我们不断地在陈国朝中安排人，除了郑家以外……我几乎掌握了陈国的兵力。可是，我还需要一个名正言顺的理由，所以……所以有了凤鸟。风兮，你说得没错，这世上没有凤鸟，这是一个弥天大谎。然而，你却有凰图。”

百里风兮笑了笑，道：“没有我，你一样可以一统天下的。”这般想着的时候，百里风兮松了一口气，流云，不，北堂萧然确实没有理由故意接近自己。

然而，北堂萧然却不知道百里风兮心中的疑虑，解释道：“不，我需要你。我和我的父亲并不希望全然依靠武力来解决事情。要杀掉一个人很容易，但要收服一个人的心却很难。要毁掉一座城很容易，但想要建起一座城却很难。我承认我想要这万里河山，但是我并不想让战火把一切都毁掉。”

“这么看起来，你倒确实是早有打算。你已经把天下看做了你的东西，所以不肯轻易毁坏。”闻言，北堂萧然一愣，然后笑着点了点头。确实如此。

如果这江山都已经是你的了，那你会轻燃战火来烧毁它吗？如今，虽然北堂萧然还没有拥有这一切，可是在潜意识里，他已经将这万里河山看做了自己所有。

“所以，风兮，你对我很重要。这一次能够一举拿下宴都，没有使百姓遭受兵祸，这都是你的功劳。”

百里风兮没有说话，忽然转头看着城下。这时候，一队人马正押解着百十来口人向城外走去，那些人里面有妇女，还有孩子。他们哭哭啼啼地在这大冬天被人像牛马一样驱赶。

“是郑家的人？”

北堂萧然走到百里风兮身边看了一眼，神色如常地点了点头。

“听说你放了司徒昊？”

“是。”

“那为什么要对郑家赶尽杀绝？”

“你不懂吗？”

百里风兮怎会不懂？只是看着这样的场景，她有些不忍。

“司徒昊本身并没有什么势力，除非有人要重新拥戴他。可是我已经有凤鸟了不是吗？再说你已经让颜无悔‘劝’他留下了禅让诏书。所以，他并没有什么威胁。而郑家……郑家的势力本就不小，若说没几个死士，谁也不信，所以，务必要……”

“斩草不除根，春风吹又生。”百里风兮喃喃说道。

“风兮，以后你要面对的，并不比眼前这些来得轻松。陈国其他地方虽然还有小规模的反抗，但毕竟我也算是兵不血刃收服了宴都。而你想要杀死百里扶苏，必定会踩着无数人的尸体前进。”北堂萧然突然抓住了百里风兮的手，举到二人眼前，

"这双手，必定会沾满血腥的。"

百里风兮没有挣扎，看着自己的手，像是看着一件不可思议的东西。

"你还要前进吗？"北堂萧然的声音变得很低沉，带着一种蛊惑人心的味道。

"我没有退路。"

"你有的。"

百里风兮抬眼看着北堂萧然。

"我是来帮你的人。你要信我，在这里等我，无论发生什么事都要记得我的好。"北堂萧然方才还紧紧地抓着百里风兮手腕的手，不知何时已经与百里风兮成了十指相扣，"如果，如果你允许的话，就安心在宴都等我吧。"百里风兮眼中有些挣扎，她看着两人交握在一起的手，最后抿唇摇头。"果然是这个结果……"北堂萧然笑着将百里风兮拥入怀抱。那低沉而有力的笑声让百里风兮觉得安定，她将头埋在他的胸膛，可以听见他的心跳声。"方才进城的时候为什么等了那么久才出来？" "那天……那天我回定安城的时候，百里扶苏也站在城墙之上等我。然后……"百里风兮缩了缩身子， "毁掉了我的一切。萧然，我怕……我怕你也……"百里风兮仰起头看着他，慢慢离开他的怀抱，"你若是骗我，我也一样会杀了你的。"

"哪怕心痛？"北堂萧然依旧含笑，他抓起她的手放在自己的心口。

"对……哪怕心痛，也会，杀。"

"我北堂萧然对天发誓，自今日起，若对百里风兮有半句假话，就让我黄沙盖脸，不得好死。"

百里风兮静静地听完了这个誓言，听到"死"字的时候她的心一颤。可是，她没有阻止他，若他做得到，又何必阻止。

"咦，你看，是流云公子和公主哎。"萧铭暖裹得像个包子，倚着朱佩从城墙下走过。他们才从东城逛了回来，萧铭暖听说那里有家小吃很有名，可惜今天没有开门。

朱佩逆着光看着城头那一对剪影，眸中闪过一丝锐利。

"我们走吧，不要打扰他们。"萧铭暖拖着朱佩说道，"以后，你会不会也这么对我？如果我头发白了，容貌毁了，你还会不会爱我？"

"当然……"朱佩宠溺地拂去萧铭暖肩头的一点儿尘埃，"我爱的是你啊，并不是你的身份，也不是你的外貌，而是你的心。"

萧铭暖听着，越发抱紧了朱佩的手臂，在这古老而又沉重的城里，咯咯地笑了起来。

第二十八章　人在天涯各千秋

接下来的日子似乎过得很快。北堂萧然称王，每天忙得不可开交。朱佩跟在他身边尽心辅佐，也没有多少时间陪萧铭暖，好在宴都的美食分散了萧铭暖很多的注意力。水翩跹待在栖梧殿内足不出户。解无忧依然在为百里风兮的身体费心，对他来说，稍微有些安慰的是百里风兮的头发已经开始恢复了。而百里风兮这些日子除了和苦涩的药汁打交道，再就是待在紫宸殿的偏殿看书。那里有满满一屋子的书。幸而有这些书，不然百里风兮实在不知该如何打发时光。

“一转眼就要到新年了。”北堂萧然合上折子，有些乏力地靠坐在龙椅上。他几乎瘦了一圈，原本合身的衣服显得有些宽大，此刻坐在那金色的椅子上，越发没了威仪。

“改元，正式登位。一大堆事儿呢。”朱佩理了理手里的奏本，那是要派发下去的。

北堂萧然突然道：“再加一条吧……改宴都为郧城。”

朱佩一滞，抬头看着北堂萧然。然而，北堂萧然已经将目光转向了偏殿——百里风兮是否还窝在里面看书呢，她的脸是不是又被炭火烤得嫣红？

“好。”朱佩答应了一声，“没别的事，我就把这些派发下去了。”

“嗯，辛苦了。”

朱佩离开后，北堂萧然又坐了一会儿，然后也起身离开了。他没有去打扰百里风兮，正如这些日子以来百里风兮没有来打扰他。百里风兮知道自己要的是什么，她无疑是聪明的。

然而不知道为什么，虽然明白百里风兮参与朝政也许并不是一个明智的选择，可是北堂萧然心里还是有些许失落。除了百里扶苏外，他们之间，好像再没有其他牵连一样。这个想法让他自己都苦笑不已。

走到转角，可巧百里风兮也从侧门出来了，手里还抱着一本书。两人见到对方都不由得笑了笑，也没有谁邀约，便都顺着宫道往东边走，一前一后拖着日影。

“或许我们该去一趟萧家。”

“或许……”

两人一同开口，然而，百里风兮的声音渐渐收了。听完了北堂萧然的提议，她不免笑道：“我也是这个意思。”

北堂萧然回头看了看她，又向前走去。

“年前没有什么空闲的时间，可放到年后……那时候去越国，总有些尴尬。”

百里风兮道：“连我都是要去的，你又有什么顾忌。晋国的文书已经发至海内，端华公主这四个字，再也不存在了。好像我现在的项上人头值黄金万两，我都不知道原来自己这么值钱。百里扶苏太看得起我了。”

“那好，等过完年，我们就一起去萧家。”

“你好好想想怎么说服萧老爷子吧。”

“这个怎么会是我去想呢，我又不娶萧铭暖。这是朱佩的事。”

“朱佩是亲自去萧家退的婚，现在你再让他去和萧老爷子说，这也太……”话尾未完，北堂萧然换成了无奈一笑。

“等过完年再说吧，最近事情太多了……你，就没打算来帮帮我?”北堂萧然回首，嘴角带着些许笑意。

百里风兮摇了摇头，道：“我最好不要参与这些事，不然，总会有矛盾的。而且，我要的并不是这个天下。所以，你就多担待些吧。”

“以你的才华……可惜了。”

“若是以前，大约我也觉得可惜，可是现在，我觉得挺好的。”

“你觉得好，那便好。我下旨改宴都为郧城。”

百里风兮没有说话，只是随着他一路走了下去。然而心底的甜蜜又怎可与他人言说。

这一年的春节异常热闹，看着大殿里那么多人，百里风兮想起以前在玄息阁的时候。现在想起那些，她的心平和了许多。

“一年过去了，马上就是新的开始。希望你们保佑我能一切顺利。”

百里风兮祭了一杯酒，然后被萧铭暖拉着碰了个杯，萧铭暖已经有些醉了。解无忧的鼻头早已经红了，那些随着北堂萧然的功臣们也喝了很多。而坐在龙椅上的那个人，看上去还是那么清醒。有时候，千杯不醉，并不见得是好事。百里风兮倒了一杯酒，遥遥向北堂萧然一祝。北堂萧然一笑，遥遥相对，饮尽一杯。

翻云覆雨等闲间，可是在这等闲背后，是常人难以想象的艰辛。看看这大殿上的众人吧，他们是从很早以前就已经追随北堂家的，要将这么多人收服在麾下，并不是一件容易的事，况且明面上还不能露出马脚——这是北堂家苦心经营了二十年的局。

百里风兮又对颜无悔举了举杯，凰图的人没有叫她失望。早先北堂萧然兵临城下，是她派人送去了一封书信让他放心入城。因为早前她已经联系上了禁军统领颜无悔。

这些事永远都在幕后，在那看似轻松的表面下，在你不经意转身的一刹那，所有阴谋诡计都在接连不断地上演。

不过，对百姓来说，知不知道这些并不重要，只要生活安康，这江山易主，又有什么不好？所以，他们表现得并不怎么激愤。

大年过后，北堂萧然正式登基称王，百里风兮依然在紫宸殿的偏殿。她听见朝臣们贺拜的声音如潮水一样推向远方，遍及四野。她虽没有亲眼看见北堂萧然的模样，但也可以想见是何等威仪。

那时候，百里风兮手上正捧着《四洲志》，那是大魏朝时期编纂的关于水域疆土的书籍。其实，百里风兮是想找找大魏朝时期的地图的，可惜并未找到。不过从现在起可以期待吧，期待北堂萧然一统天下，绘制一张完整的地图——哦，不，大约是不行啊。越国……

百里风兮微笑着摇了摇头，她是不是真的打乱了他一统天下的脚步？他是不是真的为了她愿意放过越国？百里风兮用手指绕着自己的头发，有些满足地叹了一口气。因为答案是毋庸质疑的。

“公主，你果然在这儿。”萧铭暖蹦蹦跳跳地跑了来，穿着鹅黄色的毛领子素纹绣花袄，脸色红润生气勃勃，让人一见就喜欢。在朱佩身边，她似乎已经褪下了那层娇蛮凌厉，变得像是一个孩子。

“你怎么来了？”百里风兮放下书，坐正了身子。萧铭暖依然没有改变对她的称呼，不过这些她并不怎么在意。

“我来看看朱佩。”萧铭暖并不掩饰，这些日子，她早已和云梦山庄的人混熟了——百里风兮大约在她的心里也是云梦山庄的人。不等百里风兮再问什么，萧铭暖就猫着身子走到了门边小心地推开一条缝，看着外面穿着朝服、站得笔直的朱佩。

看着萧铭暖嘴角的笑意，百里风兮也起身走到她身后向外看了看，她的目光不由自主地落在了北堂萧然身上。“云山苍苍，江水泱泱，公子之风，山高水长。”当年的流云公子，如今的北堂萧然。似乎变了很多，又似乎一点儿也没变。风流儒雅中透出威仪，所有锋利的棱角都掩在温文如玉之下。他依然是为天下倾慕的流云公子，只是如今登上王位，再无人敢小觑他的野心。

建兴元年，北堂萧然登位称王，改国号为齐，陈国灭。

“这样不好吧，要不咱们回去吧。”朱佩策马来到北堂萧然身边小声地嘀咕着，又心虚地看了一眼身后的马车。

北堂萧然只是笑吟吟地看着前方并不答话。他们这一行是去往越国萧家，身后的马车里坐着萧铭暖和百里风兮。

朱佩又叹了一口气，觉得浑身难受。

“当初都能亲自去退婚了，如今你还怕什么？”北堂萧然大发善心，终于开口说话了。

“这，这已经退婚了。我……唉！”

“你总不能让萧铭暖一辈子这么跟着你吧？”

朱佩张了张口，没说出个所以然来。北堂萧然用力拍了拍他的肩，“兄弟，保重啊！”朱佩正想回手反击，北堂萧然那一下可不轻。然而，他早有预料，已经策马跑出去了许多。

车厢里，百里风兮并没有说话。这时候。无论说什么，只怕萧铭暖都会觉得是在取笑她。

幸而如今百里风兮的身体已经好了许多，一行人日夜赶路十多天便到了萧家。迎接他们的还是萧衍。然而，他并未见到解无忧，似乎有些失望，不过，他还是笑着对北堂萧然和百里风兮行了一礼。至于自己的妹子和朱佩，萧衍实在只剩下苦笑的份儿了。他引着众人进到萧家大堂，百里风兮本与萧衍有旧，便开口问道：“不知道萧老爷子现今可大安了？”

“劳你惦记，家父身体已经好了。”萧衍又对北堂萧然道，“这还要多谢解先生，不知道解先生现在何处？”

北堂萧然道：“他现在邺城。”

萧衍一笑，道：“还未恭喜流云公子。”北堂萧然登位称王，自然也言明了自己的姓名，只是江湖中人论交，还是叫流云公子的好。更何况这里是越国境内。萧衍这么称呼，让大家都觉得轻松。至于百里风兮，虽然端华公主的名号已被废除，可她本在江湖行走也不用公主的名号的。如今三国之人聚在萧家，只凭义气论交，再不言其他。于萧衍来说，只要一天未开战，他便觉得可以如此相交。一旦开战……他想他也会保家卫国。

“若说恭喜，实在是该我来说。”北堂萧然看了朱佩一眼，“我是来为人提亲的。”萧铭暖此时早已回避了。

大堂里的人都笑看着朱佩，虽未再说什么，可朱佩站在那里，早已有些脸红了。

萧衍认识朱佩不是一天两天了，知晓他的人品。所以就算朱家将他逐出家门，萧衍也并没有太多的芥蒂。然而，为了萧家，他还是答应了朱佩退婚，至于如今要如何，还是要请他的父亲做主。

“各位一路辛苦，今日我先为各位洗尘，至于……其他的事，容后再谈。如何？”

“也好，那就一切偏劳萧兄了。”

“不客气。”

萧衍命人领各位去客房，自己自然是要先去看看那个不让人省心的妹妹的。

“难得你还知道回来。”萧衍打了帘子进屋，看见萧铭暖正在窗户那里张望，“在看什么？”

“啊，没什么。哥哥。”萧铭暖笑嘻嘻地走了过来，拉萧衍坐下，又乖巧地倒了一杯茶，“哥哥喝茶。”

萧衍接过茶没有马上喝，倒是打量起萧铭暖来。

“呵，出去一趟，怎么变得这么懂事了？还是……有事相求做做样子？”

“哥哥！”萧铭暖跺了跺脚，有些扭捏地说道，“人家都回来了，你还说这些，真是的。”

萧衍笑着喝了一口茶。放下茶杯，他示意萧铭暖也坐下，这才开口问道：“你心里究竟是怎么想的?”

萧铭暖低着头，使劲绞着手里的绢子，低声道：“父亲呢?”

“你自己去见见他吧……父亲这一病，身体差了很多。”

萧铭暖抬起头看着自己的哥哥，想到父亲，心里一紧，她默然地点了点头，“知道了。”

“我去吩咐家人，我虽以江湖论交，可他到底是齐国国主了……一切都要小心。”萧衍站了起来，“你自己想想清楚，然后去看看父亲吧。”

萧铭暖心虚地点了点头，她也知道如今朱佩身份尴尬，若自己坚持要跟着他，那么萧家将会很难处。

萧衍告诫了上下人等，对于百里风兮一行不可多嘴。萧家治家甚严，可是有百里风兮和北堂萧然这样两位风华绝代的人入住，难保别人不知啊。萧衍后来又想了想，只得摇头安慰自己道：“知道也就知道吧……”

“什么知道不知道的?”百里风兮换过了衣裳从南面走来，水青色的裙子一荡一荡的像是泛着许多的涟漪。

“没什么。”萧衍笑了一下，见她身后并无旁人，“一起走走吧。”

“好。我这还是第一次来萧家。”百里风兮抬头看了看那青灰色的瓦和乳白色的墙，“这儿风景很好。”

“不及云梦山庄。”

“各有千秋。”

“你似乎一下子就长大了。”

“我们有两年没见了吧?”

“嗯，两年……原来过了这么久了。”萧衍看着百里风兮，这个曾与他纵马江湖的女子，眉宇间不知不觉多了些清愁荡涤不开。

“这些日子很艰难吧?”

百里风兮点了点头，道：“所幸已经过去了。不过经历了这么多，不长大，我还能如何呢?”

萧衍没有接话，二人走过一个花圃，看见那些已经发芽的植物萌出几许生机。

“对了，你怎么看朱佩和你妹妹的事?”

“这件事我是不打算插手的。当初我让她跑出去了，你也就该明白我的态度。为这事，父亲已经很恼火了，我再说话，也是无济于事。”

百里风兮偏了偏头，“令尊这么可怕?为何我只听人说萧老爷子为人豪爽，结交四方?”

“百里风兮不也是翩然若仙?我却是知道她只是个喝醉会说胡话的小丫头，和萧铭暖喝醉了一个德行。”

“你还记得。唉，看来真不应该喝醉的。不过我好像比萧铭暖好一些吧。”

萧衍笑而不语。百里风兮还想说什么，却突然被他拉了一下，躲在了转角的屋檐下。

“嗯?”百里风兮顺着萧衍的目光看去，只见萧铭暖低着头，一步三挪地往后方的怡园去了。萧老爷子便是在那里修养。

见萧衍对妹妹如此体贴，怕她撞见人难堪，百里风兮心里也有些感动。这让她想起叶沉，小时候叶大哥也是这般回护她的，然而现在……看来这次回去以后，她大约是要去云梦山庄看看的。

等萧铭暖过去了，百里风兮才与萧衍走出来。她不无羡慕地看着萧铭暖远去的方向，说道:“真是羡慕她有这么好的哥哥。”

“我几时没把你当妹妹看?”

百里风兮一愣，而后笑道:“是，哥哥。”

萧铭暖在门外磨蹭了半天，愣是没敢进屋。她父亲向来是宠她的，但她也知道，这回自己做的事儿一定是气着父亲了。而父亲的脾气……

萧老爷子躺在铺着虎皮的躺椅上早就瞧见萧铭暖了，却装着不知道，父女两个就这么耗着。还是丫鬟来送补药说了一声:“哎呀，这大冷的天，小姐怎么不进去?”萧铭暖见如此，也只好进去了。

“爹。”萧铭暖的声音不比蚊子哼哼大。

萧老爷子眼皮也没抬一下，重重地哼了一声，“你还知道回来!”

萧铭暖缩了一下脖子，不过听见老爷子开了口，知道自己大不了挨一顿骂，应该不至于闹得太僵。

“当时我就快断气了，你，你居然跑了。”

“解无忧说你没事了的……”萧铭暖小声地回了一句。她到了云梦山庄，自然是仔细向解无忧打听了父亲的病情的。

“还敢顶嘴!”萧老爷子气呼呼地拍了拍扶手。

“爹，我这不是回来了吗?”萧铭暖蹭过去，赔着笑脸。

可惜萧老爷子丝毫不给情面。

"回来？怕是要彻底走才是真的。"

"爹！"萧铭暖登时红了眼圈，"我也担心爹，我也想早些回来啊。可是，可是我又怕爹骂我。爹是不知道女儿心里有多难过，一个人在外面……"

萧老爷子绷了半天，抵不过萧铭暖又哭又闹。他向来是疼女儿的，哪里见得宝贝女儿落泪，忙道："别哭。"

萧铭暖听了，本来没想真哭的，但现在却哇哇哭了起来。这让萧老爷子一阵手忙脚乱。他到底是心疼这个女儿的！然而即便是这样，那天北堂萧然他们也没见着萧老爷子的面。朱佩在那里简直坐卧不宁。却不想第二天一大早有仆人来请北堂萧然，说萧老爷子让他去河边谈谈。

那时候，北堂萧然才醒，正有些头疼，听见这个消息，头就更大了。

北堂萧然由仆人引着穿过小花园拐过几重门，出了萧家的园子，来到青弋江畔。萧老爷子正站在那里看着远处早起打鱼的小船，也不知在想些什么。

"老爷子精神真好。"北堂萧然走到萧老爷子身后，"这一条江着实是有些来历的啊。"

"嗯，传说昔年青鸟在此栖息繁衍，所以此江水不竭，蕴有灵气。"

北堂萧然眨了眨眼，似乎想看看江面上是不是会泛金光。他的样子诚恳极了，连不知情的旁人也会顺着他的目光盯着江面不放的。

"你在看什么？"萧老爷子回头看见他这个样子，也有些奇怪地看了看江面——江面上一切如常。

北堂萧然笑了笑，道："没什么。真的没什么。萧老爷子难道也和那些人一样吗？明明没什么，见有人盯着那里看，那里就一定会有什么吗？"

"换成别人也就罢了，流云公子这等人看，自然是有看头的。"

"流云不也是人？哪里又有什么不同。"北堂萧然笑了笑，"抑或有，那便是，如流云这等身份的人，是断不会如流云这般发呆的，就算是发呆也不会说出来，若是说出来那必定是在想什么社稷民生。"

萧老爷子看了他一眼，默默地沿着岸边走着。他走得并不快，背脊微微有些弯曲。他已经是一个老人了。

北堂萧然顿了顿，也跟在了他身后缓缓地走着。这一刻，萧老爷子的声音有些苍老。

"你想让我答应这门亲事，所以才说那些话的，是吧？"虽然是问，然而却早已肯定了，所以，不等北堂萧然答话，萧老爷子又接道，"朱佩那孩子可以说是我看着长大的，两家的亲事也是早就定下了的。只是想不到……”

“是流云的错。”

萧老爷子摆了摆手，叹道：“合该他跟着你做一番事业。只可惜山河相隔，已是他人国境。总不见得我老了老了，还要把女儿逐出家门吧？”

北堂萧然也为难地皱起了眉头。过了好半天，他似乎下定了某种决心，上前一步道：“我答应过微澜，只要越国不犯我，我绝不犯越国。”

萧老爷子抬眼看了看他，又继续往前走。

“老爷子不信我吗？”北堂萧然赶忙跟上。

“孩子，不是不信你，只是……这世上的事变化万千，我是经历过的人。”

“如今越国国主醉心书法并无他志。只要他能保持中立，我绝不会对越国动手的。”

“你就保证他不会对你动手？再者，你死了以后又该怎么办？”

“关于我对越国的态度，已经由微澜公子转达给越王了。他虽然没有给予我明确的答复，但这也算是默认吧。至于我死后……呵，那就不是我能管得了的事了。如您所言，世事变幻无常，流云能做的只是生前。”

“铭暖的心思我知道，可是，可是让她……”

“我齐国定然以邦国之礼，迎娶令千金。七介聘礼是怎么也少不了的。”

“怎么，你……”

“越国可以和晋国联姻，为什么不可以和齐国联姻？”

萧老爷子停下步子，只是看着北堂萧然。北堂萧然也没有回避，含笑对视片刻，正想再补充一点儿什么，萧老爷子却说道：“再怎么也要等我寿宴过了再说。”

闻此，北堂萧然不禁一笑，深深一拜，道：“多谢老先生。”

“你不必谢我。要不是铭暖那丫头太胡闹，我是定然不准的。”

北堂萧然笑了笑，并不反驳。

“自然，一切都要等您顺心了再说。”

“你也留下来喝一杯寿酒吧，听说你的酒量很好。”

“流云自当遵命……”“命”字还未说完，忽见朱佩神色凝重地前来寻人。

“赵辉来信。”朱佩递上一封信函给北堂萧然。

北堂萧然也不避萧老爷子，当即拆开来看。

“朱佩，你留在这里，我和风兮马上回郷城。”北堂萧然收好信，又对朱佩低声道，“老爷子答应了。”

朱佩也想随他回去，可话还没出口，就被北堂萧然拍肩挡了回去。

北堂萧然转身对萧老爷子道：“事不凑巧，看来不能讨一杯寿酒了。待整顿乾坤事了，为先生寿。”北堂萧然深施一礼，而后让朱佩留下陪萧老爷子，自己则去寻百里风兮。

“待整顿乾坤事了……流云公子不简单啊！”朱佩看着北堂萧然远去，忽然听到身后萧老爷子苍劲的声音，不由得一愣。

“出什么事了？”百里风兮坚持与北堂萧然一道骑马赶路，他们身后还跟着此次随行的孙德喜、孟昭、顾德清。这三人，百里风兮都曾在云梦山庄见过，现在都身居要职。看来，能在云梦山庄出现的，都是北堂萧然的心腹了……

北堂萧然狠狠地抽了一鞭子，凝神看着前方，答道：“晋国大举进攻潇水。”

“那咱们这是向哪里去？”百里风兮喉咙里灌了一口风，呛得咳嗽了起来。

北堂萧然放缓了马速，道：“回郯城。”

“咳咳……”百里风兮干脆让马儿停了下来，“潇水吃紧……你回郯城，我去潇水。”

“怎么可以！”

“潇水必须有人去。”百里风兮没有丝毫退让。

这时候，北堂萧然真是庆幸她没有与自己一起掌管朝政，不然，只怕早就吵翻了天。他没有忘记，这个女人是不会退让的人。

“……好吧。”北堂萧然回头对孟昭和顾德清道，“你们两人随百里姑娘去潇水，一切听她调度。”

“属下遵命。”二人齐声应道。

百里风兮向北堂萧然点了点头，就要带着人往另一个方向去，却又被北堂萧然叫住。

“还有何事？”

北堂萧然策马靠近百里风兮，伸手紧紧地握住了她。他的眼神温和中透出一股坚定。

“自己多保重。”

百里风兮心中一滞，北堂萧然的手很暖，然而比他的手温度更高的是交叠在两人手中的虎符。百里风兮看着他，很慢很郑重地点了点头，在北堂萧然的目光中，策马远去。

晋国这次进攻来得很突然，北堂萧然回到郢城后首先调集粮草兵马，这些事多半还是偏劳了以前跟着北堂家的人，陈国旧部还不能完全让北堂萧然放心。如今晋国大举来犯，就是看准了他北堂萧然立足未稳。可是，百里扶苏这么快就收拾完晋国那帮老家伙了吗？看来他还真是有些本事！

百里风兮到达潇水后，并没有立刻亮出虎符接管兵权，对外只说是前来协助。潇水守将依然是赵辉，当下就带着百里风兮三人亲自绕着潇水布防看了一圈。晋国军队的攻击无疑是惨烈的，透过远处的雾气还能看见零星的尸体，也不知是哪国的。虽然有潇水作为屏障，但是形势并不乐观，一则晋国军队来势凶猛，二则现今潇水水浅无浪，作为屏障大打折扣，三则新王登基军心难保不稳。

百里风兮看着赵辉布满血丝的眼睛，自己也不禁皱了皱眉。百里扶苏的本事她是清楚的，这么快整顿好内务在她意料之外。这些日子是自己疏忽了，没有提醒北堂萧然。如今，百里扶苏是要先下手为强了。

“现在敌我双方兵力如何？”

“探子回报，晋国现在潇水约有兵力十万，其后似乎还有援军。我方在潇水布防八万余人。”赵辉顿了一下，接道，“前日我军粮草被袭，损失过半，若无补给，实难坚守。”

“粮草被袭？”百里风兮看了看南方屯粮之所，“查出来了吗，是什么人做的？”

赵辉摇了摇头。

“什么时候居然混进了奸细……潇水我们历来都很看重……”孟昭负着手，忧虑地看着不远处巡逻的士兵。

“所以敌人也很看重。不论是陈国还是齐国，都是要进攻晋国的。”赵辉冷静地分析道，“现如今必须找出这个奸细，否则任何计划部署都有可能落在敌人手里。”

孟昭又和赵辉来回讨论了一下眼下的情况，百里风兮突然道：“一切照旧……我来试试找出这个人。”百里风兮不愿说“奸细”两个字，因为从某种意义上来讲，那个人也许是她以前的战友。以前，玄息阁的人……她记得玄息阁曾分批次派人卧底潇水，但大部分人都被抓获了。只有一个代号为蜉蝣的人成功潜伏进了潇水军营。百里风兮并没有见过这个人，那时候她还不是玄息阁的阁主，这些事都是叶沉负责的。

“百里姑娘需要我们做什么？”

百里风兮看了看孟昭，又看了看顾德清，最后对顾德清道：“我书信一封，你快马送去云梦山庄叶沉手里，越快越好。”

顾德清没有任何疑问，只是点了点头。其余两人对视一眼也没有多问，对于这位百里姑娘的身份，他们心中也不是没有疑虑，毕竟她是百里家的人啊。然而，北堂萧然选择相信了她，那么他们也就将怀疑保留在了心底。

交代完事情，百里风兮告说身体不适回帐休息了，并没有过多地打听潇水守军的消息。回帐之时，她又望了望南方——北堂萧然应该能及时送来粮草。

第二十九章　碧水东流至此回

云梦山庄依然如故，人少了，越发显得山庄内的景色幽静宜人。叶沉由绿筠推着正绕着梦泽闲逛，这些日子以来他冷静了很多，也把所有的事重新梳理了一遍。经历了这么多，他也有些乱了……

“不知道小姐他们去越国怎么样了……”绿筠看着水面上泛着的波光，放慢了行进的速度。

叶沉没有马上答话，而是顿了顿，才说道：“应该不会有事，越国……并没有直接的威胁。”

“不然，等小姐回来了，我们也去郸城吧？”

“我在这里挺好。你若要去就去吧。”

绿筠皱了皱眉头，没有再说下去。因为她已经看见了一个人。

顾德清满面风尘快步走来，及至跟前也不多话，掏出信件递给叶沉。

“这是百里姑娘让我交给你的。”

叶沉从容地拆开信来，待重复看了两遍，才对顾德清道：“一路辛苦，她已经在信上把事情说明了。你先去休息，我即刻去写回信。”

“好。”

看着顾德清远去，绿筠低头看了一眼叶沉，只见他皱着眉，眼帘低垂，让人看不见那正不断变换着神色的眼睛。

“回书房。”

绿筠没有多问，只是依照吩咐做事。这种时候，她从来不会多话，知道若有用得着自己的地方，叶沉自然会开口的。

待来到书房，绿筠研了磨，叶沉提笔却久久再没动作。就在刚才那一瞬间，叶沉忽然在想，是不是自己太执着了……

“叶大哥?”绿筠不由得唤了他一声。

“嗯?”叶沉回身看了绿筠一眼，又有些懊恼地理了理案上的信笺，这才皱着眉，终于落笔。

顾德清来的时候，叶沉正把信装好，让绿筠封漆。

“你来得正好，把信带给风兮。告诉她，我随后就到。”

“可是……”顾德清看了看叶沉，“此去潇水路途……”

叶沉一挥手，打断了他的话，“我说了，你把话带到即可。”

这一刻，那轻飘飘的一挥手，是带着怎样的果决。顾德清一时竟被镇住，待回过神来他才想起，眼前这人并不是一个普通的残废之人。他可是玄息阁的管事，叶沉。

“好。”顾德清也不再多言，接过信，向叶沉点了点头，就转身走了。

“绿筠，收拾东西，我们去潇水，越快越好。”

“是。”

百里风兮收到回信的时候，忍不住大发了一顿脾气，可怜顾德清沉默寡言在那里听了半天的训斥，这才晓得这个百里姑娘也不是好惹的。

等百里风兮终于放过他，让他离开的时候，顾德清忍不住大大松了一口气。他现在明白了，无论是乡下的老婆还是这位曾经的公主，都是女人，女人就免不了啰唆，免不了胡乱发脾气。他决定回家后好好对他老婆，再也不埋怨他老婆了，同时，在心里小小地同情了一下北堂萧然。

“怎么回事儿?”孟昭本来想进去回话的，可在门口听了一会儿还是决定不进去的好，现在看顾德清出来，忙上去相问。

顾德清摆了摆手，叹道：“叶沉要来。”

孟昭皱了皱眉，苦笑道：“当年的对手，如今却……这可是齐国大营啊!”

顾德清看了他一眼，淡淡道：“没多久之前，这里还是陈国大营。”

孟昭一滞，随即道：“也是。这世上的事哪里有这么容易说得清。流云……不，齐王不是说过吗，什么分久必合合久必分，其实全天下都是一家。我看啊，也都是利益使然。”

“你明白最好，所以不要说无谓的话了，好好做事吧。我离开这几天战况如何？”

“晋国停止了大规模进攻，但是偶尔有小部队前来骚扰，多在夜间。”

“嗯……”顾德清点了点头，“我回来的时候听说粮草已经运来了？”

“已经运来了，现在倒是没什么后顾之忧。只是晋军突然这么安静了，只怕另有图谋。”

“赵辉怎么说？”

“他暂时没说什么，但也在不断增派人手前去打探敌情。晋国究竟是什么意思，再拖些时候，等潇水汛期一到，他们就没有丝毫机会了。”

顾德清也不解，二人商议着先去往赵辉帐下。

这里，百里风兮却将叶沉的来信烧尽，这是一向的习惯。她看着那些灰烬，略出了一会儿神，然后做出一副百无聊赖的神情出了帐门。

“哎，百里姑娘，你在这里做什么？”林啸坤操练完，正想回去洗个澡，看见百里风兮就过来打个招呼。他是个三十多岁的汉子，长得很壮实，如今位在偏将，是个末等将领。他的人缘很好。因为军营里是明令禁止赌博的，但在他手下，他也是睁一只眼闭一只眼。听人说他以前就是个赌徒，后来才金盆洗手的。不过，赌博这种事一旦有瘾了，你再怎么洗手，还是要去摸牌的。现在，他也时不时地赌一把，但是都不大，也没误过事。大家心知肚明，也没有认真追究他，不过板子倒是挨过几次的。

“闲得无聊。”百里风兮笑着道，“早知道不来这里凑热闹了。”

“这里都是男人，又在打仗。大王怎么让你来了。”林啸坤显出愤愤不平的神色，“不然你和赵将军说说，回去得了。”

百里风兮低头幽幽叹道：“或许是不信任我吧……”

“此话怎讲？”

“我，毕竟是晋国人。莫忘了，我可还是姓百里的。”

“嗨，谁在你面前嚼舌头，告诉我，我不打他个半死。”

百里风兮摇了摇头，“你心里难道不曾怀疑过我吗？”

“为什么要怀疑你？不说你是晋国人，可百里风兮是天下闻名啊。我不信你会做出出尔反尔的事情来。现在你既然和大王站在了一起，自然是自己人了。”

自从北堂萧然登位称王以来，晋国下发了废除端华公主的诏书，并悬赏万金要其项上人头。百里风兮的行踪也就正式公布于天下，那个白衣若仙的女子，站在了齐国国主身边。这里面究竟有什么曲折，旁人无从知晓。但林啸坤这样直肠子的人只是单纯地觉得，她现在已经站在了齐国这一边，那么就是自己人了。

“听你这么一说，我真的觉得高兴。走，陪我喝杯酒吧？”

“这个……军令如山……”

“天大的事，我担着。”

根本不容林啸坤再多说什么，百里风兮已经大步向自己的营帐走去了。林啸坤一咬牙，也跟了上去。

当夜，林啸坤因在军中饮酒，杖责五十，关禁闭半月。而百里风兮则被赶离大营。孟昭和顾德清苦求无果。

潇水大营三里之外，松针挂露，晨曦渐薄。

朱佩不断地鞭打着身下的坐骑，紧抿着的唇显出一丝焦躁。出了这么大的事，北堂萧然居然还让他留在萧家，简直，简直……

“朱佩？”

已经远远地跑过了，听到背后有人叫自己，他回过头去才看见百里风兮坐在一个土丘上。

“百里姑娘，你怎么在这儿？”朱佩勒住马看着百里风兮，又看向她身后，“就你一个人？”

“你不在萧家，怎么到这里来了？”

“这都什么时候了，你们还让我在萧家……”朱佩有些生气，但百里风兮还是笑吟吟地看着他。

朱佩索性下了马。

“萧铭暖呢？”

“她在萧家等我，是萧老爷子让我来的。”

“还没改口叫岳父？”

朱佩抿紧了唇，没有半点儿开玩笑的心思。

“好了好了……不同你说笑了。既然萧老爷子能让你来，那你就好好表现吧。”百里风兮回想起萧老爷子的面容，觉得很温暖。这天下的父亲大抵都是这般慈爱，一如百里逸……

“你去潇水大营吧，我在这里等一个人。对了，去了那里不要说见过我。有什么事问顾德清就好。”

“你要做什么?”

“捉内奸。”

朱佩皱了皱眉，有些不解，可想了想，却没多问。

“好了，快走吧。”

“……可是你一个人在这里，万一有什么危险怎么办?”

“这里能有什么危险?”百里风兮笑着，不肯让人瞧出心里的失落。放在往日，谁会说百里风兮独自在外危险？只是如今，她武功全无，又被晋国通缉……

朱佩看着百里风兮，丢开马坐了下来，闭目道：“我陪你在这里等。你既然能离开潇水大营，那说明应该没什么大碍。”

“你就这么信任我?”百里风兮笑了一声，“那里暂时平静，只怕是风雨欲来。”

“怎么讲?”朱佩睁开眼有些疑惑地看着她。

百里风兮摇了摇头，道：“现在还不知道，等我要等的那个人来了，也许就清楚了。”

“你在等谁?”

“叶沉。”

朱佩越发奇怪了，要等叶沉何必在这里等？看着朱佩的样子，百里风兮笑道：“晋国玄息阁的人都去了齐国大营，总是不好的。”

“他们……”

“他们没说什么。”百里风兮走到了朱佩身旁，“但是我总是需要考虑这些的。有你们的信任，已经足够了。”

朱佩似乎想笑一下，但却只是点了点头。

“你不会辜负我们的信任的，你是百里风兮。”

百里风兮看着朱佩，很认真地点了点头，她有这个自信。因为她是百里风兮。

如果一个人连自己都不信任了，还要如何立在这世上？

叶沉是在中午来的，看样子这一路奔波让他受了不少苦，可是在看到百里风兮的那一瞬间，他还是微微笑了。那种熟悉而又似乎已经陌生的微笑，让百里风兮愣了愣。

“小姐?”绿筠唤了百里风兮一声，又看了看朱佩，等待着百里风兮接下来的命令。

百里风兮也回头看了看朱佩，然后对绿筠道："绕开潇水大营，直接去潇水上游。"说完她就登上了马车。朱佩依然骑马。一行人按照百里风兮所说，选择了一条较为偏僻的小路，去往潇水上游。

"叶大哥。"百里风兮坐在了叶沉对面，直视着他，"为什么要来？"

叶沉转过头没说话，消瘦的面庞上透出一股坚毅。

百里风兮悠悠地叹了一口气，握住叶沉的手，柔声说道："叶大哥从来都是向着风兮的，风兮怎会不明白？你是担心我才来的吧？"

叶沉动了动，似乎想抽出手，但没能成功。

"叶大哥，你应该知道风兮是怎样的人。所以，请叶大哥多担待些。"

"风兮，你应该学会成长。我只是不希望那些事再次重演。"

"不会的，他和他不一样。"

叶沉看了百里风兮一眼，没有再说什么，只是无奈地叹了一口气。他终究是不放心她的，知道战事已起，便马上赶来了她身边。百里风兮笑了笑，道："你说林啸坤是玄……是晋国的人。我现在已经暂时让他失去了自由，但是我不敢肯定他有没有发展其他人，所以没有马上动他。"

"做得很好，收网不要急，只有这样才能一网打尽。"

百里风兮点了点头。

"对了，这几天有些不对劲，晋国没有再大举进攻，只是在夜间不断骚扰。叶大哥怎么看？"

叶沉低头把盖在腿上的毯子往上拉了拉，平静地道："你已经有所察觉了，又何必再问我？"

"我并不确定……这些事，我……"百里风兮皱着眉，似乎难以表述，"我并不曾接触，准确地说是没有真正接触过。我怕判断失误。"

"去看看就知道了，没有人一开始就什么都会的。风兮，你很聪明，只要用心，没什么能难倒你的。"

"嗯。这些日子在郸城，我都在读书。对于行军打仗，我知道自己需要做好准备。因为我想要杀出一条血路直指百里扶苏。"百里风兮收紧了自己的手，"我要他付出代价。"

叶沉拍了拍百里风兮的手，声音低沉，抚慰着人心，"我会和你在一起一直走下去，看着你，提醒你。"

“谢谢你，叶大哥。百里扶苏可以毁掉我的人生，可以废掉你的双腿。但是他不能剥夺我们对彼此的信任和关怀。他注定会失败的。”

潇水上游，河滩更险，并无城池，唯有峭壁不绝。然而，那里却也有一处得天独厚之地，那便是盘龙湾。盘龙湾这里水势较缓，河滩也相对平缓，然而，因为两边都是悬崖，所以并不通船。现在已经是三月了，虽然潇水的春汛并不如夏秋两季来得那么凶猛，可也让人生畏，饶是盘龙湾这样的地方也是河流湍急。可是现在的盘龙湾却显得有些平静。

朱佩倒挂在树冠上探出头去，不知何时，那大江上竟然筑起了一道堤坝。潇水筑堤已然奇事，然而更奇怪的是那堤坝中央还有一个开口。

“怎么样?”见朱佩打探回来，百里风兮有些紧张地开口相问。

朱佩的脸色有些古怪，看了看百里风兮，又回头看了看在这里并不能看见的潇水。

“确实如你所说，大江之上有人拦截了水流。然而水流却未枯竭……因为那堤坝中央有个缺口。”

叶沉神色如常，似乎这些也早就在他的意料之中。

百里风兮松了一口气，自言自语地说了句什么。朱佩却不在意，只是追问道：“你怎么会知道?”

“水太少了……”百里风兮理了理思绪，对朱佩道，“你没有去大营那里，所以不知道。”

“你看得出来水少了?”朱佩显得更加吃惊了，因为那堤坝显然不是一夕筑成，水流的变化并不能一眼看出，并且，堤坝没有将水流完全拦截，下游的水位应该差得不是太多。可是百里风兮居然连这么细微的变化都看出来了，朱佩自认是个细心之人，现在也不由得佩服起了百里风兮。

百里风兮笑了笑，道：“我整天没事就在河边吹风，那天想起书上对潇水的描述……再加上晋国军队的异常，所以猜想，也许上游出了事。”

“你是说那堤坝是晋军所为?”

百里风兮点了点头，眼中闪过一丝伤痛——百里扶苏，这世上再没有比我更了解你的人了。

“可是，可是堤坝并未封口，却是为何?”

“他们在等。”

“等什么?”

百里风兮抬头看了看远处的天空，那里已经布满了乌云，她指着那些厚黑的云层说道：“他们在等那个。”

“等……”朱佩本想说等云，然而在出口之前却灵光一闪，想通了。晋国军队是在等雨，一场暴雨。晋国军队在雨势开始之时封堵河堤，然后……然后，他们就只需要等待即可。

“我们要马上赶回潇水大营，希望一切还来得及。”

马车不顾一切地奔驰在狭窄的道路上，百里风兮只觉得自己全身的骨头都快被抖散架了。然而，老天似乎觉得这还不够，在一处转弯的地方，马车翻了。

马儿发出痛苦的嘶鸣侧躺在地上，口里不住地吐着白沫。绿筠早一刻离开了车辕，不然只怕已是重伤。

“小姐，叶大哥。”绿筠从地上爬起来，还站立不稳就向马车走了过来。朱佩下了马也过来帮忙。他们从车窗里拉出了百里风兮，然而要救叶沉却有些困难。

“不要管我，快去潇水大营。”

百里风兮回身抓住叶沉的手紧紧地握了两下，一句话也没说，拉起朱佩就向潇水大营而去。叶沉看着那一身沾满了尘土的白衣，心里忽然有一种欢喜伴着失落的感觉——百里风兮再也不是当年那个感情用事的小丫头了，这种时候她已经知道要顾全大局了。然而，为什么偏偏对流云公子例外呢？

叶沉依然习惯称呼北堂萧然为流云公子，在他心里，或许“流云”二字更适合北堂萧然。只是如今时局变换，身在局中的人也都变了。当初逍遥于世的百里风兮，当初倾尽天下的流云公子，当初风流不羁的朱佩，当初云淡风轻的叶沉……当初温文儒雅的百里扶苏……都变了……

叶沉叹息似的吐出一口气，用力闭上眼复又睁开。他向绿筠报以一个安慰的笑容，也无力再说其他。走到了这一步，无论百里风兮对流云公子例不例外，都没有什么区别。因为他们早已无路可退了，不是吗？至少现在，看不出流云公子骗了百里风兮……

天色越来越暗，大风刮起的尘土几乎要迷了人的眼睛。百里风兮和朱佩艰难地行进着，两个人一路上都没有说话。

暴雨将至。

潇水大营之中，赵辉站在大帐前皱眉看着天空，把百里风兮赶出军营是事先商量好了的，但是百里风兮却并没有告诉自己为什么要这么做。然而，凭着多年来在沙场磨炼出的敏锐直觉，赵辉知道，一定是出了大事。而那个叫林啸坤的人，他也让心腹之人加强了戒备——百里风兮就是不希望打草惊蛇才出此下策的吧？

潇水对面的晋国军营里，此刻冒起了炊烟。看着那些袅袅向上升起的烟雾，赵辉叹了口气，回到了大帐中。派去那边的探子带回来的消息有限，晋国军队突然的安静让人不安。但是，赵辉也不能轻举妄动。他的职责是要守护好这里，这是齐国最前沿的防线，如若被攻破，就现今的局势来看，后果实难想象。

不能退。

赵辉在心里想着，最后得出了这样一个结论。

一声闷雷在天空炸开，仿佛在预示着什么。百里扶苏立在马上，回头望了望在整理装备的士兵，勾起唇角温柔地笑了笑，对身边的将官下达了最后的命令。

“全速撤离。”

百里风兮听见天上的雷声，一颗心都抽紧了，想要加快步伐，但是却已经达到了极限。若不是朱佩扶着她，只怕早已滚下了山崖。

“休息一下吧。”朱佩皱着眉，当然知道时间紧迫，可是看着百里风兮满头大汗的样子，还是忍不住说了一句。

百里风兮没有说话，只是摇了摇头。

“我背你吧。”

“不行，现在我还可以走，你要保存体力……我要是真的走不动了……”百里风兮看了朱佩一眼，没有说下去。她的手在宽大的袖子里握紧了那枚不大的虎符。不到最后一刻，她并不想把这个交出去。

朱佩在心里叹了一口气，对于百里风兮的倔犟没有任何办法。他摇了摇头，不再苦劝百里风兮，而是开始回想潇水大营的布局。

潇水两侧多悬崖，是一处天险，能登陆的地方并不多。而潇水大营防守所在就是一处良好的浅滩，若是平常，只要把守好了那里，也就是一夫当关万夫莫开。然而，也正是因为如此，一旦洪水泛滥，潇水大营就首当其冲！

利弊悬之一线，百里扶苏，其计独到，其心毒辣，叫人佩服之余寒意顿生。朱佩不禁想起当初世人对其评价——“多才多艺，尔雅谦恭。”前一句倒是符合，只是这后一句……现在实在不敢恭维。

天上的云层越来越厚，似乎可以嗅到水汽了。百里风兮觉得自己的脚已经快没有知觉了，渐渐黑下来的天色让她有一种错觉，似乎永远也走不到潇水大营。然而，当她看见那高挂着的大旗时，整个人都忍不住一歪，倒在了朱佩身上。

"到了……"

朱佩点了点头，现在他已经不大看得清百里风兮的神色了，只能从她虚弱的语气里判断她的情况。当下，朱佩毫不迟疑地背起了她，向潇水大营走去。

"站住，什么人？"大营门口，守门的士兵很尽责地将他们挡在了门外。

"我是朱佩，她是百里风兮，快带我们去见赵辉。"

那士兵看了看朱佩又看了看百里风兮，在看百里风兮的时候他顿了顿，眼前这个头发凌乱、衣衫污浊的女人和他见过的百里风兮实在相差太远。好在那一张艳绝天下的面孔，他还是认得的。

"可是……百里姑娘已经被赶出了大营，没有赵将军的命……"

朱佩等不及再听，就带着百里风兮往里闯。其实，也没人敢真的拦他们。

一路到了大帐，朱佩这才放下百里风兮。赵辉已经得到了消息，正走了出来，见到百里风兮这般模样，微微有些吃惊。然而不等他说什么，百里风兮已经抢先开口了。

"马上撤军，后撤……三十里。"

赵辉看着百里风兮，在火把的映照下，百里风兮的神色像庙宇里模糊了的神像一般。

"马上撤军！"百里风兮忍不住大声地再次对赵辉说道。

赵辉凝重地看着百里风兮，道："不可能。"

"赵辉，你……"朱佩微张着口，下面的话却被赵辉堵了回去。

"不能撤军。这里是齐国天险。"

"潇水上游已经筑有堤坝，只要这一场暴雨下下来……"

"不可能，上游怎么会有堤坝？再说晋国的动向，百里姑娘又怎么知道？"

看着赵辉坚定的神色，百里风兮一滞——他们果然是不信任她的。

见百里风兮不说话，赵辉又接着道："想要在上游筑堤，何等不易。我派出去的探子并未回报晋国军队有这方面的行动，再说就在方才晋国军营还在开灶做饭……"赵辉的话戛然而止，因为他看到了百里风兮手里的东西。

百里风兮低着头，将虎符举到赵辉面前，低声道："撤军！"

她的声音虽低，却带着不可违抗的力量，让人心一颤。

赵辉是军人，在短暂的惊讶后，心有不甘地接受了命令。然而，朱佩却是不能接受眼前的一切，他直直地看着百里风兮，想要一个解释。但百里风兮却转过头去看着远处。

"你手里怎么会有虎符?"

百里风兮抿紧了唇。

"是萧然给你的?"

依然没有回答，但是朱佩深吸了一口气，却平静了下来，只是语气里还带着几分惊讶——北堂萧然竟然把虎符给了她！竟然这般信任她！

"我知道了。对不起，刚才有些失态，因为实在太意外了。"

"你去告诉赵辉，留下一些东西和几队人马作伪。然后带着人后撤三十里，枕戈待敌。"百里风兮的声音听上去疲倦极了，那不仅是因为沿途的奔波，更是因为她自己的决定。从这一刻开始，她就要和晋国正面为敌了。那些曾经被她看做子民，一心想要保护的人，在这一刻，注定了要被她抛弃。然而，她却显得更为痛苦，因为这本不是她想要的结果，也不是她自愿的选择。

百里风兮的命令被完美地执行了，虽然有几个将领对赵辉不满地抱怨了几句，但都在那一枚虎符前闭了嘴。

雨下了起来，几乎没给人任何缓冲的时间，一下就是暴雨如注。百里风兮披着雨衣几乎趴在了马背上，在大军后撤的那一刻，她终于坚持不住，晕了过去。

在大军后撤不久，挟着风雷之势的江水就奔涌而来。赵辉策马走上一个山丘，皱眉看着潇水大营。要是再晚一步……

到达了目的地后，所有人都有一种劫后余生的感觉。朱佩让人搭了个帐篷安置下百里风兮，又出去与赵辉商量了一下接下来要做的事。顾德清这时候押着五个人走了过来。

"这是怎么回事?"朱佩不解地问道。

顾德清看了那五个人一眼，冷哼一声，说道："都是想救林啸坤的人。"

朱佩并不知道林啸坤一节，赵辉上前简单地把事情的来龙去脉说了一遍。朱佩听着听着，不禁皱起了眉头。

"他们几个想要趁着混乱救出林啸坤，被我抓住了。现在要怎么处置?"顾德清看向赵辉。

"这……还是等百里姑娘醒了再说吧。"

"也好。"顾德清挥手，让人把他们一并绑好了看押起来。

赵辉清了清嗓子，接着方才和朱佩相谈的内容说道："我们埋伏在这里，东西两面都分别派了一支队伍过去。可百里扶苏会来吗? 大雨才过，潇水应该还很湍急。"

朱佩摇头表示自己也不知道，“百里姑娘说了枕戈待敌，我们就做好准备吧……”

在黑暗中，所有人都沉默了下来。除了士兵们握着手里的武器不时活动一下身体发出的响声外，就只听见雨声哗哗地敲打着地面。他们才捡回一条命来，却不得不马上面对接下来的一场战争。

第三十章　不负风流归紫阙

百里扶苏以一种很不舒适的姿势坐在椅子上，闭着眼静静地听着外面的雨声。那样子柔和得像是一幅画。直到严浪进来禀报情况，百里扶苏才睁开眼，眼中闪过一丝狡黠的微光，却又转瞬不见。

“大堤和我们预计的差不多，只是前去填土的人有一队也被水冲走了。”

百里扶苏听完后没有任何表示，严浪也不得不撇开情绪继续说道：“船只也已经准备妥当……可是，可是贸然渡江……”

百里扶苏挥手打断了严浪的话。这时候灯花冷不丁地爆了一下，让人不由打了个寒战。

“一旦水位退去，齐国回防，那我们之前所做的也就付之东流了……”百里扶苏站了起来，走到一旁悬着的地图旁。严浪忙拿了灯来。

“这里，一定要抢先攻下。”百里扶苏养尊处优的手指轻轻地点在有些粗糙的地图上，“我要让北堂萧然一败涂地。”

严浪默然站在一旁，不再发表任何意见。

风雨声大作，帐内却显得异常安静。百里扶苏盯着地图上所描绘的区域，若有所思地眯起了眼睛，似乎是想到了什么高兴的事情，嘴角微微弯了一下。

就在这时，睡梦中的百里风兮却不由自主地抽了个冷子，惊醒过来。她皱着眉，在睡梦中也没有片刻的休憩，此时的脸色更难看了。

时间仿佛过得特别慢，黎明在众人的等待中端起了架子，不肯轻易出来。雨势已经渐渐收住了，可是四下里漆黑一片，根本看不出有什么分别。为了隐蔽，所有火把都被熄灭了，连百里风兮的帐篷里也没有留下半点儿光源。所以此刻，百里风兮摸索着站起身来也没有什么人发觉。她站在黑暗里，觉得所有的感官都敏锐了起来，听见自己的心跳声和绵长的呼吸声。她大张着眼睛，看着一片黑暗，内心却渐渐预见了光明。手里的虎符似乎还带着熟悉的温度，就算在黑暗里也可以清晰地想见那人的眉目。

不知道过了多久，天，终于不再是一味的黑色。一种夹杂在黑与白之间的灰色，笼罩在了每个人的头顶。

依稀能听见帐外压低声音的命令和士兵们踩着泥水的脚步声，百里风兮拍了拍自己的脸，走了出去。

“百里姑娘。”顾德清站在帐外，显然是在这里守了一夜。

百里风兮对他笑了笑，然后问道：“现在情况如何？”

“我军全部撤回，现分三路前方设伏。”

百里风兮点了点头，又四下望了望。

“朱佩和赵辉呢？”

“赵将军亲自带兵去了前方，朱公子在营帐里休息。”

“他亲自去……”百里风兮皱了皱眉，咽下了后半句。将军亲自上阵，若非有全然的把握，那是十分危险的事。赵辉不应该这么冲动才对。

顾德清见百里风兮欲言又止，知道她在担心什么，便说道：“百里姑娘不必担心，赵将军有分寸的。哦，对了，昨天还抓到五个奸细，是林啸坤的同党。还好姑娘有先见之明，没有打草惊蛇，不然他们还不知道要隐藏到什么时候。”

“抓到了就好。”百里风兮并没有显得兴奋，甚至连高兴都谈不上——那些人也曾是她的部下。

顾德清显然没想到这一层，但他想或许是百里风兮太累了的缘故，因为此时她的脸色看上去并不好。

“百里姑娘，要不然你再多休息一会儿吧？”顾德清劝道。

百里风兮摇了摇头，迈开步子向一处高地走去。顾德清只得跟着。一路上不时有好奇的目光投射过来，百里风兮没有半点儿在意。她本就是万众瞩目的人。倒是顾德清显得有些不自在，时不时地回头看看。

“百里姑娘，你怎么上来了。”来到高处，却见早有人在。朱佩一身衣服虽有些褶皱，但他整个人看上去还是很精神。

“这话该我问你。他不是说你在休息吗?”百里风兮让开半步，身后的顾德清看见朱佩也有些奇怪。

“哦，我睡了一会儿，看天亮了就来看看。”朱佩说着就伸手拉了百里风兮一把。百里风兮也没多推辞，只是实在佩服朱佩，昨夜一夜奔波，他居然还有这么好的精神。抑或，是自己太不济了。

“怎么样?”百里风兮站到高处，看着潇水方向问道。

朱佩也看着那个方向，负手说道：“赵辉已经去了。现在……似乎还看不出什么来。只是这里地势大利于我军……百里姑娘，你怎么算到这里的?”

百里风兮头也没回地说道：“在书上看到的。”

朱佩随即想起前段时间几乎没出现在他眼前的百里风兮。听北堂萧然说她是在看书，果然书中自有黄金屋吗?

“不过也还是运气好吧，那是大魏朝的书籍，没有被损毁。而这里也没有什么大的变化。”

“……百里扶苏会来吗?”

“会。”百里风兮不由得站直了身子，眺望着远方。

百里扶苏，你会来吧?

你确实对我用了心，知道我的软肋，所以那么轻易地下了毒，又逼我下嫁。可是别忘了呀，我对你难道就不上心了吗? 你的习惯，我也时时刻刻记在心里……只是想不到最大的用处不是用来体贴，而是用来攻击。

当初所有的甜蜜都成了你我手中的利剑，你可以伤我至深，我为什么不可以让你一败!

“但是有一点……”

“什么?”

“不能追过潇水。”

朱佩不解，遂问道：“若能一朝擒获百里扶苏岂不更好?”

百里风兮摇了摇头，冷冷地笑道：“他不会这么冲动地来送死的。他是个多疑的人，没有把握绝不会把自己置于危险的境地。在所知的晋国军队后面，一定还有所隐藏。不然，盘龙湾那道大堤又是什么人筑成?”

顾德清在下面听得清楚，此刻便上前道：“那我这就去告诉赵将军。”

百里风兮点了点头。顾德清抱拳一礼，快步走了下去。不多时，百里风兮和朱佩就看见一骑飞驰向潇水而去。

“我累了，送我回郧城吧。这里的事有赵辉，足矣。”百里风兮最后看了一眼潇水的方向，然后转过身率先走了下去。她不愿在这时就和百里扶苏照面。

“好。我已经派人护送绿筠和叶沉直接回郧城了。”

“谢谢。林啸坤他们也一并交给叶沉处理吧……我不想见到他们。”百里风兮承认，自己还不够狠。这一点她远远比不上百里扶苏。

“好。”

百里风兮揉着额角，把晋、齐两国的第一次正面交锋抛在了身后。她并不怎么在乎这些，她要的只是百里扶苏的命。

回到郧城的时候，百里风兮长长地叹息了一声——终于回来了。

北堂萧然这些日子忙得不可开交。说起来前方打仗只要粮草、主帅、士兵齐备，也就无所大碍，可是在后方为了保证这些，北堂萧然着实费了不少心力。

朱佩临时被叫去商议事情了，百里风兮推开紫宸殿的大门，看着那个伏案而眠的男人，心里忍不住一紧。阳光从她身后挤了进来，惊动了北堂萧然。长长的睫毛艰难地颤动了一下，有些迷茫的眼睛是百里风兮从未见过的……那一个词还没来得及想出来，北堂萧然已经恢复了往日的神色，他高坐在那里，笑看着百里风兮，倾倒了天下苍生。

“这么快就回来了？”北堂萧然站起来活动了一下手腕，然后皱了皱眉。因为百里风兮的样子实在是有些狼狈。

百里风兮点了点头，没顾得上别的，只是走上前去把虎符放在了御案之上，然后就转身边走边道：“我回去休息了。”

“等等。”

“嗯？”百里风兮回过头来，逆着光只能看见那精妙无双的轮廓。

北堂萧然拿着虎符步下台阶，拉过百里风兮的手，低头看了那么一小会儿，然后把虎符重新放在了她手里。

“收好。”

百里风兮也低下头看着自己的手，收紧了自己的手，没有拒绝。

整个紫宸殿里泛出暖意，让人知道，在严冬过后，那被人们期待已久、又忽视已久的春天终于在人的心里照耀出了一方天地。

百里风兮忽然抬起头笑了笑，虽满面风尘，却依然占尽风流！

潇水大捷的消息，几乎是跟着百里风兮一路回来的。拿到战报的时候，北堂萧然终于松了一口气。

“可惜，没能抓住百里扶苏。”北堂萧然的嘴角带着一抹让人不明所以的笑意。

朱佩站在一旁想了想，还是说道：“百里姑娘不让我们追。”

“嗯……”北堂萧然放下战报看向朱佩，“让礼部的人来一趟。”

“礼部？这时候找他们做什么？”

北堂萧然嘴角的笑意更深了一些，悠然站了起来，笑着说道：“自然是给你筹办婚事。”

朱佩一滞，随即道：“你不要在这种时候开玩笑。”

“你看我像是在开玩笑吗？”

“得了吧。”朱佩也不顾及，此刻屋子里只有他二人。他走到一旁坐下，端起茶来喝了一口，还能看见往昔的优雅风流。

“我说的是真的。”

“照我说，还是先把你和百里姑娘的婚事办了最为妥当。”朱佩看着北堂萧然的脸色一变，便笑道，“怎么，你也有怕的时候？”

北堂萧然摇了摇头，也走过来，在朱佩身旁落座。

“我真的没和你开玩笑。”

“如今战事才息，国内又不曾完全安定，你让我成亲？”

“是联姻。”北堂萧然正色道，“与越国联姻。这样对萧家对越国也算是有个交代，你和萧铭暖也可以名正言顺地在一起……也可以稍微牵制一下越国。”

听到北堂萧然最后那句话，朱佩皱了皱眉，不过，他想了想，还是点头道：“好，就照你的意思办。”

“朱佩，你要是真的觉得……”北堂萧然自己咽下了后面的话，实在觉得再说下去就是虚伪了。

“三全齐美的事儿，我怎会不愿意。难得你想出这么个法子，不然萧家实在难处。”

“那这件事就让礼部和你商量吧……我已经和萧老爷子说了七介聘礼，让礼部照着这个数琢磨吧。”

“七，七介？”朱佩眨了眨眼，他没记错的话，《礼记·聘义》上说：“聘礼，上公七介，侯伯五介，子男三介，所以明贵贱也。”

北堂萧然含笑不再多说什么，让人去叫了礼部的官员，自己则继续回紫宸殿处理政务。只可惜偏殿里再也没有一个人在那里看书了。这一趟潇水之行，百里风兮也受了累，这几天都在翊坤宫修养。

有些人不必露面也可以感知她的存在，有些话不必说明也可以心照不宣。这一生，你若遇见了这样一个人，必定是幸福的。

看着北堂萧然的背影消失在门后，朱佩脸上的神色却显得有些奇怪。他久久地看着门外，然而等礼部的官员走了进来却没有发现。等那些人再三叫了他，他才回过神来，嘴角余留了一丝苦涩，转瞬却被那些贺词给冲淡了。

是了，他就要成亲了，应该高兴一点儿。

百里风兮现在不再去紫宸殿的偏殿看书了，她现在只想睡觉，似乎一下子觉得睡不够似的。大约是太累了，又遇上了这么个睡觉的好季节，春眠不觉晓啊！

北堂萧然回紫宸殿的路上，又特意绕道去了翊坤宫一趟，正巧看见叶沉在那里晒太阳，百里风兮趴在一边似乎又睡着了。

察觉到有人在看自己，叶沉缓缓抬起了头。当看见是北堂萧然时，他有些僵硬地，但还算友好地笑了笑。

北堂萧然也报之一笑，他们之间的隔阂还在，但至少已经减轻了。两人又不约而同地将目光投向那个白衣若仙的女子。

“她越来越懒了。”叶沉轻声说道。

北堂萧然笑着走近了些，也放低了声音，“大抵是知道以后很少会有这样闲适的时光了，所以抓紧时间享受吧。”

“嗯?”叶沉回头看向北堂萧然，眉间微凝，又自顾说道，“也是，两国大战在即。”

“不过，在这之前，大约还有一桩喜事，我已经让礼部开始操办朱佩和萧铭暖的婚事了。”

“有情人终成眷属……是好事，但是你就这么自信越国不会出手吗?”

北堂萧然摇了摇头，道:“赌一把。”他虽这么说，可整个人都透着自信。那是让所有人跟随他、信任他的原因之一。

叶沉低下了头，这和他的处事风格完全不同。他喜欢经过缜密的思考再得出答案。相比起来不得不说，北堂萧然更具备王者气魄，而叶沉则会成为最好的谋士。两人虽然都是翻云覆雨若等闲，但却是有着截然不同的本质的。

“朱家、萧家，再加上微澜公子……确实有很大的赢面。”叶沉说着看向了百里风兮。为了她，北堂萧然和微澜公子之间约定互不相犯。他真的肯为她做到这一步吗？这么想着，叶沉又看了北堂萧然一眼。

似乎明白叶沉在想什么，北堂萧然不疾不徐地开口道：“为王为皇，也不过是为了坐拥江山，集结天下奇珍，供我一人享用。我已经找到我最喜欢的了，为什么不提前为她做些事呢？难道真要按着那万事齐备，只可惜斯人已去的戏路走？”

“无论你怎么走，我只希望她不要再受伤害。”

“我答应过她，以后都不会骗她。”

“很好。”

“她要是醒了，让她来紫宸殿找我。”

“好。”

北堂萧然笑了笑，转身离去。在他身后，百里风兮眯起眼睛看了看，又继续晒着太阳睡了过去。

“你确定齐国已经稳固？”百里风兮到紫宸殿的时候月亮已经很圆了，她随意抽出一本御案上的奏本看了看，又放下。

“我只说先通知你一声，一切都要等朱佩的婚事过后。”

“哦，这我倒是差点忘了。”

北堂萧然又递了个折子给她，“你先看看，这是他们今天草拟的联姻章程。若是行，明日就快马送去越国。”

百里风兮却是不接，只笑道：“这些事你做主就好了，我并不懂的。”

“那到时候可不许骂我铺张。”

百里风兮一挑眉，又扫了那折子一眼，但还是没看。铺张就铺张吧，眼前这个男人又不是没有分寸的人。再说了，她与朱佩、萧铭暖的关系也都算好，朋友的婚礼，自然也希望能办得隆重些。

“要骂也轮不到我。”百里风兮笑了笑，又接着前面说的道，“自从上次潇水一战，双方都暂时没有什么大的动静。晋国经过了这些日子早已被百里扶苏拿捏住了，可是……”

“你不相信我吗？”

“不……我只是希望你能谨慎一点儿。毕竟一旦开战，齐国就是我们最后的驻地了，要是齐国一旦有个什么，那时候我们会进退两难。”

“百里扶苏确实是个人才，这些时间我们忙着收拾陈国，他就把晋国拿捏住了。

可是你不要忘了，我北堂家也在陈国经营了多年。再加上如今‘天命所归’，我也算是师出有名。”

“好吧……”

“那我这就派人去各地。”

“谁挂帅？”

北堂萧然顿了顿，然后靠近了些。百里风兮心里不知为何突然有些紧张，后退了半步。却见北堂萧然笑道：“自然是我。”

“这……”

“这件事不用再议。”

百里风兮偏了偏头，还想再说什么，可动了动唇却没有说出来。半晌，她才说道：“既然如此，那我就回去了……其实也没什么大事。”

“你难道就真的不肯帮我分担一些？”

“再说下去你我一定会吵架的。”

北堂萧然叹了一声，笑道：“你我能不能不要这么清醒。其实，偶尔吵吵架也不错。”

百里风兮横了他一眼，移了步子。

“平常人家吵架也不过是柴米油盐酱醋茶，你我要是吵架……”百里风兮淡淡地笑了一声，没再接下去。

“那就是如何？”北堂萧然绕过来与她并肩而立，“大抵不过是这万里河山颠覆。”

百里风兮侧头看着他，这么近，却依然有些看不懂这个人。

“认识你越久，越看不清你。”

“这句话你说过了，微澜也说过了。其实是你们想太多了，人难道真的只有一面吗？不是的。我们孜孜不倦地向着高处攀爬，难道不是为了让自己享受到更多吗？”

“可是到了你这个位置，就应该……”

“就应该装作高高在上大公无私？风兮，装给别人看就好。在你面前，我不想。”

“那时候，在云梦城，你带我转了那么一大圈，难道是骗我的？”

“不。”北堂萧然皱了皱眉，似乎没有想好要如何说。

百里风兮也不急，偏头看着他，等着。

“风兮，你难道真的没有想过吗？要是自己都不开心了，那要如何让别人开心？我想要这天下安宁，想要百姓富足。因为我知道我有这个能力，我也愿意为之而奋斗。可是这不表示我要牺牲掉我的快乐，牺牲掉我爱的人的幸福。若是那样的话，我宁愿放弃。天下与我何干？”

“所幸的是，我不用面对这样的选择，不是吗？”北堂萧然长长地吐出了一口气，“鱼和熊掌在某些时候是可以兼得的。”

百里风兮低头想了想，道：“这是你北堂家经营了二十余年的事业，不是你说放弃就能放弃的。就算牺牲掉你的快乐，牺牲掉你爱的人的幸福，你也会完成的。”百里风兮说得很慢很平静。这是身在王室的她早已知悉的。

你瞧啊，这也算是莫大的悲哀吧，北堂萧然说的并不是谎话，只能算是一个美好的期望，或者说……情话。可是那么清醒的自己，却是连一点儿甜蜜的味道都来不及品尝，就被自己泼了一盆冷水。

“我想，这，想想、说说都是可以的，但是却做不得。萧然，你我都明白。你虽然不羁，然而却不是这样的人。冲冠一怒为红颜，你有这样的气魄，但是绝不会做出这样的事来。”见北堂萧然想要说什么，百里风兮忙抬手止住了他。

“你不用再说什么。我明白的。如你所说，幸而如今你我在同一条船上，所以，不必再去考虑其他，何苦让那些不会发生的事来扰乱我们现在的生活？难道‘庸人自扰’这个词要用在我们身上吗？”

“下达军令吧……”百里风兮收回手，转身缓缓走出了紫宸殿。殿外那一幕星光，何其耀眼，而比之更为吸引她的，是身后那人含情脉脉的眼神。不去看，也能感知。

百里风兮心中并不见得有何失落悲伤，反而盈积了幸福。生长在王室，又经历了这么多，她自然知道真情可贵。北堂萧然能对她说这些，能有这一份心就已经是极好的了。难道真要让他做个昏君吗？那样的人又岂会是自己看重的人。大丈夫自当以天下为己任，万不可英雄气短儿女情长。

放在百里风兮和北堂萧然面前的是凰图霸业，感情，于他，于她，都该是放在第二位的。这也正如当年在云梦山庄她与万俟微澜所说的一样，他们是朋友，但是也许有一天会在战场上相见，那时候他们都不会手下留情。这是他们逃不开的责任。

有时候想想，能像平常人家那样吵吵架，该是多幸福……

第三十一章　人生若只如初见

发去越国的文书很快有了答复，越国答应联姻。于是，齐国上下便都处在了一片喜悦之中，当然，该保持清醒的人永远都清醒着。

晋国自从潇水一战后损伤惨重，只是百里风兮从未过问，但后来也多少知道了个大概。百里扶苏果然没有亲自渡江，只听说当日兵败，他曾怒斥百里风兮。至于真相究竟如何，却是不得而知。百里风兮也懒得去管，如今只是一心一意为朱佩和萧铭暖的婚事忙活，顺道熟悉了军中职守和军队素质。北堂萧然把潇水大营交到了她手中。

在铺天盖地的喜悦之下，齐国的军队开始迅速集结。

五月初九，宜嫁娶、求嗣，忌上梁、掘井，大利南方。

十里红妆，自越而来，入郸城，酬神谢天，叩拜君王。于大光明殿正式行礼告知天下，礼官授训，君王嘉诫。礼始成。新人离宫，百官恭贺。

百里风兮一直很兴奋，看到自己身边的人幸福，连自己也被感染了——这一刻似乎她也相信自己也会这么幸福的。她站在大殿上，看着北堂萧然坐在御座之上，温和而不失威严，恐怕只有在她面前才会有那些“无稽之谈”。现在怎么看，他都是一个合格的君王。

朱佩的脸红得有些不像话，大抵那些看上去风流不羁的真名士，在遇见这种事的时候都会是这个样子吧。因为他们真的比那些假道学知道得少，所以此刻显得那么手足无措。

见众人簇拥着新人离开，北堂萧然这才不着痕迹地寻到了百里风兮的背影，然后微微笑了起来。是否，他的心里也有某种甜蜜的愿望在滋生？

这次送亲的使者不仅有萧衍，连万俟微澜都来了。如今他与北堂萧然自然多了一层隔阂，但与百里风兮却愈见亲近。这时候，他出了大殿便与百里风兮一道走着，不过此时人多，他们也没有说什么具体的。与众人一道来到了邺城东南的新人府邸，更是接连有人来劝酒。百里风兮别人不敢多劝，可万俟微澜却是逃不掉的。朱佩这时候更是已经被灌得有些醉意了。

百里风兮便抽空脱身去看萧铭暖。

到了新房，却是一片安静，与前面仿佛是两个世界。喜娘见了百里风兮，行了个礼退到了外间。百里风兮提着步子悄声走近，正要打量打量，却听萧铭暖道："可是公主？"

百里风兮一挑眉，笑道："你怎么知道？"

萧铭暖大约是在笑着，但并没有回答百里风兮的话。

"哟，做了新娘子了，果然好矜持。"

萧铭暖还是没说话，无论如何，今天她的身份，她的心情都是不一样的。那红盖头的颜色似乎全都映在了她脸上，只可惜旁人瞧不见。

百里风兮走到了她身旁，柔声道："真替你们高兴。"

"公主不日想必也会如此幸福。"

"或许吧……我们都很幸运。哪怕千山万水相隔，哪怕三国交战不断，可是我们依然能找到一个人。而更为幸运的是，铭暖，你，名正言顺地嫁给了他。自今而后，你们就是夫妻了。别人再也不会多话了。真是太好了……"

名正言顺……这四个字让百里风兮自己都有些感慨。如今自己是什么身份？方才萧铭暖称呼她公主，可她哪里还是什么公主！

还没说几句话呢，喜娘就进来催促百里风兮离开了。百里风兮上前握了握萧铭暖的手，然后离开了新房。这时候，外面似乎闹得更厉害了。百里风兮摇着头选了个僻静的小路往回走，转过一个小花园，却见朱佩扶着柱子在那里干呕。百里风兮忙上前去，帮他顺了顺气，一面又笑道："你的酒量可真不怎么样。"

朱佩回过头来看了一眼，见是百里风兮，想说什么又似乎没有力气。过了好半天，他才缓过来，说道："他们太厉害了……"

"坐一会儿吧。"百里风兮扶着他在一旁的亭子里坐下，又问道，"我去让他们拿些醒酒的东西来?”

“不用了。”朱佩摆了摆手，“是，是喝得太急了，不碍事的。你怎么在这……儿。”朱佩又打了个酒嗝，皱了皱眉。

百里风兮倒是没怎么在意，走到他对面坐了下来，说道：“我才去看了看铭暖，以后你可得好好对她。”

“这个当然……我自然会……”朱佩说话已经有些不大清楚了，可是他现在似乎兴致很好，平常没见他这么多话，这会儿合着都倒了出来。他是醉了。百里风兮看着这样滔滔不绝地说着的朱佩，不由得也含笑在一旁听着。朱佩是高兴的，于是百里风兮也跟着高兴。大抵这样千山万水的相隔，因为萧铭暖的执著，最后也可以成如今的花好月圆。是否以后，自己也可以有这样的美好?

说到后来，朱佩不知怎的又转到了北堂萧然身上，“其实他对你真的不错……真的，我和他这么多年兄弟，真没见他对哪个女人这么上心过。水……水姑娘你知道吧？啊，你肯定知道。多漂亮的人啊，可是萧然不愿意。缘分这个东西真的是太玄了。”朱佩摇了摇脑袋，又指着百里风兮道，“要不是当初他去晋国查探，也不会知道你……也就没这后面的事了。呵呵，这世道啊……都倒过来了。仇人，亲人，轮番地变。”

百里风兮本来只是含笑听着，可是那一句“去晋国查探”却让她一惊。难道她和北堂萧然不是偶遇？难道这一切从一开始就有了企图？百里风兮的心一下子抽紧了。

朱佩又说了些什么，整个人都趴在了石桌上。

百里风兮定了定神，推着他的肩膀，问道：“朱佩，朱佩，你刚才说什么，北堂萧然以前去到晋国见过我?”

“是，是啊……唉。”朱佩反手拍了拍百里风兮的肩，语重心长地说道，“做兄弟的真的觉得你还是和百里姑娘坦白了吧，不然以后等她发现了，你就后悔吧。哈哈哈。”他又大力地拍了百里风兮两下，把她当做了北堂萧然。

北堂萧然还有什么事瞒着我?

“究竟是什么事?”

“装吧，你就装吧……当，当初你不是因为凰图才去救她的吗……还是我去稷山，啊稷山……”

朱佩还说了些什么，百里风兮已经听不清了，她只觉得自己的耳朵嗡嗡作响，一时间天旋地转。

天空还是那么明媚，身边都是大红喜色，然而，百里风兮却像是一下子掉进了冰窖里，周围的一切仿佛都隔了一层坚冰。

从听涛小筑的不离不弃，到越国边界的虎符相赠，再到落日城头的对天起誓，自己一步步对他敞开了心扉。到如今……

放开了已经睡着了的朱佩，百里风兮缓缓站起身来，眼神木然地走下阶梯，却被摔得好疼好疼。

他骗了她，他一直在骗她……从一开始他就知道自己有凰图……为什么？为什么？

“风兮？”万俟微澜的声音传来，“你怎么了？”

百里风兮挣扎着要站起来却又跌倒了，幸好万俟微澜扶住了她。这时候，万俟微澜也已发觉百里风兮有些不对劲了。他看了看那边已经睡着了的朱佩，不知道究竟发生了什么事。然而，无论如何不能让人看见现在这样的场景——喝醉的新郎官和一脸失魂落魄的单身女子在一起。

万俟微澜带着百里风兮，避开众人悄然离开了这座喧闹的府邸。

“风兮，怎么了？”

过了好一会儿，百里风兮才将目光聚焦在万俟微澜脸上。这一刻，她的眼神冰冷而陌生，仿佛将自己与这个世上所有的人都隔绝开了，哪怕是万俟微澜。

“我若说没事，你会不会信？”

“不会。”

“那就陪我去喝酒吧……忽然好想喝酒。”百里风兮的声音清晰而平稳。万俟微澜皱了皱眉，似乎想劝说什么，但最后他只是点了点头。于是，百里风兮就笑了，痴痴地笑了。

他们没有去酒馆，万俟微澜找了辆马车，买了酒与百里风兮来到了郊外。今天很多人都去城里看热闹了，在如此风和日丽的日子，城外反而清净了不少。

百里风兮一路上都没有说话。走到河边坐下，她双手环抱着膝盖，将脑袋放在膝盖上，然后就不再动了，仿佛凝固了一样。

万俟微澜把酒都搬了下来，走到她身旁默默陪她坐着。他想问，但是无从问。两人就这么静坐了许久。百里风兮忽然站了起来，拿起摆在一旁的酒，拍开封泥仰头就喝，好像快要渴死的人。

万俟微澜苦涩一笑，道：“给我一坛酒吧……”

百里风兮看了他一眼，二话没说就抱了一坛酒过去。两人就这么坐在河边拼命地喝着，好像在和谁比赛。等喝光了一坛酒，百里风兮的脸上泛出酡红，这样子看上去她才显得有了些生气，才像是活了过来。

“放弃希望……微澜，你说过，不要放弃希望。我也一直这样坚持……可是，可是我好后悔！”百里风兮把空酒坛使劲扔在了河里，整个人也被向前带了带，趴在了绿油油的草地上。

“我真的后悔了……”

“出什么事了？”万俟微澜尽量让自己的声音显得不那么紧张。

“哈……哈哈……”百里风兮忽然侧躺在草地上，大笑着道，“还能出什么事？我不过是……又被骗了一次而已……”百里风兮断断续续地说着，仿佛这是世上最好笑的笑话。

万俟微澜没有看她，他不愿看见这样的她。远处的云彩显得有些慵懒，停在那里久久不愿挪动。风很轻，阳光很好，可是万俟微澜却忽然觉得很冷。他的心很冷。

谁会再一次骗她？除了那个人……

“喝酒吧。”万俟微澜站起来，又拿了一坛酒给百里风兮，“或许醉了，就不那么痛了。”

“是啊，我的心好痛啊……醉了，就可以不痛了……”

当那些冰凉的美酒滑过喉咙，带出人心中蓄积的火气，仿佛可以看见自己的信念，自己的世界在眼前一点点扭曲变形。当好不容易才重新凝聚的美好再一次被无情地摧毁，那一刻，心里竟然空了一下，其余的感情根本还来不及去分辨，就这样空落落的。整个人也都变得空落落的，于是不会再相信，不会再痛哭——是的，百里风兮没有哭。她只是在笑，笑自己的愚蠢，笑自己的天真，笑这世事的无常……

其实，百里风兮的酒量也算不得很好，至少现在她已经开始说胡话了，而万俟微澜还是那么清醒。

“为什么都要骗我啊?!”百里风兮抓着万俟微澜的袖子使劲地拽着，“坚信光明，坚信希望，就这么难吗?”

“他说过不会骗我的……原来真的谁的话都不可以相信……叶大哥说得对，不可以相信。一切都是有企图的，这世上……这世上没有无缘无故的好……”

“都只是为了凰图。百里扶苏得不到……你也不会得到，不会……哈哈……”似乎是在为自己没有完全将凰图交给北堂萧然而高兴，百里风兮放开了万俟微澜跌跌撞撞地站了起来，胡乱地挥舞着衣袖，“你们，你们都得不到的。”

“来越国吧……”万俟微澜忽然淡淡地说道，他确定百里风兮可以听见。

果然，百里风兮回头看着他，那神情就像是在看着一个疯子。

“来越国吧。”万俟微澜神色平静地重复道。

“怎么，你，你也想要凰图?”百里风兮向万俟微澜走来，却踩到了自己的裙子跌在了他怀里。万俟微澜没有扶她，甚至碰都没有碰她一下。他不是柳下惠，但是这时确实不该触碰这个像刺猬一样的百里风兮。

“我对凰图没兴趣。风兮，跟我回越国吧。远离这些是是非非。”

“越国?”百里风兮又笑了起来，撑起身子看着万俟微澜，“晋国弃我，齐国叛我，越国难道就会容我!”怒吼一般的声音让万俟微澜一滞。

百里风兮站了起来，指着万俟微澜，一边后退，一边说道：“不会了，我再也不会相信你们了……凰图是我的，是我的！我才是天命所归!”

“好，好得很……都骗我……这天下，都容不下我……我再也不会奢求你们的施舍了。从今以后，我要这天下都臣服在我脚下，我要你们祈求我的施舍!”

“如若天下皆弃我，当叫天下为我所有!”百里风兮对着广阔的天空大声地宣布着自己的决定，那一袭白衣霎时被风吹得一振。那怨怒滔天的眼眸深处，泪光一闪而过——我不会再哭了，这世上再也没有人值得我哭泣了。

这一刻，万俟微澜面容沉静，却也在心中刻下了那女子的坚毅。她就像一只蓄积了力量的白鹰，要奋力一搏，刺破苍穹。

“如若天下皆弃我，当叫天下为我所有!”

万俟微澜为这句话又喝了一大口，举着酒坛遥遥地对百里风兮说道：“敬，你的天下……”

马车摇摇晃晃地把酒醉的百里风兮送回了王宫，然而那时她已经醒了。其实，醒和醉之间有时候并没有特别的界限，一切只在乎人心。

百里风兮张开眼的一刹那，再没有半分迷离。身上，万俟微澜的衣衫还在，可惜他的人早已远去，没有留下只言片语。他们之间早已有了一份默契，不需要再多说什么。

百里风兮冷着脸走在王宫的回廊下，看着远处残阳如血，再一次登上了北城墙。

“凤不栖梧，凰不出图，君临天下，据何以安……”百里风兮负手临风，眼中浮沉变幻，最后凝结成一抹阴狠的锐利。这才是她应该看到的，这才是她应该拥有的，这才是不会欺骗她的。当这个天下已经让这天之骄女无所容身，她没有选择后退，她不懂得后退，所以她会说出那样的话。

“如若天下皆弃我，当叫天下为我所有！”

这便是百里风兮！

“你怎么到这里来了，我听他们说没见着你和微澜。”北堂萧然听到宫人禀报，便来寻百里风兮。他此刻声色和暖柔情万千，哪里晓得百里风兮站在那里一抹冷笑在心中升起。

北堂萧然走到她身边，终于察觉到了一丝不对劲。

“风兮……你怎么了？”

“没什么。”百里风兮华丽地转过身来，笑得花枝招展，在她身后，山河万里。

北堂萧然皱了皱眉，看着百里风兮继续问道：“发生什么事了？”

“发生什么事了吗？”百里风兮觉得自己的嘴角有些酸，快要挂不住那笑容了。

“风兮，我不想和你猜哑谜，到底出什么事了？”北堂萧然皱着眉，面上笑意已去。朱佩那里一切顺利，只是听人说万俟微澜和百里风兮单独出去了。他想二人本就熟识，想必是叙旧去了也就没有多问。可是……可是为什么百里风兮一回来就变了一个人？

“我百里风兮出没出什么事，与齐王何干……不要忘了，你我只是一场交易罢了。”百里风兮转身看着远处的太庙——她已经被骗过一次了，真的好痛，再被骗一次，又有什么了不起。那种撕心裂肺的伤痛，已经不能打倒她了。自今而后，她再也不会相信任何人了。她要变强，她要自己主宰自己的命运。再不信任任何人，再不依赖任何人。站在这里，八荒六合，尽在手中。这是她要得的，这是她要取的，再不是帮别人了。

“只是交易？”

“我帮你取得天下，你帮我杀百里扶苏……从来就不曾改变，不是吗？”百里风兮的嘴角勾勒出一丝阴森的味道，让人错愕。

“时至今日，想不到你还这么认为！”

“不……应该说，时至今日我才明白过来。”

北堂萧然上前一步看着她。这样的百里风兮，好陌生。那个逍遥于世的女子，那个对他笑语嫣然的女子，那个在大光明殿仪态万千的女子……都不见了。

“北堂家从一开始就是诈败啊……”百里风兮的语气里带着一丝欣赏的感叹，“所以各国都有你们的暗探吧？你一开始就知道金枝公主，你一开始就知道我就是她的女儿，你一开始就知道我有凰图，所以才一步步接近我。”百里风兮转过身，直面北堂萧然，她一步步地逼近，面上带着笑，眼中却是冷冽非常。

“以热血的江湖人的名义，实施着最阴暗的计划。从一开始，你就在骗我。”平静的陈述句，没有半点儿动摇。

北堂萧然动了动唇，似乎想说什么。

“若要人不知，除非己莫为……”百里风兮说这句话的时候，不由得笑出了声。因为这句话，无论是对她还是对北堂萧然都是一个莫大的讽刺。凰图的事虽然隐秘，但也还是有人知道了。北堂萧然虽然一味隐瞒，但还是被百里风兮知道了。果真是若要人不知除非己莫为啊！

“不错。从一开始，北堂家就派人盯住了各国王室。”北堂萧然冷静了下来，坦白地承认了，“从一开始，我就知道凰图在你身上。”

百里风兮了然地点了点头，可是心里却有一股说不出的失落。这个世界，终于完全不值得相信了……

“我说过了，这以后我不会再骗你了。”

“可是在这之前，你已经彻底的骗了我，你的初衷已经注定了后面的结果。”

“我的初衷在遇见你以后就已经改变了。”

“可惜我不会再相信你了。”

静。这一刻仿佛时间也凝滞了，那残阳如血映照着城墙上两个风姿绰约的身影，在这曾经俯瞰天下的地方，终究高处不胜寒。

“你要记得我是来帮你的人……你要信我，在这里等我，无论发生什么事……都要记得我对你的好……”北堂萧然的声音有那么一丝木然，他整个人似乎都已经有些僵硬了。他不知道百里风兮为什么突然知道了这件事的始末。是的，当初北堂家是有意诈败，自然能够从容地盯着各家的动静。百里逸和金枝公主的事没能瞒过北堂家，并且，从一开始北堂家就知道那四句谶言是从金枝公主那里流传出去的。北堂萧然一开始接近百里风兮，就是为了探查凰图的秘密。可是，见到那样一个女子，谁会不心动？

“你对我的好我都记得，你又何必时时挂在嘴边？你不是要说服我，而是要说服你自己，齐王殿下。从一开始，你就应该知道这个结果。你对我的好，只是你的歉疚罢了……与整个天下比起来，齐王殿下确实应该对我好一点儿。”百里风兮转眼看着远处山峦起伏，“我确实是太容易相信人了，你对我的忠告我会认真听取的。从这一刻开始，我不会相信任何人了。”

北堂萧然默然，脸上没有任何表情。他甚至没有动一下，生怕一个细微的动作就会牵动自己所有的情绪，就不能再保持这样的平静。

“如果这个你不打算收回的话，那就按照原计划出兵吧。”百里风兮手里拿着那枚虎符。

北堂萧然依然没动。

百里风兮点了点头，收回了虎符，错开身，走下了城墙。在与北堂萧然擦肩而过的一刹那，那伸出来挽留她的手被无情而决绝地甩开了。他，再也抓不住她了。这世上，再也没什么能束缚住她，让她牵挂了。

风一下子灌满了北堂萧然苦涩的嘴。他微张着嘴，失神地忘记了闭上。他低头看着自己的手，过了好一会儿，这世界仿佛才又有了声音。良久，他收回了自己的手，也缓缓地、稳稳地走下了城墙。

大魏朝的宫殿里，齐国的国主和金枝公主的女儿就这么无声地穿行着，却几乎成了平行线，再无交集。

百里风兮又开始拼命地读书了，并且不时向叶沉请教。她知道，要一争天下，只靠凰图是不行的。而在外人看来，似乎什么事也没发生过。只是因为北堂萧然要筹备进攻晋国的事而忙得不可开交，让人几乎见不到他的面。

“你近来好像很好学。”叶沉喝着茶，看向百里风兮。

“我向来好学，叶大哥难道没有发现吗?”百里风兮浅浅地笑着，在阳光下依旧顾盼生辉。

“……确实如此。”叶沉似乎想起了什么，声音里充满了回忆的味道，“那时候你才来玄息阁，学什么都很用功。”

“那时候的我就说过，要争然于世，不学，不行。”

“那现在呢？是为了要帮助北堂萧然吗?”叶沉带着玩笑的口吻。现在，他对北堂萧然已经减少了敌意。

百里风兮笑了笑，没有接话。她不打算告诉叶沉。这并不是说她要防备叶沉，而是因为她知道，叶沉对她绝对的忠诚。要是她一朝发难，叶沉一定会毫不犹豫地站在她身边的。可是，在事情还没有到那一步之前，她又何必让叶沉担心呢？并且……就目前来看，她没有和北堂萧然翻脸的必要。

“百里姑娘。”朱佩满面春风地走了过来，见到叶沉也在，又向叶沉打了个招呼，然后问道，“你们看见萧然没有?”

“他不在紫宸殿吗？”叶沉也有些奇怪地看向百里风兮。

可百里风兮摇了摇头，道：“这些日子我并没有见过他。对了，铭暖还好吗？怎么也没见她进宫来玩？”

朱佩笑了笑，有些不好意思地说道：“她现在也忙，府里大小事情都要她过问。”

闻言，百里风兮和叶沉都善意地笑了笑。

“啊，既然你们也不知道，那我再去别处找找。”朱佩尴尬地找了个借口，快步离开了。看着他的背影，百里风兮嘴角的笑意越发深了。

朱佩是在北城墙那里找到北堂萧然的，近来他很喜欢来这里看看。

“萧然，你果然在这里。”朱佩登上城墙，大大地喘了一口气。

“是啊，在这里。朱佩，你知道站在这里是什么感觉吗？”

朱佩随着北堂萧然的目光看去，正色道：“君即天下。”

北堂萧然笑了笑，缓缓地摇了摇头，然后又有些了然地点了点头。

朱佩看着不解，问道：“不对？”

“不是不对……只是……”只是再没有人同自己说，“俯瞰苍生，唯我独尊，八荒六合，尽在域中。”能说这话的人，也已经把心思藏了起来，与这世上所有的人一样，和自己拉开了距离，同时又窥探着自己的位置。是吧，那个女人现在也有着同样的野心，在窥探着这万里河山吧？不知道是不是该为她高兴？那只鹰，要飞了……

等了半天，没见北堂萧然说下去，朱佩不由得皱了皱眉，正要说话，却又被北堂萧然截断。

“找孤何事？”

孤？

朱佩听到这个自称，不由得一愣，什么时候，北堂萧然开始称孤道寡了？

“嗯？”

“咳咳……是潇水传来的消息。”朱佩回过神来，说道，“晋国军队重新集结。”

“看来上次的教训还不够深刻啊……百里扶苏……”北堂萧然依然看着远方，嘴角带着薄薄的笑意，“这一次不会再让你久等了……马上下令，邺城东西两营全军整装，三日后，出兵。”薄唇清晰地下达着牵动这天下苍生的命令。

“动用邺城的兵力？那潇水那边……”

“百里扶苏不会再从潇水进犯了。”潇水本就是险要之地，上一次若非季节适宜，百里扶苏也不会从那里下手。“虎狼关。”北堂萧然敲击着箭垛，似笑非笑地吐出这三个字。

朱佩也似乎想到了什么，当下不再追问，点头道：“我这就去准备。”

虎狼关，多丘壑，少雨水。距晋三十里，距齐二十五里，距越二十七里。乃三国交汇处，无人管辖之地。

第三十二章　如人饮水知冷暖

小暑，温风至，蟋蟀居辟，鹰乃学习。

“那是谁？”百里风兮见一人上着碧霞云纹联珠对孔雀纹锦衣，下穿曳地水袖百褶凤尾裙，俏立在宫墙之侧，梧桐荫下，虽隔得远不曾见得容貌真切，可其风姿绰约，不禁让人心生向往。

绿筠这时候捧着个锦盒跟在百里风兮身边，看了看那边，摇头道：“不知道是谁，宫里何时来了这样的人物？”

百里风兮踏出一步，却又马上收了回来，看了两眼，依旧向着原本的方向而去。

“回头让人打听打听吧……”

绿筠忙跟上去应了一声，又回头看了看那人。

沈雪姒勾起一抹笑，这时候才觉得她与北堂萧然有那么一丝相像。

“她就是百里风兮？”

“正是。”解无忧不知从哪里钻了出来，站在沈雪姒面前，略低着头。按照辈分，她是他的嫂子。解无忧虽然有些像是老顽童，但在沈雪姒面前却很是规矩。

“风华的女儿……长得倒是不错。”沈雪姒淡淡地说道，然后转身向栖梧殿走去，“翩跹那丫头近来可好？”

“水姑娘好着呢。”

“罢了，我亲自去瞧瞧。你也不必跟了。如今这里……大抵我还能记得路……”在大魏朝时作为金枝公主的伴读所走过的路，怎会不记得呢……

“是。”

沈雪姒一路到了栖梧殿，水翩跹早已迎了出来。

“姑母。”水翩跹带着些撒娇的意味搀着沈雪姒进了内堂，“您怎么来了，之前我一点儿消息也没听到。”

“想来了自然就来了。”

听了这话，水翩跹也不恼，她是知道自己这位姑母的性子的，向来清高得紧。当下让人上了茶水点心，她又把多余的人打发了出去，这才坐下与沈雪姒说话。

“翩跹早盼着姑母来了，表哥已经改了国号，即位为王了。姑母不来，可是说不过去。”

“他？”沈雪姒冷笑了一声，“他哪里还记得我这个做娘的。”

水翩跹面上僵了僵，又笑着道：“表哥很是挂念姑母的。”

“你不必为他说好话，自己的孩子，我还能不知道吗？”

“翩跹说的是真话，早前表哥就让翩跹去请姑母入宫的，可是再三也没能请动姑母。”

“这宫里有什么好的……”沈雪姒看了看四周，“冷得很。”

这一下，水翩跹面上确实挂不住了，讷讷半晌，只得低下头去默不做声。看着她那样子，沈雪姒冷哼了一声，说道：“年纪轻轻的就打算把自己关在这里一辈子？你以为我是为谁来的？要不是丫鬟们说你一直都没出过门，我才懒得进宫来。”

“姑母对翩跹好，翩跹知道……”

“知道就该早点死心。”沈雪姒叹了一口气，放缓了声音，“你这孩子怎么这样死心眼，他待你从来如同妹妹一般。”

“我知道……我只是，只是……”后面的话没说出来，只是带了几分哽咽。

“明知如此，还要这样折磨自己，那就是糊涂！”

“就算是糊涂，但是翩跹甘愿。”水翩跹看似柔弱，此刻却是不肯退让半分。沈雪姒看了她一眼，狠狠地皱了皱眉。

“若是以前也就罢了，可你这样玲珑的人也该知道，如今有一个百里风兮了！”

闻言，水翩跹的脸不禁又白了几分，姑母的意思她明白。放在以前，她一片痴心也许还有个盼头，可是现在……现在连姑母也不帮自己了……

说到底，沈雪姒也是北堂萧然的母亲，这世上没有哪个母亲能拗得过自己的孩子。而且，就上次陈国贺冬之事看来，这个百里风兮也并非无用之人。

“你自己要想清楚。”沈雪姒站了起来，看了看水翩跹，最终还是叹了一口气，走出了栖梧殿。

北堂萧然已经得知沈雪姒来的消息了，可是他却并不急着去见自己的母亲。甚至，他迟疑着，要不要去见。就在这时，他却听到人回禀，说沈雪姒去了百里风兮那里。这下，北堂萧然坐不住了，几乎没有思考，立刻也跟去了翊坤宫。

“你就是风华的女儿。”沈雪姒走进来的时候，百里风兮正歪在榻上看书，“似乎不大懂规矩。”

百里风兮皱了皱眉，但依然没有起身的意思。方才绿筠去打听了，如果没错的话，眼前这人应该尊一声太后娘娘了，所以，百里风兮也并不奇怪为什么没人阻拦她，让她长驱直入来到自己面前。

“北堂夫人来这里找风兮有事?”百里风兮放开了书卷，不避不闪地应对着沈雪姒毫无顾忌打量她的目光。

“来看看你。”沈雪姒走到对面坐下，脸色已经有些难看了。她是万万想不到金枝公主的女儿会这般没有礼数。

“我有什么好看的?”百里风兮笑了笑，对于北堂家的人，她现在没有半点儿兴趣，“北堂夫人是在拿我开玩笑吗?”

“你一口一个北堂夫人，是不是真的觉得我不入宫，不掌凤印，就奈何不了你?”

“这就奇怪了，您入不入宫，掌不掌印与我何干？即便您入了宫，掌管了凤印，难道夫人就想管住百里风兮吗？敢问夫人，凭什么？我如今虽住在这翊坤宫里，可我与齐王殿下是有约在先，住在这里不过是为了议事方便。夫人若是看不惯，我立刻搬出去也就是了。”百里风兮懒懒地移开眸子，嘴上这般说着，却不知心里为何带着那么一丝紧张。

沈雪姒一挑眉，这个百里风兮着实让她大开眼界！难道她的儿子是要找这样的一个人吗？她不许，她绝对不允许这样的人入北堂家！

“夫人若没有别的事，那风兮不送了。”

“你……”沈雪姒气极，站起来指着百里风兮却又说不出话来，最后冷哼一声拂袖而去。

沈雪姒踏出殿门，正好看见北堂萧然立在廊下。她回头看了看里面，对北堂萧然道："这样的人绝不可能入北堂家，绝不可能母仪天下。"

北堂萧然看着自己的母亲，淡淡地笑着道："自然。"

这个答案出乎沈雪姒的意料，北堂萧然虽与她离心，然而知子莫若母，自己的孩子是什么脾气，她还是知道的。当初他肯为了她低头，那份执著断不是假的，可是今天为什么他会这么容易就答应了自己？

虽有疑虑，但沈雪姒并不打算问，有这个结果就可以了。

"那就好。有空就去栖梧殿看看吧。"沈雪姒最后看了北堂萧然一眼，带着一身华贵飘然而去。北堂萧然在门外站了一会儿，转身走了。

绿筠从转角处走了出来，手里端着的茶已经有些凉了。她叹了一口气，转入殿中。

"小姐这又是何必？"绿筠把茶递过去。百里风兮却不接，自顾拿起书来。

绿筠便将茶放在了一边，却还是劝道："小姐瞒得了别人，却瞒不了绿筠。"

"你究竟想说什么？"百里风兮将书卷下移，露出一双黑白分明的眼睛来。

"我只是不想让小姐和北堂公子难过。"

"你几时看见我难过了，你几时又看见他难过了？"说到这里，百里风兮已经撑起了身子，语气几乎咄咄逼人。

绿筠却并不怎么害怕，眼中反而闪过一丝不忍。

"小姐，我跟了你这么久……"绿筠收拾好了托盘，看了百里风兮一眼，转身就要出去，又回头道，"北堂公子对小姐如何，奴婢是看在眼里的。小姐对他如何，奴婢也是看在眼里的。虽不知发生了什么事，可如今你们这般……若是知道发生了什么事还好了！"

"本来就没什么事。"

"小姐说没事，那绿筠就不多问了。"绿筠行礼告退。

百里风兮放下书，看着绿筠的背影和门外的空旷，忽然呆了许久。等她回过神来时，觉得脸上凉凉的，伸手一触，竟是一滴晶莹的泪。

"你怎么哭了？"百里风兮不解地问着，同时用手背狠狠地擦了擦脸，"百里风兮，不准哭。那个男人不值得你哭，他对你的好全是假的。你不准哭，听到没有！"不知道为什么，眼泪越擦越多。也不知道为什么，明明一直都不曾落泪，偏偏听见他那么淡然地说出那两个字后，心里一阵酸楚。

自然？自然什么？自然不配做你北堂家的媳妇儿？自然不配母仪天下？

为什么你可以说得那么轻松？为什么？

当天夜里，齐国高层就这次出兵做了详尽的部署，百里风兮手握兵权，自然在列。这次由北堂萧然亲自挂帅出征，旨在晋国，主要调集了邺城附近两个大营和齐国三地的兵马。留下潇水大营分为三股分别驻守各地。朱佩负责粮草调度，顾德清与赵辉同北堂萧然一道出征。孟昭留守邺城。

百里风兮耐心地听完了，没有发表任何意见。她依然知道自己的位置，也依然不肯轻易暴露自己的野心，只是在最后提出自己也要随军一道去往前线。北堂萧然没有反对。

当议定了所有的事情后，众人便散去了。今夜的天空似乎特别的暗沉，居然没有一颗星星。百里风兮站在白玉台阶上看着天空，等到朱佩出来时，她上前问道："这一次越国真的会置身事外吗?"

朱佩手里还拿着些拟定的计划，听到百里风兮的问话，不由得愣了愣。

"大约会吧……"

"哦?"

"就两国邦交来说，如今都与越国联姻。而微澜公子与萧然有旧，又有约定……"说到这里，朱佩看了看百里风兮的神色，见她无恙才又接道，"再说越国国主无能，只靠荣平公主打理朝政，想必是不会妄动干戈的。就算要打的话，也多半会帮我们。"

"北堂萧然似乎很喜欢赌……"百里风兮一笑，不再理会朱佩，自顾自地走了，"以天下为赌注，不愧是北堂萧然。"

朱佩皱了皱眉，似乎觉察到百里风兮有些不对劲，正想说什么，却见北堂萧然不知何时来到了两人不远处。

见朱佩神色有异，百里风兮便回过头去看了看，见是北堂萧然，便笑了一声。那笑声极短，极轻，却带着说不出的嘲讽之意。

"有什么话，不妨直接问我。"

"齐王日理万机，风兮怎好为了这些琐事打扰齐王。"

朱佩愣了愣，然后立刻找了个借口离开了。他虽不知道发生了什么事，但就两人刚才的对话来看，他还是选择以最快的速度离开。明明只是平常的话语，生生被那两人说出了不寒而栗之感。朱佩不由得在心中感叹。

等朱佩离开，这大光明殿外只剩下了两人长身而立。夜风习习，天色晦暗。在殿外守卫的士兵，不知为何都觉得身上发寒。

“百里风兮，你真的是……”几乎有些咬牙切齿，偏偏声音低得让人心寒。

“我真的是不识好歹的。北堂萧然，楚河汉界，你我早已划清。一切，都只是交易。”百里风兮眼底带着薄冰，看着这近在咫尺、让她曾经欢喜的人。她也是同样低声地回复，却是冰冷得很。

为什么她所喜欢的人都要骗她？

好在这一次，她没哭，真的。她想自己已经足够强大了，当遍体鳞伤后那些伤口是会结痂的，那会比原来的皮肤更粗糙，更坚硬。

“不要在这里浪费时间了，明天就要出征了。”百里风兮理了理袖口，低下头，避开了北堂萧然的眼睛。

“你是在关心我吗？”

“不，我只是在提醒你，我不希望你失败。”百里风兮抬起头，“我要亲手处置百里扶苏。”

北堂萧然点了点头，退开了几步。他们就这么看着对方，咫尺天涯。

有些人是不是一旦错过就真的不可挽回了？

“好，我不会让你失望的。这场……交易，从一开始就是我先要价的不是吗？怎么会让你失望呢……”北堂萧然扯出一抹笑来。

“那就好。”百里风兮略施一礼，然后干净利落地一转身。那白袍飘荡，消失在了这沉沉的夜色里。

就在百里风兮转身的一刹那，北堂萧然也向着相反的方向迈出了步子。

两个人，就这样面对着面划出一道鸿沟，然后背对着背，越走越远。

次日，晨曦微露，然军威之壮，已让天地为之一震。那个男人一身戎装未发一言，于万万人中，依然让人瞩目。或许，有些人天生就有这样的魅力，别人再羡慕也做不来。百里风兮站在城墙上如此想。

“‘云山苍苍，江水泱泱，公子之风，山高水长’……想不到他一身戎装却是这般……”百里风兮一挑眉，“英武。”

叶沉在她身旁未置一词——如果他的腿没有废，他也会征战沙场的。

“看来，作为百里扶苏的对手，北堂萧然也很了解他，知道这一次潇水不过是一个幌子，真正要打仗的地方是虎狼关。”

叶沉抬头看着百里风兮瘦削的下颌，一时觉出几分锐利来。她站在那里，素衣不染纤尘，冷眼未带情丝。叶沉几乎要认不出她来了。

"你……"叶沉有些迟疑，不知要如何发问。

"我没事。叶大哥，一切都在按照计划进行。"百里风兮转头看着叶沉，"我会照你说的做的，不会再信任任何人了。"

这一刻，叶沉没有半分欢喜，虽然这是他所希望百里风兮做到的，然而真的亲耳听她说出来，他的心里却只是隐隐作痛。这些日子，见到她在北堂萧然身边恢复了往日的笑容，叶沉就在想，要是就这样，也好。可是现在……

没有过多的打听，只是稍许推算，叶沉低沉地开口说道："北堂萧然果然不简单……你，也不简单。"

听到后半句，百里风兮笑了笑，道："这不正是叶大哥所希望的吗?"

叶沉转头看着远方，看着黑压压的军队无声地前行，他的心里像是有一块石头压着，忽然喘不过气来。

"或许……我错了。"

"叶大哥没错，是风兮太天真了。北堂萧然早已知悉凰图事宜，他是故意接近我的。从一开始他就存心不良。"百里风兮的语气很平淡，仿佛是在说着别人的故事，与自己没有半点儿关系，"不过没什么要紧的。因为事情还是向着原本的方向进行。虽然中途我出现了一些偏差，不过，叶大哥你放心，现在都已经好了，我不会再犯同样的错误。好了，我们下去吧。"

叶沉没有过多的立场去考虑北堂萧然后来的改变，他只是沉默地跟在百里风兮身后，一道下了城墙。

北堂萧然先带着邺城东、西两营的人马出发，百里风兮等另外三批人马到齐后，再领军前往虎狼关。所以，现在她还有时间在城头与叶沉说这些话。

百里扶苏摩挲着手心的那一道伤痕，那是潇水大败后他捏碎了茶盏留下的。

"百里风兮，你真的在帮他吗……这一次不知道你是不是还这么坚定地站在他那一边……"阳光下，轻袍缓带的扶苏公子缓缓地笑着，看着屋子里那件嫁衣，眼中闪过一丝促狭。

"启禀大王，王后求见。"

"宣。"百里扶苏站起身来向外走去。

李若嘉步入长庆殿，见到百里扶苏当先行了一礼。经过时间的打磨，她已沉稳了许多。

"有什么事吗?"百里扶苏上前虚扶起她。虽然两人距离很近，然而心却很远。

他们做得最好的，大约只是相敬如宾了。

“大王出征在即，臣妾难道不该来看看吗？”

百里扶苏听了，也只是笑笑，若是早些时候或许李若嘉会是这样的，然而不知道从什么时候起，她已经不会主动来长庆殿了。所幸的是，她并没有给她和她的家族惹什么麻烦。于是，百里扶苏也就没有过多地过问。今日她突然来到长庆殿，断然不会只是来送别的……大军出征当天，自然有王后送别的时间。

看百里扶苏的样子，李若嘉在心里叹息了一声，却又不得不马上打点好自己的心绪，平稳地说话。

“这一次，齐国大军直指虎狼关，不知道大王是何想法？”

这一次，百里扶苏对于军队的调派让朝中人心惶惶。起先晋国的军队是在潇水集结，然而盛夏季节强渡潇水自是不行。晋国众臣也以为这只是大王抛砖引玉。然而百里扶苏在成功引动齐国出兵后，却并没有让军队顺着潇水而下来到虎狼关，而是隐匿了行踪，连晋国上下都不知道这支军队去了哪里。而对于虎狼关，百里扶苏似乎并不怎么关心，指派了严浪带兵对抗。可齐国是北堂萧然亲征啊！

流云公子一跃成为北堂萧然，他的传奇也早已根植在了人们心间。那个为天下倾慕的人，如今正携凤鸟之说，要席卷天下。听闻这一次连百里风兮也领兵随行，正驻守在离虎狼关二十里开外的鹧鸪山。百里风兮啊……那个天下传诵的奇女子，那个晋国曾经的骄傲。如今却被晋国除名，下令追杀。如今，他们两人一道出征，怎不叫人惊诧？怎不叫人小心？

可百里扶苏看上去却并不那么紧张。

“这件事，孤自有主张。王后向来不问政事，今天怎么有兴趣来问这些了？是李大人的意思，还是其他什么人授意？”百里扶苏看着李若嘉，语气并不怎么严厉，甚至李若嘉还觉得他是带着关心的意味。这便是百里扶苏啊，任何时候都是这般温文尔雅，哪怕是在杀人的时候。

“是父亲与臣妾闲聊时说起的……如今朝臣们都很担心，大王却……却没有与他们说明。”

百里扶苏心里冷笑一声，他自是不会把事情说明的，朝堂上的那些人他并不完全信任。他不会让这么完美的计划这么快就完全展现在人们面前的，他要等到最后一刻，看看那些人中有没有错愕和后悔的表情……那些人里面会有玄息阁以前的人吗？会有齐国派来的奸细吗？

“这不是你该问的事情，不过你既然已经问了。”百里扶苏笑了笑，“你来长庆殿一趟也不容易，不好让你空手而回。你去告诉那些人，不要妄自揣测，孤自有分寸，断不会为了一个女子而毁了晋国基业。”百里扶苏笑了笑，他知道他们在猜测什么。他们以为自己会为了百里风兮再做出什么傻事来吗？他们就这么看不起他？

李若嘉一滞，脸色红了又白，过了半晌才吐出一个“是”字。

“下去吧。”百里扶苏看着李若嘉，淡淡地说道，“你不要再打听那个女人的事了。孤不喜欢有人再在背后做那些小动作。”

李若嘉猛然抬起头来，这一刻的百里扶苏，让她从心底里感到害怕。

“臣妾以后不会再做这些蠢事了。”说完，李若嘉转身离开了长庆殿。她走得很急，头上珠玉晃动，看上去美极了。

鹧鸪山北。

百里风兮坐在大帐里仔细地看着地图，叶沉在她下首坐着悠闲地喝着茶。待喝过了茶，又环顾了静悄悄的大帐，叶沉才将目光落在百里风兮身上。

“你打算怎么办？”

百里风兮没抬头，似乎根本就没有听到叶沉的问话。可是过了一会儿，却又听她说道：“杀了百里扶苏。”

叶沉淡淡地笑了笑，说道：“你明知我问的不是这个。”

“除了这个，我们现在还有别的问题吗？”百里风兮抬起头来看着叶沉。

叶沉欲言又止，最后摇头叹道：“这是你自己的事，你自己好好处理。”

“我听不懂叶大哥在说什么，如今我只想报仇。”

叶沉没有再说下去。百里风兮却接道：“我不是说过了吗，一切都按照原计划在进行，北堂萧然会帮我们扫除前面的障碍……而我，要亲手杀了百里扶苏。”

“这之后呢？”

百里风兮笑了笑，道：“这之后的事，谁能说得清呢？”

“你就断定北堂萧然一定会赢吗？”

“难道他会败？”百里风兮笑得自信，她对北堂萧然的能力还是有些信心的。

“百里扶苏现在人并不在虎狼关。”叶沉看着地图，淡淡地说道。

这时，百里风兮也收敛了笑意，正色道：“不知道他在打什么主意。如今潇水正值夏汛，他不会强渡潇水。北堂萧然去了虎狼关，晋国若不应战，难道会看着他长驱直入吗？”

叶沉闭上眼凝眉想了想，却依旧摇头不解。百里扶苏这一次的举动，让人有些摸不着头脑。

“越国到现在也没有动静，看来荣平公主并不打算蹚这浑水。”百里风兮站起来活动了一下筋骨。

“风兮，若是你在荣平公主的位置上，会怎么做？”

百里风兮想了想，道：“要么和晋国联手，一同抗齐，要么向齐国示好，保持中立。我若是荣平，大约会选第二条路。”

“为什么？”

“因为牺牲更少，并且能保证国家不灭亡。”

“是暂时不灭亡。可你有没有想过，一旦齐国灭了晋国坐大，那么就算北堂萧然信守承诺，可等北堂萧然去了以后呢？越国还是免不了会被灭。与其如此，不如与晋国联手抗击齐国，至少还有胜算，能够制约齐国。”

“可是一旦不慎，那么越国就会马上被灭。再者越国予我簌茸灵芝，也就是默认了和北堂萧然之间的约定。”

“这一切都是基于北堂萧然……”

百里风兮闻言一滞，没有心思去探究叶沉这句话想要表达的意思——叶沉也在为北堂萧然做说客吗？

百里风兮转过头看着别处，说道：“万俟哲珈这个人本就胸无大志，一心寄情山水，越国不振早已是不争的事实。如今向齐国示好，能躲一时是一时。就算越国与晋国联手，以我们现在的实力，也并不怕他们。”

“希望荣平公主也是这么想的……风兮……”叶沉张了张口，“妇人之仁”这四个字还是忍住没有说出来。

若真的要一争天下，难道还会为了一纸盟约而停步吗？只要灭掉了晋国，越国绝对活不了多久。

叶沉在心里为越国叹息了一声，也为它的国主叹息了一声。万俟哲珈这样的人，并不适合做国主，若是换一个人，或许如今的局势就不一样了。难道说，这便是天命？

“其实，这和我又有什么关系……这是北堂萧然该考虑的问题。”百里风兮这么说着的时候，已经掀开了帘子，走向外面。外面，阳光普照。

北堂萧然领兵驻扎虎狼关已经三天了，他并没有贸然前进，也没有完全相信越国的按兵不动。正如叶沉所想，他并没有对越国安什么好心。也许后来面对万俟微澜和朱佩会有些不自在，但为了天下计，他又怎么会放任越国单独存在。只是现在他没有太过关心越国，而是急于知道百里扶苏的动态。潇水那边没有他，虎狼关也不是他挂帅。百里扶苏究竟在哪里？而对于百里风兮……在没有除掉百里扶苏之前，她应该不会和自己反目。至于以后……那以后再说吧。北堂萧然目前不太愿意去纠结和百里风兮之间的事，他已经做得够多了，要是她真的不知好歹，那么他也无话可说。

“报——”一名士兵进到大帐，跪报。

“晋国国主领兵向虎狼关而来，大军合计约三十万人。”

听到这个消息，北堂萧然不动声色地点了点头。其他将官自然议论了一下，最后齐齐望向北堂萧然，等候他的指令。

“再派斥候。”北堂萧然的谨慎显然让一些人不满。

“大王，既然敌人已经来了，咱们为什么不先打他个措手不及？”

“是啊，大王，就算不行，也可以将大军推进，离开虎狼关啊。”

虎狼关的环境实在恶劣，并没有人想在这里久留。

“再派斥候，其他人原地待命。”北堂萧然并没有改变决定，但是也给出了一些前进的讯息，“德清，你派人通知朱佩，调集粮草。这一次直接送到虎狼关。”

顾德清领命后就退出了大帐。现如今，齐国的粮草分做两处，一处在虎狼关，一处在鹧鸪山。按照北堂萧然的分配，他所领的队伍是先行军，所以粮草辎重多在鹧鸪山，而精兵强将多在虎狼关。

当下，北堂萧然又分派了几个将军调派队伍，然而，他对于百里扶苏依然持有谨慎的态度。那是对对手的尊重，更是对自己的尊重。

星月无光，古道寂寥。一队人马沉默地行进在路上，他们无一例外地蒙着脸，但是仔细看的话你还是能发现，中间的那个人显得很不一样。究竟有什么不一样，让人很难用语言描述，只是觉得同样是蒙面骑马，但一行人中，偏偏觉得他引人注目。

这条古道少有人知，如今路上长满了野草，若不仔细辨认，很容易就会失去方向。可是这一行人的行进速度并不慢。

“还有多远？”中间那人开口问道，似乎对于这样沉闷的旅程显得有些不耐了。

“翻过这座山再走十五里就到了。”

“……走吧。”妥协似的声音，在最后却又带出了些许笑意。刚才回话的人不由得看了看那问话的人。“大概后天就能见到她了。”听到这句话，回话的人低下了头，没有再说什么。

两天后，在距离鹧鸪山不远的一处山坳里，这一队蒙面人终于停下了脚步。然而，在这个山坳里，并不只他们这一支队伍。

“末将参见大王。”

韩彪，晋国驻潇水将军。此刻他正向着那个看上去很特别的蒙面人跪下行礼。他是在三天前带着潇水一带的队伍来到这里的。

那个蒙面人摘下了面巾，露出了那张温文尔雅的面孔，正是百里扶苏。

“韩将军辛苦了。”百里扶苏扶起韩彪，又看了看他身后的队伍，满意地点了点头。这就是消失在所有人视线里的那支在潇水诱敌的队伍。

“鹧鸪山那边有什么动静？

“并无动静，除了定时派人与虎狼关联系外，鹧鸪山一直很安静。”

百里扶苏笑了笑，道：“看来所有人都挺看好虎狼关的……严浪现在也差不多该到虎狼关了。”

“严将军去了虎狼关吗？”

“嗯。”百里扶苏点了点头，又看向鹧鸪山，嘴角勾起一抹笑意，“只要等虎狼关那里发动了攻势就好。”

韩彪皱了皱眉，这一路他只得到潜行于此的命令，其他却是不知，听百里扶苏这么说，便又问道，“不知道接下来大王有何打算，我们驻守在此……”

“拖住百里风兮。”

“末将不明白。”韩彪确实不明白，因为敌我双方实力悬殊太大。若虎狼关一旦发难，就凭自己这些人，能拖延得住百里风兮吗？

百里扶苏这时候心情似乎很好，含笑解释道：“能拖住百里风兮的并不是我方兵力的多少，而是……她有多恨我。”

“大王……”

“她要是知道我就在这附近，一定会不惜一切代价来杀我的。那时候，她怎么还会去顾忌欺骗了她的北堂萧然呢？”

韩彪还是很疑惑。在陈国还存在的时候，百里风兮在大光明殿的行为，已经向世人表明了自己的立场，现在更是随齐国国主出征，她和齐国国主之间难道还会有什么嫌隙吗？再者就算如此，百里扶苏这一举动也未免太不在乎自己的安危了。于是，韩彪再次跪下，诚恳地对百里扶苏说道：“臣请大王三思，此举过险，一旦不慎……”

百里扶苏依旧笑着，似乎根本没把韩彪所说的危险看在眼里。

“放心，不会有事的。鹧鸪山这里的地形很复杂。我只说要拖延她的时间，一旦北堂萧然溃败，我正好可以引她去虎狼关，这样就可以一举歼灭他们了。”

韩彪还想说什么，可张了张口还是忍下了。作为晋国的臣子，对于百里风兮的事情最明智的选择就是闭口不谈。他已经说得够多了。

就在百里扶苏到达鹧鸪山的时候，晋国王宫里李若嘉手里的那一缕丝线正好被扯断了，一幅好好的兰溪图就这么败了一笔。

简如慧喝着茶，看着那断了的丝线，淡淡地笑了笑，道：“用力太大了。”

“是，母后。”李若嘉深吸一口气，低着头，又取了一缕丝线。

“歇歇吧。”

“不用了，反正也无事可做。”

简如慧放下茶，站起身走到李若嘉身后，看着她一针一线地绣着。

“本宫一等就是二十年，你不过才这么些日子，算不得什么。”

李若嘉的手顿了顿，又继续绣了起来。

“你不甘心。”简如慧似乎并不想就这么放过李若嘉，又绕到她身前，“可是你不得不承认，他的心里只有她，没有你。”

“母后……”李若嘉终于抬起了头，一张脸因为生气和忍耐显得有些扭曲。

“不是吗……长庆殿里的那件嫁衣，不知道你见没见过？”看到李若嘉的表情，简如慧开心地笑了笑，似乎总算找到了一个人陪自己难受。

“母后说笑了，臣妾是不去长庆殿的。”李若嘉又低下了头，却紧紧地咬着自己的下唇，直到尝到腥甜的味道。

简如慧不紧不慢地引导着，一步一步地看着李若嘉陷入痛苦。

“听说这一次百里风兮那个小贱人也掌了兵权在和晋国作对。真是白眼狼啊……当初要不是晋国收留了她们母子，她能活到现在吗？可她居然要和晋国作对。”简如慧啧啧地摇着头，似乎十分不解，“可是偏偏这一次扶苏还要去见她。”

“什么？”

“你不知道吗，扶苏要去见她呀。”

看着简如慧脸上夸张的表情，李若嘉的心狠狠地收紧了一下，仿佛整个人都被勒得喘不过气来。再这样下去，她想她会疯掉的。

等到笑够了，她才又说道：“你放心，见了她以后，扶苏一定会杀了她的。”

李若嘉后退了一步，勉强扶着自己的丫鬟行了一礼，言说身子不适，先行告退。简如慧挥了挥手放她走了。整个宫殿又变得静悄悄的了。

“来人啊，传歌舞。不要这么安静，哀家再也不要这样安静……”

晋国的大军终于到达了虎狼关，北堂萧然派出的斥候回报百里扶苏就在军中。

“大王，下令吧。”赵辉上前一步，在站满了人的大帐里首先请命，“臣愿为先行。”

北堂萧然没有马上表态，他在琢磨着另外一件事。朱佩的粮草为什么还没到？他当然知道现在是进攻的好时候，以逸待劳，他的胜算较大。可是不知道为什么，他的心里总是有那么一丝隐忧。

“大王？”

“报——”急匆匆的声音打破了大帐内的沉闷，“敌军袭营。”

“什么？！”赵辉讶然，“不可能！他们才到。”

“禀将军，不，不是晋国的军队。”

闻此消息，众将哗然。

唯有北堂萧然冷笑一声，问道：“可是越国的军队？”

“正是。”

“现在何处？”

“距我军大营不过一里。”

“整军。”北堂萧然没有丝毫犹豫，“攻打晋军大营。”

“什，什么？”似乎不明白北堂萧然的话，众人齐齐地看向他，却换来一记冷眼。

“攻打晋军大营。”北堂萧然再次平静地复述。

这下众人才回过神来，正色等待着北堂萧然下令分派。

“赵辉，命你为先行，即刻出发前往晋军大营。”

“末将领命！”

“季立伟，命你领人马五千从右翼包抄，协助赵辉行事。”

“末将领命！”

“其余人等随我拔营撤离虎狼关。”

“是。”

众将领命，而后纷纷退出了大帐。原本挤满了人的大帐，一下子空了下来。只有火把还在噼里啪啦地烧着，丝毫不在意北堂萧然突然沉下来的脸色——越国居然真的行动了。这个可能性他不是没考虑过，可是，却没想到越国来得这样快。什么时候越国这么有魄力了？

距离齐国大营一里之外，万俟哲珈骑在马上，看上去似乎随时会掉下来。倒是一旁的万俟蕤薇，一看就知道骑术精良。

“王兄，你真的要骑马吗？”万俟蕤薇尽量不让自己的语气刺痛对方。

“当然，上战场自然要骑马。”万俟哲珈看着前方，根本没有在乎自己妹妹有些难看的脸色，“继续前进。”

夜风吹着虎狼关的沙尘，伴着不知名的鸟叫声，拍打在人的心上。北堂萧然一马当先，领着队伍向着晋军的大营进发。他并不打算退回鹧鸪山，这时候退回去一定会被越国的军队拦截，不如以进为退，先取晋国。一旦攻破晋军大营，那时候百里风兮自然会拦下越国的军队，来与自己会合。等朱佩的粮草一到，即刻再次深入晋国，也许还可以直捣黄龙。

前方回报，赵辉带军突袭成功，晋军大营现在一片混乱。似乎是要护卫百里扶苏的关系，有很大一部分人马围着一辆马车向晋国腹地撤离。

“百里扶苏不是胆小的人……”北堂萧然喃喃地说道，又一整精神对前来报信的人说道，“不要去追。留在原地清剿，待大军到后再做打算。”向报信的士兵说完，让他立刻去告知赵辉后，北堂萧然又向身后的人吩咐，加速前进。

就在这时，却听到身后有异动。一骑踏月而来，待近了才看清是谁。

“朱佩，你怎么来了？”

朱佩笑了笑，勒住马，停在北堂萧然身侧。

“听说出事儿了，我就先赶来了，让顾德清押送粮草。”

“你们没遇到……越国的军队劫杀？”

朱佩摇了摇头，道：“这一路上并没有遇见，只是有探子回报说是已经开始打仗了，至于其他的，倒是没发现什么。”

“难道是冲着鹧鸪山去的？”北堂萧然皱眉看向鹧鸪山的方向，“可是方才探子回报说，越国军队离我们不过一里地。”

“我来这里确实没遇到别的人。”

北堂萧然招来一人，指示道：“再探。”

朱佩看了看前方，问道：“现在如何行事？”

“你既然来了，就随我去晋国大营看看吧。”北堂萧然一笑，策马开行。就算越国是冲着鹧鸪山去的，百里风兮应该也能应付吧……

“好嘞！”朱佩倒是显得有些兴奋，似乎等不及想要上场打一仗。可是等他们来到晋国大营的时候，赵辉已经差不多收拾好了一切。朱佩上去拍了拍他的肩膀，玩笑道：“兄弟，你就没给我留几个？”

“不是兄弟我不给你留，只是他们跑得太快了。”

北堂萧然安排了一下军务，这才走过来问道：“全都跑了？”

赵辉见了北堂萧然，立马正色道：“只留下了少数抵抗，其余人都护卫着一辆马车迅速撤离了。因为收到了您的命令，所以没有追击。”

北堂萧然点了点头，若有所思地看着赵辉所指示的马车逃跑的方向。

天明时分，派去查探越国军队的人回来了，却并没有再发现越国军队的行踪。

“这是怎么回事儿？”赵辉看向北堂萧然。按理说，越国的军队应该趁着他们攻打晋军大营的时候与晋国前后夹击才对，可怎么突然冒出来一下就没影儿了。现如今，他们占了晋国的地盘，没有再退回去的道理，眼下只有一路打到定安城再说！

“圈套。”

“那现在怎么办？”

“休整军队，下午向柳城进发，要是能攻下那里，可以暂时无忧。”

看着北堂萧然所指的地方，赵辉点了点头，当下就出去分派了任务和布防。等他一走，北堂萧然就显得犹豫了起来。这是一个圈套，晋国和越国应该早就联系上了。可是微澜为什么还会和自己达成那样的约定……难道只是为了迷惑我？以齐国的军力，再加上北堂家这么多年的经营与百里风兮手中的凰图，就算对抗晋、越两国，也不会有太大的悬殊，可眼下的情况，却让北堂萧然觉得很被动。

先攻下柳城吧！

北堂萧然有些郁闷地吐出一口气，实在是不能将这些情绪带到属下面前。可是百里风兮那个该死的蠢女人，为什么那么纠结着初衷，难道她就真的一点儿也感受不到自己真心的付出吗？

不知道为什么突然想到了百里风兮，以至于北堂萧然自己都愣了一下。

不该再让那个女人牵动自己的情绪了……

北堂萧然握紧了双拳，深吸了一口气，转而默默地注视着大帐内的地图，研究下一步该如何走。

柳城是沿着潇水的一个支流建立起来的城镇，并没有什么天险，所以城墙修得特别高。严浪正站在城墙上，遥遥地注视着齐国大军的方向。在他身后，一些百姓正在有条不紊地向后方撤离。这是百里扶苏的命令。而这时候，他身边站着的“百里扶苏”却只是低着头像木偶一样。不，他确实就是一个木偶，用来掩人耳目的木偶。

“启禀将军。”一个士兵上前道，“城内百姓俱已告知，今晚之前就能撤离柳城。”

“好。”严浪淡淡地应了一声，目光依然看着远方，“齐国国主想要柳城，那咱们就送他一个柳城。”

作为北堂萧然的对手，百里扶苏也很尽责地分析着对方的心态。他们都不敢掉以轻心。柳城这一步棋，是百里扶苏算好了的。全局发动，北堂萧然为了大局考虑，一定会来柳城的。

次日，天刚亮起，齐国的军队就整齐地摆在了柳城之下。

严浪看着队伍中为首的那一人，心中也不由赞了一声。流云公子，无论处于何时何地，总是让人心折。在大多数人心中，还是习惯称呼北堂萧然为流云公子。也许，“流云”这两个字更适合他。

接下来的事，在严浪看来似乎有那么一点儿无聊，叫阵，攻城，防守。严浪掐着时间，在不让北堂萧然起疑的时候，在付出了相对的代价后，下令撤退。

攻下柳城后，北堂萧然只来得及拥有那么片刻的喜悦，因为柳城已经成了一座空城。

看着空荡荡的街道和凌乱的敞开的房舍，北堂萧然再怎么也高兴不起来了。可是，他也不能生气，至少不能在这么多人面前生气。

“大王，接下来……”朱佩上前问道，自从那一次听北堂萧然自称为孤后，他已经很注意自己的言行举止了。当着这么多人的面，他也很恭敬地称呼北堂萧然为大王。

北堂萧然抬头看了看柳城的城墙，眸中闪过一丝嗜血的杀意。

“检查水源，若水源没有问题，那就驻守柳城。”

听到这个回答，赵辉皱起了眉头。不撤吗？这明显就是一个圈套。

似乎明白赵辉在想什么，北堂萧然继续解释道：“柳城易守难攻，这一次我们付出的代价很小，我不想再让将士们为这座城牺牲。既然百里扶苏要送我一座城，我也就收下了。我们的粮草够用，只要水源没有问题，坚守一两个月不成问题，再说还有鹧鸪山的人马在，就算被包围，也不怕。”这是一个很好的解释，可正因如此，才让人觉得可怕。百里扶苏会想不到这些吗？他会平白送出柳城吗？这座城里真的空无一人了吗？

然而，百里扶苏似乎真的是把柳城拱手相送，水源没有问题，仔细查过城内也没有发现有其他人的踪迹，甚至在原来的守卫府，还发现了一些储存的粮食。

百里扶苏究竟想做什么？是套龙索，还是空城计？

驻扎下来的军队并没有松懈，可是一天过去了，两天过去了，什么事也没有发生。一切都平静得可怕。

水源和粮草都被严密地看护了起来。可是这天晚上，北堂萧然被人从睡梦中惊醒，却听到这样的消息。

“大王，水源被人下了毒……已有百余人因为饮水中毒。粮草也被烧毁了大半。”

北堂萧然只穿着单衣，连系带都没有系好，赤着脚站在那里。听到这样的消息，他只觉得喉头一甜，不由得后退两步，扶住了一旁的墙壁。

“什么人做的？”强自压下胸中血气，北堂萧然盯着那人，虽然知道这个问题的答案不出意外的是那两个字，可是他还是忍不住要问问。

“是，是……”

见那人欲言又止，北堂萧然眉心一动——不是不知吗？

“朱佩。”那人跪在地上身子微微有些颤抖，终于把答案说了出来。呵。还是两个字。可北堂萧然从没有像现在这样希望他回答的是“不知”，因为“朱佩”这两个字，远比“不知”这两个字更让北堂萧然生气。

急怒攻心，一口血含不住吐了出来，落在那单薄的衣衫上，随风东摇西荡。

“大王！”赵辉虎目含泪，上前扶住北堂萧然，却也移过目光去不忍相对。朱佩啊，那个几日前还和自己开着玩笑的朱佩啊！怎么会是他?!

“这就是百里扶苏的计策，这才是越国埋得最深的一步棋！”北堂萧然并不在乎自己吐血的事情，随意擦了擦嘴角，目光阴森得像是一头兽，让在场的人心中一凛。

“大王，眼下如何行事?”

“马上撤出柳城。”然而，晚了。就在北堂萧然下达命令后，在柳城外出现了无数的火把。顾不得赵辉等人的劝阻，北堂萧然披挂上城头一看，下面领军的不是百里扶苏，而是万俟哲珈。那个醉心于书法的万俟哲珈，那个把朝政交由荣平公主打理的万俟哲珈，那个在世人看来胸无大志的万俟哲珈！此刻见他，北堂萧然心中一寒——百里扶苏在装，他北堂萧然在装，原来他们还不是最厉害的。最厉害的人是万俟哲珈！因为一直低估了万俟哲珈，所以对于越国的形势判断错误，然而更让人想不到的是朱佩！

朱佩在万俟哲珈身旁低着头，看不见他此刻的神色。他从未有一刻忘记过自己是越国人。很早以前的他，还是一个热血青年，那时候万俟哲珈就找到了他，请求他为了越国潜伏在流云公子身边。而听了万俟哲珈的一番慷慨陈词后，他又怎会不答应？可是现如今的他，终于完成了自己的使命，却始终没有任何成就感。他是完成了对于国家的使命，但也出卖了朋友。

不得不说，和流云公子在一起的那些日子，朱佩真的很开心。能和流云公子结交，是人生一大快事。可是，当他知道流云公子就是北堂萧然的时候，他也就知道总有一天，他和流云公子会背道而驰。

似乎感受到了城上质问的目光，朱佩的头垂得更低了。

“很好，很好……我终于也被骗了……”北堂萧然喃喃地说道，仿佛是深夜里的一声叹息。

城上城下都很安静，没有人说话。北堂萧然终于将目光再次移向了万俟哲珈。两人对视了片刻，万俟哲珈开口道：“‘云山苍苍，江水泱泱，公子之风，山高水长。’今日一见，果然令人倾慕不已。流云公子，名不虚传。”

北堂萧然笑了笑，这一刻，他都佩服自己居然还能笑得出来。

“世人皆以这四句话来形容我，却不知萧然心里早已被另外四句话占满了。倒是辜负了微澜公子一片心意。”

“哦，哪四句话？”

“越王不知道吗？‘凤不栖梧，凰不出图，君临天下，据何以安。’”

万俟哲珈一挑眉，问道：“听闻凤鸟归于云梦，齐王才是天命所归。不知如今兵临城下，齐王有何感想？是否觉得自己还没有得到凰图就贸然行事，操之过急了？”

“凰图吗？”北堂萧然故意拖着声音，在看着万俟哲珈略微错愕的神色后，笑道，“谁说我没有凰图。”

说到这里，万俟哲珈却没有再问下去的意思，甚至于急忙打断了北堂萧然的话。凰图他自然想要，但绝不会是在这么多人面前。

“齐王不必多说，凤鸟也罢，凰图也罢，现在都救不了你了。我劝齐王还是快快束手就擒。我保证，绝不滥杀无辜。”

北堂萧然皱着眉，嘴角却挂着一丝若有若无的笑意。现在柳城被围，朱佩原本该送来的粮草看来是永远也到不了了，城内的水源和粮草也遭到了破坏。方才命人统计了，粮草倒还好说，只是这饮水……最多只能支撑三天。三天啊……百里风兮会来吗？

百里扶苏现在在哪里？

心念一动，北堂萧然忽觉浑身一颤——百里扶苏去了鹧鸪山！

第三十三章　名动天下未曾改

在北堂萧然率领虎狼关的人马袭击晋军大营的时候，百里风兮也已经带着人马一路跟进了，此刻，她已经离开了鹧鸪山，正驻守在原来的晋军大营。而在柳城被围困的第二天，她也收到了消息，可就在她准备领军救援的时候，百里扶苏好整以暇地出现在了虎狼关。百里扶苏身边的人马并不多，此刻晋、越两国的人马主要还是在柳城。

可是，在阳光下看到百里扶苏那温文尔雅的笑容时，你让百里风兮又怎么能迈动步子呢？

“一边是北堂萧然，一边是百里扶苏。风兮，你还在犹豫什么呢？我对你才是最重要的啊。爱也如此，恨也如此。”百里扶苏骑在马上，遥遥地看着那白马银甲的女将军英姿飒爽，不由得想起以前陪她一起练功的时候。那时候她说，扶苏，有一天我愿为你血战沙场，开疆辟土。那时候就在想，百里风兮要是穿上战袍一定很好看。如今见到了，虽然往日的飞鹰已经被他折断了翅膀，可她看上去还是那么好看。这天下再也没人比她更好看了。

叶沉在马车里也掀开了帘子的一角看着百里扶苏，他的目光冷得就像是利剑，可惜却杀不死百里扶苏。叶沉不由自主地握紧了手，仿佛全身都在颤抖，只有目光还不依不饶地盯着百里扶苏。

“叶大哥……”绿筠担心地看着叶沉，掰开叶沉紧握成拳的手，看着他手掌上已经掐破了皮的痕迹。然后，她紧紧地握住了叶沉的手，仿佛在传递着某种信念。

叶沉回过头来，看着绿筠，略平复了一下呼吸，才开口说道："你放心，我没事。只是风兮……"

在看到百里扶苏的那一刻，百里风兮就没有了动作，全身的血液都凝结了。那就是百里扶苏，那就是毁了她一生幸福的人，那就是她千辛万苦要杀的人。此刻，近在眼前。

手里的缰绳不知何时已经被汗水浸透，天地俱静。百里风兮死死地盯着百里扶苏，将要下达的命令卡在喉头，让人呼吸困难。

不去救北堂萧然了吧，自己的目的不就是为了找百里扶苏报仇吗？现在机会就在眼前，为什么还要绕那么一大圈去救北堂萧然？不要忘了，他也是骗了你的，百里风兮，北堂萧然也是骗了你的！

"我希望小姐去救北堂公子。"

"为什么？"

绿筠看着离马车不远的那抹笔直的背影，平静地说道："我不想让小姐后悔。"

叶沉一下子沉默了。

过了很久，叶沉忽然对百里风兮道："风兮，过来。"随着这一声，百里扶苏也看向了叶沉，然而叶沉此时却根本不看他了。

百里风兮愣了愣，策马过来，略低下身子看向叶沉。

"去柳城。"

"凭什么？"

"那你留在这里做什么？"

"杀百里扶苏。"

"那为什么还不去？"

百里风兮闭上了嘴，看着叶沉，又好像是在看着对方瞳人里倒映出的自己。

没有人说话，只有风不懂得情意，又吹开了鬓边丝。

百里风兮眯了眯眼睛，透出一丝危险的薄光。

叶沉不避不闪，正视着她。

"那天在郦城的城墙上你对我说，你再也不信任任何人了。这本是我所希望的，但是那一刻我才知道，我错了。风兮，我是看着你长大的叶大哥，我只希望我的风兮幸福快乐。"

"杀了百里扶苏，大仇得报，会不幸福吗？"

“百里扶苏毁了你的幸福，但你依然坚持着希望与光明，所以你还能再找到属于你的幸福。”

“叶大哥，你错了。难道你不知道吗，北堂萧然也骗了我。”

“他真的骗了你吗，还是你在骗你自己？风兮，想清楚，北堂萧然会死。这是不是你要的结果？不惜一切代价去做自己要做的事，这样的人还是不是百里风兮？”

百里风兮的唇抿成了一条线，仿佛不打算再开口说话了。

“百里扶苏明显是来拖住你的，不要上当！”

“不！”百里风兮快速地吐出这一个字，让人根本听不清是否带着迟疑与紧张。再开口，她又是平静无波。从潇水接回叶沉那时起，百里风兮就已经看不清百里扶苏了，那时候她就已经知道自己要冷静了，所以，此刻猛然见到百里扶苏，她也没有表现得特别激动。

“我要杀了百里扶苏。”

“那就去吧，不要管北堂萧然的生死，就这么带着人去追杀百里扶苏。你一定可以杀死他的。”

“叶大哥……”绿筠想要说什么，却被叶沉抬手制止了。叶沉一直盯着百里风兮，不放过她脸上任何一丝变动。

“杀了他以后，柳城那里一定已经两败俱伤了。北堂萧然并不是一个容易死的人，要让他死，一定会付出惨痛的代价。到时候，你再去柳城，渔翁得利。然后……”

然后？

百里风兮在心里想着这个词，脑子里不断地出现各式各样的片段。

然后横扫天下，然后一统河山，然后……然后要做什么……百里扶苏死了，北堂萧然也死了，自己还要做什么？

看到百里风兮眼里的那丝迷茫，叶沉适时地停了下来。然而，百里扶苏却要添一把火。

“风兮，你不记得我了吗？”百里扶苏的声音还是那么好听，带着盈盈的笑意，仿佛故人久别重逢。

百里扶苏的瞳孔瞬间收缩，回过头看着他笑得一脸亲切，几乎就要忍不住拔剑下令追杀了。

“……我留在这里，你去柳城。”叶沉叹息了一声。

“你去柳城，我留在这里。”听到叶沉的办法，百里风兮已经拔出了身上的佩剑。然而，叶沉却一把抓住了她的手。

百里风兮回头，看见叶沉几乎半个身子都挂在了车窗外，坚定地看着自己。

“不要忘记，你才是持有虎符的人。风兮，你不要忘记……”

“我才是来帮你的人，你要信我，在这里等我，无论发生什么事，都要记得我对你的好。”在那一刻，百里风兮脑子里突然冒出了这句话。

“他连虎符都可以给你，也就是把他的命给了你。”

“要杀百里扶苏还有机会，可北堂萧然一旦死了，风兮，你不后悔吗？”

“看着我的眼睛，你要是真的不后悔就不要犹豫，是去救北堂萧然，还是去杀百里扶苏，给我一个答案。”

“我……”百里风兮张了张口，却真的没有答案。

百里扶苏冒险带着人又靠近了一些。

“风兮，他不是也骗了你吗？干吗还去救他？”百里扶苏的话让百里风兮的心一阵紧缩。

她抬起头看着他，第一次与他说话。

“你知道他骗了我？”

百里扶苏笑了笑，没有回答，然而，答案是显而易见的。

百里风兮闭上了眼睛，忽然觉得这世界好乱，好像在不停地旋转。谁是好人，谁是坏人，真的太难分辨。身如浮萍，自己又该何去何从？

远方传来一阵马儿的嘶鸣声，百里风兮张开那双黑白分明的眼睛，看见远处的山坡上，一个女子停在了那里。那样的风姿……水仙凌波……“水姑娘？”绿筠皱眉道，“她怎么来了。”水翩跹策马趋近，见百里风兮面色有异，问道：“公主，可是出了什么事？”百里风兮将唇抿成一线。水翩跹竟然来了，她是担心北堂萧然吧，她对北堂萧然……百里风兮的脑子忽然“嘭”地一声炸开——她是来和我抢北堂萧然的吗？

“公主殿下。”她总是这样称呼她的，有些人似乎一直这样称呼她。她是公主……她是百里逸的女儿，和百里扶苏是嫡亲的兄妹……她有凰图在身，她的血管里流淌着大魏朝的血液。她要的……万里河山……不，万里河山又如何。不及他的。难道自己要独揽江山，坐拥孤独吗？

“水姑娘来得正好，随我出发，前往柳城。”

水翩跹笑了笑，低头表示顺从，“是，公主殿下。”

“全军听令！”百里风兮举起了手中的佩剑，直刺苍穹，“全速向柳城进发！”

听到这个命令，士兵们大喝一声，追随着百里风兮，迈开了坚定的脚步。

百里扶苏在听到这个命令的时候，脸色一下子变得惨白。他在那里，看着百里风兮带着大军，对他们不闻不问地走了过去。不，不会是这样的，百里风兮，我才是你最在乎的人！

“立刻前去堵截她。”百里扶苏策马跟上了百里风兮。他们中间隔着起伏的山丘，她在他的眼眸中总是时隐时现。百里扶苏抓紧了缰绳，这一刻他忽然不可抑止地彷徨了起来——难道他再也抓不住她的心了吗？“大王，敌我悬殊太大，还请大王以大局为重啊！”韩彪紧张地跟在百里扶苏身后。“去捉住她！”百里扶苏怒道，狠狠地抽了身下的坐骑一鞭子。韩彪皱眉看向前方，不能再跟下去了。百里扶苏只带了少量的兵力就敢现身在百里风兮面前，就是仗着此处地形复杂，可是一旦离开了这里，一旦百里风兮反扑……韩彪没有再想下去，他一剑刺向了百里扶苏身下的骏马。马儿吃痛扬起前蹄将百里扶苏摔了下来。“大胆韩彪！”百里扶苏翻身而起，按住下马跪地请罪的韩彪。他抽出锋利的宝剑抵在韩彪的脖子上，“孤要杀了你。”“韩彪死不足惜，还请大王以大局为重。”百里扶苏废了很大的力气才制止了自己，他将剑用力地丢在了地上，转头看着百里风兮扬尘而去。百里风兮，你竟然……我一定会杀了北堂萧然的……百里风兮的背脊挺得很直，喉头不知为何忽然有些哽咽。她会杀了百里扶苏的，一定会！但是这一刻，她真的很想北堂萧然。

快马加鞭，望眼欲穿。

这种感觉百里风兮从未有过，她的心一刻不停地收紧着，她的祈祷从未像现在这般虔诚。可是，这遥遥的路程似乎一下子变长了。

三天后，她终于到达了柳城外两里之遥的折柳亭。这时候已经是傍晚了，人马皆乏，好在，就要到了……

“那是谁？”水翩跹指着不远处，那里，一个紫衣女子站在一匹枣红色的马旁，正望向这边。

百里风兮看了一眼，摇了摇头。这一路行来，水翩跹坚持不肯坐马车，看上去柔弱的女子，往往都有着不为人知的强大一面。

“是荣平公主。”叶沉淡淡的声音解开了疑惑。

“荣平……”百里风兮有那么一刹那的迷茫——这是那个与端华公主齐名的荣平公主，可端华公主如今何在？

“我去会会她，你们先走。”不待别人回答，百里风兮已经拍马改道向万俟蕤薇而去。

万俟蕤薇一袭紫衫，山风吹拂仿若裹在一团紫烟里的缥缈仙子。而百里风兮那一身银甲，英姿飒爽，烟火红尘中她注定要为爱恨苦，别离悲。

“荣平公主。”

“端华公主。”

“百里风兮早已被废除了端华的封号。”

“在世人眼中，端华公主就是端华公主。是那个白衣若仙、足踏红叶、逍遥于世的女子。无论如何改变，关于公主的传奇，早已在天下传诵。”

“公主亦然。”

万俟蕤薇淡淡地笑着，仿佛一朵快要凋谢的蔷薇花，凄美得让人不忍。

“万俟蕤薇从来就不是百里风兮。”

不知道为什么，在百里风兮看来，眼前的女子显得那么忧伤。这是那个与自己齐名的荣平公主吗？这是那个带领人民保家卫国的荣平公主吗？这是那个辅助朝政不出雍城一步的荣平公主吗？

似乎……不是……

“端华也罢，荣平也罢，都是世人口中的人物了，你我都改变不了什么。可是……可是我真的好羡慕你。”万俟蕤薇轻轻地叹了一口气，努力地微笑，“你可以做那么多事，留下那么多传奇。”

“你也一样。”

万俟蕤薇摇了摇头，道：“不一样。一点儿都不一样。我，”她指着自己的心，“只是一个傀儡。与这世上所有的女子一样，听着端华公主的传说羡慕不已。”

百里风兮皱了皱眉，有些东西从脑子里一闪而过。

“今日我来，就是想要见见百里风兮。我与你齐名，我们若不见上一面，真的会很遗憾啊。”万俟蕤薇走近了两步，“你没有让我失望，你来了。”

“什么意思？”

“若百里风兮只是一个让仇恨蒙蔽了眼睛的人，我会很失望的。快去柳城吧……我哥哥他们在那里。北堂萧然也在那里。对了，微澜让我告诉你，他已经带着苏释倾走了。他说，你和他永远不会在战场上相见的。”

微澜走了吗？

百里风兮看着万俟蕤薇，似乎是想印证什么。

当世三公子，幸而还有一个人逃脱了世俗的羁绊，不负风流。而眼前这两位奇女子，是不是也可以将传奇继续？

“希望我们可以再见。”百里风兮后退一步，然后，转过身利落地上马，头也不回地追上了大部队。

万俟蕤薇含笑目送她离去，看着她的披风如同翅膀一样展开。

风沙漫天，玉兔东升。最后一丝天光就要消失在天地相接处，百里风兮终于到达了柳城。她仰头看着那高大的城墙，不由得眯了眯眼。那上面站着赵辉，看来柳城还没有失守。城门打开，百里风兮放缓了马速，正想叹一口气，却见正门正前方一滩碧血。百里风兮觉得自己的心跳漏了一拍。她盯着那滩已经有些干涸的血迹，直到赵辉来到身前都还没有察觉。“百里姑娘。”赵辉出声拉回了百里风兮的神思，“金枝公主已在城内。”“什么！”百里风兮惊讶地看向赵辉，旋即笑了起来，让赵辉前面引路。师父没事，真是太好了……“金枝公主交代不让人打扰，所以……”赵辉带着百里风兮和叶沉等人来到了柳城府衙后院的一间房门外。

百里风兮点了点头，自己推门进去了。

“师父，我是风兮。”百里风兮看了看左右，却没有见到有人。她又转过一道珠帘向内走去。“师……”仿佛有一只无形的手一下扼住了百里风兮的脖子，以至于那一个“父”字只看见唇形而听不见声音。

一道人影悬在房梁上。

百里风兮一愣，然后立刻去托住风华的双脚，结果风华落在了百里风兮身上，两人一起倒向了地面。百里风兮愣愣地看着自己怀里的那个人，似乎不敢相信眼前的一切。百里风兮轻抚着她的额头，小心翼翼的生怕碰碎了似的。

这是她的师父，更是她的母亲……自始至终，她都还没来得及叫她一声母亲！而这一刻，喉头哽咽着这两个字，可怀里已经冰冷的身体是不是还残留了一丝意志来倾听？

百里风兮呜咽着不肯哭出声，将头埋在风华的肩颈处。

为什么，为什么不肯多等一刻？母亲……

听到房间里的声音不对，赵辉还是和叶沉走了进来，看见这一幕，都大吃一惊。特别是叶沉。

“老阁主……”叶沉颤抖着伸出手，却不能自如地控制自己的身体，挣扎着也倒在了地上，可他还是努力地爬了过去。

“叶大哥，你……”绿筠忙去搀扶叶沉。玄息阁的四人，终于聚在了一起。然而，或死或残。这，都是拜百里扶苏所赐！

日升月落，周而复始。百里风兮站在柳城的城墙上看着城下那一滩碧血，她在这里已经站了一夜了。

“你看到了什么。”叶沉不知何时也来到了这里。

“看见了……”百里风兮的眼神有些凄迷，是的，她看见了的。她看见万俟哲珈将金枝公主吊在囚车之内，得意洋洋地看着城墙之上的北堂萧然。北堂萧然皱紧了眉，不得不做出选择。等待和背叛已经动摇了他的心志，也许百里风兮不会再来了……可是，他依然救下了她的母亲……

“好，就以金枝公主作为人质交换。我跟你们走。”

“哈哈哈哈，识时务者为俊杰。”

北堂萧然下了城楼，这一路上被将士阻拦。然而他却不肯回头。就这么单枪匹马站在了敌军阵前。

“我来了。”北堂萧然将目光牢牢地锁定在万俟哲珈脸上，不让自己去看背叛了自己的朱佩和浑身污浊的金枝公主。

“放了她。”万俟哲珈下令。

“等等——”

“怎么，你反悔了?”

“不。”北堂萧然回头看向柳城，“放过柳城，我告诉你凰图的秘密。”

万俟哲珈眯了眯眼睛，也顺着北堂萧然的目光看向柳城，他笑了笑，道：“好。反正这里也是晋国的地方，我也不想做得太过分。”

“那好，放了她吧。”

松开了金枝公主的束缚，她却并没有走。她直接倒在了地上。牢狱之灾，已经让她没有力气再站起来了。那些她从未经历过的恐怖，已经将她的身心摧毁。然而在场的三人都没有去管她。万俟哲珈对这个百里扶苏交给自己的女人没有半点兴趣，而朱佩此刻正低头不知在想些什么。至于北堂萧然……他想，或许不看，是对于这位昔日的天之骄女的最大尊重了。

北堂萧然在心里叹息了一声，他不知道百里风兮会不会来，但是他已经尽力为她做到最多了。他向着万俟哲珈走来。万俟哲珈笑得越发开心了。就在这时，朱佩却突然迎了上去。

“朱佩，你要做什么。”万俟哲珈语含威胁，然而朱佩却没有理会，他直直走到北堂萧然面前。

“我出卖了你。”朱佩的声音低沉而沙哑，喉咙里像是吞进了一大把沙子。

北堂萧然皱了皱眉，没有说话。

“和你做朋友的这段时光，是我生命里最美好的时光……帮我照顾铭暖——”

北堂萧然眉心一动，不祥之感突然涌上心头。然后他还是晚了一步，他的手触摸到剑柄的时候，朱佩的鲜血已经顺着剑锋留了下来，染红了他的手。

“朱佩!”北堂萧然大声道。他扶住朱佩，单膝跪在地上。朱佩笑了笑，紧紧的握住了北堂萧然的手。

北堂萧然闭目点了点头，然而眼角还是有泪溢出：“……好。”

朱佩死了，心满意足地死了。

百里风兮握紧了自己的手，“原来，死是这么幸福的事。可以不用再去背负良心的谴责，可以不用再去理会仇恨纷争。”

叶沉也不胜唏嘘地叹道：“有时候，确实如此，活着需要更大的勇气……”在听赵辉将这两天的事情汇报完毕后，虽百里风兮赶来柳城的人都沉默了，而百里风兮也在这里站了整整一夜。

“所以师傅选择了死亡……”百里风兮捏紧了手里的那封信，那是她的母亲留给她唯一的慰藉。

“风兮吾儿，念尔临世，即失怙恃。非父母无命，乃不敢相认。吾为尔母，大魏朝御赐册封金枝公主。尔父晋王，百里逸。母恋大魏悠悠半生，负尔，负夫，无所颜面存于天地。今吾无所恋，当随尔父归去黄泉。望尔信守凰图，休恋逝水，早悟兰因。”

“信守凰图，休恋逝水，早悟兰因……那她为什么不肯多等我一刻！北堂萧然付出了那么大的代价，为什么她还有寻死!”

毫无征兆地，百里风兮突然打了自己一巴掌。

“风兮，你——”

“我也是，明明他对我这么好，我还在纠结着陈年旧事。人都是会变的啊！是我，是我太不识好歹!”

“叶沉，回邺城帮我安葬我母亲。”百里风兮握住叶沉的手，将虎符交给了他，“还有齐国，也一并拜托你。”

“那你呢?”

“我带赵辉去救他。”

叶沉回握住百里风兮的手，“我不再拦你，我只希望你能幸福、快乐。那才是我的百里风兮。”

“我会的。”

“就带着赵将军去?”

“不用担心，还有凰图。”

叶沉点了点头，道：“我虽然不知道凰图是什么，可是，‘凤不栖梧，凰不出图，君临天下，据何以安’，能够左右天下的东西，不会简单的。风兮，一路小心。”

百里风兮点了点头，走下城墙，与赵辉一道离开了柳城。赵辉虽与百里风兮出来后满腹疑问，但是百里风兮却没那么好心情去跟他解释，只是让他先分析一下目前的局势。赵辉久在军中，自然也不是多话的人，当下拣了重要的说。

“我军幸而还未深入晋国腹地，由此退回齐国境内虽会遭到拦阻，但问题不大。而且晋国也不会放任越国的军队在自己的地面上横行。方才越王所辖军队之中有不少是晋军。”

“嗯。”

“大王虽然被俘，但暂时不会有性命之虞。他们一定会提条件的。”

“嗯。”

“……百里姑娘，我们这是去哪儿?”

“他们会把北堂萧然带到哪里去?”

“这个……”除了最后会去定安城以外，赵辉并不确定现在北堂萧然会被带到哪里去。

“是肴城。”百里风兮看着前方，“从鹧鸪山到柳城，还要绕道，肴城是最好的接手北堂萧然的地点。百里扶苏一定会去那儿的。”百里风兮本就是晋国人，赵辉相信她的判断。

“可是，就我们两个人去营救……”

“不。”百里风兮回头看着赵辉，目光坚定而充满了希望，让身边的人也不由得相信一切充满了希望。

“不只我们两个人，还会有人帮我们的。”

听到百里风兮这样说，赵辉就没有再多问了。那些会来帮助他们的人，也许是玄息阁的旧部吧。赵辉如是想。毕竟眼前的这个女子，是天下传说的百里风兮啊!

两人出了柳城后一路潜行，百里风兮还特地易容改扮，毕竟以前认识她的人挺多，要是不小心被人认出来了，且不说救人了，自救恐怕都有些麻烦——如今晋国还悬赏万金要她项上人头。

肴城在柳城和鹧鸪山之间，是一座商贸发达的城市。在这里，战争的气息并不浓郁，只是那增加在主事衙门外的卫兵还是有些引人注目。

一个戴着面纱、穿着鹅黄色衣裳的女子没有停留地从主事衙门前走过。从这里左拐，会有一条小巷，那里有几家卖杂货的铺子，出了那条巷子再往前走不远，就能看见一棵梧桐树。传说，那是当年淑敏皇后亲手栽种的，如今枝繁叶茂不知庇佑了谁家基业。

“请问有人在吗?”敲了敲门，不一会儿就听见里面传来一个妇人的声音，“谁啊?”

“林大娘，请您去府上梳头呢。”

“这么早，等会儿吧。”

“我有急事儿要办，林大娘您就帮帮忙吧。”

这世上有很多职业，有种地的，有挑水的，有倒卖东西的，也有倒卖皮肉的，还有专门给人梳头的。

给人梳头的一般都是三四十岁的人，她们有着很好的手艺，能把女人们柔顺的头发盘出各种式样的发型。偶尔被高门大户的小姐夫人看上，每每能进到大宅子里走一趟，收到的钱也比往常要多很多。但是，这样的人很少，毕竟小姐夫人们身边不是养不起人，若非手艺绝佳，是吃不到这口饭的。这一位林大娘就是少有的，能吃得起这口饭的人。肴城里哪家小姐不是排着队的请她去梳头?

又过了一会儿，门终于打开了。一个半老徐娘抬眼看着那女子，见她罩着面纱也不奇怪。如今虽然风气开化，更有如百里风兮和万俟蕤薇这等奇女子立于世上，可高门大户的小姐和体面的丫鬟出门办事的时候多半还是要遮掩一下的。

“姑娘来得好早，里面请吧。”

那女子站在那里没动，笑吟吟地说道：“不早了，今天是有急事要找林大娘的。”

“姑娘是哪家府上?”林大娘摸不准眼前的人是什么身份，所以只先问个地址，免得得罪了人。

“郸城风氏。”

林大娘愣了一下，转而就笑着道：“好，姑娘等我一下，我去拿梳头的箱子。”

今晚肴城主事衙门内显得很热闹，歌姬舞姬进去了无数，几家顶好的酒楼也都把大师傅借了去。虽然不知道今天张大人要招待什么客人，但是看看那外面站着的卫兵就知道了，这时候巴结巴结准没错。

“小姐，弄好了。”

“林大娘的手确实巧。”

“小姐生得好，怎么打扮都美得跟天仙似的。”

被夸奖的人坐在铜镜前，矜持而又不可抑制地微微笑着。

“今儿府上有什么重要的客人啊，小姐这么用心打扮，莫不是要去见新姑爷?”林大娘自然是开玩笑的，可是那张小姐却并没有如一个大家小姐一般反驳。

“今儿来的是贵客。”张小姐只说了这么一句，外面丫鬟就跑了进来。丫鬟说是客人都到齐了，老爷在前面招呼着呢，让小姐去准备献艺。

什么样的人能让张大人的女儿亲自去献艺？林大娘做出一副吃惊的样子，在张小姐略带不屑和自矜的眼神中成功地骗过了对方。

等屋子里的人都走完了，林大娘才撇了撇嘴——有什么了不起的，不就是晋国国主吗?

衙门内歌舞升平热闹无比，当然，地牢除外。

北堂萧然坐在地牢里，听着外面传来的声音，显得有些无聊。他并不担心万俟哲珈会把他怎么样，在他看来，万俟哲珈也不过是受命于人。真正要对付他的是百里扶苏。百里扶苏啊……不知道他会怎样对付自己，千刀还是万剐？抑或直接威胁百里风兮？若是这样，那个女人会怎么做?

“流云公子，许久不见了。”这一刻，仿佛天上的乌云都被吹开了，洒下了一片银白色的月光。百里扶苏缓缓走进了地牢，那般从容就像是走进了他最熟悉的大殿。那一身温文尔雅，丝毫不受这里阴冷污浊的气息干扰。

“确实很久没见了。”北堂萧然笑了笑，转头看着百里扶苏，“不过见不见我又有什么关系，晋王想见的是风兮吧？不知道可曾如愿?”

百里扶苏一挑眉，却还是笑着道:“见着了。舍妹蒙齐王照顾，看来过得不错。”

“她没跟着你这个哥哥一起回来吗?”

“或许她现在并没有心情随我回来。这时候她不是应该忙着办理金枝公主的葬礼吗?”

北堂萧然一滞，凝眉看着百里扶苏略显得意的一笑。他明明已经确定金枝公主入了柳城，为什么……

“你下了毒?”

百里扶苏摇了摇头，叹息道：“犹记得昔年惊鸿舞罢，倾尽紫阙之人，扶苏怎会忍心下毒。”

“连那个白衣若仙、逍遥于世的女子，你都能下得去狠手，你还有什么做不出来的?”

“其实，她若不那么执著，我也不是那么想要杀她的。”

北堂萧然冷笑了一声，转过头去不再看他。百里扶苏却又自己接道：“不过若不执著也就不是她了。百里风兮啊……不知道她得知你是为了凰图才接近她的时候是怎样的表情?”百里扶苏嘴角泛起一丝恶毒的笑意，走近了两步，希望可以看见北堂萧然此刻的表情。

“她是什么表情我并不关心，我爱她，我愿意为她做出牺牲，这就够了。至于她怎么对我……那是她的事。”

百里扶苏的目光瞬间冷了下来。

“她是这世上无双的女子，你可以毁掉她所有的幸福，却不能阻止她寻找到更多的幸福。连我也不能。没有人能彻底毁掉百里风兮的，除非她自己放弃了希望与光明，让那一身白衣沾染尘埃。”此刻，北堂萧然已经转过头看着百里扶苏。他二人对视良久，在这地牢里听着外面隐约的丝竹声，想起那个白衣如仙的女子。

“风兮会再一次失去一切的，而这都是拜你所赐。让她得到，然后再次失去。这样的打击，是不是会更刺激?”

北堂萧然闭上了眼睛，不愿去想。而百里扶苏也不急于一时，他喃喃地说着，径自走出了地牢。

张大人在外面已经恭候多时了，见百里扶苏出来，立刻带着谄媚的笑容引着百里扶苏去往宴会，一路上还不停地推荐起了自己的女儿。只可惜百里扶苏未置一词。

万俟哲珈已经在座，见到百里扶苏来了，举杯遥遥一祝。两人都没有再多说什么。该说的早在书房内就已经说完了。这时候，就好好看看歌舞喝喝酒吧。

待这一波舞姬跳罢，场上静了一静。然后，有人摆上了桌案、香炉和一把古琴，自有伊人焚香净手起了调子。不用说，上来的正是张小姐。

百里扶苏看着张小姐，有些嘲讽地笑了笑。那张小姐的样貌不差，可是还入不了他百里扶苏的眼。然而，万俟哲珈似乎很有兴趣。用眼角扫了一下万俟哲珈的表现，百里扶苏不动声色地饮了一口酒——对方也是做戏的高手。这些年，他一直用荣平公主做幌子，让人放松了对他的戒备。到头来，他才是韬光养晦的那个人。

张小姐弹的是《春江花月夜》，倒也有几分造诣，在座之宾此刻也都安静地听着，没有人发现墙头何时多了一袭白衣。直到一曲罢了，张小姐站起身来，百里扶苏这才抬眼一看，却是越过张小姐看向了她身后。

“臣女微末伎俩，望大王不弃。”张小姐半蹲着福身，却没有意料中的叫起。这个姿势实在让人辛苦，她忍不住抬头看向百里扶苏。可是，她却发现百里扶苏眼里根本就没有自己。在场的人也早就觉出奇怪，都顺着百里扶苏的目光看去。月光之下，那一袭白衣立在墙头，手里还把玩着一片枫叶。

百里扶苏不由得站起身来，眉眼中情绪复杂。

“风兮，想不到你会来。是来救他的吗？”

没有回答，那一袭白衣顿了顿，在下一刻跃下了墙头。

“风兮……”这一刻，百里扶苏的心不由得一紧。百里风兮已经武功全废了，她怎么可以……

然而，百里扶苏的担心似乎显得有些多余，在那一袭白衣跃下墙头之后，就响起了一阵兵刃相交之声。周围的护卫分成两处，一处围拢在百里扶苏身边，一处跑去增援。可是，百里扶苏却不顾阻拦，要去前面看一看。

万俟哲珈坐在位置上没动，这时候还拿着杯子饮了一口酒，显得惬意非常。

女眷们早已惊叫着各自跑去了后面躲避，张大人站在那里，看上去像是随时会摔倒一样。就在这时，后院却又传来一阵惊呼。在张大人听清楚究竟后院出了什么事以后，终于在万俟哲珈略带谐谑的目光中倒了下去。

北堂萧然逃了，有人劫牢。

在后院的惊呼响起之后不久，前面的打斗声也渐渐平息了。百里扶苏抓着手里的那件白绸衣裳，面上闪过一丝狠辣。在听到下人禀报北堂萧然已经逃离的消息后，百里扶苏却并没有人们想象中的暴怒出现。

“真是可惜……”万俟哲珈不知什么时候来到了百里扶苏身侧，他虽这么说着，却一点儿也听不出可惜的意思。百里扶苏好不容易才控制住的那一根叫做理智的弦，就在听到这四个字的时候断了。他忽然回身，用手上的白绸一绞，勒住了万俟哲珈的脖子。

“不要以为我不敢杀你。”百里扶苏语气阴森地看着万俟哲珈因为缺氧而发红的脸，“这里是晋国的地界，你不要太嚣张。”

“咳，我，我不过是为你可惜。咳咳……你，你快放开……”

“哼！”百里扶苏放开万俟哲珈，又转头看向方才那人消失的方向，对其他人吩咐道，“关闭所有城门，全城搜查。”

“是。”自有官员领命而去。

这一夜的肴城，再没有半点儿安宁。

“我再也不要放开你了。”北堂萧然抱紧了百里风兮，那么用力，真的是要倾尽一生。“萧然，对不起……对不起……”百里风兮哽咽着说道，然而下一刻她的头却被按进了一个踏实的胸膛，连哽咽声也一并按了进去，听不见了。“不要说对不起，我们都不要说对不起。”北堂萧然吻了吻她的脸颊，“你来了，而我还在。不要再说那些让我们悔恨的事了，好不好?”“嗯。”百里风兮泪眼模糊地点了点头。夜已经深了，外面的搜查还在继续，不时能听见一些哭喊的声音。然而相拥的两人却除了彼此却再也看不见、听不见其他了。直到林大娘忍不住咳嗽了一声，百里风兮才羞红了脸离开北堂萧然的怀抱。“已经按公主的吩咐准备好了马匹，赵辉也回来了。不知道公主打算从那条路走?”“原路返回。”“好。”林大娘得了命令，就立刻走了。

北堂萧然看着她的背影，对百里风兮道：“这也是凰图的人?”虽然他已经猜出了个大概，不过北堂萧然还是想要问问。一开始看见那个半老徐娘潜入地牢的时候，他也吃了一惊。任谁也想不到那样一个人会有如此了得的身手，不仅三下五除二解决了地牢内的守卫，还用一根发簪打开了铁锁。再配合着前面的混乱，将自己带出了府衙。

百里风兮点了点头，道：“是啊，前天我找到她的时候也觉得有些不可思议。可是……她居然就那么容易地进了衙门，还救出了你。她没有让我失望。”

“风兮……这世上总是有着希望与光明的。有些人，是永远也不会让你失望的。”“嗯。”百里风兮郑重地点了点头，“还有赵辉。”想起赵辉穿着女装时的别扭样子，百里风兮不由得笑了起来，对北堂萧然说道，“他忠心为主，你可要好好奖赏他。”出现在百里扶苏眼前的那一袭白衣，自然是赵辉假扮的。这一次的行动，百里风兮并没有出场。北堂萧然也笑了起来，只是不知道该给他一个如何的奖赏才好……

第三十四章　且拥天下共从容

郯城，暴雨如注。

孟昭和一班朝臣都显得有些死气沉沉。在晋国境内的军队已经全速退回国内，但还是损伤了不少兵力。越国也集中兵力开始攻打虎狼关，与此同时，鹧鸪山也开始告急。可是这时候，军中竟无帅。

叶沉是拿着虎符没错，可是他身份特殊不能挂帅。孟昭需要镇守郯城，也不可以擅离职守。朱佩已叛，顾德清……大约已死。朝中虽有大将，可北堂萧然被俘，百里风兮未归，帅位空置，军心不稳，一时间战事竟然节节败退。

“再退，潇水也就守不住了！”孟昭有些头疼地说道，“还是没有大王和百里姑娘的消息吗?”

叶沉摇了摇头，看着外面的大雨，似乎有些出神。

“不能再这样下去了……”

“可是现在能怎么办?”叶沉也叹息了一声，“我们只能等。”

“可是军心不稳，再等下去，只怕会……”一个可怕的结果，孟昭没有说出口，却狠狠地皱了皱眉。

“他们会回来的。”叶沉闭上了眼，显得很疲惫。这些日子，他和孟昭苦苦支撑，大事小情由不得他不累不倦，“他们一定会回来的。”

孟昭还想说什么，却只是叹息了一声。他也知道，也相信他们会回来的。可那时候，齐国还在吗？

雨一直在下，人心被雨水浸泡得有些不堪重负了。潇水的水位猛涨，让齐国得到了一丝喘息的机会，然而，更多的却是忧虑。虽然晋国因此而稍有停滞，可一旦潇水泛滥，齐国也就完了。

百里扶苏回到了定安城，闭目听着最新的军报。在肴城让北堂萧然逃了，这是最大的失误，然而就目前来看，似乎一切还有挽回的余地。

“告诉严浪，稳扎稳打，不要贪功。提防越国。”

“是。”

“还是没有北堂萧然的消息吗？”

“没有。”

“下去吧。”

挥退了左右，百里扶苏张开了眼睛看着窗外的梧桐，喃喃说道：“风兮，你能逃到哪里去？”

百里风兮也不知道自己能逃到哪里去，虽然北堂萧然在身边让她心安不少，可是对于齐国，她却再也没有什么归属感了。不知道为什么，感觉就是这样奇怪。

所以，当她站在国境线上的时候，回头望着定安城的方向，目中有些留恋，心中有些不甘。

野心就如同野草一样，一旦被点燃了，就会燎原。

“在想什么？”北堂萧然顺着百里风兮的目光看向远方。

“这天下……”百里风兮咬着下唇，没有再说下去。

下一刻，却听北堂萧然接道：“自然是我们的。”

你的，我的，我们的……

“走吧，再不回去，大概连齐国也没了，何谈天下。”百里风兮策马，向鹧鸪山的方向而去。北堂萧然和赵辉也立刻跟了上去。没多久，赵辉就和他们分开了。

北堂萧然和百里风兮并不打算回郯城，他们要去潇水大营，他们要去一线战场，直接应对这一场战争。而赵辉则回郯城报信，同时让孟昭出战应对越国，自己则接替孟昭的职位镇守郯城。

秋分，雷始收声，蛰虫培户，水始涸。

在北堂萧然与百里风兮现身潇水大营的同一天，雨停了。

齐国军队士气高涨，三天之内就夺回了两座城池。接着，在越国的几处粮草补给处出现了疑似瘟疫的病症，并有人声称见到了解无忧在这几个地方出没。晋国还没有动静，但显得有些紧张。

叶沉看着外面晴空万里，不知从哪里飘来的枫叶落在他的膝上。

“有些人，注定了受万人景仰，为天下倾慕。”

“是啊……虽然他们只是两个人，可有他们在，所有的士兵都变得不一样了。”

叶沉摸了摸手里的虎符，看了赵辉一眼，又说道：“这里是邺城，是大魏朝的皇宫。不久之后，他们就会回到这里的。”

赵辉一挑眉，不解地问道：“什么意思？”

叶沉笑了笑，没有再说下去。这时候，绿筠送来了新的消息。

“潇水今年险之又险，但是只要不再下雨，应该不会发生大面积的洪灾了。”绿筠说着又递上了一个关于潇水沿岸具体情况的折子。叶沉接了过去。这些日子以来，虽然是孟昭镇守邺城，可是很多事却是叶沉在做决定。所以，现在绿筠也很自然地把折子递到了他手里。

赵辉在一旁看着，没说话，只是眼中倏忽闪过一丝寒光。

“不，不好了，朱夫人死了……”跑来报信的人上气不接下气地说着。叶沉和赵辉对视一眼，立刻赶往了朱佩的宅邸。

门上的朱漆还那么鲜艳，这还算得上是一座新宅，是朱佩成亲时北堂萧然钦赐的。可如今来到这里，却让人心情复杂。朱佩叛离的消息传回来后，萧铭暖就被软禁了起来，可这时候她却死了。叶沉和赵辉奇怪的是，萧铭暖是怎么死的。对他们而言，萧铭暖只是一个模糊的名字。甚至，“朱夫人”这三个字可能更能代表面前这个女人给他们的印象。

“是服毒死的。”仵作验明后，恭敬地在二人面前站着回话。

“服毒？”赵辉皱眉，她哪里来的毒药？

叶沉打量了一下房间，发现并没有什么特别。

“暂时封锁消息，等他们回来后再说吧，派人继续在这里查查。”叶沉虽然这么说，但似乎并不认为别人能查出些什么。

赵辉也没有别的意见，毕竟萧铭暖的死活现在并不重要，现在前方的战事才是最重要的。

因为解无忧的关系，孟昭很顺利地收回了原本被越国侵占的土地，但在还没有收到进一步的指令前，他并没有再继续进攻。在潇水，百里风兮确定今年不会有太大面积的洪灾后，授意凰图的人在晋国弄出了一些乱子。

九月初一，晋军败退柳城。孟昭举兵进攻越国。

九月初九，北堂萧然带兵攻克柳城。

九月十二，百里风兮从鹧鸪山绕道深入晋国腹地，与北堂萧然两面夹击攻克肴城。

九月二十三，越王密信致北堂萧然。

十月初七，齐国攻占晋国大半，越国向齐称臣。

十月十八，北堂萧然与百里扶苏会战于郦城，百里扶苏中箭逃回定安城。晋军士气大挫。

十一月初，百里风兮兵临定安城下。

再一次站在这里，早已是物是人非。百里风兮仰头看着定安城的城墙，忽然有一种晕眩的感觉。北堂萧然没有来，这是她的仇，要她自己报。

空气中似乎弥漫着一股沉重的味道，所有人都异常的安静。百里风兮没有下令马上攻城，因为百里扶苏此刻正站在城墙上看着她。似乎在很久以前，他们也在这样的距离看着对方，可那时枫叶正红，少年尚且不知愁滋味。到如今，还有什么是百里风兮不能承受的呢？再苦再痛，她都已经经历过了。

“开城门。”百里扶苏的声音嘶哑，扶着他的人显得有些不可置信。

“大王!”

“严浪，开城门。”百里扶苏说完就推开了严浪，自己回宫了。

严浪愣了愣，神情复杂地看着城下的百里风兮。终于，他还是没有违背百里扶苏的命令，让人打开了城门。

看着那扇城门缓缓地打开，百里风兮并没有显出过多的惊讶。她带着人长驱直入来到晋王宫前。一切都好像在昨天，这里的一切似乎都没有改变。百里风兮拔出佩剑走上那长长的宫道，就像是走在回忆的长廊。在这里，她曾经笑得那么开心；在这里，她曾经拥有那么多；在这里……

百里风兮深吸了一口气，握紧了手里的宝剑，推开了长庆殿的大门。

长庆殿内很安静，淞枫香从镂空镏金的香炉里飘散出来，充盈了整个房间。恍惚间，这还是父王让自己去调查凤鸟的那一天，连那淞枫香的气味也丝毫没变。

“你们留在这里。”百里风兮走进了长庆殿，关上了门。这里，只剩下了她和他。

百里扶苏坐在王位上含笑看着她，他的脸色苍白。北堂萧然的那一箭，几乎要了他的命。可是还没有见到百里风兮，他怎么肯死。“好久不见了，风兮。”这是久别的故人最动听的话语，百里扶苏说来愈见温柔。

“是啊，好久不见……”百里风兮站在那里，他们之间就是一剑的距离，只要将剑举起就可以轻易地刺破他的心脏。

“想不到你还会回来。”

“因为你不知道，我早就有凰图在身。”

“是啊……是我太心急了，错过了，错过了……”

“你败了。”百里风兮低头看着剑光如虹。百里扶苏也看向她手中的宝剑，他笑着道：“是啊，败了……果然是要寻得凤鸟凰图，才能一统天下啊，哈，哈哈哈哈……”“你就那么恨我吗？非要那样对我吗？”

“我不知道。”百里扶苏闭上眼，阳光照在他的脸上，看上去他整个人都像是一块无瑕的美玉。

“风兮，我不知道。”

百里风兮看着他，忽然点了点头，道：“我知道。”

“你知道？”百里扶苏挤出一抹笑来。

“我知道你为什么不知道。因为，这一刻，我忽然也不知道自己是不是那么恨你。”

“恨我，你当然恨我，你怎么可能不恨我！”百里扶苏突然睁开眼来，因为激动牵扯到了伤口，他猛烈地咳嗽了起来。

“北堂萧然……他的箭，不准。”

“百里扶苏，你好可怜。”

说完，百里风兮转身就要走。这一刻，她真的不确定自己是不是恨他。仇恨真的那么重要吗？重要到我们要放弃所有美好来完成它，追随它？

不，它不值得！

“休恋逝水……”

“北堂萧然也很可怜，咳……爱上你的人，都很可怜……”百里扶苏挣扎着站了起来，“他骗了你的，他骗了你的。你不该再信任他了……你有凰图在身，这天下是你的……”

“闭嘴。”百里风兮停下步子，目光一凛。

百里扶苏笑了出来，走过却被自己绊倒。他伏在地上拉住百里风兮的手。

“风兮，我们是一起长大的。我太了解你了。”

百里风兮抬头看着眼前没有一点儿血色、显得极其苍白的男人。这一刻，她握紧了手里的剑。然而不等她有所动作，百里扶苏趁她不备，握住她的手让剑刺入了自己的胸膛。

温热的血液流淌在指尖，浓稠得像是要黏在皮肤上。百里扶苏笑得温文尔雅，目中却是一片痴望。

百里风兮没动，她并不怕。

“我不会让你这么对我的。你不杀我不是你的仁慈，你明明知道，我那么喜欢你。”百里扶苏抬起手，似乎想要触碰百里风兮的脸颊，却在那一瞬被百里风兮推了开去。

“你不值得我杀。百里扶苏，我已经不在乎你了。”

“咳咳……”百里扶苏倒在地上咳出鲜血，染红了青砖，“你是在乎我的……风兮，你瞧，我还是要死在你手上的。”

“不，你是死在了自己手里。由始至终，都是你一厢情愿。你一厢情愿地恨我，一厢情愿地爱我。”

百里扶苏艰难地抬起头看着眼前长身而立的女子，一时间不知要说什么才好。这就是百里风兮，这就是与自己一起长大的那个人，这就是自己恨过又爱上的人，这就是牵绊了自己一生的人。终于，一切都结束了，在起点在终点，都有她，也挺好……

“我若为王，许你为后。这句话是真心的。风兮，我真的很喜欢你。可是为什么呀，到后来会成了这样?”

百里风兮看着窗外的梧桐树，喃喃说道：“我母亲怨了一辈子，恨了一辈子，到最后才知道‘休恋逝水’这四个字。”

“你母亲……对，金枝公主……你知道吗，她是为了父王才被我擒住的。”这时候，百里扶苏索性倚靠在一根柱子上，“父王为了她痴了一生，到最后能换她一回眸，不知道幸也不幸?”

是啊，痴缠了一辈子，到人去楼空才悔恨，是有些晚了。那自己呢？也要这样吗？不，不会的。

“我会嫁给北堂萧然的。”

百里扶苏本还是笑着的，那微张着的口正准备说些什么，却因为这一句话而生生地卡在了喉咙里。他脸上的笑意还来不及收敛，以至于整张脸看上去诡异极了。

“你说什么?”不知道过了多久，百里扶苏终于找回了自己的声音。然而，百里风兮却并没有回答他。她看了他一眼，拖着长剑，头也不回地走了。

“你说什么！”百里扶苏想要抓住百里风兮，却连她的衣角都没有碰到。在那纤长的身影消失后，只听见长庆殿里一声一声地问着为什么，仿佛永无休止。

整个晋王宫，就在着一声声如诅咒的询问中被大雪淹没了。

百里风兮回到郦城的时候，大雪已经覆盖了这座宏伟的城，所有的血腥和污浊都被掩埋在了这一片雪白之下。

晋国灭，越国称臣，天下一统，改元天玺。

北堂萧然黄袍加身，傲立天地。到如今，果然是君临天下，威加四海。

“你回来了。”北堂萧然看着百里风兮的眼睛，似乎想从中读出一些什么。然而片刻之后，他就放弃了。那双眼睛不知何时已变得那般深沉，犹如幽潭，一眼望不到底。唯有光彩不减当年，依旧占尽风流，如今更兼凌厉。

“回来了。”百里风兮向北堂萧然走去，咫尺之距，仿若天涯相隔。直到他的手真的握住了自己的手，一切才又真实了起来。

百里风兮痴痴地重复道：“回来了。”

北堂萧然笑了笑，与她携手走进了皇宫。百官静默跪于两侧，风雪未止，心却已安。这天下，终是一统了！然而，走在当中的两人，却并不见得心安。

过了玄武门，入了大光明殿，行了君臣大礼，饮了庆功酒，一切似乎就已经尘埃落定了。至少，大多数人是这么想的。

百里风兮和水翩跹坐在一起，凤鸟和凰图……

“假作真时真亦假，真作假时假亦真。真真假假，其实也不过是在人心。这一刻，这世上便是真的有凤鸟了。”百里风兮举杯对水翩跹说道，“我敬你一杯。”

水翩跹饮尽，又为二人杯中斟满了酒，也不看百里风兮，只是含笑说道：“公主有心事？”

“为何要叫我公主？”

“……习惯了。”

“呵呵……”百里风兮拿起酒杯晃了晃，并没有急着喝下去，“心事，谁都会有的。”

“可是这个时候，不该有。如今，天下刚刚一统，总是经不起再折腾了。”

“水姑娘多虑了。”

水翩跹偏头看了百里风兮一眼，又道：“公主可知，萧铭暖已死？”

百里风兮拿着酒杯的手顿了顿，然后才说道：“不知。”

“我听赵辉说，当时她已被软禁，却还是服毒自尽了。他们查了很久都不知道是谁给了她毒药，直到后来表哥才说……”水翩跹看看百里风兮，“是朱佩给的。”

百里风兮一挑眉，待水翩跹继续说下去。

“公主应该知道朱佩曾送过一根簪子给萧铭暖。朱佩巧手天下无双，那簪子是空心的，里面藏了毒药。”

“斯人已去，再追究这些，还有什么意义？”百里风兮这么说着，可是心里却觉得有些闷闷的，她不由一口将杯子里的酒倒进了喉咙。

“当时公主为什么没有立刻去救表哥？”百里风兮滞了滞，“我和他都不再追究了，对与错，对我们来说已经不重要了。”“真的吗？”“我与水姑娘已然是凤鸟凰图，水姑娘又何必再问？”

“虽都是天下传言之物，然而我与公主是不同的……我，是自愿的。我愿意为了表哥成就千秋功业而牺牲。甚至，愿意为了他死。”水翩跹抬眼看着百里风兮，“可是公主不同。从某种意义上来说，公主是被迫的。所以至于今时今日，翩跹还想问公主一句。”“水姑娘请说。”“朱佩死了，萧铭暖会殉情。若我表哥死了，公主会如何？”“接手江山，济世为怀。”百里风兮勾唇一笑，倾尽天下。

水翩跹愣了愣，过了好久，才勉强笑了笑，“公主果然不一般。”

“俯瞰苍生，唯我独尊，八荒六合，尽在域中……我身上本就流着风氏的血。”百里风兮缓缓站了起来，“争夺天下，并不只是男人的特权。不要忘记了，虽然今日凤鸟之名确立，可我才是真正的天命所归，凰图的持有者。”

这一刻，大殿之上，所有人的目光都聚焦在了百里风兮身上，他们并没有听见百里风兮的话语，只是奇怪她为什么站了起来。

“恭祝吾皇，霸业得成。”

北堂萧然看着百里风兮，也缓缓站了起来。他举杯，只为她一人，却换来了众人的叩拜。

王者建邦，设内辅之职；圣人作则，崇阴教之道。式清四海，以正二仪。咨尔百里氏为朕左右，内助藩国，朕躬行天讨无内顾之忧，济朕艰难同勤开国，今寰宇肃清朕登大宝允赖相成，宜正位号，今特遣使奉金册金宝立尔为皇后。

天玺元年三月初二，百里风兮身着红装，艳倾天下。

那一天，有人千里迢迢赶到了邺城。

那一天，有人放下了心结坦然祝福。

那一天，有人载歌载酒相忘于江湖。

百里风兮坐在凤辇上，看着人群中那一抹淡去的清影，微微笑了起来。

“微澜，你来看我了吗？放心，我过得很好。我们果然没有在战场上相见，真好……”

仪仗从崇华门出绕城而行，由玄武门入。皇后至大光明殿受金印，百官朝贺。

从凤辇上下来，瞧见大光明殿前站的不是礼官而是北堂萧然，百里风兮不由弯了弯那抹了胭脂的嘴角。

她端着架子一步一步地走上前去，玉阶莲步，龙章凤彩。这一世天下，有此二人，何其幸甚！

香炉鼎盛，叩拜有礼。上有苍天，下有厚土，谨以此心，明鉴日月。

百里风兮伏跪在地，闭目，灵台清明。她知道，这一刻，她为他妻，再无更改。

叩拜罢了，复长跪。听礼官长篇大论念了一番，百里风兮的膝盖有些疼了。北堂萧然看在眼里，扫了礼官一眼，于是，众臣就几乎听不清下面的话了。直到北堂萧然走到百里风兮面前授其金印。

托盘之上一尺见方，上有金印和……虎符。

百里风兮抬眼看了看神态自若的北堂萧然，自己却忘记了要接。以至于群臣翘首，不知道上面究竟发生了什么事。

“不接吗？”北堂萧然笑了笑。

百里风兮深吸了一口气，双手齐眉接过了这一切。

众人都松了一口气。

北堂萧然扶起百里风兮，二人并肩立于大光明殿前，接受百官朝贺。

“真的把虎符给我？”百里风兮看着前方，身形一点儿也没有晃动，那小小的声音似乎不是她发出的。

“我说过不会再骗你。”

“为什么给我？”

“让你安心。”

“你就不怕我反了？”

“怕。”不等百里风兮发问，北堂萧然接道，“但是我更怕你不信我。承诺、誓言，这些东西确实很美好，可是并不见得有用。与其说那些甜言蜜语给你，不如把虎符给你……你放心。我是来帮你的人，你要信我，在这里等我，无论发生什么事，都要记得我对你的好。”

百里风兮笑了。他果然是知道她的。百里扶苏也罢，水翩跹也罢，都以为她会反。她是有野心，也有凰图。可是，更有他啊……

赠我以凰图，报之以霸业。非报也，永以为好也。

图书在版编目（CIP）数据

凰图霸业/芳华无息著．— 北京：光明日报出版社，2012.4

ISBN 978－7－5112－2001－1

Ⅰ．①凰…　Ⅱ．①芳…　Ⅲ．①长篇小说－中国－当代
Ⅳ．①I247．5

中国版本图书馆 CIP 数据核字（2012）第 025771 号

凰图霸业

著　　者：芳华无息　著

出 版 人：朱　庆　　终 审 人：孙献涛
责任编辑：高　迟　郭玫君　　策　　划：丁文明
封面设计：深海设计　　责任校对：丁文明 蔡正宫
责任印制：曹　诤

出版发行：光明日报出版社
地　　址：北京市东城区（原崇文区）珠市口东大街 5 号，100062
电　　话：010－67078250（咨询），67078270（发行），67078235（邮购）
传　　真：010－67078227，67078255
网　　址：http：//book. gmw. cn
E－mail：gmcbs@gmw. cn　guomeijun@gmw. cn
法律顾问：北京市洪范广住律师事务所徐波律师

印　　刷：北京大运河印刷有限责任公司
装　　订：北京大运河印刷有限责任公司
本书如有破损、缺页、装订错误，请与本社联系调换

开　　本：690×975　1/16
字　　数：342 千字　　印　　张：20
版　　次：2012 年 4 月第一版　　印　　次：2012 年 4 月第 1 次印刷
书　　号：ISBN 978－7－5112－2001－1

定　　价：29.80 元